知否知否

应是绿肥红瘦

3

关心则乱 著

江苏凤凰文艺出版社
JIANGSU PHOENIX LITERATURE AND
ART PUBLISHING

图书在版编目（CIP）数据

知否知否应是绿肥红瘦 . 3 / 关心则乱著 . —— 南京：
江苏凤凰文艺出版社 , 2024.5
ISBN 978–7–5594–8282–2

Ⅰ . ①知… Ⅱ . ①关… Ⅲ . ①长篇小说 – 中国 – 当代
Ⅳ . ① I247.5

中国国家版本馆 CIP 数据核字 (2024) 第 008301 号

知否知否应是绿肥红瘦．3

关心则乱 著

责任编辑	周颖若	
特约编辑	文 茵 曹 岩	
封面设计	普遍善良	
出版发行	江苏凤凰文艺出版社	
	南京市中央路 165 号，邮编：210009	
网 址	http://www.jswenyi.com	
印 刷	河北鹏润印刷有限公司	
开 本	700mm×980mm 1/16	
印 张	19.25	
字 数	317 千字	
版 次	2024 年 5 月第 1 版	
印 次	2024 年 5 月第 1 次印刷	
书 号	ISBN 978–7–5594–8282–2	
定 价	48.00 元	

江苏凤凰文艺版图书凡印刷、装订错误，可向出版社调换，联系电话 025-83280257

目录

目录

吾倾慕汝已久，愿聘汝为妇，托付中馈，衍嗣绵延，终老一生！

关心则乱　作品

第二十四回 · 筹办婚事

事实证明，风波过后，最大的获益者是盛纮。

古代文人讲究个风骨气节，盛纮身为一个正途科举出身的文官，却有三个女儿嫁进有爵之家，就算忠勤伯府冷落已久，就算梁晗只是幺子，可那新贵顾廷烨不是假的，这在以清贵标榜的文官集团看来，未免要落一个攀附权贵的名声。

不过盛老爹运气颇好，还没到桥头，船自己就直了。

"你要将三女嫁与那文举子？"盛纮的老上司，现任内阁次辅卢老大人颇有些诧异，他与盛纮在工部时相处甚欢，知道盛家行三的才是嫡女。

盛纮重重点头，随即拱手道："卑职幼年丧父，族中长辈也不在京中，便请老大人为我那两个丫头做了傧媒吧。"卢老大人自是愿意，不过依旧忍不住问道："我原以为……"文人的特点，说话留一半。

盛纮面带歉意，神情沉痛："惭愧，惭愧，卑职食言在先，负疚文氏良多，早有重缔婚约之意，不过是不负圣人之言罢了。"

卢老大人大为感动，一口答应了为盛家女做媒。此事传出去后，京中众人尽皆瞠目，呆了半晌后，便众口一词地夸赞起盛纮的风骨来。

早在墨兰和文家定亲之前，王氏以为事情笃定了，曾在人前露过口风，不少人都晓得盛家有意将墨兰许与一举子，没承想后来出了一场风波，墨兰嫁入梁府，众人暗叹墨兰好福气的同时，也暗自替那倒霉的被截和的举子可惜；更没想到的是，盛纮硬将嫡女许给了这个倒霉举子，盛家也不怕惹翻了顾二郎？

谁知等了许久，迟迟不见顾家有所发作，反倒紧锣密鼓地筹办起婚事，直叫一干等着看戏的人好生失落。最抑郁的是彭家——都是拿庶女抵嫡女，为啥盛家没事，我家就不行？顾廷烨，你看人端菜碟！

从清流名士到六部官吏，都十分高兴，狠狠表扬了一番盛纮同志的"风骨"。盛老爹名利双收，面子、里子都有了。

一般来说，夫妻是冤家，际遇往往相反。正值盛纮被上司夸奖、下属景仰之时，王氏则事事不顺。十二月初，文家老太太终于备足聘仪来盛家下定。当初文家说给墨兰之时，王氏瞧着文家老太太什么都还好，但轮到如兰时，她便瞧着处处揪心，一会儿觉着彩礼太薄，一会儿觉着文家老太太为人刻薄抠门。她的这点儿心思，家中女眷谁瞧不出来？海氏很聪明地表示害喜还未结束，缩在屋里不出来。盛老太太那里，王氏不敢说话，便整日闷闷不乐，脾气也十倍地暴躁起来。

老太太为着明兰的事原就生着王氏的气，见王氏这般模样，忍不住心里暗暗解气。不过，如兰到底也是她孙女，没过几日，她着实瞧不下去了，只能开口。

"这么大的事，你怎也不与家里商量一下，说办就办了？"老太太坐在炕上，声色俱厉。

王氏站在下首，脸上似有不服之意，辩解道："文姑爷家世平平，如儿这般委屈，媳妇心有不忍，便多贴补了些。"

老太太看着王氏的面孔，气不打一处来，拍着炕首喝道："你个糊涂的！你当我是心疼那点子钱才来啰唆的吗？你进门这许多年，你的嫁妆我和老爷何尝惦记过半分？你这般小人之心，做给谁看？！"

王氏见老太太是真气了，连忙跪下，连声道："老太太莫气，都是媳妇的不是，媳妇当先与您来说一声的，实在是如儿忒委屈了……"说着，王氏忍不住湿了眼眶，掏出帕子抹了抹眼睛，"老太太，您是没见过文家那亲家太太，真真是个粗鄙村妇，媳妇是替如儿心疼，才……"

老太太看王氏一副慈母心肠，不由得微微软了口气："文姑爷的爹也是读书人，运气不好，刚考上进士，还未来得及授官便一场伤寒送了性命，亲家太太若不厉害些，如何能撑起家门？我知道你是怕如儿受委屈，才在城里给置了座宅子，可是你这样，恰恰适得其反了。"

王氏收住眼泪，茫然抬头，一脸不解。

老太太对王氏的蠢钝实在是心里无力，低头抚了抚袖子上石青灰鼠毛镶边，来回顺了一遍气，才平心静气道："亲家太太我虽未见过，但想她一个寡妇把两个儿子拉扯大，再瞧瞧往日文姑爷身上的吃穿用度，想也知道她于银钱上必然算计。你也是瞧出了这一点，才忧心如兰的，是吧？"

王氏用力点头，连忙插嘴道："母亲说得是。我听闻亲家太太素来偏心小儿子，大把银子都给了小的，来过定礼那日，媳妇曾试探过口风，她竟然推托银钱不足，要叫如儿和姑爷成婚后自己赁屋过日子呢！所以媳妇才……"

王氏在盛老太太的瞪眼中讪讪地闭上了嘴。老太太转头叹了口气，才回首道："你给姑爷置办宅子虽有些拿大，但也不算太错，官宦世家资助贫寒上进的姑爷读书也是常有的，可你错就错在不该一口气给置了座两进三开的大宅子，他们小两口用得上吗？长子在城里有大宅子，做亲娘的如何不过来享福？你等着吧，回头你那亲家太太就会拖家带口从京郊乡下搬过来，到时候如儿才是自找苦吃！"

王氏心里一想，正是这个道理，便渐渐嘴唇抖动，脸色苍白。

盛老太太恨铁不成钢，连连摇头道："你一辈子都是这个脾气，最爱揽权独断，这本也没什么，当家主母谁不爱自己说了算？可你也得叫人放得下心呀！偏一到要紧处你就犯糊涂！你若肯事先与我商量，怎么至此？如兰再不成器也是我瞧着长大的，难不成我会害她？你若真想贴补如兰，折了银子、田地，给她便是，再给他们置一处小门小户的屋子，亲家太太见地方小，也不好意思过来挤，如儿那才舒服呢！"

王氏神色慌了起来，张口结舌了半天，才道："那如今怎么办？媳妇已叫人收拾新宅子了，连丫头、婆子都买了，文家也知道了。"

盛老太太心中有气，赌气道："你自己的闺女，你自己拿主意吧。"

王氏这才知道事情的利害关系，跪着求了老太太半天，连声赔罪道自己的不是，扯着老太太的袖子直哭。老太太虽气有不平，但也不能全然不管，最后只道："你也不必太担心了，亲家太太再厉害，也不至于住着媳妇的嫁妆还往死里欺负。况且如兰那脾气，估计也吃不了什么亏。你自己什么也别说，你这张嘴，一开口反要把事弄糟，叫柏哥儿去跟姑爷说说，叫他放聪明些，老娘和老婆若有了龃龉，他可得明辨是非，用不着偏袒哪边，该怎样就怎样……哼哼，说起来，我们盛家可是有过和离的女儿！"

王氏淌着眼泪，呆在原地。

作为一名偷听惯犯，缩在里屋打盹儿的明兰早就醒过来了，她听得连连摇头。

王氏就好像一个差劲的蹩脚导演，当她拍喜剧时，观众往往会痛哭流涕；当她拍悲剧时，观众却哄堂大笑——虽然片子也算卖座，但总叫人哭笑不得。不过，好在投资方和制片方还算靠谱，把握着大方向，整体总不至于赔本。

王氏又哭诉了几句，最后失魂落魄地离去了，明兰才敢出来。她忍不住问道："祖母，文家老太太真那么麻烦吗？"

老太太被王氏气得够呛，端着一碗茶慢慢喝着，闻言，轻轻一哂："天下哪有不麻烦的婆婆，不过，这事得瞧夫婿。你大姐夫就没柏哥儿明白，叫你大姐姐吃了不少苦头。好在华儿忍了这许多年，水滴石穿，你大姐夫才渐渐转过弯来，如今处处肯帮着自己媳妇，反而瞧着他娘不对了。"

明兰击节赞叹："大姐姐的确了不起，大姐夫也算孝顺了，居然能叫大姐姐慢慢扳了过来。"她上辈子没机会遭遇婆婆，十分敬佩华兰的本事。如果现代女性人人都有华兰的本事，估计姚依依的工作量会骤减一半。

老太太微微叹息，道："最难的不过是个'忍'字。大姑爷纵算再孝顺，也瞧不得自己母亲偏心到那般地步，恨不得什么好的都给大房。大姑爷到底是上进要面子的，也要外头应酬打点，他有难处时，亲娘推诿袖手，他只能找自己老婆低头伸手，轮到大房有事时，老娘便催着逼着要他鼎力相助。这世上是个人便有私心，大姑爷也有妻子儿女，年年月月如此，便是亲生儿子也会离心的。"

明兰道："祖母说得好，便是这个'忍'字就十分难得了，大姐姐多要强的一个人呀，能这样动心忍性，都是往日里祖母教养得好！"

老太太瞥眼间，看明兰一副讨好的模样，诒笑出两个可爱的梨窝。自从她和盘托出顾廷烨的事情后，便自觉对不住祖母，镇日一副诚恳认错、努力补偿的模样，老太太暗暗好笑，便故意道："说起来，你的运气倒是不错，你婆婆是继室，以后能省心许多吧。"

话一说完，老太太就饶有兴味地去瞧明兰，谁知明兰丝毫没有脸红的意思，淡定地摇头道："非也，非也，非耳闻目睹，不可轻下结论。"

老太太再呷了口茶，久久才"哦"了一声。

作为一名法律工作者，明兰素来主张用证据说话。

现下，宁远侯府萎靡不振，不但叫摘了牌匾，御史言官还不断地上奏本，参奏宁远侯府"结党妄行，素行不轨"，言之凿凿，而那些已被拘禁审问的爵族中也有人供认出宁远侯府也有牵连。负责彻查谋逆的大理寺提出，就算不立即夺爵锁拿，也当拘人来问话。

可现任宁远侯爷顾廷煜已病入膏肓，时常昏迷不醒，皇帝瞧在顾廷烨的面子上，便将所有参宁远侯府的奏本留中不发，风雨飘摇的侯府这才在一干同受牵连的有爵之家中独善其身。

如今顾廷烨声势正盛，且不说他回京后一直住在御赐的都督府，连与盛家说亲都找了薄大将军老夫妇出面，这样一来，什么话都不用说，外头人就不免猜度了——有心人将宁远侯府当年的旧事慢慢翻了出来，风言风语传起来，隐隐晦晦传当年顾廷烨多受欺凌。

其实顾府太夫人秦氏在京城贵妇圈里一直名声很好，温良恭谨，贤惠淑德，时常抚恤孤幼，即便是到了如今，也不曾有人直指她这个后母居心险恶。除去想要给顾廷烨拍马屁的有心人，大部分人还暗暗同情秦氏。

但是，结果反推原因，秦氏自己的儿子好好的，娶了媳妇，有了子嗣，便是顾廷煜病病歪歪的，也好歹撑过了这许多年，只顾廷烨一人，离家远走，漂泊数年不回，这话传起来就难听了。可是，事实到底如何呢？明兰抬头看看屋顶，这个……大约……很复杂。

估计老天爷听到了明兰的心声，没过几日，顾廷烨便使人来下帖子，说秦太夫人要过府拜会。听闻这个消息，明兰呆住了。老太太沉默半晌后，才叹道："这样也好，不计往昔如何，办亲事的当口总得周全些才是。"顿了顿，又道，"顾……他也算是有心了……"

明兰不语，她知道老太太的意思。

按照正常的婚嫁程序，相看媳妇乃至下聘过礼都得由父母亲长来操办，这个步骤有所变动终归不好看。就算秦氏曾经想左右顾廷烨的婚事，但被顾廷烨用十分难堪的法子击破后，就不再有什么言语了。如今顾廷烨肯服软，秦氏也正好就坡下驴。

不过秦太夫人不用驴子，用的是青缎缀暗红顶的四驾马车，所以来得很快。

第二日，明兰挺着吃饱的肚皮躺在炕上，懒洋洋地捧着一副大红锦缎的鸳鸯枕套，刚绣出两片水草，翠屏就急急来传，说是宁远侯太夫人到了，正在寿安堂说话。

"老太太说了，叫姑娘穿戴得精神些！"翠屏看见小桃呆呆地捧着一件素色的家常外衣，连忙叮嘱丹橘。女孩们立刻钻进柜子里一通倒腾。

明兰换上一身蕊红绣缠枝杏榴花的倭缎斜襟褙子，底下是玫瑰粉色镶深边褶子裙，头上规矩地梳了个弯月髻，只插着一对双喜双如意点翠长簪，明艳清雅。

一行人紧赶慢赶，一路走向寿安堂。待到了门口，明兰略略缓了口气，抚抚鬓边。随着门口丫鬟的通报，明兰一脚踏了进去，低头慢行，眼光瞥见之处，只见老太太高坐上首，并排案几旁端坐着一位锦衣妇人，王氏随侍下首而坐。见明兰进来，王氏便指着她笑道："这便是我那六丫头。"然后又指着那锦衣妇人引见："这是宁远侯府的太夫人。明兰，还不见礼？"

明兰恭敬地敛衽下拜，裙裾不摇，身姿不摆，娟秀端庄。

秦太夫人乍一看，眼中浮出一抹惊艳。她连忙叫明兰起身，然后将明兰拉到身边细细打量，只觉得女孩雪肤花貌，难描难绘，便忍不住赞道："好标致的孩子！怎就生得这般好？"

明兰很腼腆地低着头，却侧眼偷偷打量秦太夫人，两眼看过，忍不住暗暗吃惊。

秦太夫人身着一件深铁锈色缠枝菊花对襟褙子，蜜合色棉罗裙，头上简单地绾了个圆髻，用一根通体剔透的白玉福寿扁方定住，皮肤白腻润泽，唇角带着端庄的微笑，观之可亲，温柔和气，竟是个极美貌的中年妇人，只有眼角细细的纹路稍微泄露了些她的岁数。

论年纪，她比王氏还大几岁，可论面相，王氏绝对不好意思上前叫她一声"姐姐"。

秦太夫人拉着明兰和和气气地问起话来，问她喜欢吃什么，读什么书，平日里都做些什么，明兰按着礼数一一答了。秦太夫人似乎很满意，摘下腕子上的一对翡翠镯子就套在明兰手上，转而笑道："真是个好模样的孩子，莫不是画里出来的？"

明兰面色微红，低头而立，一副羞怯的模样。老太太淡淡瞥了她一眼，转头谦和而答："真真还是个孩子，不懂事得很。"

秦太夫人轻轻一哂，笑道："老太太也忒谦虚了，这孩子通身的气派岂是作假的？灵秀剔透，颖悟了然，府里的姑娘着实养得好。"

王氏心中颇有些得意，忍不住道："不是我自夸，我家养女孩儿比养哥儿还用心，读书、女红，还有理家、管事，都是细细教了的。"

秦太夫人目光闪了闪，笑着附和几句，王氏听得十分满意。

秦氏的声音很柔和，絮絮低声如细语，不知不觉间就说服了你，言笑间却不失高贵端庄。若说永昌侯梁夫人的高贵带着一种疏离的淡然，她就是不动声色的温婉。

她很懂得说话，对着老太太时语气雅致，字里行间阳春白雪，一派侯府小姐口吻；对着王氏时，又喜笑随心，说话自在随和。说过一阵子话，老太太倒还好，不过多添了几分亲昵的客气，王氏却渐渐放下初时的戒备提防，越说越投机。

女眷们说笑了一阵，秦太夫人忽现一阵迟疑，看了一眼明兰，欲言又止。素来迟钝的王氏忽然机灵起来，忙道："太夫人有话直说，不必顾忌。"

秦太夫人欣然而笑，不再迟疑："既如此，我便不扭捏了。我这回上门叨扰，便是来送我家二郎的庚帖。"说着，从袖中掏出一张大红洒金的折纸，双手递给老太太，然后又道，"若二位不嫌弃顾府草备微薄，我便厚着脸皮讨一张明姑娘的庚帖。"

明兰用力把头低下，心中大是烦恼。她现在应该脸色绯红，一副羞涩万分的样子，可是……她的脸一点儿也红不起来，总不能狠扇自己几个耳光吧。

老太太接过庚帖，翻开略略一瞧，脸上浮出满意之色，看了一眼王氏，王氏明白，立刻转头笑道："说什么嫌弃不嫌弃的，宁远侯府开国功勋，戍边立威，世上谁人不景仰？只怕咱们明儿配不上了！"

其实王氏这么说只是客气，不过是"哪里哪里"的扩张版说辞而已，谁知秦太夫人忽然眼眶一热，神色略有凄楚。

王氏一瞧，连忙追问。秦太夫人拿帕子抹了抹眼睛，强笑道："不妨事，不过……我今日来，还要说一件事，望老太太和王家妹妹莫要怪我鲁莽了。"

"夫人请说。"老太太眸子一亮，静静道。

秦太夫人放下帕子，依旧笑得温柔，只略带了些忧伤："二郎自小便是个有脾气的，自打和老侯爷置了气，离家这些年，便渐渐与家里隔膜了。他大哥和我心里都极不好过的，顾家好歹是他的家，这回要办亲事了，我想着……怎么也得在宁远侯府办婚事吧。"

王氏微微迟疑，继子和后妈之间的恩怨情仇，她这个没转正的岳母不好提前发言。老太太略一沉思，便道："别说如今婚事还未成，便是明丫头过了门，顾家家事也不是咱家好随意置喙的。"

秦太夫人轻轻叹了口气，直直地看着老太太，眼神坦率真诚，低声道："烨儿他大哥如今病得不轻，镇日躺在榻上惦记着二郎，说这一大摊子事总得找亲兄弟帮衬着，下头几个小的都不成器，若是烨哥儿能回府，将来……"然后是一阵轻轻叹气。

王氏眼睛一亮，顾廷煜如今无嗣、病危，并不是秘密，嫁入侯府和做侯夫人可是完全不同的两个概念，侯府子弟的岳母和侯爷本人的岳母身价差别更大了海了，更何况如今宁远侯的确需要顾廷烨来撑门面，想到这里，她忍不住道："自然是回家的好——"后面的话被老太太的目光打断了，王氏慢慢缩回话头。

老太太收回看王氏的目光，转而笑道："顾都督是个明白人，必能明白侯爷的难处和夫人的苦心。"

秦太夫人似乎一点儿也没有不悦，转头看了一眼一旁站立的明兰，回过头来对着老太太，再次直直地看着老太太，一字一句缓缓道："自古后母难为，我家二郎大家是知道的，年少时淘气胡闹，后又出走江湖，性子不免有些左。他曾放言'非嫡女不娶'，如今……我瞧着明兰是极好的，若有我在，别的不敢说，但我绝不叫人欺负了她去！"

说到最后，声音几乎哽咽。王氏颇为动容，觉着这话说得也有理，轻叹着点了点头。

老太太却蹙起眉头，似有不解，转眼去看明兰，只见明兰微微抬头，脸上还没什么，一双大眼睛却闪闪发亮。接到老太太的目光，明兰立刻低下头去，不敢让人瞧出自己细微的神色变化，她知道问题出在哪里了！

顾廷烨向盛府表露结亲之意，此事已上达天听，人人都以为嫁过去的会是盛府嫡女，谁知峰回路转，如兰另配，然后顾廷烨闷声不响地接受了盛府庶女。为什么文官集团会这么高兴？因为他们认为，这是新贵权爵对他们的妥协和敬重，这才有了外面的一片夸赞声。

明兰心头敞亮，一般人恐怕都会以为是顾廷烨让了步，可事实上，只有她和老太太知道，情况刚好相反，她才是被算计的那个。

按照一般思维模式，以顾廷烨和秦氏一贯的名声，秦太夫人刚才的话其实是很有说服力的，可是……明兰脸上露出微不可察的一抹微笑，她终于知道自己最大的优势在哪里了——她认识一个旁人不知道的顾廷烨，没有几个人，尤其是顾府中人，他们不会知道顾廷烨的真实想法。

明兰慢慢抬起头，目光正对上老太太。老太太似也渐渐明白了，嘴角浮起一抹隐晦的欣喜，转头与秦太夫人答道："夫人怕是弄错了，我家六姐儿本就是嫡出的。"

是夜，盛纮歇在王氏屋里，一边叫丫鬟卸下外裳氅衣，一边听王氏絮叨今日顾府太夫人来访之事。

"那位太夫人呀，又温和又贵气，不见半分高傲，说起话来也是入情入理，和文家那位比起来，真是一个天上，一个地下，唉……要说还是六丫头有福气。"王氏从彩佩手里亲手捧过一个雨过天青色的汝窑杯盏，"喏，这便是太夫人今日送来的毛尖，老爷且尝尝。"

盛纮换上一身常服坐在炕上，道："老太太也好这口儿，你可别全截下了。"别怪他说话难听，王氏可是有不良历史记录的。

王氏心里堵了一下，随即嗔道："瞧老爷说的，还当我是年轻时不懂事的吗？一半都留在寿安堂了，余下的才给老爷和几个孩儿分了。"

盛纮略一点头，接过王氏递过来的杯盏，呷了一口，面上微露喜色，轻赞道："好茶！怕是上进的也没这般好。"

"唉——六丫头是不必愁了，可怜我的如儿却要跟个厉害婆婆。"王氏坐在炕几的另一边，抚弄着手指上的金玉戒指，满面愁容，一边叹气如兰，一边夸赞秦氏的贤德温善。

她越想顾府太夫人的好处，就越鄙夷文老太太的庸俗尖酸；越鄙夷文老太太，就越觉得太夫人真是好人。她心乱如麻，越说越收不住嘴，一旁的盛纮只一个劲儿地饮茶，一言不发。

"老爷，你倒是说一句呀。"王氏唱了半天独角戏，见丈夫全然不理睬自己，忍不住叫道，"你也不为如兰担忧，敢情闺女是我一个人的。"

盛纮慢吞吞地放下茶盏，转头朝着王氏。王氏也微侧身体，正色恭听。只听盛纮道："你以后与这位太夫人来往定要小心谨慎些，凡事且留三分……哦，不，留七分余地，不可都说尽了，且防着些，免得将来后悔。"

王氏大为奇怪，瞠目道："这是为何？我瞧着她人极好，老爷又没见过她，怎这般说话？"

盛纮捋了捋额下短须，摇头道："不用见也知道。你瞧着她好，那她必然是个厉害的。"

王氏一脑门子糨糊，隐隐觉着丈夫是在讽刺自己，大声道："老爷说什么呢？！"

盛纮似乎心情甚好，呵呵笑道："当初在泉州，你与知府太太几乎义结金兰，后来不知何事闹翻了，你在家中足足大骂她两个时辰。在登州，你与平宁郡主好得差点没拜把子，如今呢？若不是广济寺方丈劝着，你便要扎小人咒她了。还有康家的姨姐，你们姐妹久别重逢后你没口子与我夸她，撺掇着我帮忙，现下呢？你只恨不能剥了她的皮……呵呵，想来凡是你瞧着好的，早晚必然反目，还不如早些备着。"

一席话说完，盛纮笑得肩膀直抖，额下的胡须乱飘一气。王氏气得粉面涨红，一张嘴好像离了水的河鲫鱼，一张一合的，却又说不出什么来反驳，最后只得愤愤道："老爷倒是好兴致，还有闲情拿妾身打趣！"

这段日子，盛纮过得春风得意，每晚都有或同僚或同年或上司相邀宴饮，众人明里暗里多有结交逢迎之意，盛纮如何不乐？越想越得意。王氏叫他笑得愈加气愤，只能板着一张脸，胸腔一起一伏，自顾自地生气。

笑过一阵子，盛纮直起身子朝着王氏，问道："两个丫头的婚事预备得如何了？"

王氏闷闷不乐道："如兰已经过了文定，开年春闱发榜后，不论文相公考中与否，婚期便定在二月底；明丫头做妹妹的不好越过如儿，我们合计着定在三月初前后。"

盛纮微微点头，忽然想到一事，对妻子道："既然开年就要办喜事，这回过年咱们且清省些，一来莫太张扬了，惹人注目；二来嘛……"他顿了顿，正色与王氏道，"待出了年，你就把家里与儿媳妇交代下，然后去趟奉天吧。"

王氏惊奇道："去奉天做什么？"

盛纮沉默了一会儿，轻叹道："你去奉天，亲自与岳母赔罪，顺带告知两个丫头的婚事。"

王氏想起自己的亲娘，心里一阵发堵，闷声道："就怕娘还在生我的气，都赔过许多次礼了。都说母女俩没有隔夜仇的，娘也太狠心了。"

盛纮肃容，神色带了严整，劝着王氏："上回的事确是我们的不是，难怪岳母生气，这些年来岳母与舅兄一直帮扶我们，你却这般轻忽自己娘家，外甥到底是王家的长子嫡孙，他们如何不气恼？如今王、康两家已结好了亲事，事过境迁，咱们总不能一直僵着。你这回去，好好赔罪，岳母若得空又身子爽利，索性接了来住段日子，我们也热闹热闹。"

盛纮颇为敬重这位丈母娘，当初他去王家求亲，王老太爷本不赞成，嫌他庶子出身，还没有家世倚仗，反是王老太太一眼相中他，愣说盛纮秉性厚道，将来必有前程，这才把家中二小姐许配过去，为此，盛纮一直感念王老太太的恩情。

王氏眼眶泛红，想起几十年来的慈母恩情，婚后遭遇林姨娘危机，王老太太又送人又训诫地来帮忙，她的泪水缓缓流下："都是我不孝，母亲这般挂念惦记我，我却还让她在大嫂面前难做。"说着，赶紧拿帕子抹去泪水，转而笑道，"我听老爷的，这回我亲自去磕头赔罪，大不了叫娘打一顿板子就是了！"

盛纮见状，也笑着叹息："这才是……锦上添花易，雪中送炭难，这些日子我瞧着那些来攀交情的，却常常想起早年岳家的情谊，如今我家眼看着好些了，怎么也不能忘本呀。"

王氏心里感动，瞧着丈夫的目光中俱是柔情，声音里像是带着激动："娘毕竟没有瞧错了你，你是个念情的。"

好的讲完了，该轮到坏的了。盛纮是官场混迹多年的老油条，最通谈话技巧。他端起茶碗来又喝了一口，问道："两个丫头出嫁，你打算各备多少嫁妆？"

说起这个话题，王氏脸色一僵，掀开炕几上的暖笼，拎出茶壶来给盛纮的茶碗里续满了水，动作又缓慢又拖拉："不是早就说好了吗？照着老样子办就是了，该多少就多少。"见盛纮始终盯着自己，王氏知道不能含糊其词，才不情不愿地道，"不过说实在话，自是如儿要厚些，一来如儿身份贵重，二来……"王氏咬了咬嘴唇，"如儿嫁得委屈，自要多备些傍身。"

"糊涂！"盛纮毫不犹豫地喝道，一掌拍在炕几上，刚倒满的茶碗倾出些水来。

王氏不服气，立刻反口道："明丫头都得了那么个贵婿，还有什么不知足的！"

盛纮提高声音，出言讥讽："敢情那贵婿是你给明丫头寻的，还是如儿让给自己妹子的？"王氏立刻语塞。

盛纮瞪了王氏好几眼，挥了挥袖子，才发现袖子被茶水打湿了一半。他拧了拧袖子，沉下面色，训斥道："这门亲事老太太本是不愿意的，你自己没教好闺女，让如儿做出那般不知廉耻的事来，末了没法子时却拿明丫头顶包，你还好意思说！"

每次提起这件事，盛纮总忍不住夹枪带棒地数落王氏，毕竟对一个以道德文章标榜的文官来说，嫡女私会外男，简直是在他脸上扇耳光。而每当这时，王氏也只能老实听着，再怎么说，教养女儿也是母亲的职责。

盛纮一想起如兰和文炎敬的事就觉着像吞了只苍蝇一样恶心，忍不住又训了王氏一通，顺下些气来后，才又回归正题："我与你把话说明白了！这回无论明里暗里，还有前儿你给如儿置办的那座宅子，你都得把两个丫头的陪嫁置办得一般厚！"

王氏嘴唇翕动了几下，没有说话，脸色却愤愤不平。

盛纮站起身来，瞧着王氏不甘不愿的表情，沉声道："自你嫁进盛家后，我可有打过你一分嫁妆的主意？你要统统留给你生的三个孩儿，我也没有半句话。可你摸着良心想想，你姐姐可有这般好运？这些年她的嫁妆都填到哪里去了？不说康兄花用无度，还有那一屋子的庶子庶女，哪个聘娶婚嫁不是靠着你姐姐的嫁妆？康家姨姐可有到处哭诉嚷嚷？"

比起康姨妈，王氏的运气确是不错了。王氏说不出话来。

盛纮见她神色似有松动，盯紧了道："墨儿和栋哥儿就不用说了，可明丫头是记入你名下的！是以你给如丫头置办多少，明丫头就得多少！要怪，就怪你自己教女无方，纵出个险些拖累家人的祸害。此事你便是与岳母说，看看她赞不赞成你！当初你们姐妹出嫁，我家远不如康家显赫富贵，难不成岳母就把你们姐妹俩的嫁妆分出厚薄来了？"

王氏有苦说不出，颓然瘫在炕上，手里绞着一方帕子，扭扯得不成样子。

盛纮冷眼瞧着王氏的神色，又慢慢加上一句："不但如此，老太太给明兰贴补多少妆奁，你也不许过问！"

王氏心头一紧，猛然抬头看着丈夫，神色愤懑道："这却又为何？老爷吩咐的，我不敢不从，两个丫头的嫁妆一样就一样吧！可她们都是老太太的孙女呀！难道还有厚薄？"

盛纮冷冷地道："老太太虽放过明言，每个丫头都贴补妆银一千五百两，可当初华兰出嫁时，她贴的可远不止这个数！你当我不知道吗？"

王氏紧接着争辩道："可华儿是老太太教养的呀……"她一个激灵收住了后话，说起来，明兰更是老太太养大的。

盛纮盯着王氏，眼神中掩饰不住失望，缓缓道："老太太养育我一场，为了我的前程，已赔出去许多了，如今她剩下的那些体己物件、银子，她爱给谁便给谁，谁也别念着！"

王氏腹诽，反正给哪个都是盛纮的骨肉，他当然不介意。

盛纮瞪着王氏，缓了口气，继续道："老太太是个重情义的，她养过华儿和明丫头，想要多给些也是常理。如今我们忤了她的意思，硬是拿明兰顶了缸，老太太无论想给明丫头多少，你都不许啰唆半句！如若不然……"

他用力拍了下炕几，震得王氏一抖。他厉声道："你嫁入盛家这些年，于婆母多有不孝不恭，于妾室庶出多有不贤不德，我忍着你的不是，不过是瞧着岳母和舅兄的面子，你当我真是全然不知？何况，当年卫氏的死你就没半分过错？"

王氏如遭雷击，浑身抖动得厉害，面色苍白得如死人一般。自她笃信佛法之后，听师父们讲佛多了，开始真信有因果循环报应之事，加之林姨娘已遭了报应，在田庄里清寒度日，墨兰在梁家的日子也不好过，想来自己的那份罪孽又该落在哪里呢？

她死灰着脸，低声道："一切依老爷的便是。"

王氏虽有些小心眼，为人也不算宽厚，但总还干脆，她答应了就是答应了。

第二日，她便去与儿媳交托家务："一开年我就要出门，这些日子我要与你两个妹妹打点嫁妆，家里你多看着些，备年礼时有不明白的来问我，我出门后你问老太太。你如今有了身子，若觉着不适或不想动弹，就去寻两个兰丫头来帮忙吧。"

海氏早已掌理大半家务，驾轻就熟，自然无有不从，只是瞧着王氏发红的眼圈，心里暗暗犯疑。接下来几日，待海氏听到王氏要开库房，取出早年积存的绫罗绸缎和贵重木料，且平均地一分两份时，她立刻明白是怎么回事了。

海氏素来乖觉，立刻与王氏言道："两位妹妹出嫁，我做嫂嫂的也不好空着手，回头给她们也添些嫁妆，算是我和她们兄长的一点儿心意。"

王氏连忙喝止。她的数学很好，这点算计还是清楚的。海氏的嫁妆若不动，将来都是自己孙子的；若要给如兰一份，那定少不了明兰一份。现在她每天清点财物嫁妆时，一阵阵刀割般心疼，如何肯再出血？

"翰林院是清苦之地，孩子又还小，你将来用钱的地方多着呢！别价，你妹妹们的妆奁我会瞧着办的，又不是办不起，再说了，咱们盛家不作兴惦记媳妇嫁妆的。"王氏紧抓着海氏的手，一气打断儿媳的念头。

话虽这样说，但海氏心里明白得很，回去与柏哥儿商量后，还是备了好些贵重精致的首饰摆件给两个兰添妆。

大约嫁妆是一个永恒的话题，牵涉的总是婆婆、媳妇、小姑，相比盛家的温馨美好，袁家的态势就很难看了。

忠勤伯府正屋明堂，四面门窗紧紧关闭着，地上散碎着细细的瓷片，茶水洒了一地，屋内弥漫着一抹淡淡的茶香，打翻的熏炉散出来幽幽的檀香，混合成一股说不出的味道。

袁老爷子铁青着一张脸，指着站在下首的袁夫人抖个不停："你……你……你……亏你想得出！居然想着拿儿媳妇的嫁妆去贴补缨儿！你昏了头了！"

袁夫人看了一眼一旁的袁文绍，脸皮扯不下来，倔声道："她嫁进来便是我家的人了！什么嫁妆不嫁妆的，什么都姓了袁了！婆婆说要，她就该老实地送上来，居然还有脸向男人告状！什么家教！"

"啪"的一声，袁老伯爷一掌拍在方头案上，震得众人心头一跳。他抖着胡须大吼道："你给我住嘴！你还有脸说儿媳妇，这几十年来，别说你的嫁妆，便是我袁家的银钱，你拿了多少去贴补你娘家和章家？你怎不想想都是姓袁的？"

袁夫人被哽住了，看丈夫眼色凌厉，当着儿子的面就抖了自己的底，显是真生气了。她只得抽条帕子出来，捂着脸做哭泣状："我这为的还不是缨儿吗？寿山伯府有那么多房兄弟，缨儿若没有一份厚厚的嫁妆，回头妯娌们冷眼瞧不起怎么办？老爷别光心疼儿媳妇，也想想自己闺女吧，咱们可就这么一个闺女呀！"

袁夫人一开始只是假哭，但想起自己的女儿，忍不住真哭了起来，越说越伤心，随即狠声骂道："这个贱人，我这就去撕了她的嘴！叫她撺掇我儿子来忤逆我！做儿媳妇的不听婆婆的话，还想造反了啊？！"一转身，就冲着一旁的袁文绍去了，握着拳头就去捶打他，一边打，一边哭骂，"我的命怎么这么苦呀？辛苦拉扯你大了，却有了媳妇忘了娘！我不过要点嫁妆给你妹子，你却来告诉你爹爹！你个孽障，还不如打死你算了！"

袁文绍不敢推搡母亲，只能躲闪，没头没脑地挨了几下。袁伯爷怒火攻心。他可不是盛纮那样文绉绉的读书人，两大步走上前，一把扯开撒泼的老妻，伸手就是一下。

啪！

袁夫人脸上重重地挨了一下，她不敢置信地捂着自己的脸，看着丈夫："你……你……你居然当着儿子的面……我不活了！"

她一边哭喊着，一边就要扑上去。袁伯爷用力一搡，把袁夫人一把掼倒在地上，冷冷道："你可还记得老太君过世时说的话？"

袁文绍听得没头没脑，但袁夫人陡然安静了，神色中现出惊惧来。袁伯爷神色冷然，缓缓道："母亲曾当着大姐和你我的面说过，你为人愚蠢贪婪，见小利而忘大义，难堪嗣妇，奈何已有儿女，母亲临过世前，叫我写下休书，她亲自在后头写了话，言道袁氏能起复爵位着实不易，实乃叨天之幸，再不可有任何纰漏，若你朽木难雕，累及家门，就不必顾念你为二老守三年孝，尽可将你休出门去！那休书如今可还在祠堂祭桌上！"

袁文绍大吃一惊，他从未听说此事。袁夫人这会儿不哭了，抖得宛如筛糠一般。袁伯爷眼中浮起一抹嫌恶，骂道："你瞧瞧你自己这副样子，可当得起袁家主母？自从讨了两个儿媳妇，我为了顾及你做婆婆的面子，忍你许久，你却得寸进尺！"

袁夫人吓得面无人色。袁文绍慢慢把老娘扶了起来，挨着一旁的方椅坐下，其实他心里知道，这休书应是震慑为主，真休了妻，忠勤伯府面子上也不好看。

屋里静默一片，只听见袁夫人细细的抽泣声，还有袁老伯爷气呼呼的喘气声。这时，厅堂的门"砰"的一声被撞开了，只见袁文缨满面泪水地冲了进来。见屋内一室狼藉，父亲恼怒得浑身发抖，母亲捂着脸失魂落魄，她顿时一阵清泪，"扑通"一声跪下了，给父亲和母亲各磕了一个头。袁文绍瞧着不对，一个箭步到门边把门关上。

袁文缨玉面挂泪，哽咽道："大嫂子都与女儿说了，这都是女儿不孝，叫父亲、母亲为女儿争执了！"

袁伯爷素来疼爱女儿，见女儿如此，只默默坐下，冷哼了一声，道："她倒传话传得快！旁的本事没有，就一张嘴皮子惯会道人长短！"

袁夫人一听丈夫对自己外甥女有不悦之意，连忙扑过去，搂着女儿哭道："我可怜的缨儿，你爹爹和兄长好狠的心哟！"

袁文绍脸上现出不豫之色，忍不住道："母亲，若是旁的也就罢了，您开口就要华兰的陪嫁庄子，那在京郊足有十几顷良田，况且如今盛家就在近旁，这田地若有变动，当他们不知道吗？你……你……你叫儿子以后如何在岳家抬得起头来？你叫华兰以后如何回娘家？"

说起这个，袁伯爷又恼怒起来，指着袁夫人大骂道："正是这个理！这些年来，你当我不知道你明里暗里算计了二儿媳妇多少家私？亲家那是厚道和气，才不与我们来计较！且不说嫁妆本是媳妇的私产，便是夫家急着周转些，也不好太过了。你倒好，就差明抢了！你还要脸不要？！"

他越说越气，忽想起一事，大声喝道："前日三房的两位弟弟来寻我诉苦，说连说了几门亲事都黄了。就是你，败坏了我们袁家的脸面，外头都说袁家婆婆刻薄，惯会占儿媳嫁妆，谁还敢嫁来我家？你还有脸在族里摆大嫂架子，我都替你臊死了！"

想起几个老弟弟，袁伯爷面上涌起愧疚之色。袁家门第不上不下，要寻几门登对的婚事不容易，想到为着自己老妻糊涂而连累族人，他更是心头冒火，又发狠地骂了几句。

袁夫人一脸委屈。寿山伯夫人自来瞧不上自己这个弟媳妇，偏这样，她反想在对方面前争个体面。

袁文缨心明眼亮，知道症结出在哪里，便跪在袁夫人面前，哀声劝道："我知道娘是为了女儿好，可是娘……您想想，姑姑就是袁家出去的姑娘，我们家底如何，她还会不清楚？姑姑素来疼爱女儿，便是女儿没带一文钱过去，难道姑姑会委屈了女儿不成？若女儿带着二嫂的田庄或银子嫁过去，反叫姑姑鄙夷……二嫂一直拿女儿当亲妹子疼爱，什么好吃的好穿戴的，不是先紧着我？母亲这般行事，反伤了二嫂的心，岂不叫我们姑嫂难处了？"

袁夫人见人人都向着二儿媳妇，如同口含黄连一般，一句话也说不出。

袁文绍心里宽了些，总算这妹子还是个明白人。袁伯爷欣慰地瞧着女儿，长长叹了一口气，想起儿子刚才说晚间还有事要出去，连忙给儿子递了个眼色。袁文绍看见后，缓缓地贴着门沿出去了，却不往大门处去，而是直奔西侧小院华兰处。

一脚跨进屋里，只见华兰一身半旧的翠底小碎花镶绒边锦棉对襟褙子，袁文绍心里一阵内疚，想起华兰刚嫁过来时满箱子的簇新衣裳，如今却……华兰坐在炕边，支着肘子靠在炕几上，见丈夫来了，神色淡然："事儿完了？"

袁文绍点点头。

华兰凄然一笑："回回都这样，次次都如此，好好一个家非要闹腾不可。我真想问问母亲，我到底有什么地方不好，她定要寻我的不是。若母亲真容不下我，早早写封休书与我，我自会下堂求去，何必叫我这么零碎受罪！"说着，泪水便顺着面颊淌了下来。

袁文绍上前一把搂住妻子，软声安慰道："你浑说什么？我们是要白头偕老的，便是你想走，我也不放人的！"

华兰哭得泪水涟涟："不是我不孝，我只想问一句，这日子到底什么时候是个头？我陪嫁过来的银子早没了，衣箱里的好料子、好物件，也都叫母亲见天儿寻刮了去，如今她竟念起那庄子来了，母亲……母亲……到底想怎样？家里又不是过不下去了！"

华兰泪如泉涌，嘤嘤哭倒在丈夫怀里。袁文绍心里也异常愤恨。其实他很清楚自己母亲的心思，不过是瞧着华兰娘家得力，她既得公爹喜欢，又受丈夫宠爱，相形之下，自己这个婆婆反倒被压了一头。

袁文绍也不好说什么，只能软言安慰。华兰忽然从丈夫的怀里直起身子，神色坚毅，大声道："绍郎，若只有我一个，跟着你便是吃糠咽菜，我也绝不喊半句苦，可是……可是……"她哭了起来，"我只可怜几个孩儿，他们……他们可还小呀！"

袁文绍看着妻子哭得死去活来，心里也如刀割一般。华兰哭诉着："将来这爵位是大哥的，瞧着母亲这架势，家产咱们怕也分不到什么了，那几个孩儿可怎么办？上回我娘来已起了疑心，我哄她说孕妇穿旧衣裳舒坦，可庄姐儿身上的衣裳骗不了人，回头我娘就送了两匹大红织锦来。外祖母送东西给外孙女还好说，若再有些旁的，岂不是打袁家的脸？"

袁文绍陡然生出些警惕来，下颚一收，目光中射出几道冷光，道："你以后也不要事事顺着母亲了，若母亲再有什么索求，你便来告诉我！还有……"他顿了顿，狠狠道，"你若身上爽利了，明儿把那四个丫头卖了！"

华兰大吃一惊，颤声道："那……那可是母亲送你的通房，可不好……"

袁文绍眼神中隐含怒气："母亲不是说家计艰难吗？还说给妹子办婚事手头紧，平白养着那几个作甚？回头你就卖了她们，还能省下些丫鬟婆子，把卖的银钱都送去给母亲，看她再说没钱！"

华兰心里大喜，却不敢露出表情，只嗫嚅道："这……这成吗？"

"有什么不成的！我早瞧着那些妖妖娆娆的玩意儿不省心了！"袁文绍是行伍出身，说话素来利落，一拍板便决定了。

华兰用力抹干泪水，知道丈夫是在体贴自己，柔柔地依偎过去。夫妻俩温存了稍许，华兰推开丈夫，笑道："今晚不是窦大人要宴请吗？绍郎可别耽误了，赶紧过去吧！"一边说着，一边从炕头处捧来一个沉甸甸的小包袱，塞到丈夫手里，温言道，"拿着吧。"

袁文绍一接过来，就知道是满满一包银子，心头一紧，打量了华兰一番，忙道："你那金项圈呢？"

华兰赧然一笑："都做娘的人了，还戴什么金项圈。"

袁文绍知道盛家女儿每人一个金项圈，华兰如今竟要靠典当才能为自己打点，心头更生出对袁夫人的愤懑，铿声道："你放心！你的嫁妆以后我一点一点给你补回来！"

华兰笑得很温柔："绍郎是守信之人，从未食言。"

夫妻告别一番之后，华兰含笑目送着袁文绍出门。待他走远了之后，她嘴角的笑意慢慢冷下来，凝色而坐。过了一会儿，一个年轻媳妇打帘子进来，笑道："大姑娘，姑爷出门了。"

华兰点了点头。那妇人殷勤地扶着华兰躺上炕，打叠好被褥，才笑道："大姑娘又赢了，这两年，姑爷可是回回都向着您的，老太太若知道了，定会高兴的。"

华兰神色冷淡，缓缓道："熬了快十年了，总算有点盼头。翠蝉，腿有些酸。"

翠蝉连忙伏到炕边给华兰轻揉着小腿。华兰半合着眼睛，问道："你可都探听来了？"

翠蝉知道华兰问什么，低声道："用不着探听，伯爷的声音大得很，不少人都听见了。伯爷狠狠训斥了夫人一番，缨姑娘也帮着劝说，还说……哦，还有一封休书。"然后，她立刻把袁伯爷曾写过休书的事说了一遍。

华兰两眼大放光彩："真的？"

翠蝉用力点头，捂嘴偷笑道："这下子夫人可丢人丢大了，瞧她以后还怎么在奶奶面前摆架子耍威风！"

华兰面含笑容地躺下，闭着眼睛，悠悠道："大约这次能消停久些吧。还是祖母说得对，这女人呀，过日子一定要用脑子，不能稀里糊涂地叫人欺负，也不能全凭心意地闹脾气、置气、赌气。"

翠蝉一边笑着听，一边轻轻给她捶着腿。她看着华兰一脸疲惫，忍不住拢袖抹了抹眼睛，低声道："大姑娘可是真不容易，每回我们回去，房妈妈总要拉着我问半天姑娘过得好不好。"

华兰想起盛老太太，眼眶湿润了，泣声道："都是我不孝，叫祖母替我操心了。这回为着明兰的事，她定是恼了我了。"

翠蝉忙道："怎么会？老太太也就这一会儿的气性，回头见六姑娘过得好了，她也就不恼了。上回太太来时不是说，老太太如今瞧顾家顺眼多了吗？"

她原是寿安堂出来的，华兰出嫁时，房妈妈亲自挑出来送了过来陪嫁的，后来嫁了打理华兰陪嫁的一个管事，如今是华兰身边极亲信的丫鬟。

华兰破涕为笑："没错！顾二郎也真是个急性子，换过庚帖这才几日呀，就急着往我家送年礼，整箱整箱的好料子，江南的纱绸罗缎不说了，关外的皮子、猞猁、紫羔、狐裘、雪熊，还有半尺长的雪参，我娘收得手都软了。敢情他是早攒着了，单等过明路了！"说着，华兰忍不住呵呵笑了起来。

翠蝉听得一阵羡慕，张大了嘴："这么多好东西呀，老太太纵算瞧不上这些身外之物，也该晓得顾家的郑重心意了。"

华兰点头，微笑道："正是。"低头间，忽看到自己身上半旧的衣裳，一阵黯然。

翠蝉偷眼瞅看华兰脸色，便知道她的心思，连忙附过去，轻声道："大姑娘别往心里去。六姑娘还未出阁呢，说起来顾家门水也深着呢，六姑娘将来还不定有多少阵仗要应付，且得辛苦呢，而您却是眼看着要熬出头来。老太太不是说过吗？但瞧着姑爷如何，若姑爷是个没心肝的，你就收拢银钱多顾着些自己；若姑爷有良心又心疼你，你就一门心思地为他着想，什么也别吝啬。"

华兰精神一振，面露喜色，拉过翠蝉的手，温言道："幸亏老太太把你给了我，这些年都靠你给我宽心。罢了，怎么说我也没把嫁妆都赔了出去……如今实哥儿他爹也知道好歹了，再不肯一股脑儿地把银子都交给婆婆。只要他肯与我一条心，多少银子我都舍得，回头谋几任外放，日子便好过了。"

翠蝉闻言，凑趣地笑问道："姑爷不是前头才升了五城兵马司的分指挥使吗？姑娘好大的心眼儿，刚吃上碗里的，就惦记起锅里的了？"

华兰一指头点在翠蝉额头上，嗔笑道："你个小蹄子，会来消遣主子了！"瞪完翠蝉，她微露愁色，轻轻叹息，"说起来，如今我只觉着对不住老太太，可是……"

华兰目带水光，低声道："做人媳妇是何其不易！何况摊上这么个婆婆，我也不是有心要算计明丫头的，顾都督这般身份、品貌，也不算辱没了盛家女儿，就是我嫡亲妹子也舍得呀，唉——只望着六妹妹以后日子好过，不然我可没脸去见老太太了。"

崇德二年的春节，是明兰穿越来之后过的最冷清的一个年，没大摆筵席，没放几根爆竹，连新衣裳都没做几身，但冷清掩盖不了盛纮火热的心情：除夕之夜，盛家几口人窝在一起吃了年夜饭，一块儿守岁至深夜。

盛纮标榜以诗书传家，自然不允许猜拳斗牌之类没有文化内涵的节目上台。照惯例，由长柏哥哥起头。他面无表情，自席间站起来，朗声诵道："明年岂无年，心事恐蹉跎。努力尽今夕，少年犹可夸！"

苏轼的《守岁》，很积极，很上进，很有励志意义。

一诗诵毕，席间冷冷清清，只有咽着几颗米粒牙的白胖全哥儿给自家爹爹面子，咯咯笑得手舞足蹈。盛纮抽搐着眼部肌肉，明兰扯扯嘴角，如兰自顾自地想心事，长枫低头捧着酒杯，王氏翻着白眼继续给老太太布菜，几乎要仰天长啸——这首诗连她都会背了好不好？

长柏哥哥真是一朵奇葩，每年除夕他都风雨不动地朗诵这首诗，一样的内容，一样的音调，一样的起复，甚至连表情也一样——就是没有表情。

头一年，新婚的海氏还目带柔情、面含春晕地瞧着自己的夫婿，以娇羞的神情听他朗诵，如今两年下来，海氏一脸若无其事地看向窗外，除夕的月亮好白好大哟。

接下来，长枫饱含激情地朗诵了孟郊的一首《登科后》，以抑扬顿挫的音调结束"春风得意马蹄疾，一日看尽长安花"。盛纮捻着胡须微笑而听，待听完后则板起脸来训斥了他一顿："戒骄戒躁，不可妄思，浮夸自满乃读书大忌！"

长枫哥哥垂下脑袋，一脸忧郁。他本是个百花丛中的倜傥公子，自打考上举人后，他日夜都想着出去游玩一番，没承想却叫盛纮死死拘禁在府里读书；本想着趁过年时松快一下，谁知盛纮要求全府上下一致低调低调再低调，一概不许出去摆风头。

明兰清楚盛纮的意思，就好像中了一亿大奖的人家会连夜搬家逃跑，越是风头劲时，越要夹起尾巴做人。如今皇帝彻查从逆大案还未结束，京中多少权贵世族担着心事，惴惴不安，这时候若哪家表现得太欢乐，搞不好会被人连夜扔煤气罐。

所以，即使盛纮现在明明很乐，也要面露忧愁，偶尔长吁短叹一番，表示自家区区喜事不值一提，全国人民好才是真的好。

明兰心里一阵暗乐，连忙低头，一脸肃穆地掩饰表情。

光洁的红木如意大圆桌上摆着热气腾腾的几十道年菜，盘子底浸在热水中保温——五福临门、三阳开泰、年年团圆……还有好几道有鸡鸭鱼肉的汤汤水水，看的意义大过吃的，几乎都没动几筷子。明兰挑了盆青葱翠绿的伸出筷子，夹了两根酿了鱼羊肉馅在里头的菜心在嘴里，慢慢吃着，满口生鲜。

待盛纮训完长枫，老太太道了声乏先回去歇息了。明兰眼巴巴地瞅着，却又不好跟过去。这是她在娘家的最后一个除夕了，老太太吩咐过她，要她老实地和盛纮、王氏守岁，尽尽孝道。

王氏见婆婆一走，立刻欢喜地放下筷子，面带微笑地转向海氏——现在该轮到她享享媳妇的福了吧。谁知还没等她开口，海氏又是一阵孕吐袭来，捂着嘴巴冲到外头去狂呕，待叫人扶着回来时，一副脸青嘴唇白。

盛纮挥挥手，叫儿媳妇回去躺着了。长柏也挥挥手，叫人将妻子连儿子一道带下去。父子俩挥手过后，王氏还没来得及说一句话，就身旁空空，她只能对着两个兰干瞪眼。

外面飘着鹅毛大雪，即便屋里烧着地龙和火炉，依旧是寒气不止。一屋子人里只有王氏一人红光满面，闪闪发光。明兰看了她几眼，暗暗叹息，要是有两支静心口服液就好了。

王氏愁肠百结，一小杯一小杯地自斟自饮，时不时地看两眼明兰。她自认为不是个恶毒的嫡母，并且很为庶子庶女考虑，从明兰小姑娘还没出生时，她就打算开了。

那时她想，若卫姨娘生个男孩，就得把她晾起来；若是生个女孩，就接着捧她，结果天遂人愿，一个漂亮的小女婴呱呱坠地，林、卫二女继续争斗，王氏江山铁桶。

后来小女婴渐渐看得出眉眼了，端的是个少见的美人坯子无疑，她就想，以后结门于盛家极有益的亲事，或者接收大大一份彩礼是跑不了的。

再后来，卫姨娘挂了，明兰在自己这儿没待多久就被归置到寿安堂去了。一日日过去，明兰出落得芝兰玉树一般，性子也可爱讨喜，一方面固然成功地分去了盛纮对墨兰的宠爱，但另一方面，自己的如兰愈加被映衬得没法见人。

坐在一旁的明兰觉着王氏神色不善，知道她最近备嫁妆备得很郁卒，便轻悄悄地扭开头去，转眼正瞧见如兰，只见她低着头，侧着脸，面带粉晕，似喜非喜，一双含情目看向窗外。明兰暗哂一声，用脚指头想也知道她又在想她那心肝肉的敬哥哥了。

自出事后，盛纮夫妇原是极不待见这便宜女婿的，但是文姐夫自强不息，养好被长柏哥哥揍出来的伤后，亲自上门给盛纮夫妇磕头赔罪。一开始王氏发脾气，叫他跪在地上，不理睬，盛纮也不冷不热地说了几句场面话，然后钻进里屋看书去了。

如兰闻讯后，疯了似的闯关过去，一看见文姐夫就泪如泉涌。两只苦命鸳鸯相对而跪，对面流泪，只差声声泣血了。王氏见这场景，便吃不住了，只好硬把盛纮扯出来。

中间的细节、过程明兰不清楚，只知道大约是文姐夫当着准岳父岳母的面，狠狠陈述了一番自己对如兰是如何的情比金坚、爱比海深，给一打公主也不回头。

据说当场把王氏说得热泪盈眶。准丈母娘迅速对盛老太太的一贯主张起了共鸣，果然易求无价宝，难得有情人。连官场老油条盛纮也眼眶湿润了，紧握准女婿的双手，嘉勉了一番学业仕途和婚姻幸福的良言。以上场景被刘妈妈密封现场，小喜鹊舍命向明兰提供独家情报。

明兰听得目瞪口呆，以她的理解，估计王氏是真的被感动了。女人天性就比男人浪漫，再粗线条的女人也还是女人，但是盛纮嘛……反正这女婿没法退货了，气也出了，何必把关系搞僵呢？给个台阶，大家一起下了便是。

之后，如兰一改之前的郁郁寡欢，整日眉飞色舞、嘴角含笑，一针一线地往帕子上绣着敬哥哥写来的诗句——月映柳梢荷塘边，鸿雁在云鱼在水，惆怅此情难寄，只肉麻得明兰一阵鸡皮疙瘩，可如兰很受用，满面娇羞地细心刺绣。

此情此景，明兰一阵默然。

在一个依旧低调的上元节后，王氏打点行囊北上奉天了，盛府中一应事务皆由海氏掌理。因海氏之前已多有涉及，事情交接倒也顺利，便有那一两个不长眼的仆妇想拿乔，海氏也很适时地孕吐一番，然后请出常协助王氏理家的如兰来帮忙。

不知是敬哥哥伟大人格的潜移默化，还是如兰真的长大了，加之前一阵子被盛纮和王氏骂惨了，一肚子火气还没地儿出，索性就火力全开，将那些婆子一顿臭骂。

"你个不长眼的东西！我大嫂子的话你也敢驳？当日我娘在上头时你也是这般回话的？敢情好日子过腻了，想着挪地方了吧？"

"你是王家陪来的，我外祖家的银钱账目最是明白，你今日却拿出这个数目来，你就是这般给王家长脸的？"

"什么也别废话了，先卸了差事吧！瞧着你是骨头生痒了，狠狠敲打一顿便什么事儿都没了！"

痛骂一番后，海氏的孕吐就止了，如兰也心情舒畅了，继续情意绵绵地绣嫁妆去了。明兰愕然，过了半晌，忍不住道："五姐姐，你这眼看要出阁了，好歹宽厚些，免得……"

明兰不知怎么说下去。如兰很自如地接话道："免得她们在外头嚼我的舌根，是不是？"明兰瞪着她，既然你都知道了，那还……

如兰满目柔情地看着绷子上的那幅绣了一半的"碧水鸳鸯戏荷叶"，眼也不抬，忽然没头没脑地说了一句："上回你跟着我出去见过文家老太太了，你觉着她人如何？"

明兰眼神闪躲开去，结巴道："呃……看着挺健谈、挺爽利、挺干脆的……"其实是很聒噪、很泼辣、很蛮横，嗓门又大，不过，不好当着如兰的面说她未来婆婆的坏话。

如兰抬头白了明兰一眼，直言道："那不是个省心的婆婆！"

明兰不说话了。如兰却继续道："我不是真傻，对我真好还是假好，我心里清楚。我小时回宥阳老家时，见过孙家那老虔婆是怎么对淑兰大姐姐的，还有那姓孙的混账秀才。六妹妹，你后来一番番提醒我的话我也都听进去了，我也想过敬哥哥到底是不是真的对我好。"

明兰看着如兰肃穆的神色，静静听着。如兰的声音渐低，道："我说敬哥哥好，是因为他从不瞒着他家里的事，他母亲的偏心、他兄弟的不长进，还有他一再耽搁的婚事，他一概都告诉了我，他也与我说过，他家的大儿媳妇不好当。"

"那你还……"明兰轻声道。

如兰截过话头，言道："我当时与敬哥哥说，我会孝顺婆婆，善待弟妹，但是只有一条，他得与我一条心，只要如此，我便什么也不怕！"

明兰心头一动。这话听着很耳熟，她曾经在华兰嘴里也听到过类似的言语。她慢慢沉默了，看来当年王氏和盛纮的龃龉并惨败于林姨娘之手的过往，还是在这两个女儿心中留下了深刻的烙痕。

如兰忽然轻快地笑起来，道："敬哥哥应承我了，若有人欺负我，他绝不偏帮，大不了躲出去就是了！我便想着呀，这会儿开始就练练胆量嗓门，省得到时候败下阵来。"

明兰啼笑皆非，摇摇头便罢了。所谓扮猪吃老虎，谁是猪，谁是虎，还不一定呢。

"五姐姐定能过得好的！"明兰真心道。

如兰翻了白眼过来，冷哼道："那是自然！你们一个一个的都嫁了高门，只我一个低嫁了，怎么也得过得好，不叫你们笑话了去！"

明兰仰天无语。这就是盛家五小姐，每次她对如兰产生了那么一点点正面情绪，如喜欢、钦佩、同情等，总持续不了五分钟，就直接转为负面情绪。

日子一天天过去了，如兰只要专心给自己绣些袄帕就成了，她的嫁妆，王氏一早就备得七七八八了，可是明兰差远了，盛老太太原本打算如兰婚事过后半年才让明兰成亲的，这会儿变生肘腋，只好加紧赶急了。

几日前宥阳传信，说年前腊月初，品兰和泰生表哥已成了亲，京城送去的贺礼都收妥了，一切安好。老太太细细询问了过年回来的允儿关于品兰的嫁妆，然后振奋一把精神，埋头于打点明兰嫁妆的战斗中。

嫁妆对于古代官宦富户人家的小姐来说，可是十分重要的一项，有些钟鸣鼎食的考究家族里，那些受重视的嫡女，从牙牙学语始，长辈们便要一件件给攒嫁妆了。

就是一样厚薄的嫁妆，也有从繁从简两种情况。繁的，就是除却陪嫁的丫鬟、婆子、管事和固定资产，大到床、桌、柜、箱等家具，小到四季衣裳，甚至红木金箍的马桶和洗澡盆，夸张一点的搞不好连寿衣都备下了。像盛老太太和海氏，她们就拥有一整套从头到脚极其严整规制的嫁妆。

但这毕竟是少数，许多官宦人家要四处为官，哪里有时间慢慢积存？还有一些人家是后发迹的，根本采办不及周全的嫁妆，于是想出了最有效的第一千零一招：

银子！

盛老太太细细思量了一番，除了当初从金陵老宅里起出来的古董瓷器要留给长柏传于盛家子孙，其他便没有什么不能给明兰的了。她从箱笼底起出田产和店铺的地契，一一交代。

"这庄子在白通河，京郊，里外算起来有五六百亩良田，庄头便是你崔妈妈的老头子，那两口子我瞧着算实诚，到时候一概与你陪嫁了去。田庄旁还有一座小山林，虽不大，风水却不错，两年前我一道买了下来，叫老崔头的几个小子打理着种些果树。"盛老太太极少一次说这么多话，一边说还一边发问，"别愣着……还记得祖母与你说过的庄务吧？"

明兰立刻反应过来，对答如流："嗯！用人要重信，时时常查检，再实诚的奴仆若没了得力的监管，天长日久也难免有别心，但也不可过分猜忌，寒了下头人的心。"

老太太满意地点点头，随即叹了口气："那田庄旁原还有一大片罪臣抵卖的良田，足有上千亩，因那块地离皇庄忒近了，我想着不好便没买。早知道你会这么嫁，我就……唉！"

"不用了，够了，够了！"明兰连忙道。墨兰只有二百亩水田外加一片旱田，即使是华兰的陪嫁庄子也不过七百亩罢了，当然，王氏还给了她别的东西。

"够什么够！"盛老太太一眼瞪过去。明兰立刻缩脖子。她瞧不得明兰这副没见过世面的样子，继续自顾自道："还有金陵和老家那儿的几片铺子店面，由你大伯照看着，还有几宗买卖的股息……"

"祖母！"明兰终于听不下去了，光是田庄、山林，加起来就有七八千两了，她忍不住插嘴，"这些银子便是嫁个公府小姐也够了，我哪用得这好些？再说了，您也得留些傍身的呀，俗话说，千子万子不如身边的银子……哎哟！"

明兰脑门上挨了一个栗暴。她捂着脑袋缩进炕褥里去。盛老太太大声呵斥道："你个没出息的！你以为那大家子里头的日子好过吗？大到妯娌、婆母、小姑，小到管事、婆子、丫鬟，哪个省事？进去后，有你使银子的地方。"

明兰知道祖母的意思，却摇头道："我是什么身份，外头人都知道，没什么好充冤大头的，到时候该怎样就怎样，细细计算着过也就是了。倒是您，年纪大了，身边还是多些银子的好。"别的不会，装傻充愣却是到这个时代后，明兰学得最精湛的技艺了。

盛老太太心中感动，却依旧训道："我留着傍身钱呢，不用你来瞎操心！还不是因你是高嫁，才要多陪些嫁妆的。"

明兰想起华兰在袁府的光景，她没钱吗？又过得好吗？可见银钱是买不来看重和疼爱的。她对着老太太的眼睛，正色道："祖母，您听我一句，若我是个有福气的，以后自然不愁日子过；若我是个福薄的，再多陪嫁也便宜了别人。您还是自己多留些吧，您身子不好，若……有个看顾不周的，或下头人不利索的，您手里有钱干什么不成呀！"

这些都是诛心之言，甚至有些不孝忤逆的意思在其中了，非到这种时候，明兰是决计不敢说的，老太太如何不明白。她眼角沁泪，低声道："放心，他们不敢怠慢我的……且我瞧你大嫂子是个懂礼数的，待我很是孝顺。我只忧心你这傻孩子……"

明兰眼眶湿润，努力做出高兴的样子，笑道："听小桃说，她们村里原有句俗话，嫁汉嫁汉，穿衣吃饭，孙女好歹算是高嫁了一场，总不会过不下去日子吧。"

老太太听了，也忍不住笑出来，随即板起脸，重重道："好！他既千方百计把你算计了去，想必不会叫你饿着。"

祖孙俩说了许久，最后敲定固定资产还是只陪过去田庄和山林，到时候多陪些银两，外加好几大箱老太太积年存的名贵料子。

嫁妆毕竟是死物，说定了也就说定了，陪嫁的人口才是麻烦。

当初华兰出嫁时，除了葳蕤轩的一众丫鬟婆子，王氏陪送一个彩簪，老太太也给心爱的大孙女送了一个翠蝉。近十年过去了，彩簪被抬成了姨娘，生了庶长子，如今不免遭到华兰的猜忌，而翠蝉嫁了袁府里最得力的管事，成了华兰身边最信重的左膀右臂。

墨兰是例外，王氏和老太太谁也没多送人，只让把她山月居里的人带了过去。

剩下的如兰和明兰，王氏照着华兰的例子，给如兰一个彩佩，给明兰一个彩环，老太太则把最老成稳重的翠屏给了如兰。至于明兰，其实小桃和丹橘基本算是寿安堂出去的，还有那四个绿的，也是房妈妈一手调教的，外加一个翠袖，老太太就不再给旁人了。

彩环姑娘是杏眼桃腮的小美人，老太太看了第一眼，就一阵生气，恨声道："也不知她安的什么心！"

明兰赶紧安慰她道："论颜色，她还不如若眉呢，更别说沉鱼落雁、闭月羞花的孙女我了。"

老太太一个趔趄，险些一个倒栽葱从炕上掉下来。

回到暮苍斋，明兰心里一直想着这事，就问丹橘："老太太与我挑陪嫁的人了，你且下去问问她们，有没有舍不得爹娘的，或是有中意的亲事了，别过了这村就没这店了。"

一旁的小桃听了，连忙插嘴道："我和丹橘姐姐自然是要跟着姑娘的。"

"废话！"明兰瞪了她一眼，"你闭嘴，我问丹橘呢。"

谁知丹橘一脸为难，捏着手指。明兰大奇道："莫非你不愿意与我走？你但说无妨的。"

丹橘吓了一跳，连连摆手道："不是的，不是的！我怎能离了姑娘！是……燕草和若眉。"

明兰眉头一皱，轻声道："你且说来。这些日子怕有不少人来托你吧。"

自从她订了顾廷烨的婚事后，身价大涨，好些丫鬟、婆子、管事都想着能跟过去，于是或明或暗地托人捎话。小桃是出名憨直的傻丫头，请她带话没准反要搞糟；绿枝刀口无德，不被她讽刺上两句就很好了；于是温柔厚道的丹橘就成了最好的突破口。

丹橘一脸为难，结结巴巴道："若眉……她是外头买来的，且还有枫三爷……的事，她只有姑娘可依靠了。"

明兰沉吟不语，若眉是房妈妈第一个想要剔除的人选，说她生得太好了，又识文断字，心高气傲，到时候未免心大眼高，生出事端就不好了。

"那燕草呢？她老子娘不是在给她说亲事了吗？"

丹橘脸色更难看，低声道："她说，她舍不得姑娘，想再多服侍姑娘几年。"

这下，连明兰的脸色也难看了。

小桃铺好床，提着个青花缠枝瓷熏炉在暖阁里慢慢地熏着，闻言，便回头道："燕草姐姐的娘前几日进府了，她们躲在屋里说了好一会子话，原来就说这个呀。"

冷不防被说破，丹橘一阵尴尬。

明兰一眼看过去，丹橘垂首立好。明兰淡淡道："你始终是心太软了。"

丹橘被明兰看得手足无措，实在不敢再隐瞒了，便嗫嚅道："都是一块儿长大的，她说我们要去享福了，可不能落下姐妹。"

明兰心里一沉，默了一会儿，才道："若眉带上，燕草留下。"

丹橘一惊。明兰看了她一眼，继续道："从明儿起，就叫绿枝顶了她的差事，叫她好生备嫁才是，我们一场情分，必不会少了她的嫁妆。"

丹橘应声，掀帘出门前，忍不住回头道："姑娘，这些年了，燕草也算尽心，没犯什么过错。"她服侍明兰近十年，知道明兰表面看着和气好说话，但其实心意坚定，想定了的事很少能改变，只是好歹再多尽一次力。

"我知道。"明兰坐在奁镜前，支着一条玲珑可爱的玉白手臂，缓缓道，"可她存了这样的心便是不好。那种权爵之家，便是你没什么歪心思怕也要被勾出歪心思来，何况她原就是个心志不坚的。这么着分了，还能成全了我们一场主仆情义。"

她不怕受骗，也不怕背叛，怕只怕骗她背叛她的，是她所信任所珍爱的人。

二月初，春寒早早就退去了一半，敬哥哥和长枫进考场的第二天，王氏从奉天回来了，虽一身风尘仆仆，但掩饰不住情绪愉快，面色红润。

"娘她近来有些咳，便不来瞧两个丫头出阁了，说是待天气暖和些了，就带着你们舅妈和表哥、表嫂们一道来走亲戚！"王氏眉飞色舞，盛纮也听得呵呵笑。

屋里一张海棠石填的如意大圆桌上堆满了毛茸茸的皮子和厚绒，看着就很贵重，还有几盒红线拴的人参。王氏不住道："喏喏，这是外祖给你们几个小辈的，喜欢什么自己挑去，这可是年前冬天刚打下来的。明丫头，别愣着呀，你外祖母可惦记你了，她说了，里头也有你的份儿。"她这次回娘家大获全胜，王老太太被小女儿一求一跪，便心软了，最后母女俩抱头痛哭一场，前事尽消，重归于好。

明兰笑着上前，跟在如兰旁边翻拣着那些厚茸茸的皮毛，触手温软暖和。果然是上好的货色！她嘴里夸着，心里却想，以她对王氏的了解，光是自己有好事还不足以叫她高兴成这样，定然还有旁人的坏事让她幸灾乐祸才对——莫非王表哥和康表姐婚后不和、婆媳不睦？

　　正想着，冷不防如兰凑到明兰耳边，轻声道："六妹妹，康表姐在王家怕是没过好。"

　　明兰心头一乐，也歪着脑袋凑过去，咬着耳朵："英雄所见略同。"

第二十五回 · 旖旎新婚

　　春闱出场那日，盛府派了来福管家去场外候着，伸长了脖子等了好半天，长枫和文炎敬才跌跌撞撞地出来。一个面色发青，活似纵欲过度；一个脸色泛黄，好像饿了几天。相比长枫的得失心重，文炎敬反而自如多了，反正不论他能不能考上，媳妇和岳家是跑不了的。

　　心态不同，导致结果不同，半个月后揭榜，文姐夫中了进士，殿试得了二甲三十二名，待经试过后，或进翰林院，或授官职；而长枫哥哥……喀喀，再考一次吧。

　　如兰婚期临近，样子反倒有些不对劲，一忽儿嘻嘻哈哈，一忽儿又无端发脾气。王氏来寻女儿说几句体己话，也叫如兰三句给顶了回去。喜鹊看这样子不成，只好去寻明兰救火。

　　"六姑娘，您瞧……"喜鹊为难地启齿。

　　"不用说了，我过去瞧瞧便是。"明兰知道她的意思，因她既会装傻，又会哄小女孩。不知从什么时候开始，她几乎成了如兰的灭火器，小喜鹊在时也常来寻她帮忙。

　　一进陶然馆，因已抬走了嫁妆，只见原本镶金缠银的闺房显得有些空荡，如兰呆呆地坐在窗前，一旁暗红漆木的衣架上撑着一件锦绣辉煌的大红嫁衣，平白将整个屋子映得光彩了许多。

　　"哟！妹妹如今是大贵人了，怎么这会儿有工夫来我这地方？"如兰一见了明兰，立刻打起精神，一副尖酸的口气。

　　明兰默默地坐到如兰身旁，微笑道："姐姐有什么不舒坦的？且与我说说。"

　　如兰斜眼睨明兰，冷笑道："我是个没出息的，哪里有这个福气！"说完，气鼓鼓地把头扭过去，背对着明兰，两只手臂重重撑在案几上。

明兰略一思忖，试探道："太太与你说什么了？"

如兰没有回头，只用鼻子大声地哼了一声。明兰立刻就明白了，随即十分无奈，腹诽——都是顾廷烨那个不着调的。

几日前，文家选了吉日来送彩礼，顾廷烨翻看了一遍皇历后，发现那日是这段时间里最好的日子，便派人来询问"可否那日来放聘"，王氏当时没想到，盛纮就一口答应了。

到那日，文家按着礼数，备了花茶、团圆果、羊鹅、酒坛、木雁，外加几匹好布料，这就完了。而另一个准女婿，顾廷烨，却犹如暴发户，送来的彩礼足足堆满了一个院子。

先是一百二十八对足金猪，足有五六百两；布料有江南的绡纱八十八匹、江北的羽纱八十八匹、各色彩绣的云锦蜀缎一百零八匹；三四两重的龙凤赤金镯十八对、嵌珠龙凤赤金簪十八对；还有鲍鱼、蚝豉、元贝、冬菇、虾米、鱿鱼、海参、鱼翅和鱼肚，外加发菜等上品海味。海氏和老太太瞧了后，严重怀疑这些都是进上的贡品。至于其他各类三牲鱼酒、四季茶糖果子等物件，更是不计其数。最后是一对呱呱乱叫的肥胖大雁。

其实顾廷烨也是按着那些钟鸣鼎食的权爵人家的礼数来办的，不算过分逾矩，却深深扎疼了王氏的眼睛，她心里压抑已久的不安终于爆发。她早知道这种富贵的差别以后会慢慢显露出来，这一血淋淋的对比无疑是敲了一个开场锣。

自那日后，她瞧见明兰就不怎么高兴了。不过明兰毕竟是待嫁之人，日日窝在寿安堂还来不及，王氏只得去找如兰训话，言语中尽是难听的酸话。明兰不用想也知道是怎样的，无非是些"若是你不出事，这些好处都是你的"云云。

最令王氏愤恨的是，这些彩礼都径直送进了寿安堂，她连手都没有过。按着老太太的心思，这些彩礼怕是大半要跟着明兰陪嫁去顾府的。

就算如兰对文姐夫一往情深，但毕竟是个普通女子，也好面子，也有虚荣心，这泼天的富贵谁人不眼馋？如今盛府里上上下下，从管事到丫鬟、婆子，都对明兰极殷勤奉承。

明兰也是普通人，看见金银珠宝也很动心，她甫一见到堆成小山的彩礼，也是小心肝扑扑乱跳了一阵，光是其中的金珠首饰，丹橘和小桃就足足点了半个时辰；当初老太太送来的那个九层八十一套盒的乌木梨花雕漆的妆奁大箱笼总算有了用武之地，被塞得满满当当的。

她生平第一次觉得这样成亲也不错，如果能保证赡养费，婚姻失败也不会手忙脚乱。

"五姐姐心里要是有什么不痛快的，尽可与妹妹说说。"明兰尽量缓和语气。

谁知如兰倏地回过头来，眉毛轻蔑地一挑，冷哼道："我怎么敢！太太说过了，我以后没准还要妹妹帮衬着呢！"

明兰算算日子，没几天两人都要出嫁了，估计这是自己最后一次这么哄如兰，索性跳楼大酬宾，狠狠卖一把力，把她高高兴兴地送出门算了，便笑吟吟道："五姐姐，妹妹问你一句话，这会儿要是可以，你愿不愿意与妹妹调换，我嫁去文家，你嫁去顾家？"

如兰面色惊疑不定，反口问道："你愿意？"

"自然愿意！"明兰一口应下，笑嘻嘻道，"我原就觉着五姐夫不错，又会半夜爬起来会佳人，又会吟诗弄词地缠绵悱恻，这会儿还中了进士，为什么不愿意？"

"你敢！"如兰用力一拍桌子，一站而起，吼声如雷，震得明兰耳鼓膜嗡嗡响。

明兰揉着耳朵靠在椅背上，笑弯了腰："那姐姐在恼什么？"

如兰重重地出了一口气，瞪着明兰看了半天，才愤愤坐下去。

明兰缓缓靠过去，用胳膊搭在如兰肩上，在她耳边轻声道："那年咱们去忠勤伯府走亲戚，瞧见了大姐姐的婆母，回来后姐姐对我说了一番话，姐姐都忘了吗？"

如兰发了怔，耳边一枚红榴宝金流苏坠子不住地荡着。她缓缓道："我记得……我说，天底下的婆婆都是可恶的，若要我过大姐姐那样委屈的日子，我还不如当一辈子老姑子呢。"

明兰心里微微叹息，柔声道："你心里都明白，又何必恼火呢？姐姐……你是不是怕了？"

如兰低着头，眼角沁出水光，不知不觉间抓住了明兰的手，紧紧握住，哽咽道："我是怕了，我怕敬哥哥以后会负我，怕那尖酸的老婆子会欺负我，怕以后在姐妹当中抬不起头来！我也知道那顾府里也不是好过的，可我就是……我……我不想嫁了……"

如兰嘤嘤哭了起来。王氏的数落加"婚前恐惧"，粗线条的她也抵受不住了。

明兰悠悠地叹了口气，道："人都说世上有三件事不可信，一曰老人家说不想活了，二曰少年人说不想长大，三曰……"

"是什么？"如兰渐渐收了眼泪，出口相问。

"三曰大姑娘说不想嫁！"

如兰恼羞成怒，拎起两个拳头就去捶明兰。明兰哎哟连天地呼喊告饶，赔了半天罪才算完。这么一闹腾，如兰倒是不伤心了，两姐妹气喘吁吁地靠在一块儿，瘫在炕上，有一句没一句地说闲话。

"做儿媳妇真不容易呀，做婆婆就舒服多了！"

"爷爷都是打孙子辈来的，婆婆也是媳妇熬出来的，姐姐会有那一天的。"

"要是没有婆婆多好。"

"没娘哪来的儿子，五姐姐比念完了经不要和尚还狠。"

"我要……我们要好好把日子过下去！"

"那是自然。活人都要过日子的，死人才不过呢。"

"你要当心！顾府里的妯娌亲长瞧你是庶出的，会给你脸子瞧的！"

"不要紧，不去看她们的脸就是了。"

明兰其实并不喜欢如兰，同样是外向的性子，相比品兰的豪迈爽朗、不拘小节、开朗善良，如兰则多了几分尖刻任性、蛮横霸道，可是——明兰侧眼看去，如兰这会儿已不生气，兴冲冲地拉着明兰说她将来的新家怎样布置——这个喜怒皆形于色的女孩，却是这隐晦含蓄的院子里，唯一鲜活真实的存在。

二月二十七，大吉大利，宜婚姻嫁娶。

文姐夫春风得意，外有功名傍身，内有得力岳家，为他帮衬迎亲的好友同窗颇是不少，一路上披红挂彩，吹吹打打，极是风光热闹。

这回长枫总算寻着了对手，在盛府大门口与文姐夫唇枪舌剑了足有半个时辰，诗词纵横唐宋，言谈浓墨华彩，引得一干帮众大声叫好，场面甚为热闹。王氏总算露出些高兴。

盛老太太性喜清净，这次总算给了王氏面子，好歹吃过了三巡酒才回寿安堂歇息。明兰心里也颇高兴，稀里糊涂地吃了几盅，只烧得两颊烫红，脑袋发晕，在屋里躺不住，便出了院子，走上几步，散散酒气。

夜凉如水，外院那边依旧传来高声谈论的笑闹声，还飘过来一阵阵酒香，觥筹交错，想是还未结束酒宴，更衬得内院静谧一片。明兰沿着石子小路缓缓走着，忽一阵顽皮，想看看那池塘的冰面都化开了没，出嫁之前怎么也得再捉几条鱼呀。

疾行几步，堪堪来到池塘边，就着米白色的月光，只见一个修长的人影弯着腰，扶着池边的山石低着头，似乎在呕吐。那人似乎听到身后有脚步声，缓缓地回过了头来。半牙的月儿，晃着夜色湖面的波光，映得那个人秀美俊雅如同美玉一般。

明兰脚步一滞，心头一紧，立刻就想转身走人。

"六妹妹！"齐衡身上弥漫着淡淡的酒香，叫初春的水汽一涌，反倒清雅。

明兰努力止住脚步，脸上带着微笑："好久不见，还未曾贺喜新婚，恭喜恭喜。"

齐衡的一双眼睛生得极好，怎多少浓情蜜意都欲说还休地括在里头，盈出水一样的清浅深浓。他静静地瞧着明兰，缓缓道："说到恭喜，妹妹嫁期将近，我这里贺喜了。"说着，便躬身一拱手，满满地行了个礼。

明兰立刻敛衽还礼，也盈盈福了福。

两人一时间相对无言，池塘边只听见水声轻动。

明兰想溜，齐衡却始终盯着她看，好似看不够一般。明兰的意志不够坚强，只能找话来说："你……怎么在这儿？"这里是盛府内院，外男怎么进来的？

齐衡美目轻弯，微微笑道："多喝了几杯，则诚兄让我在他的书房里歇歇。"他识得盛府路径，长柏的书房又在内外院交界处，他能一路摸到水边也不稀奇。

明兰没话说了。又是一阵诡异的寂静。齐衡瞧着明兰，从眉角，到睫毛，到笑靥，到嘴角那一对小小的梨窝。想起往事，齐衡顿时一股郁愤涌上心头，冷笑一声："六妹妹是不必担心的，上个月威北侯成婚，席间敬酒如云，顾都督抢着替沈国舅挡了好些酒，沈国舅说了，待顾府办亲时他会投桃报李的……哦，我忘了，我以后可不能再唤你六妹妹了，论起辈分，我可得叫你二舅母了！"

明兰听了，一言不发，过了半晌，才缓缓道："你说得极是。"

齐衡只气得酒气上涌，一时站不住脚，摇晃了下，依着山石才没倒下，想要说两句狠话来刺明兰，却又舍不得，两人又是一阵无语。

齐衡实觉郁郁，终忍不住道："我有一句话，搁在心里许久，今日问你，望你实话答我。"

明兰淡淡道："请问。"

齐衡站直了身体，深吸一口气，玉石般皎洁秀丽的面庞一片正色，道："这些年来，我对你的心意你不是不明白，你却总装傻充愣，对我冷若冰霜。我今日指天说一句，但凡你有半分回应我的心意，我也拼死争一争了！可你初初便看死了我，觉着我是那不堪重信的，觉着我会连累你、害了你，避我如毒蛇猛兽，这……这到底是为何？"

明兰抬着头，露出一段粉藕般的水嫩脖颈，仰出极秀美的线条，齐衡看得几乎痴了。过了会儿，明兰轻垂眼睑，才悠悠道："咱们从小认识，恐怕你自己都不知道，你其实与郡主很像，看着风轻云淡，内里却极好强。你明明已有了大好家世，却依旧勤学不辍，洁身自好，在京中锦衣子弟中，可算首屈一指的好儿郎。"

她语气怅然，脸向湖面，好似想起许久许久以前的事。她继续缓缓道："你什么都要做到最好，刚学了几天汉赋，又想着钻研诗经；练着馆阁体，却也不愿放弃颜体、柳体；庄先生刚夸你写字略有小成，你又去调色作画。你也知道贪多嚼不烂，便日日起早贪黑，生生把许多学问技艺练出些名堂来。"

齐衡听出明兰语气中淡淡的忧伤，心里也是一阵难过。

明兰顿了顿，定住心思，转过头来，静静地瞧着齐衡，一字一句道："你太好了，事事都想做到最好，我要不起，你心太大了，也放不下。"

齐衡只觉得一阵心痛如绞，他狠狠地咬着嘴唇，直咬得舌尖尝到淡淡的腥味，才艰难道："你……素来见事就是极明白的。"

明兰盯着自己的脚尖，心里钝钝地痛了一下，道："没什么可依仗的人，自得想明白些。"

齐衡看着明兰脆弱窈窕的身子，似乎一阵风就能把她刮走了，心里酸酸地柔软起来，道："我知道你的难处，我……我从未怪过你，我只恨自己这般没用！顾……他其实人不坏，你别听信了坊间传闻，你……你要好好过日子。"

明兰胸间溢满涌动，抬头朗声道："我来这世上一遭，本就是为了好好过日子的。"

说完，只见齐衡眼眶已发了红，泪水似要盈眶。明兰依旧微笑，如艳阳一般，放平整衣裙，遮住鞋尖处的几滴湿润，然后娉婷袅娜地福了福，头也不回地转身离去。

头顶上，月牙如钩，微微闪动着幽光，却已经没有适才的光彩。

明兰快步走向寿安堂，迅速进了内屋，只见老太太刚刚卸了钗环衣裳，靠着炕沿舒展着身子歇息。明兰行礼问安后，屏退左右，上前一步道："祖母，你与我说说贺家的事吧，你上回去了之后，现在如何了？"

老太太被明兰这一番举动弄得有些奇怪，盯着明兰看了一会儿，露出很奇特的微笑："自婚事订了之后，你再也不曾问过我半句贺家的事，怎么，今日想知道了？"

明兰神色如常，干脆道："有些事不是不闻不问便可当没有的，还是知道清楚些好。"

老太太缓缓抬起身子，眼神带了几分赞赏满意，道："我去贺府把话说明白了，你已定亲，两家本无订契，一无媒妁，二无信物，便什么也不算了。"

明兰点点头，躬身谢过老太太，又问："那贺家如何说？"

老太太微笑了一下，眼神闪动，答道："我那老妹妹是个最豁达的，从曹家出了事后，她心里就有数了，她自不会计较。弘哥儿素有大志，听闻张家有意往云贵采集药材、遍访名医讨究，他已决意跟着一道去见些世面，大约过不几日就要出门了，此次没个三两年怕是回不来。贺三太太素来病弱，最近又有些身子不好，慢慢调理就是了。"

明兰面沉如水，丝毫不动神色，再问："贺家众人可有言语或物件给我？"

老太太笑了笑，直震得手腕上的佛珠一阵抖动，才道："我那老妹妹知道内情，只说你受委屈了，还道贺家绝不会半分言语出去，反正贺老先生已上了奏本，乞骸骨归乡告老，大约磨蹭个一年半载便要离京了。其余嘛……只有弘哥儿留了句话给你。"

明兰定定道："他说什么？"

老太太慢慢道："他说，对不住你，是他自己德薄无福，与你无干。"

明兰听完，久久不语。老太太盯着看明兰的神色变化，语重心长道："你也不必往心里去，有些心结早些解开的好，反正以后都不会见了，过自己的日子要紧。"

明兰抬首而笑，温婉俏皮，爽朗明净，道："祖母说得是。不过，以后见不见的，都不打紧了，贺老夫人是祖母的知交，寻常亲友人家罢了。"

老太太听了，心头一块大石才落了地，赞声道："你想开了，便是最好。"

明兰笑道："眼睛长在脑袋前面，就是要向前看的。"

如兰的回门酒办得也很热闹，里外开了六桌，不但来了许多亲朋好友，连墨兰夫妇和康姨妈也来了。老太太十分不悦，席间拿眼睛冷淡地盯着王氏看了一会儿，直把王氏看得低头不敢说话。康姨妈则坐在王氏身旁，依旧是一副温婉玲珑的模样。

饭后，老太太和王氏拉着如兰问了几句婚后可好后，三姐妹便自行离去说话吃茶了。

墨兰和如兰分别回自己屋子缅怀了一番往事，然后一齐聚在明兰的暮苍斋。明兰见这两个冤家在自己屋里，顿时一阵心惊肉跳，但也只得硬着头皮叫丹橘奉茶。

清香宜人的常清瓜片，沏过两回便现出好看的青绿色。墨兰披一件湖水蓝薄绫纱袄子，旭日初春，颇是清丽妩媚。她对着薄胎白瓷茶碗，眉目间颇见几分忧郁，悠悠道："早晚，咱们的院子都是要住了别人的，只是没承想，这么快就腾空了，也不留一留，到底是泼出去的水了。"

墨兰出嫁后，山月居就被陆陆续续搬空，只留个小丫头看管打扫，曾经欢声笑语的绣阁已人去楼空。其实陶然馆也开始搬动了，只是还不够时间。

如兰一见墨兰便如斗鸡一般，竖着全身的羽毛等着开战，闻言立刻要反唇。明兰连忙抢过来，笑吟吟道："大嫂子就要生二胎了，三哥哥和四弟弟也要娶妻的，咱们一个个出阁了，屋子迟早是要给小侄子小侄女们住的。家中人丁兴旺，可不是好事？"

墨兰定定地看了明兰一会儿，轻笑道："六妹妹倒是越来越会说话了，难怪能得嫁高门。咱们姐妹里怕是你最有福气了。"

明兰立刻端正脸色："婚姻大事，妹妹只知听父母亲长的吩咐。"

如兰捂嘴轻笑，立刻道："那是！婚姻大事自然要听父母的，哪能自作主张呢？"明兰忍不住看了她一眼。这家伙显然是忘记自己的老公是怎么来的了。

墨兰居然神色自若，笑道："两位妹妹说得极是……对了，五妹夫殿试已毕，不知做何打算？"如兰脸色微微泛红，平淡的面容透出一股新婚的娇艳，眼角眉梢俱是愉悦。明兰歪着脑袋开始胡思乱想，估计生活很和谐。

"先入翰林院馆授，再缓谋个差事，也不知将来会如何。"如兰颊如涂脂，一副骄傲的样子。文姐夫虽没能像长柏哥哥一样授个庶吉士，但能够进翰林院，将来官位也差不了。

墨兰眼神闪烁，娇笑道："这有何难？回头你好生托托六妹妹，别说个把知县知府，再高的官位也是没准的！"

如兰当即变了脸色，愤恨地瞪着她。明兰赶紧收回胡思乱想的口水，忙把小脸板得十分端庄肃穆，道："四姐姐莫要胡言，六部管制乃国家大事，怎可等闲说笑？四姐姐这样说，若叫人听见了，还以为四姐夫的……哦，不，四姐夫一家的官位都是托来的呢！"

这下轮到墨兰变了脸色。如兰捧着帕子呵呵地笑了起来。

明兰眼见差不多了，也不好过分下了墨兰的面子，赶紧岔开话题道："五姐姐成亲那日，府里好生热闹，四姐姐也不来，真是可惜了！"

墨兰脸上出现一种很古怪的神色，高兴与恼怒夹杂，然后平静道："家中有些事……是万姨娘的事，我不好走开。"

明兰犹自木木地在想这万姨娘是谁，如兰却立刻反应过来，兴致勃勃地追问："万姨娘生了？是男是女？"墨兰微笑着呷了一口茶，慢悠悠道："年前生的，是个闺女。"她笑得十分勉强，并隐下一事未说——昨日诊脉，发觉春舸又有身孕了。

如兰呼了一口气，一脸失望的样子。明兰终于想起来了，原来万姨娘就是春舸小姐。

墨兰放下茶盏，慢条斯理地拿帕子摁了摁嘴角，一脸关切的忧伤，道："大夫还说，因生育时不顺，万姨娘怕是以后生产时会有些艰难。唉——"

"为什么会不顺？"如兰疑问道。

墨兰轻叹道："大夫说，那丫头的个头儿太大了……"

明兰心头凛然一紧。她在家里也听说，墨兰在梁家好生贤惠，对春舸嘘寒问暖，日日燕窝人参伺候着，顿顿山珍海味，有时甚至拿自己的嫁妆来贴补，引得众人称羡。

可是，明兰清楚地记得，当初卫姨娘就是因为胎儿过大，又吃了凉寒的食物才导致早产，外加没有及时寻到稳婆，这才送了一条性命。

明兰低着头，不想说话了。

如兰自是不明白，觉着无趣，又寻了个新话题，问道："六妹妹，康姨妈怎么又来了？娘不是说，再也不让她上门的吗？"

明兰叹息道："就是因你成亲，康姨妈才借机又寻上门来的。我是没见到啦，但听说在太太屋里又哭又说了许久，好像……嗯……元儿表姐在王家过得不是很好。反正，到底是亲姐妹，太太末了也心软了。"

"元儿怎么了？"

"她怎么个不好法？"

墨兰和如兰这个时候特别默契，双双抓住重点，异口同声，随即互看了一眼，不好意思地咳了两下，眼睛都看着明兰，等后头的话。

明兰无语，略略组织了一下语言，道："好像是元儿表姐，哦，得叫表嫂了，她顶撞了长辈，舅母气极，打卖了她身边的几个丫鬟妈妈；外祖母也恼了，要元儿表姐学礼数，罚抄《女诫》好几百遍，还日日叫她站在跟前立规矩，不老实，还不给饭吃……康姨妈是这么说的。"

如兰顿时气定神闲，满脸得色，道："我说嘛！元儿表姐这人性子又急又躁，做人儿媳妇且差得远呢，舅母如何瞧得上眼。"

明兰叹道："旁人也就罢了，可我听老太太说，王家外祖母为人很是公道大度，若连她也恼了，怕真是表嫂的不是了。"

墨兰撇撇嘴，似有不屑之意，眼珠一转，计上心来，忽长叹一声，悲戚道："元儿做错了事，尚有改过机会，只可怜……我那姨娘……听说她在庄子里吃不好、睡不好，如今眼看咱们都出阁了，她也受了罚了，不晓得什么时候能回来。六妹妹，如今你身份贵重，可否在老太太和太太面前说个情？"说着，眼眶又是一阵氤氲水汽。

如兰冷笑一声，轻蔑道："姐姐已是嫁出去了，娘家的事还是少管为妙，先把自己那一亩三分田看管好吧！我可听说梁家如今日子可不好过，连着被上谕申斥两回了。原先好好的人家，也不知是家里进了什么灾星，连着倒霉！"

墨兰粉面涨红，恼羞成怒，反唇相讥："我是个没出息的，但我再没出息，也是靠着夫家勤恳过日子，不像有些人，还拿嫁妆养着男人一家子，怪道人家都说女儿是赔钱货。"

"你说什么？！"

"人话！五妹妹听不懂吗？"

明兰仰天长叹，她婚前的最后一次姐妹聚会，结束于墨兰和如兰的不欢而散。战后点算损毁情况，一共阵亡了两个茶杯、三个茶碟，外加一对同花式样的点心盘。

"好险，好险！"丹橘拍着胸口，"幸亏我手脚快，远远瞧见四姑奶奶和五姑奶奶来了，忙将老太太刚送来的那套极品海棠冻石蕉叶茶具收起来……只是把小桃给吓坏了，她刚在屋里喝了口茶，就叫我劈手夺了茶壶、茶杯。呵呵，砸坏了你的东西，小桃莫恼哟。"

小桃缓缓擦拭着桌面，似有些不好意思："那个……其实，我用的是你的茶杯。"

明兰："……"

临出阁前几天，老太太把陪嫁庄子里的管事叫了过来，让明兰一一认人。

"你们跟了我不少日子了，我把话给你们说在前头，别仗着自己的资历便在主子面前拿架子，若有个什么不好的，六丫头可当即发落了你们！我是一点儿面子不给的！"老太太神色威严，清楚地呵斥着。

下头跪着一行人，其中最中间的一个方脸老汉出来，连忙磕头道："老太太说的什么话，从今日起，孙小姐便是我们的顶头天，我们怎敢有所怠慢！"

老太太点点头，道："你是个明白的。若你好好打理着，明丫头也不会亏待了你。"

随后，老崔头领着两个儿子——崔平、崔安，给明兰磕头。明兰点头应了。

老崔头其实并不很老，还不到五十岁，因常年暴晒在日头下，一脸的黝黑褶皱，料理庄稼农作物很有一手。两个儿子看起来也都大手大脚的，很壮实，一个帮着父亲管理稼穑，一个在山林子上种些果木。此外，还有两个陪房，一个叫刘满贵，一脸机灵精干，不笑不说话；还有一个叫计强的，说话结结巴巴，指甲缝里还留着泥土，仔细一问，居然是绿枝的哥哥。

明兰颇感吃惊，这兄妹俩简直天差地别。

"我老子娘死得早，哥哥又老实巴交，常受人欺负，什么苦的、脏的、累的活儿都推给他；出了错，就拿我哥哥顶缸。若不是房妈妈，我哥还不知有没有命留下。"绿枝闷闷不乐地回忆往昔，"都二十五岁了，连媳妇都还没说上。"

"怪道绿枝姐姐这么厉害呢。"小翠袖笑道。

"什么厉害，这叫练达。"秦桑温柔地微笑着，戳了戳小翠袖的脑门，"回头到了姑爷家，可不敢乱说话了，不然不仅丢了姑娘的脸，还当咱们盛家没教养呢。"

小翠袖捂着脑门点点头，又道："唉——可惜燕草姐姐和九儿姐姐不能一道去，咱们一道好多年了，总觉着少了些什么。"

若眉轻轻冷笑了一下，道："她们两个都是有福气的，老子娘都疼得紧呢，要你来瞎操心！"

碧丝娇滴滴地捂着小嘴，笑道："九儿就不说了，刘妈妈本就没打算叫她陪嫁的，不过是放在我们院里过几年舒坦日子。至于燕草姐姐，呵呵，她老子娘怕她跟着姑娘去夫家吃苦，便早早去房妈妈那儿求了自行配人，谁知人算不如天算，姑娘的夫家比娘家强多了！这回改口却又来不及了。咱们姑娘是何等样人，什么看不出？"

丹橘听她们越说越不像话，沉下脸来，呵斥道："主子的事也是我们能议论的？姑娘心好，不愿拆散人家骨肉天伦，又听说燕草爹娘给寻的女婿颇不错，这才留下燕草的，你们浑说什么……适才秦桑妹妹说得对，随着姑娘过去后，人人都要谨言慎行，把好嘴巴，别学那起子三姑六婆乱嚼舌根！姑娘的脾气你们是知道的，她可不是那软懦好欺的。"

丹橘是院里的大丫鬟，平日里辖制众女孩，虽为人宽和厚道，但几年下来也有几分威严。碧丝嘟着嘴不说话了，若眉也低头不语。

小翠袖人虽小，却机灵聪明，瞧着气氛僵硬，连忙过去扯着丹橘的袖子撒娇："好姐姐，我有一桩事不明白，姐姐给说说吧……听说以前大小姐出嫁时，只带去了四个丫头，后来四姑娘出阁时，也只带了四个，为什么五姑娘和我们姑娘却要带这许多丫头呢？"

丹橘扯开嘴角，冲她笑了笑，道："这哪能一样。大姑爷和四姑爷都是有爵之家，府里什么没有？多带丫头过去反而不美。五姑爷是读书人家，家里人口简单，多陪过去几个人好服侍。至于我们姑娘嘛……听房妈妈说，那位顾将军是另立门户的，开府的日子短，府里也没什么可靠的下人，是以便宜了你这个小丫头，也能跟着一道去见世面了。"

一直低头猛啃桃子的小桃终于抬起头来，嘴角满是汁水，憨憨问道："可……我听说，姑娘的婚事是在宁远侯府办的呀！"

丹橘回头笑道："婚事在那儿办，拜过祖宗和亲长后，便要回都督府住的。"

众人一齐"哦"了一声，恍然大悟，随即皆是一脸喜色——没有长辈管着，那都督府岂不是明兰可以做主了？她们的日子也能好过许多。

三月初十，天刚蒙蒙亮，薄老将军的夫人便赶了过来，丹橘立刻奉上两个大大的红包，连声道"辛苦了"，薄老夫人身边的丫鬟接了过去。

一看见明兰，薄老夫人嘴角就放出笑意，道："好，是个有福气的孩子。贵府真是积福人家，儿子、女婿都成器！"

王氏满脸是笑，恭敬地回了几句"承您吉言"。

明兰沐浴完毕后，被按在镜前，规规矩矩地打扮起来。薄老夫人年纪虽大，手却很稳，给明兰绞面的时候又快又利落，还没等明兰哀叫几声，脸上就被擦上厚厚的香膏，然后犹如粉刷墙壁般地扑了四五层的白粉，接着是描眉涂脂。

明兰很认命地坐着，完事后连照镜子的兴致都没有。看过三个姐姐出嫁的场面，她很清楚，这会儿的自己，估计像个抹了胭脂的白面团。

接下来的流程，于明兰是一团糊涂账，好像头上被沉沉地压了许多东西，只要稍有动静，就叮叮当当一通乱响，脖子立刻短了三寸。

吃了几口甜甜的燕窝红枣粥，然后进来一大帮老中青女人，哗啦啦地说了许多吉利话。明兰一概无需回答，只要低着头害羞就成了。小桃在旁边捧着个小瓷罐，里头有点心和参片，以备不时之需；丹橘忙着照看明兰的随身物件，希望一件不落。

也不知过了多久，外头噼里啪啦一阵喧闹，迎亲队伍上门了。

顾廷烨身穿大红喜服，高头大马，左边是新出炉的威北侯沈从兴，右边是武英殿大学士的长子裴恕，也是新科探花，后头跟着御林军总指挥使郑骏以及皇后的妹夫郑骁兄弟俩。

长柏站在门前，嘴角抽搐，很好，很好，文武新贵，皇亲国戚，全齐了。

照例要为难一番新郎官。

梁晗刚提出对长枪使用的心得一二，小将军郑骁立刻撸起袖子，表示他十分愿意用实际行动来体会一下这番心得。

文姐夫清清嗓子，出两道题目考考，裴恕举一反三，对答如流。文姐夫见好就收，两个新科进士把臂言欢，开口就是"想当年殿试那会儿如何如何"。其实殿试刚过去还没几天，远用不着想当年。一旁的落第生长枫很忧郁。

袁姐夫最识趣，一张刚正不阿的面孔，不动声色地挪到门边，偷偷抽开门闩，一个暗号打过去，顾廷烨心明眼亮，呼哨一声，儿郎们得令，一阵高叫呼喝猛冲，盛府大门遂告失守。

长柏总结陈词，上联：内有叛徒，战斗意志不够坚定；下联：外有强敌，心思狡猾作风彪悍；横批：打雷了，下雨了，大家赶紧收衣服洗洗睡吧。

在他腿边的小长栋，捏着刚才塞过来的红包轻轻摩挲，里头传来的银票沙沙声，委婉地诉说着新上任的六姐夫的深情厚谊，他忍不住道："可是，大哥哥，刚才你也没帮着拦门呀！"

那几个虽不够卖力，但好歹意思过了，哪像长柏立在一旁装门神。

长柏依旧笼着手，缓缓道："因为，我收了你六姐夫送来的一幅钱秀之的《乌江垂钓图》。"

"啊？！"长栋张大了嘴巴，结巴道，"那……那……你还说几位姐夫他们……"

长柏一脸正色，谆谆教育幼弟："我收了画，所以不好再拦，这和我说不说他们有甚干系？栋哥儿，你要记住了，做人处世，要分清是非对错方可。"

说完，他神色很淡定地转身，缓缓离去，衣袂飘飘，颇有当年魏晋乌衣子弟的风雅。

长栋呆在后面，满脸钦佩。

盛老太太今日一身簇新的宝蓝六福迎门团花暗纹褙子，神色庄严地看着下首向自己叩首的顾廷烨，接过他敬上来的茶，然后一言不发地递过去一个红包，一双冷电般的眼睛上下打量他。亏得顾廷烨到底见过活人、死人无数，始终微笑着撑住了。

再见顾廷烨，王氏嘴巴发苦，心情复杂，只端庄地坐在上首说了几句颇体面的场面话。最后盛纮来压场面，到底是演技派，文绉绉地说了两句"颇感欣慰"之类的话，居然眼角泛出隐隐水光，神情举动完美得无可指摘，活脱脱一个慈心一片的老父。

待顾廷烨朝盛纮夫妇敬茶行稽礼后，盖着盖头的盛装新娘被薄老夫人领着，缓步进入正堂。顾廷烨目不斜视，只躬身与明兰向盛纮夫妇叩首拜别。盛纮几乎要老泪纵横，连声道："好！好！汝等尔后要互敬互爱，濡沫白首，衍嗣繁茂，言以率幼。"

王氏终于酝酿出感情来了，温言道："你以后要恭敬、谨慎，多听夫婿亲长的话，不可擅专胡为。"她觉得自己表现得很可以了，她本就不擅长说文言文，当初如兰出嫁时，她哭得天昏地暗，末了，啥也没说成。

最后拜别时，老太太终忍不住，死死拉着明兰的手，眼中泪光闪烁。明兰在盖头之下，只能见到方寸之地，并不知老太太的表情，低头间，只见一只苍老瘦削的手紧紧地握着自己的胖爪子，指节处隐隐发白，她忽然鼻头一酸，一颗大大的泪珠重重打在祖孙交握的手上。

老太太宛如被烫到了一般，连忙松开，好容易才低低道："以后，要好好的……"

明兰胸口胀得酸涩难言，一句话也说不出来，只能用力点头，险些把盖头都摇下来。

明兰努力低着头，好让眼眶里的泪珠以直线形坠落到地上，免得把妆容弄花了。被不知什么人牵引着，朝外头慢慢走去，到了大门口，由长柏哥哥背负登轿。放下轿帘，车轿晃动，明兰知道是起程了，这才忙不迭地从袖里抽出一条细棉帕子，掂起一角，小心地吸干眼角的泪水。

八人抬的大轿，宽敞的轿内珠翠装点，描金绘彩，也不见怎么晃动，行进甚为平稳。明兰耳边响着震耳的鼓乐和喜炮，街道之上满是人群的笑论声。

这时明兰才觉得脸皮隐隐痛了起来，那老夫人瞧着文弱，绞面时却那般辣手，越想越觉着脸皮痛，她嘶了一口气，忍不住轻轻"哎哟"了一声。

轿外随侍的小桃耳朵尖，忍不住探头在帘边轻问道："姑娘，是不是饿得肚子痛了？我这儿有吃的。"

明兰忍俊不禁——这个吃货！她隔着帘子轻斥道："我不饿！"

小桃犹自关切道："姑娘，您可别忍着呀！"

明兰一脸黑线："没忍着！"

古代风水大都差不离，京城外城是东富西贵、南贫北贱，内城中扎堆着皇亲国戚和权臣勋贵。托慧眼买房的盛家老太公的福，盛家房产挺靠里的，离宁远侯府并不很远，明兰大约在轿子里晃悠了两顿饭的工夫，就落了轿。

明兰一只手搭着丹橘的腕子，一只手牵着再次被塞进手中的大红绸子，稀里糊涂地朝前走着。一脚踏进宁远侯府，明兰立刻觉着耳边满是喧嚣的鞭炮贺喜声。地上铺着长长的喜毯，一直通往正屋喜堂。明兰脚踩着喜毯缓缓前行，直到看见雕绘浮彩的门槛，才知道是到了。

之后的一段时间内，明兰犹如一个木偶，随着礼官的唱和提示不断起立、下拜、转身、再拜、再转身、再再拜，一阵头晕目眩之后，好像小狗一样被牵走了。

到了洞房才知道，那洞房里居然比外头还吵闹，明兰被按坐在喜床上，听着屋里一众女眷的笑闹声。

相比明兰的窘迫，顾廷烨倒很熟门熟路地从喜嬷嬷手里接过一杆红绸缠的乌木镶银角的秤，小心翼翼地揭开红艳似火的大红盖头——二婚的就是不一样。

明兰只觉着一阵光亮，头顶笼罩着一个高大的身影，抬眼正对上顾廷烨的眸子，深深的，静静的，格外深浓的眼线狭长斜开去，看人的时候似乎总含深意。明兰非常及时地脸上一红，然后低下头去，娇羞得恰到好处。顾廷烨忍不住嘴角微抽，满眼都是笑意。

随后，他在明兰身旁坐下，嘴里似乎咕哝些什么。明兰听了，依稀分辨出是："怎么把脸涂成这样？"明兰几乎要怪叫——姑奶奶辛苦一天了，你居然还敢嫌？

"哟！好标致的新娘子！"一个身穿石榴红锦绣妆花褙子的妇人笑道。满屋里的女眷都跟着嘻嘻哈哈，纷纷打趣起来。

明兰抬眼一瞧，满屋子的珠翠锦绣的妇人，一个个穿锦着缎。衣香鬓影之间，她憋红了脸。涂成这副尊荣，您还看得出来标致不标致？

接着，明兰和新郎官被撒了一头一脸的花生、红枣之类的东西。明兰不敢动弹，只能老实挨着；顾廷烨一时条件反射，忍不住接了几个，又引得一阵笑闹声。

"哎呀！烨兄弟，这是洞房，不是演武场，您的身手这儿可用不上！"还是那个身穿石榴红的丰润妇人打趣道。屋里哄堂大笑。顾廷烨慢慢垂下手，微微一笑，也不言语。

众女眷到底顾忌着顾廷烨的身份和脾气，也不好过分笑闹。一个妇人端着一盘子东西过来，夹着一块疑似点心的东西，递到明兰嘴边。明兰知道这个风俗，硬着头皮咬了一小口面点，果然里面是夹生的。那妇人笑嘻嘻道："生不生呀？"

明兰肚里大骂，却低头小声道："生。"

屋里女眷又是一阵大笑。那妇人转头笑道："各位太太奶奶可都听见了，新媳妇可说要生的，将来定能枝叶繁茂、多子多福！"

明兰脸颊烧红，凑着趣呵呵傻笑了几声，努力提醒自己，这是一个没有计划生育的年代。

最后是合卺酒。一个红漆木描金海棠小圆茶盘里，放着一对鸢尾纹白瓷小酒杯，用一根红绳系起来。明兰微微侧过身，红着脸同顾廷烨喝了交杯酒。身体凑近时，眼睑微抬，只见对面的男人干净的下颌清隽英挺，她心头一跳。

好歹是个上等货，把灯一熄，眼一闭，也不是过不去。

礼成后，顾廷烨就被赶着出去待客，临出门时，忍不住回了一下头，似乎想说什么，看见满屋的女眷又闭嘴出去了。那个丰润妇人一直忍着笑，见他出去了，才走到明兰跟前，亲热道："二弟妹，我是你煊大嫂子，你莫怕，以后你来了我们家，便都是自己人了！"

明兰见她笑得和气，便也微笑而回："煊大嫂子。"

此时，忽然一个站在桌旁的夫人笑了起来，拿帕子掩口笑道："煊大嫂子，你也忒心急了，人家正经大嫂子还没说话呢，你倒先热乎上了！"

另一个妇人则立刻凑趣道："这话可没理了，都说心急生不了儿子，煊大嫂子却养了两个哥儿，可见大嫂子是在该急的时候急呀！"

女眷们一齐大笑。煊大嫂子故作气愤，反着手背抵腰，撇嘴道："得得得！我如今是老货了，这些年来叫你们涮得脸皮是越来越厚了！"然后回头，指着静静端坐在双喜灯笼旁的一个妇人，对明兰笑道："弟妹，喏，这才是你嫡亲大嫂子！"

那妇人年约三十岁，一身暗红色吉祥如意暗纹褙子绲二指宽的绒黑压边，白净的鹅蛋脸上十分素净，容貌端庄秀丽，微微笑着，只眉宇间似有几分郁色，也没见她怎么打扮饰物。她静静站起来，缓步朝明兰走来。屋里渐渐安静下来，没什么人说笑了。

明兰知道，这就是顾家嫡房长媳，顾廷煜的妻子，如今的宁远侯夫人邵氏。明兰不敢下床，立刻对着那妇人颔首，恭敬道："大嫂子！"

邵夫人走过来，轻轻握着明兰的手。明兰只觉得触手沁凉。随即听她缓缓道："以后就是一家人了，家常过着日子，便会渐渐熟的，在家里莫要拘谨了。"寥寥嘱咐数语，语气安详，却有一种说不出的寂寥和淡然。

邵夫人又转身，朝众人道："咱们也赶紧去前头吧，一大群来客，总不好主人家的扎堆儿取笑新娘子。"众女眷微笑着应声。煊大嫂子带头，一行人鱼贯着出去了。

邵夫人又转身，对着明兰轻声道："我知道你身边有服侍的，但二弟到底之前不住这里，他带来的人也未必妥帖，我在门口留两个丫头与你，你若需要什么，直接吩咐就是。今儿你也累了，我已叫人置办了些吃食，回头送来，你且填填肚子。"

说完后，微微一笑，待明兰谢过，便也出去了。

明兰望着合上的门，颇觉惊讶，这邵夫人给人的印象和秦太夫人截然不同，客气、和蔼、周到，却又带着一股冷淡，有一种拒人于千里之外的感觉。也许旁人会觉着不舒服，明兰却觉得很好，这种适可而止的关怀反而令人自在。

众人出去后，屋里只剩下丹橘、小桃和另两个小丫头服侍。

丹橘看着明兰直直地坐了这许久，早就心疼了，见旁人都出去了，连忙上前低声询问："姑娘，你可饿了？要不要喝口茶？"

"不用。"明兰抚着几乎僵直的腰，十分想伸个懒腰，可顾忌着那两个丫头，不好叫她们看着，便对丹橘道，"我要洗脸，你去打些热水来。"

这一脸粉墙般的粉末真是快要了她的命了。丹橘应声离去。

小桃看明兰不住地揉着后腰，便过去轻轻替她捏起来。小桃于推拿很有天分，力道不轻不重，明兰在心里舒坦地呻吟一声，但见屋角那两个丫头还在，只能摆出一脸端庄的微笑，朝她们招手道："你们叫什么名字？"

两个丫头似乎十分惶恐，其中一个稍大些的恭敬上前："回夫人，奴婢叫夏荷，她叫夏竹，是老爷吩咐了服侍夫人的。"

明兰到底在盛家过了十年腐朽生活，一眼看过去，单观这两个女孩的说话举止，虽恭敬谨慎，却有几分僵硬紧张，颇不自然，就知道她们并没有受过长期正统的内宅丫鬟训练，估计是这大半年临时培训上岗的。

一般来说，数代显赫的钟鸣鼎食人家里的贴身大丫鬟，大多是从小培养的，通常十岁上下进内宅当差，从一言一行学起，举凡吃食、举止、茶饮、装扮、梳头、收拾、算账，乃至说话待客和人情往来，都有一定的规制，更别说耳濡目染的见识。

都说"宁娶大家婢，不娶小家女"，这要在以前，明兰是嗤之以鼻的，但见识过房妈妈严格细致的训诫后，她只能说，俗话都是有道理的。而房妈妈还不无遗憾地说，盛家已经简略许多了，要是在以前的勇毅侯府，明兰身边的丫头至少得淘汰掉一半。

这句话吓得小桃几个好几夜睡不着觉，就怕会被撵出去。

所以，那种少爷在路边救了个"卖身葬父"的女孩，然后女孩死哭活求要做牛做马随身服侍报恩的桥段，在真正的富贵人家里几乎不可能。就算真救了人，也要交给管事妈妈慢慢调教，学习规矩礼数，从外圈一步步做起，想一步登天贴身伺候？没门儿！

古代人心里明白着呢，脑残的是现代肥皂剧。

目前看来，顾廷烨似是不信任宁远侯府的人，以至于只能自己招工。听说皇帝赏赐田庄宅邸时，还赏了不少奴仆庄户，也不知这两个女孩是哪里来的。

夏荷见明兰始终不言语，清秀的小脸上带了些惶恐。明兰看了，微微一笑，道："你的名字挺好听的，谁起的？"

夏荷轻轻松了口气，道："是常嬷嬷起的，因咱们是夏日里被挑进府里的。"

明兰暗暗记住这个名字。听这两个女孩口齿清楚，态度也算大方，多少有些喜欢。小桃忍不住发表意见："你们的名字挺……哦不，十分好。"

明兰白了她一眼。小桃迄今仍为自己的名字太过通俗易懂而耿耿于怀。

明兰和她们聊了会儿，丹橘便端着个脸盆子进来了，后头随着另两个丫头，分别拿着大水壶、香胰子、毛巾等物事。

小桃立刻起身，接过巾子和帕子，把其中一条长的围在明兰胸前，然后从自己随身绣袋里取出一把小巧半透明的玳瑁抿子，把明兰的鬓发抿起，然后把另一条巾子投湿；丹橘则把明兰手上的戒指、手钏还有七八只龙凤金镯一一取下，收好。

明兰微微低头，让她们给自己洗脸净手，足足换过三盆水，才把明兰脸上那层白粉洗干净。丹橘又打开随行的小箱笼，从里头取出好几只精致的小瓷瓶，手指轻点花露香膏，均匀地涂在明兰脸上、脖子上、手上，轻轻按摩着。

末了，丹橘服侍明兰换上一身簇新的常服，小桃帮明兰把头发、衣裳整理好。

一连串动作流畅熟练，显是日常做惯了的。夏荷、夏竹看得微张着嘴，另两个邵夫人指来的丫鬟互视一眼，似乎也有些微微吃惊，心道，不想一个四品京官家的庶女也这般大规矩气派，心里倒也不敢小觑。

洗漱过后，门再一次被打开，几个丫鬟婆子搬进来好几道酒菜和点心，崔妈妈在后头跟着进来，把吃食摆放在桌上，打发几个丫头都出去，只留着丹橘和小桃伺候。

她原先一直在外头料理明兰的行装箱笼，这才堪堪摆置停当。她踏进屋内，一见明兰就笑了："姑娘还是这个老脾气，就不喜欢脸上留着脂粉，一定要洗干净了才罢休。"

明兰刚刚提起筷子，鼓着脸颊道："妈妈，您不知道，那粉足足洗掉了三盆水呢。"

崔妈妈慈爱地瞧着明兰吃东西，也招呼丹橘和小桃用些点心。小桃吃得脸颊鼓鼓的，问："妈妈，外头都好了吗？今夜咱们睡哪儿？"

崔妈妈捏了捏小桃的鼻子，道："有你这么做丫头的吗？不担忧主子，先想着自己……都好了，反正也住不了几天，妆奁箱笼只消安稳就成了，只开了几个随行箱笼，待去了都督府，再慢慢归置吧。"

"妈妈辛苦了。"明兰努力咽下一块芙蓉百花菇，"都是明兰累着妈妈了，本来您都享清福了，却又叫拖了回来。"

崔妈妈提着帕子，似明兰是小时候一般给她擦拭嘴角的残渍，笑道："姑娘浑说什么？若不是老婆子身子不中用，便是姑娘赶我，我都不走的。"

明兰微笑了一下，继续低头大吃。崔妈妈瞧了她一眼，忍不住道："我听闻外头闹酒闹得厉害，今晚……姑娘可要……当心些，实在不成……也不能由着姑爷的性子胡来。"

崔妈妈艰难地斟酌着词汇，明兰唰的一下脸红了。

吃饱喝足，明兰等人也就气定神闲了，可惜在顾家得收敛些，不然和小桃、丹橘斗个地主，打发时间倒是飞快。一阵胡思乱想，桌上婴儿手臂粗的绘彩龙凤大红双烛渐渐烧掉三分之一了，明兰趴在床头昏昏欲睡之时，忽闻屋外一阵喧闹声，然后有人喊道：

"二爷回屋了！"

明兰陡然清醒，跳虾一般弹了起来，想了想，又连忙坐了回去。

随着门被重重打开，一股酒气弥漫进来，两个粗壮婆子十分吃力地扶着顾廷烨进来，然后将他轻轻放在床榻上。明兰忍着不去看身边的醉鬼，十分淡定地微笑："两位妈妈受累了。丹橘，拿两个红包。"

丹橘塞红包已经十分熟练，那两个婆子擦擦脑门上的汗，一掂红包的分量，沉沉的，至少有五两银子，心里一阵大喜，恭敬地告退。

两个婆子刚一出去，明兰就双脚一伸下了地，谁知身旁的醉鬼忽然醒过来，神色还颇为清醒，嘴里似乎低低咕哝着“那帮不仗义的家伙”。

顾廷烨满身浓重的酒气直熏得明兰皱眉。他略略晃了晃头，用力醒醒神，把高大的身子倚在床栏上，微睁着一双狭长的眼睛，似笑非笑地看着明兰，忽然眉头一皱，道：“我先去沐浴，你也卸了吧。”

一旁的夏荷、夏竹听了，立刻蹿到隔间预备浴盆、热水。顾廷烨一挥手站起而去，一开始脚步有些踉跄，随后就稳当了。

明兰呆呆地站在后头。崔妈妈立刻意识过来，指挥小桃、丹橘帮明兰卸下钗环簪翠，把大红的喜服挂起，换上一身柔软的细棉亵衣，然后拖着尚在犹豫的丹橘、小桃出去了。

明兰咬着手指，看着那张铺满大红锦被的床，觉得十分碍眼。过了不一会儿，顾廷烨独自回来了，一身雪白的绫缎中衣，微湿漉的头发，高大的身体一下倒在床榻上，斜斜靠在大迎枕上，幽深的眸子静静地看着明兰，也不说话。

明兰被灼热的目光看得浑身冒烟，嗓子发干。她干咳两声：“刚才用了些夜宵，我……我……我再去漱下口。”说完，一溜烟地跑进隔间。

在隔扇后，明兰漱了五遍口，做了十八次心理建设，反复背诵《婚姻法》中关于夫妻义务那一段，最后，英勇地、决绝地、义无反顾地踏出脚步，回到卧室，刚要爬上床，却见顾廷烨已经靠着床头，睡着了。

明兰大大松了一口气，心里一阵放松，赤着小脚丫走到桌边，给自己倒了一杯茶，一仰而尽，一口气还没放下，谁知背后传来一个声音：“你洗漱好了？”

明兰险些被活活呛死，连忙放下茶杯，咳嗽连连地转身去看，只见顾廷烨不知何时已醒了，一双幽黑的眸子直直地看着自己，锋利得好像玻璃碎片。龙凤红烛的火苗依旧熠熠生辉，映照得他的眼睛流光溢彩。

明兰呆了几秒，连忙倒了一杯茶，端到他面前，殷勤道：“您喝水，您喝水。”

顾廷烨看着明兰光洁如玉的皓腕，嘴里一阵发干，接过茶杯，也是一仰而尽，然后递还给明兰。明兰把茶杯放回桌上，就踯躅在那里。顾廷烨轻笑一声，眼神暧昧：“还不安置吗？”

明兰深吸一口气，大声道：“其实，我有话要和你讲！”

顾廷烨挥挥手，极不在意道：“明儿再说，先歇息。”说着便下床。他身高腿长，两步就到了明兰身边，一把攥住明兰的手。

"其实，是有一件重要的事要跟你说呀！"明兰做着最后的挣扎。

"以后再说。"

他健臂一抬，明兰只觉得双脚凌空，被他整个人抱了起来，准确地说，其实是扛。明兰脸朝下，看见地面一阵害怕，只能紧紧揪着他，随即被轻抛进床榻里。

顾廷烨扯过一床被子，挥手卸下两层水红锦绣石榴百子的薄纱和厚锦床帘，回头一看，只见明兰小小的身体缩在床角，不住地哆嗦。

"我……我……我……我……"她完全结巴了。

"今日忙了一整日，你定是累了，赶紧歇息吧。"顾廷烨抓过女孩的小手，细细抚摸她手背的细腻皮肤，骨肉柔软，一摸下去，清楚地感觉到纤细的指骨。

"我不累！"明兰涨红着脸，胸口梗了半天，终于透出一口气。

"不累？"顾廷烨狭长的眼睛几乎要发绿光了。

他霍地把明兰拉到床头，随即高大的身体压上去，平平密密地贴着压住了。

明兰抖得好像筛糠一般，男人的肌肉刚健硬硕，她开始呜咽起来。"呜呜，我不懂……"不对，其实她很懂的，"呜呜，我没做过。"

男人已经浑身发烫，根本没听清她在说什么。

明兰把脑袋埋进枕头里，像受惊的小兽一般低低呜咽，却露出半透明的侧颊和耳垂。顾廷烨看得眼睛发直，鬼使神差地凑过去，明兰想躲开，却被牢牢扣住。

明兰哭着伸出一条光滑的小腿，用力踹过去，正中他的胸膛，却冷不防被他擒住。他扣住小妻子的脚踝，纤细弱质，好像一捏就碎了。他迫不及待地把她的腿从侧边拉开屈起，然后俯身而上，再次重重压上她的身子。

明兰哭了，这次是真哭了，呜呜地直掉眼泪。

明兰一直知道自己属于那种非实用性生物，心态很强韧，一般讽刺打击她完全没有感觉，可是这个躯体很差劲，怕冷、怕热、怕痒，还特别怕疼，一点小疼痛，她就会哭得泪水涟涟。

顾廷烨不住地哄着她，偏她越是抵赖求饶，样子越是娇美妩媚。她气极了，到处寻找出气点，扒住一块皮肉，不知是男人的肩还是臂膀，狠狠咬了一口。谁知这动作似乎反激发了他的狂性。

明兰无计可施，只能揉着眼睛低低呜咽，这方床榻似乎便是她的天涯海角，偏她上天无门，入地无路。

也不知过多久，明兰觉得自己的腰快断了，顾廷烨才起身。明兰已浑身发颤，似是死了一回。两个人都浑身汗湿。明兰已酸软成一摊烂泥，顾廷烨却犹自死死搂着明兰。

"宝贝儿，疼吗？"他问。

明兰直羞得像只煮熟的虾米，恼羞成怒得想要吃他两口肉方解气，只恨恨地把脸转过去。顾廷烨瞧她这副样子，咥咥轻笑起来。明兰瘫着不能动弹，只能肚里大骂这色坯，幻想着用庐山升龙霸揍他个鼻青脸肿。

正愉快地阿Q着，明兰忽觉着腰侧一处顶了一个硬硬的东西，她立刻一个激灵，吓得魂飞魄散，也不知哪来的力气，手脚并用地逃走，一骨碌钻进一条被子里，把自己连头带脑地裹了起来，缩在里面瑟瑟发抖。

顾廷烨见她吓成这副模样，又好气又好笑，健壮的臂膀一伸，把明兰连人带被捞过来，好像剥粽子一般把明兰的脑袋从被子里挖出来，低沉着嗓音谑笑道："怕什么？"

"呜呜……饶了我吧，二叔……哦，不是，呜呜，相公，夫君，饶了我吧，我以后什么都听你的！饶了我吧，饶了我吧……呜呜……"明兰只差跪地哀求了。

顾廷烨忍不住朗声笑起来，搂着明兰又亲又吻。他算是长见识了，这小丫头一旦讨饶起来，是什么好话都肯说的，可若是一朝脱了险境，她又会立刻耍赖，翻脸比翻书还快，完全不记得自己当初怎么讨饶了。

"宝贝儿，乖！咱们好好睡着，我不动你了。"话虽这么说，他的手却依旧不老实。

明兰自然不肯信他，两人扯着被子拉锯了许久，最后明兰坚决要求一人一条薄被睡觉。顾廷烨笑着把小妻子连人带被一起搂在怀里。

"你适才不是说有话要和我讲吗？"顾廷烨忽然记起来。

"讲不动了。"明兰半死不活。

"你不是有件重要的事要说吗？"男人眉眼生春。

"忘记了……"

两人闹到深夜才消停，明兰精疲力竭地瘫软着，哪怕身上黏糊糊得难受，她也一动不想动，眼皮子宛如泰山一样压下来。而顾廷烨这几年在外头风餐露宿，生活得很粗糙，他也不想下床沐浴，只搂着半睡不醒的明兰亲昵。

明兰睡得极熟，昏昏然仿若回到大学军训时代，一天拉练八小时站军姿、走正步，晚上头一碰到枕头就不省人事了，浑身上下好似被暴揍了一顿，腰是软的，腿是酸的，骨头是重新装卸过的，大脑是一团糨糊，唯一的差别是，一处不该疼的地方特别疼。

天蒙蒙亮，明兰被压醒了，像离水的活鲫鱼一样艰难地张嘴吐气，闭着眼睛一阵摸索，摸到一条巨大的"金华火腿"压在自己肚子上。她极力忍住挠花男人脸的冲动，努力扭转身体，想挪开去，不料反惊醒身旁的"五指山"。他舒臂一捞，就把明兰牢牢地扣在怀里。他低头去亲了亲她的脸颊，只觉得触觉温软滑腻，忍不住又是一阵揉捏磨蹭。

顾廷烨渐渐醒过来，又有些蠢蠢欲动。明兰像只王八一样死死扑在被褥上，脑袋埋进枕头里。顾廷烨也不去翻王八盖，只压上去叠罗汉一般压着，顺着女孩细腻纤瘦的背部一路吻下去，带着胡楂的下巴一蹭，雪白的背立刻泛出一片粉红。

这一下，明兰立时被压得进气少，出气多，几乎要翻白眼。她艰难地转过脑袋来："你……你、你……快挪开些……我要断气了！"顾廷烨呵呵笑着翻过身去，顺手把小妻子抱着放在自己身上。明兰趴在他胸膛上直喘气，见男人笑得畅快，愤恨之余，拿拳头狠捶了他两下。

晨光熹微，黎明的光束透过床帘，芙蓉帐内春光朦胧，顾廷烨就着光看了看明兰，只见她雪白的小脸上颇见疲色，映得眼睑下的黑眼圈越发明显，只一双大眼依旧明媚，似喜似嗔。顾廷烨心里喜欢，拉过她的小手放到嘴边轻轻吹着，幽深的俊目流波溢彩。

这落在明兰眼里，觉得这眼神极具暗示性，顿时粉颊烧火。她搜肠刮肚，憋了半天才吐出一句："那个……嗯……留得青山在，不愁没柴烧……"越说声音越低，算是讨饶了。

顾廷烨失笑，一把搂明兰在怀里，揉成一团，没头没脑地吻下去，胸膛震得闷闷发笑。

这时，外头的丫鬟隔着门帘轻轻叫了起来："二老爷，二夫人，该起床了。"

明兰过了好一会儿才明白这是在叫自己，连忙要起，可一旁的顾廷烨还在低声闷笑。明兰攥紧小拳头，用力捶在他厚实宽阔的肩胛上，低喝道："不许笑了！有人来了……你还笑？还笑？再笑，我就叫捕快把你抓起来！"

当年姚依依曾这样恐吓过表哥家四岁的小侄子，原话是：你再哭，我就叫警察把你抓起来！如今情势一急，她脱口而出就是这个老招数。

顾廷烨笑得越发厉害，趴在被褥间直闷闷发抖。明兰伏在锦绣被褥间，被他高大的躯体遮盖在阴影中，恼羞成怒地要去咬他，张牙舞爪的，像只刚长出乳牙的小兽，没有威胁性，倒惹人喜爱。闹了好半晌，顾廷烨才算够，叫人进来服侍梳洗。

崔妈妈早有准备，领着丹橘、小桃先进去，拿宽大的袍子裹着明兰入隔间沐浴梳洗，才叫外头的丫鬟、婆子捧着盆、桶、帕子等物鱼贯入内，一拨人服侍顾廷烨，一拨人服侍明兰。

待明兰完事，穿好里衣还有中衣出来后，见顾廷烨也是洗漱一新，正叫夏荷服侍着梳头结髻。待两人收拾得差不多了，一个管事模样的妈妈进来，从里屋找出那条白绫喜帕，看了看，微笑着把它收进雕花红漆描金的木匣子里去。

头朝喜服须隆重，明兰身着一件正红牡丹镶金锦绣华服，五凤朝阳金丝累珠衔红宝的大头钗，耳坠红珊滴珠嵌赤金流苏耳环，胸前垂挂着双鱼送吉赤金璎珞红宝福锁项圈，腕子上再套着十七八个龙凤金镯，这一身行头几乎把明兰压趴下，偏偏她昨夜奋战过度，浑身肌肉酸痛，一伸手是痛，一抬脚也是痛。崔妈妈心疼，想起明兰身上一片片的青红瘀痕，看向顾廷烨的目光未免有些不善。

顾廷烨也是一身猩红喜庆袍服，自双肩往下织锦绣纹的都是金丝蝙蝠团花，腰系一条松香色弹墨嵌玉腰带，正站在全身大镜前让夏竹整理衣角。

明兰侧脸看去，忍不住赞一声，这样浓艳热烈的红色，如火如荼，总带有几分阴柔，偏他是个挺拔高大的男子，背直肩宽，生生撑开了气势，一股轩昂英气溢于身畔。

顾廷烨从镜子里见明兰在看自己，便转身去瞧她，上下打量了一番，才微笑道："你这样很好看。"明兰点点头，眼露淘气，脸上却很正经，低声道："你这样也很好看。"

顾廷烨故作凶恶地瞪过去，明兰捧着袖子可怜兮兮地赔笑。须臾之间，两人相视一笑，竟无半分拘束生疏，想来人世间果有倾盖如故之说。

屋里众丫鬟婆子都低着头不言语，心中暗暗吃惊，盛府的暗想"姑娘倒和姑爷自来熟"，顾府的暗道"何曾见过二爷这般好脾气的模样"，更有几个长心眼儿的偷眼瞥了明兰几眼，想着，这般明艳娇媚的新夫人，想必二爷是极喜欢的。

按照正常程序，新婚第一天的流程如下：先给直系的亲长磕头，然后认旁系亲戚，接着开宗祠入族谱，中间有空吃饭。因为宁远侯府情况特殊，明兰曾事先暗暗问过，顾廷烨只答了一句："自是先拜父母。"

这句话含意太深刻、太模糊了。首先，他爹早挂了；其次，他妈挂得更早；再次，他现在的妈是后妈，风传继母子之间的关系还不很和睦。

明兰十分纳闷，这种情况下，该怎样理解新领导的话中意呢？

正胡思乱想着，门外忽然来了一位身着暗褐色素纹锦缎褙子的管事妈妈。站在门旁掀帘子的丫鬟轻轻福了福："向妈妈好。"

向妈妈面孔白皙，眉目和善，进门朝顾廷烨和明兰福了福，微笑道："二老爷，二夫人，太夫人说了，请先去宗祠祭拜老侯爷和白太夫人，她先去等着了。"

顾廷烨笑着回道："有劳妈妈了，我们这就去。"笑容很和煦，但没到眼睛。

明兰忙叫丹橘拿红包塞给向妈妈，向妈妈满脸笑容地接过，然后恭敬地告退。大约是她对向妈妈笑得殷勤了些，引得顾廷烨淡淡地看了她一眼，随后一行人簇拥着他们向宗祠走去。

所谓祠堂，就是摆放祖宗牌位并且让人祭奠的地方。古代是个论出身、论祖先的时代，据说谁家的祖宗牌位越多、祖宗越风光，就表示谁家越源远流长，是世代名门。

当初在宥阳祭祖时，明兰跪在下面闲极无聊，曾细数过盛家祖宗牌位，结果——唉！难怪以盛家的声望财势，在家乡依旧不敢充老大。

听品兰八卦，传说盛老太公根本就是小乞丐出身，连自己姓甚名谁都不知道，一日听个兼职要饭的算命先生说书，言道：盛世即将至矣。一群饿得惨兮兮的小乞丐心中生出希冀，老太公这才咬牙活下来，后遂以"盛"为姓，顺带给自己起了名字。不过，品兰的八卦十成里面倒有九成是虚构的，原因是她也不耐烦在祠堂长跪，幽怨之余便肚生诽谤。

其实嘛，盛老太公虽是幼年丧亲，自小流浪乞讨，但据说依稀还记得自己的爹妈，只是再往上的祖宗就死也记不起来了。他又没韦都统的胆量，敢叫老婆把祖宗三代一概编好了后上报朝廷听封，所以盛家祠堂的牌位实在挺寒酸的，加起来都不满一串葫芦娃。

所以当明兰站在顾家祠堂里，一股莫名的自卑之意油然而生。

幽深庄严的高柱大堂，坐北的整面墙都打铸成供桌祭台，八九寸高的阶梯状牌位格一层一层地往上垒，足有十七八层高。看着密密麻麻的牌位，明兰不由得一阵气短。

秦太夫人已在祠堂了，她一见顾廷烨和明兰，便微走几步，温雅笑道："昨日可累坏了吧，好了，赶紧来上香磕头吧。"

丫鬟早在供桌前备好了蒲团和线香。明兰视线溜过去，只见最下排正中间有一块颇为簇新的，上书"先父顾公偃开之位"。明兰心里了然，在顾廷烨身旁紧紧地跟着，恭敬地在蒲团上跪下，然后焚香祷告，最后将线香放入鼎炉，方才礼毕。明兰侧脸，只见顾廷烨定定地望着最下方靠右的一块陈旧牌位，上书"先妣顾门白氏之位"，他的眼神微微黯淡。

明兰再一定神，只见顾老爹牌位旁放着两块略小些的牌位，一块是自己正经婆婆白氏的，还有一块更精致金辉些的，上书"先妣顾门秦氏之位"。明兰忍不住看了旁边的秦太夫人一眼，心想，要是她也挂了，牌位上该怎么写？这年头牌位不流行刻女名，岂不容易撞车？

顾廷烨很快回过神来，转身朝太夫人道："该给太夫人行礼了。"

秦太夫人坐在侧边，神色感伤，拿帕子摁着眼角，轻轻摆手道："不用了，不用了。"

"礼不可废，太夫人切莫推辞。"顾廷烨声音很低，但态度很坚决。明兰很贤惠地嫁鸡随鸡，连忙叫丹橘把那两个蒲团拿到太夫人面前摆好，做出准备下跪的姿态。

秦太夫人眼看推辞不去，便端坐着笑而受之。二人行完礼后，明兰还得了一对极通透的翡翠缕嵌金丝玉镯，外加一个沉甸甸的秋香色缀锦绣珠的葫芦形荷包。

这个头磕得蛮值的。

"去瞧瞧你大哥吧。"秦太夫人欣慰地望着二人，眼角泛着水光，"他这两年都没好过，年前起越发病重了，如今连床都下不了。瞧见你成家立业了，他不定多高兴呢。"

顾廷烨神色黯淡，似乎也颇为难过，轻声道："这是自然。"

随即，一行人前呼后拥地往正院走去，一路上颇为安静，只闻秦太夫人偶尔唠叨几句顾大哥的病情，可她到底是长辈，不好说太多，显得不稳重，说了几句也静了下来。

明兰是新嫁来的小媳妇，不好多说，只好闭着个河蚌嘴装腼腆。顾廷烨根本不想讲话，神色黯淡郁郁。明兰打赌，若问他，他一定张口就来："大哥病重，我心里难受。"

明兰侧眼旁观，这厮绝对口不对心。

走了大约一盏茶工夫，明兰一行人终到了正院。刚走进二重院子，便闻到一股浓浓的汤药味。明兰随着太夫人后头跟入，来到一间大大的卧房里，青砖铺地，绒毯覆盖，一干装饰物件全无，从墙边的案几桌架到床前，全摆满了各式药罐药炉，连东侧的百宝阁上都摆满了瓶瓶罐罐。外头已是阳春三月，屋内却还生着旺旺的炉火。

紫檀雕绘藤草鸟虫花样的床铺上躺着一个男子，床榻旁坐着邵夫人，她正暗暗垂泪，闻听脚步声，忙拭去面庞上的泪水，站起迎人。

"煜儿，你二弟来瞧你了！"秦太夫人轻呼一声，见顾廷煜想坐起来，连忙上前把他按住，握着他的手轻轻拍着，一边轻声念叨，一边眼眶发红。

尽管明兰对太夫人把自己省略的行为十分不满，但也微笑着上前，随着顾廷烨老实地躬身行礼："见过大哥，见过大嫂。"

邵夫人忙起来还礼。顾廷煜微微撑起身子，邵夫人帮他靠在枕头上，他对着顾廷烨点点头，然后朝明兰微笑道："让弟妹见笑了，愚兄着实不中用。"

明兰忙道："岂敢，兄长养病要紧。"她抬眼间，大吃一惊。这顾廷煜虽病得奄奄一息，枯槁瘦弱得只剩下一把骨头了，眉眼却与秦太夫人很是相似，且更为秀美精致。明兰自来到古代后所见的人中，只有齐衡的相貌能与之一比。

差别在于，齐衡形之俊朗，顾廷煜则多有阴柔。他说完话又低低地咳嗽了几声，苍白的脖颈上暴起几条病态的青筋，脸颊上泛出不正常的红晕。

"我的儿，你且歇着吧。"秦太夫人似乎心都碎了，抚着顾廷煜的手背轻轻颤抖。这种母子间的情意，似是完全真实关切。

顾廷煜微笑着握着秦太夫人的手，眼睛只一个劲儿地看着顾廷烨。从他挺拔的身躯一直看到他充满生气的面庞，眼中流露出几分羡慕和阴霾。他喘了几口气后，才能开口："你终于肯来见我了，也罢，终归是天意，该腾的位子终得腾出来，一次是这样，两次也是这样。"

顾廷烨也定定地看了兄长一会儿，然后一脸抚慰道："大哥说的什么话，大哥不过是如今身子不利索些，待养好了身子，一切都会顺当的。"

顾廷煜苦笑了一声："你长进了，也学会说这话了，看来这几年在外头没白历练。也好，如今这府里也就你撑得住了。"

顾廷烨低头不语，过了一会儿，又微笑着劝慰了几句，颇有几分兄弟情深的意思。顾大哥说了几句就又开始咳嗽发烧，昏昏地睡过去。众人轻手轻脚地退了出来。

太夫人神色忧郁，走时回头与邵夫人道："你怕也还未用饭吧？叫丫头婆子看着煜哥儿吧，你先与我们一道用饭。"

邵夫人推辞了几下，便跟着一道出去了。众人随行着朝东侧厢院走去，一脚跨进去，只见里头正摆放着一满桌的饭菜，一个年轻的妇人正忙碌地张罗着。

这妇人生得一张芙蓉瓜子脸，身着一件玫瑰紫的遍地缠枝芙蓉花的锦缎褙子，斜堕马髻上插着一支金托底红宝石牡丹花样的珠钗，一副娇俏可亲的模样。她一见众人都来了，一双大眼睛弯弯笑起来，道："娘，大嫂，二哥，二嫂，你们可来了，再不来，我若饿得很了，就自个儿先吃了。"

这话一说，邵夫人先是容色一喜，笑了出来。太夫人却依旧神色淡淡的，倒不似与邵夫人那般亲热，只道："开席吧，大伙儿都饿了。"

邵夫人拉过那妇人，与明兰介绍道："这是你三弟妹，炜哥儿媳妇，娘家是承平伯朱家。她平日里最是热诚的，你以后日常若闷了，便去与她说话，她定是求之不得的。"

明兰笑着点点头，忽然为难起来，论年纪，她比朱氏还小了好几岁，可论辈分，她却是二嫂，正想着怎么称呼时，那朱氏倒一点儿不在乎地挨过来，笑嘻嘻地福了福，道："二嫂好，请二嫂安。"

明兰红着脸，只能道："弟妹也安好。"然后从丹橘手里接过早备好的荷包递过去。朱氏神色自然随和，乐呵呵地接了荷包："做小儿媳妇就是好，要是多几个哥哥嫂子就更好了！"

众人一齐笑了起来，连太夫人也忍不住扯出几丝笑容。

待摆好了饭，众人一一入席。明兰见邵夫人和朱氏都还立着，便也很自觉地站在一旁，打算服侍布菜。太夫人忙摇手道："你们也坐下吃饭吧，别说新婚三日无大小，且我家也没有这般死硬的规矩。来，坐下吧。"然后又指着顾廷烨道："你去外厢间吧，你三弟等着呢，你们哥儿俩多少日子不曾相聚了，这便好好聊聊，回头用过早饭，咱们再认亲。"

顾廷烨躬身允诺，走到明兰身边，低声道："我先过去了，你……好好吃饭。"虽面无表情，但关切之色溢于言表。

太夫人转头吩咐丫鬟什么事，似未瞧见，只嘴角含笑。邵夫人微笑而视，心中一阵些微的酸涩艳羡。朱氏却不加掩饰地笑了出来，笑道："二哥，咱们不会吃了二嫂的！"

顾廷烨朝众女眷微一抱拳，含笑出门而去。

明兰红着脸低头而站，有些手足无措——很好，很好，她现在已经能基本控制脸红了，什么时候能自如控制脸红的程度，她就算出师了。

明兰轻抬眼睑，偷眼溜了一圈众女眷。从目前来看，一切都很正常，婆婆和蔼可亲，大嫂端庄贤惠，弟妹活泼亲和，亲戚间气氛十分和谐温馨。如果这一切都是真的话，那自己的运气着实不错。

不过，自打被泥石流淹过之后，明兰明白了一件事——生活总是处处充满"惊喜"的，只是不知道宁远侯府会给自己什么"惊喜"了。

第二十六回·明兰回门

　　圆圆的红木八角雕牡丹浮纹大桌上摆放了好些吃食，正中是一笼热气腾腾的小笼包，周围团团摆着红豆玉米面发糕、鹅脂酥炸豆沙麻团、四色葱香花卷、油炸麻花果子，还有枣泥山药糕，边上的小桌几上搁着甜咸两色粥点、金米南瓜粥和香菇鸡粥。

　　明兰顿时食欲大振，但她不断地提醒自己，这是在婆家，注意气质。

　　太夫人率先入座，左右一瞧，笑问："灿丫头呢？她嫂子们都到了，她还不出来？"

　　侍立在一旁的向妈妈正在盛粥，转身答道："七姑娘说，她与孙小姐和少爷一道吃了，回头再来拜见二夫人。"

　　邵夫人在太夫人身旁坐下，面上似有淡淡的笑意："这些日子多亏七妹妹了，有她陪着娴姐儿，我便放心了。"

　　朱氏已拉着明兰坐下，正轻声问她吃什么粥，闻听此言，便笑道："我家妹妹脾气是最好的，恭敬孝顺，又喜欢小孩子，将来不知哪个有福气的得了去！"

　　太夫人轻斥道："别胡说，叫你二嫂笑话。"

　　明兰接过香菇鸡粥，清香四溢，笑道："您说哪里的话，我在家中便听说七姑娘最是才气纵横，京中闺秀中那是数得上的。如今才知道，廷灿妹妹不单诗文才学好，还慈心友爱，真是难得至极。"这话不是瞎掰，有一回连姐儿和墨兰吵嘴，连姐儿曾大声道"我那宁远侯府的七堂姑比你诗文书画强多了"云云。

　　太夫人面上一阵喜悦，连声道："莫把她夸坏了！那丫头不懂事得很！"

　　明兰微笑着低头用饭，咸鲜的粥点配着酥脆的麻花果子和麻团吃，满口生香。

　　如果她记得不错，这位顾廷灿小姐比自己还大几个月，似顾家这种久居京中的有爵之家，府中的小姐都是早早说好亲事的，可她为什么会迄今还未有着落呢？若是为先帝守孝而耽搁了一年倒也正常，可听口气，似是连意向人家都没有。

原因不外乎一个，就是原先瞧好的人家有了变动，不是人家瞧不上顾家，就是顾家瞧不上人家了。先帝驾崩，新皇即位这两三年间，京中半数以上的显贵受了牵连，有爵之家荣辱变动极大，这倒也不奇怪。

食不言，寝不语，后者顾廷烨做不到，前者他后妈倒做到了。众女眷用罢了饭，丫鬟们端着水盆、盂盅、帕子鱼贯进入。明兰略略洗漱过后，端茶浅啜。

抬手，拈指，沾水，漱口，端茶，一整套动作温婉和煦，流水融畅，极是优雅漂亮。一旁的朱氏侧眼旁观，心中略略惊奇：这个四品文官家的庶女教养倒好，不论喧嚣排场，还是肃穆规制，她似都不放在眼里，始终不惊不惧、不慌不忙，站也笑意盈盈，坐也悠然自得。

听闻盛家老太太原是金陵勇毅侯府嫡出大小姐出身，最是尊贵高傲，徐家现下是不行了，可当年是极盛的。想到这里，朱氏了然。听说这位新夫人是自小养在老太太跟前的，难怪举止派头大是不凡。

那边厢，明兰艰难地用三根手指托着茶碟，脸上还要一派含蓄微笑，心中暗道，孔嬷嬷当初到盛家授课时怕也没想到，她所教的内容，四个女孩中倒有三个用上了。

精英教育家就是不一样啊，效率就是高。

大约是吃饭用时长了些，向妈妈转头瞧了瞧滴漏时刻，轻轻禀道："太夫人，时辰差不多了，怕是四老太爷他们都等着了，索性我请七姑娘他们过去吧，从他们用饭的地方过去，还更近些。"

太夫人想了想，点头道："也是。"她转头朝着明兰她们微笑："喜事临门，咱们胃口都开了，居然吃了这些工夫。咱们这就过去吧，总不好让大伙儿都等着。"

明兰三个垂首恭立，纷纷应声，随着太夫人一道出去了。

刚走出几步，只见顾廷烨和另一个年轻男子站在庭院处，待明兰等人走近一瞧，那男子眼畔生花，唇红齿白，生得与顾廷煜十分相像，却又多了几分明朗英气。他一见太夫人一行人，立刻躬身拱手，眉眼开朗："母亲，我正与二哥说这园子呢，什么时候咱们也学靖宁侯家，栽上满满的槐树就好了。"

太夫人瞧见小儿子不由得微笑起来，轻斥道："你个不长进的，成日里只知道玩耍，也不知读书练武求个上进，没得叫你二哥笑话了！"

顾廷炜伸出一条胳膊搭在顾廷烨肩上，眉开眼笑道："母亲，我自小便是如此，二哥什么时候笑话过我？小时候我爬树掏鸟窝下不来，又怕挨责罚，不敢叫您知道了，回回都是二哥偷着把我背下来！是吧，二哥？"

顾廷烨微笑着看了他一眼："你也是当爹的人了，该学着经营仕途了。"

太夫人越发笑容可掬："由你多督导着这猴儿，我便也放心些了。"随即，转头与明兰道："这不长进的便是你三弟。"

明兰微微挪动脚步，上前半步，低头垂目，轻声道："三弟。"

顾廷炜肃容拱手："二嫂。"

两团人并作一团，朱氏很自觉地走到丈夫身旁。明兰木木地慢半拍反应，顾廷烨等了半天，只好自己走过去站到明兰身边，忍不住瞪了她一眼，却见她一双水汪汪的大眼睛一副懵懂状，眨呀眨的。庭院中清晨的雾气刚散去，染着她纤长的睫毛略有湿漉，顾廷烨心中一软，低声询问："可吃饱了？"

明兰苦着脸轻轻摇头，神情悲愤。

顾廷烨轻声道："回去再吃。"

明兰立刻点头，一脸讨好，唇畔满是笑意。顾廷烨嘴角轻轻一弯，缓缓把头回过去，一副正经模样。

邵夫人扶着太夫人在前头走着，后头两对夫妻跟着，一行人绕过海棠垂花门，沿着东侧厢院前门的碎石幽径前行，不一会儿侧入正院，绕过一屏极其阔大高伟的万马奔腾大理石刻照壁，眼前便豁然开朗。只见一片极宽阔的甬道，正面前走五十余步，是一间十分开阔的敞亮大厅堂，一排十六扇明亮的朱红漆木大扇门俱已打开，上头匾额上"萱宁堂"三个大楷，浑厚劲道，似有金石之气。

明兰这才抬眼打量周围，只见触目尽是简约厚重之摆设，较之襄阳侯府的奢贵富丽，这里更有一番朴素高华的骄傲，端的是气派非常。

众人走近，门口一个四十多岁的管事模样的人上前来垂首作揖，他面貌精悍，朗声道："太夫人，侯夫人，二爷，二夫人，三爷，三夫人，快快请进，两位老太爷已到了。"

太夫人微微颔首。邵夫人侧头看了眼她，才转头道："辛苦秦管事了，去通报一声吧。"

秦管事应声进去。

明兰站在顾廷烨身旁，忽然觉得他周身气息无端地寒起来，忍不住偷眼看了看他，只见他神色淡然，眉头微微挑起一个上扬的弧度。明兰垂下眼睑，冷不防又见他袖口中的手已握成拳头，指节微微发白，好在他今日猩红广袖十分翻飞阔大，遮住了许多。

明兰心中警惕，暗暗留神。

抬步进去，里头已坐满了人，正是一片嗡嗡说话声。两边列椅上是男女依齿序而坐，上首则坐着两对老夫妇，中间空出一个位置，估计是留给太夫人的。众人见太夫人一行人进来，自上首座席以下俱是站起而迎。太夫人微笑道："叫叔叔们笑话了，一群妇道人家啰唆，耽搁了这许久，真是对不住。"

右侧那位中年妇人站起笑道："嫂子说什么话，不过等上片刻，有什么对不住的。"

太夫人上前坐下，邵夫人在右侧女眷列席首座上坐下，朱氏随次，顾廷炜则坐到左排男座中去。随后便是顾廷烨夫妇向长辈见礼。丫鬟婆子们早备好了蒲团茶盏，顾廷烨偕明兰双双跪拜见礼，太夫人在一旁温和地介绍着。

因不是直系亲属，所以这次明兰不用磕头，只敬了茶叫声长辈便可。当然，出力少收获也少，只得了两个意思意思的荷包。

拜过后立起，便是与一众同辈兄妹见礼，比顾廷烨年长的要对之作揖拜福礼，年少的则要反过来向明兰行礼。这次解说员换成了朱氏，她嘴皮清脆利落，解说得很是详细清楚。

其实早在嫁过来之前，盛老太太就给明兰大略普及过顾家内情，明兰秉承着好学不倦的精神，认真做了笔记——如今宁远侯府里共有三房人，分别是大房的、四房的和五房的。

其实当初老侯爷的老爹过世时已分了家的，庶出的几房早就搬出去了，有些就住在宁远街依附着嫡支过活，有些则自己混出息后，索性到外头辟府别居。

本来四房和五房也要出去的，但因老侯爷常年在外戍边镇守，侯府不可无人主理，便让自己的两位胞弟依旧住着。待到老侯爷奉旨转调，携家带口回到京师后，三房人相处融洽，又合着过日子了。

四老太爷生得富态敦实，一副富贵士绅的模样，只一双眼睛显得混浊了些。五老太爷则是一副文士打扮，五缕长须颇见清高文雅。他是顾家少有的读书人，青年时中过举，却一直无法中进士，当过几任堂官，如今赋闲在家，闲来吟诗弄画，京城中倒也颇有雅名。

明兰勉强记住了他们。

下面便是一连串的"顾廷×"，有男有女，一个个还拖家带口，牵丝绊藤，明兰直听得脑神经短路。她记得自己总共送出去了八个葫芦荷包和五个荷花荷包，外加好大一包金锞子和三四件玉饰，只心疼得明兰两眼发花。

最后朱氏解说完毕端起茶碗时，明兰只把自己直系的亲属搞了个明白。老侯爷总共生了三子两女：儿子是三个老婆一人生一个（果然是雨露均沾，明兰十分佩服）；女儿则是已出嫁的庶出女儿顾廷烟——今日未来，以及待字闺中的嫡女顾廷灿——一个瓜子脸的美貌女孩，明眸善睐，三分机敏，三分端庄，四分矜持，颇有几分才女的傲气。

除此之外，明兰还知道洞房那日说笑的"煊大嫂子"正是那位四老太爷的长儿媳妇。

丹橘站在厅堂一旁，脑门上暴起青筋数根，秀目圆睁得十分狰狞，正咬牙苦记这些亲戚，预备回去后给明兰复习知识点。明兰一边心疼今日的大出血，一边很为自己的糊涂感到羞愧，低声喃喃了几句。随侍一旁的小桃听了，连忙鼓励："姑娘，您这是那个知什么善什么。"

"知人善任。"明兰心里舒服多了。

认亲仪毕，一连串的丫鬟便捧着茶盘果点鱼贯入内，男人们仍旧坐在厅堂里吃茶叙话，女眷们起身往里走几步。这厅堂极是阔大，侧边用一面穿花雕绘漆木隔扇略略隔了，两边声笑相闻，面貌可见。

里头早置了好几张圆桌，上头摆放了好些四色茶果。明兰被热情的朱氏扯着坐在身旁，几个年轻媳妇、小姐拥上来和明兰说话。明兰因认不出她们谁是谁，一概腼腆微笑以对。好在头一回见面，也说不上什么实质内容。

夸她新衣裳好看的，明兰就呵呵："哪里，哪里。"

夸她首饰头钗精致的，明兰继续呵呵："过奖，过奖。"

夸她仪容明艳大方的，明兰红着脸接着呵呵："岂敢，岂敢！"

以此类推。

几句话过后，一众小媳妇大姑娘都觉明兰无聊，逗也逗不起来，说也说不出几句，遂自己散开去坐到一起说笑了。明兰这桌只留太夫人、四老太太、五老太太，还有邵夫人、煊大嫂子和朱氏。

"要说还是大嫂有福气，这儿媳妇个顶个都是出挑的，瞧瞧烨哥儿媳妇，真是天上掉下来的美人儿，我瞧着都喜欢！"四老太太满脸堆笑，不住地打量明兰，一身紫金双色锦缎对襟褙子颇是华贵，"与侄媳妇一比，我家那几个便拿不出手喽！"

煊大太太含着一口茶，努力咽下道："哎哟，我的婆婆，你要夸这天仙般的弟妹我是无二话的，谁叫人家着实好呢！可您也为媳妇留几分面子呀！"说着，便倒进四老太太怀里。四老太太笑骂："你个厚脸的猴儿，今日也要面子了？"

众人大笑。明兰做出一副娇羞状，微笑着低头——看这婆媳俩这般亲热劲儿，恐怕没人能想到，这位四老太太是继室，而顾廷煊却是前头嫡妻留下的儿子。

相比之下，五老太太便文静多了，她只拉着明兰的手静静说了几句："你刚来，不知道，这几年你婆婆着实操劳，于家中大小温柔和平，又怜贫惜贱，慈老爱幼，是最妥当不过的人。"

四老太太也道："谁说不是？煜哥儿的身子不好，她要看顾，煜哥儿媳妇管家，她要帮衬，娴姐儿她要照看，里里外外一大家子她都要操心，真是难为她了！"

太夫人微笑着："瞧你们俩，唉……也罢，不过我脸皮厚，也不怕羞，你们接着夸吧。"

这句话逗得众人又是一阵大笑。邵夫人看向太夫人的目光中满是感激。

五老太太面庞清瘦，气质温雅，低声与明兰接着道："你不要胡乱听信外头人，你婆婆着实不易。你现在既进了门，以后便要多劝着些烨哥儿，一家和和美美的才是家族兴旺之道。"

四老太太热络地"是呀，是呀"，明兰自然是卖力点头。

正说笑着，忽然外头一阵高声争执传来，只听四老太爷怒气冲冲道："顾廷烨，你好哇！你如今出息了，这般不给自家叔叔面子！又不是叫你上刀山，下火海，不过是晚上出去吃顿酒，也是你叔伯兄弟的一番好意，你就这么瞧不起人？"

顾廷烨静静地坐着，不卑不亢："营中军务我尚未厘清，皇上交代的几件要事我尚要办理，今日午饭过后，我便要回都督府了，这酒……以后再喝吧。"

四老太爷气得胡须都吹起来了，拍着桌子大声道："你少拿办差事来推搪！你当我没见过世面？你老子当初比你忙了十倍，但凡自家兄弟叫一声，什么时候不应的？你亲叔叔发话，你居然敢不应？"

一边说着，一边就要扑上去，似乎想踹几脚的样子。一旁的顾廷煊拼命抱住自家老爹。四老太爷这才想起，这不是自己儿子，不好随打随骂的，便气呼呼地坐了下去。

"廷烨本不如先父能耐，无法两顾，四叔见谅。"顾廷烨冷冷地瞧着四老太爷，狠厉的目光猛然大盛，瞬间又收了回去。四老太爷见他忽然满身杀气，面色阴沉，一时竟有几分胆战，倒有些不敢放肆，别过脸不说话了。

五老太爷见状，颇是不满，捻着胡须皱眉道："你有公务要忙不便宴饮，这也罢了，可为何一定要离府另居住？住在自家岂不更好？非要弄得外头风言风语不可，你才高兴？"

明兰心头咯噔一下。她记得昨晚顾廷烨说过，太夫人已答应他们另住了，怎么，又有变故？一边想着，一边就去偷瞧太夫人。只见太夫人一脸为难，站起身来，忧心地朝外头道："五叔叔，算了，算了，别说了！烨哥儿要住出去，定是有自己道理的。"

四老太太拉着太夫人坐下，斯文道："有什么道理？母亲尚在，做儿子的不在身边孝顺，这是什么道理？不论烨哥儿在外头多风光，不孝母亲便是头一条罪过。"一边说着，一边去瞧明兰。

明兰继续低着头，心道：您拉倒吧，唬谁呢？当我是棒槌！没错，忤逆的确是重罪，落在任何官员身上不死也要去层皮，可这指的是礼法承认的亲爹娘或嫡母嗣母！眼前这位是继母，是礼法上的擦边球。自古以来，继母和嫡子之间闹别扭，宗法朝廷也是不大管的。

当初盛纮在登州断案，同样是老娘勾搭男人害死老爹的两件案子，庶子杀嫡母就要斩监候，后改判充军劳役，嫡子杀继母却只判了流徙几百里，过几年回家团聚就完了。盛纮因为断这两个案子，还被当地的耆老士绅狠狠地夸奖了一番，送了一块"明镜高悬"的牌匾。

只不过，这话不能明说罢了。呜呜，二叔，你真可怜！

果然，那边的顾廷烨一时无话，深深地皱起眉头，满身怒气隐隐勃发。偏偏五老太爷是清高的读书人，丝毫不惧，直视着他的目光继续训斥："你那都督府是皇上赐的，住不住都随你，有什么非住过去不可的？所谓百善孝为先，养恩大于生恩，你小时也读过书的，怎如此糊涂？！还不快快与你母亲赔不是，说你不走了？"

顾廷烨握紧拳头，面上渐渐凝重冷峻，静静地看了五老太爷许久。五老太爷怒目对视。过了一会儿，顾廷烨缓缓站起来，长身而立，不怒自威，淡淡道："圣命难为，下午我便走。"

短短九个字，说完后，顾廷烨恭敬地一抱拳，翻袖拂摆，转身就走，留下厅堂里一干人众面面相觑。五老太爷气得几乎背过气去——就像顾廷烨不能明说一样，他也不能真的去有司衙门告顾廷烨忤逆。顾廷烨这个无赖要得极好！

明兰忍不住鼓掌，可是……

顾廷烨这样离去到底太生硬了，导致留下来的明兰就很尴尬。众女眷纷纷拿不满的目光去看她。明兰也想撤退，但她的座位是个死角，刚好被朱氏和四老太太堵住了。她被众人的目光看得头皮发麻，心里大骂顾廷烨不仗义，只顾自己撤退，居然留她来殿后！

还是煊大太太瞧不下去，出来解围。在满室寂静僵持中，她轻笑一声，道："哟，弟妹，瞧见了吧，你家二爷便是这个倔脾气，你以后可得当心些了。"

明兰连连点头。

这时气氛才松了些。外头的四老太爷重重地放下茶杯，不悦道："这样不懂礼数，便立再大的功劳也是枉然！"

此言一发，里外两处，不少人你一言，我一语地批判起顾廷烨来。虽然话说得很隐晦，但大抵意思差不多。

七姑娘顾廷灿尤其气得厉害，正大声道"母亲这般待二哥，二哥却这般不孝"，瞥见明兰低着头，一言不发，便高声道："二嫂，你说呢？听说二嫂自小饱读诗书，想必清楚孝道所谓何也，今日之事，你也评断一二呀！你觉着二哥做得可对？"

煊大太太当时就眉头一皱，担忧地去瞧明兰。众人的视线也纷纷聚拢过去，连外头的男人都静了下来。明兰心里冷笑了一下，缓缓抬起头，面色淡然轻松，嘴角还缀着两个小巧的梨窝。众女眷颇为惊奇。

明兰也不直接回答，高声道："两年前，工部尚书卢老大人受圣上嘉奖'勤慎警勉，年高德劭'，不但擢升为内阁次辅，尔后不久，又赏赐了西福门内的一座宅邸。"

"你说这做什么……"顾廷灿忍不住插嘴，立刻被邵夫人按了下去。

明兰掰着手指，慢条斯理道："其实卢老大人的旧宅邸本就不错，虽离皇城远了些，但山清水秀、风光明媚，最妙的是卢老大人的故交好友乃至几家亲眷都住那一带，平日里颐养相聚、浅酌清谈，正是美事。当时听闻不少亲眷好友都劝他不要搬了，就原处住着吧，反正是皇上赏的，那宅子还能跑了不成？唉……可卢老大人接旨后，二话不说就搬了过去。卢老大人说，君恩如天，不受，便是不敬。"

里外两处厅堂越发安静。只听见四老太爷一下一下地拨着茶盖，发出清脆叮咚的瓷器声。五老太爷气得胸口发闷，却也不说话了。这顶大帽子扣下来，谁也不好再骂。屋里静默了良久，太夫人才叹息道："难为两位叔叔和烨哥儿了，为着我这老婆子闹得不快了。"

朱氏最机灵，连忙起身笑道："是呀，二伯是忠君，四叔、五叔是为着孝道，大家都没错。我这就去瞧瞧，怎么也得吃了午饭再走，回头备上几盅好酒，叔叔们和二伯喝两杯，把话说开了便好了。"

四老太太也连忙打圆场，大声道："炜哥媳妇所虑甚周，咱们自己也摆上一桌酒吃。都是自家人，有什么不好说的。"

这几句话下来，气氛便松快许多，大家渐渐又说起话来，屋里又其乐融融。明兰心里大大舒了一口气，低头和煊大太太说笑，刚说了几句，忽然门口进来个怯生生的丫头。她小心翼翼地闪进里间。明兰眯眼一瞧，正是夏竹，只见她脸色发白，哆哆嗦嗦地轻声道："二夫人，二爷叫您过去，说许多箱笼不知怎么处置呢……"

里屋的女眷面色十分古怪，都面带怪笑瞄着明兰。明兰被看得脸上发烧，心中大怒：姑奶奶这会儿都打扫战场了，还用得着你来救场？靠你？姑娘我早就成炮灰了！

男人果然靠不住！

明兰羞羞答答的表情只维持到回房间的那一刻。她低着头一进屋，一只大手就伸过来牵住她，一抬头，只见顾廷烨关切地望着自己，目光颇有几分歉意："对不住，把你忘了。"

明兰倒没怎么生气，新婚第一天就战况激烈，着实令她有些疲倦。她低低叹息道："做你媳妇儿可真不容易。"

顾廷烨半晌无言，只轻轻牵着明兰往里走。明兰忽闻一股食物香气，抬头一瞧，里头的双喜红木鞘翅小几上已摆了好些吃食，金灿灿的雪花糖粒玉米烙、奶香四溢的红豆椰酥卷、几碟子当季点心，还有明兰素喜欢的三鲜猫耳朵汤，高汤浓香。明兰立刻一喜，欢欢喜喜地坐了过去，转头展颜笑道："这是给我备的吗？"

顾廷烨本有些心气不顺，瞧明兰这副孩子般高兴的模样，不由得心头一松："才上来的，你身边的妈妈手脚很麻利。"他一边把筷子塞进明兰手里，一边道，"赶紧吃些吧，晌午还有的忙呢。"

明兰犹豫了一下："待会儿就要用午饭了……"

"对着他们，你下得去筷子？"顾廷烨挑着剑眉反问。

明兰立刻戳下第一筷子。瞧明兰吃得香，顾廷烨也笑着多吃了些。

"别急，没人和你抢。"顾廷烨嘴角含笑，看着明兰鼓鼓的脸颊，偏还拼命维持着优雅的礼数，雪白的面颊上还留着晨曦的光彩，粉红鲜嫩的唇像六月的鲜藕。瞧着这样的面孔，他心里无端敞亮温暖起来。

"适才……你怕吗？"顾廷烨迟疑地问着。以他对自己那帮亲戚的了解，怕也不会放过明兰，估计言语上狠狠欺负了小妻子一番。

明兰鼓着脸颊摇头，努力咽下食物："才不，我还给你好生辩白了一番呢！"做了好事一定要说，这年头不流行做好事不留名。

顾廷烨兴味起来，挑着眉问："你回嘴了？"

提起自己的战绩，明兰顿时眉飞色舞，放下汤匙筷子，简明扼要地叙述了适才那番话，把卢老大人的口气学了十足不说，还生动地描绘了一遍当时在座众人的脸色举动，直听得顾廷烨眼睛发亮，嘴角弯曲似月梢。

明兰说完后，还似意犹未尽："好在是我，若是我大哥哥，啧啧……一通忠孝节义述说下来，只怕今日四叔、五叔他们要去祠堂跪祖宗了！"这话不是玩笑，长柏哥哥话很少，但一旦开口，便字字如刀，刀刀见血。对于这点，他的亲娘王氏有深切体会。

顾廷烨沉郁许久的面庞漾开了笑意。他伸手去刮明兰翘得很可爱的小鼻子，眉眼间俱是浓郁的情意，嗓子低沉得好似陈年美酒："还当把你丢狼窝里了，适才我险险吓出一身冷汗。"

明兰咬着筷子，俏笑如花，微红了脸颊，低声道："我不怕狼，只怕没人给我撑腰。"

顾廷烨心里软得几乎化开了："我与你撑腰！你想做什么，我都与你撑腰！"

明兰一高兴就会表现得十分可爱，拿出哄老太太开心的本事，趴在顾廷烨肩膀上乐得像枚笑口瓜，像只团团的小松鼠般给顾廷烨盛粥夹菜。饶是顾廷烨见多识广，也酥了一半骨头，只恨现在天光大亮，做事多有不便。

顾廷烨不自然地咳了两声，往明兰碗里夹了颗樱桃丸子粉蒸肉，岔开话题道："你……不想问问四叔、五叔他们的事？"一般新嫁娘头回见这场景，不是都会忙着问夫婿的吗？

明兰后知后觉地才想起来："哦，对哦！为什么呀？你不是说太夫人已经答应咱们搬出去了吗？他们为什么还对你这么坏？"

这句话问得好，一开口就给人定了罪，说得顾廷烨眉头大展。他一扫郁结，含笑道："我自小淘气，太夫人顾忌着继室身份不好多言，从来都是叔父或婶婶把状告到父亲面前。许多事情，回回都是这样。"

明兰慢慢咀嚼这句话的意思，轻轻在心里"切"了一声，似笑非笑地闪着大眼睛，咬着粉嫩的嘴唇，微微拉长语调："顾家真好，叔嫂和睦，妯娌友爱，一家上下和乐融融，能嫁过来，着实是我的福气。"

顾廷烨笑了。他特别喜欢明兰说话的这个调调，好似调皮的小孩子故意装呆扮老实，偏又扮不像。又说笑了一会儿，外头便有人来传开饭了。顾廷烨牵着明兰的小手往外走，一边走一边轻声叮嘱好些事项。

其实明兰觉得顾廷烨这会儿不用担心了，刚刚才闹过一出，临去宴饮之时估计是要营造出一番和乐融融的景象来的。

"姚半仙"果然名不虚传，宴席之上，众人都不再提及适才的不愉快。

男席上，顾廷烨不再冷着一张脸，适时地表现出一番晚辈的恭敬。两位叔爷也算识趣，知道硬的不行，也顺坡下驴地喝了几杯赔罪酒。女席上，明兰照旧腼腆羞涩地用"ABAB"句型应付多数问题，遇到应付不过去的，只好老实回答。

五老太太见明兰谈吐不凡，忍不住道："你可进过闺学？"坐在对面的顾廷灿本低头静静用餐，此言一出，她忽然抬起头来，盯着明兰等回答。

明兰放下筷子，捋了捋袖口上的金凤坠饰，微笑道："不曾进过闺学，不过六七岁时家中祖母请了一位从宫中归老的嬷嬷来教过我们姐妹几日。"

顾廷灿一听是教养嬷嬷，嘴角一撇，又低下头去。五老太太摇摇头："不对，教养嬷嬷大都教的是举止规矩，你还请过别的先生吗？"

明兰只得道："那年爹爹升任登州知州，为着我家几位兄长要进学，爹爹便请了京城的庄先生为西席，那会儿我们姐妹年纪还小，也跟着读了几天书。"

这次顾廷灿来了兴致，眼睛发亮，嘴唇嚅动却未开口。太夫人温雅微笑，鬓边的玲珑白玉银丝簪上镶着的大珠轻轻晃动："可是原先在申首辅临庄开塾的那位庄先生？"

明兰顿了一秒呼吸，随即，神色如常："正是。"

太夫人拊掌而笑："那可真是一位好先生！你们姐妹能聆听他的教诲，着实有福分！怪道听你说话极有章法，原来师出名门。以后你几个妹妹可要向你学学，没得脑子不清楚胡乱说话。今日你可别怪你灿妹妹，她自小叫我宠坏了。"

廷灿终于忍不住了，耳边的青金石坠微微漾动，朝着太夫人娇嗔道："娘，都是你，从小也不与我请位好先生，如今却来说我们姐妹！"

太夫人脸色一变，却不好当众斥责她。一旁的煊大太太却笑了："你呀你，那庄先生岂是教闺阁小姐的？人家是教举人进士的！要怪就怪你几位哥哥不知道之乎者也。唉——指望他们是不成喽，好在贤哥儿和五房的几位侄儿都争气，以后怕是要指望他们了！"

这番话说得五老太太和朱氏都脸上生光，众人俱满意。明兰暗暗多看了几眼煊大太太，只见她言谈间虽略显直白粗鲁了些，行止却爽利周到，很是看顾身旁的小姑子——填房四老太太唯一的女儿廷荧。相比之下，五房的大儿媳就不怎么出挑，颇有几分怯懦，反倒是五房的庶出女儿廷灵，极是大方，谈笑晏晏。

说起来，廷灿、廷荧、廷灵，这三个堂姐妹都生得相貌甚美。廷灿宛若一株孤崖上的灵芝草，清灵孤高；廷荧则更为端庄柔顺一些；而廷灵则是一朵解语花，婉约可人。

好容易一顿饭吃完，丫鬟婆子们也把东西收拾得差不多了。眼看出门在即，太夫人却来请明兰到内堂去。明兰心头一沉，暗道：又来了，这次是什么？

顾廷烨脸色有些发沉，低头思虑了片刻，抬头直视着明兰道："待会儿我与你一道去，你少说话，我来处理。"

明兰点点头。

正院西侧厢房中，太夫人正坐上首，两边只有邵夫人和朱氏陪坐，三人正说着话，只听门口丫鬟传报，正要笑着相迎，却见顾廷烨也来了，颇有几分吃惊。

太夫人神色依旧，朱氏忙起身叫丫鬟看茶，然后坐到邵夫人身旁去。顾廷烨朝太夫人和邵夫人拱手行礼，明兰也敛衽福身。随即顾廷烨到右侧上首的椅子上坐下。明兰再次发傻，是应该坐到儿媳妇那一边去呢，还是坐到顾廷烨那一边去呢？

顾廷烨重重咳嗽两声，一个眼色抛过来，明兰立刻跑过去坐好。见他们二人这般举止，邵夫人和朱氏对视一眼，各有深意。

"你怎么也来了？"太夫人放下茶碗，亲切道，"这事你媳妇知道便成了。"不等顾廷烨回答，她又轻轻叹息，"也是，一道来了也好，你媳妇儿进门还没一天呢，就有这许多事，难免她拿不住。怕是你也知道我叫你们来是什么事吧？"

顾廷烨背脊挺直，静静道："是为了蓉姐儿的事吧。"

明兰心头一动，原来是这事，这，她倒知道。

太夫人微笑着颔首，朝向妈妈点头。向妈妈转身出去，她再转头道："既然你都想到了，我也不啰唆了。唉——我本想着过几天，待明兰安顿好了才与她细说，可如今你们即刻要走，我便得这会儿说了。"

顾廷烨站起身，朝太夫人和邵夫人深深鞠躬，沉声道："我年少无行，做出荒唐之事。这两年间，亏了嫂子扶助，帮着照看蓉姐儿，廷烨铭感在心。"

邵夫人连忙站起来回礼，道："都是自家人，何必如此见外？蓉姐儿也是个好孩子，和娴姐儿极是亲厚，真说起来，我也没帮上什么，蓉姐儿都是红绡带着的。"

顾廷烨再次沉了面孔，坐下后，没等他开口，帘子翻动，向妈妈引着两个妇人打扮的女子进来，中间随着个小女孩。

那两个女子朝众人盈盈下拜，便敛首垂手站在下首。

明兰仔细看去，只见左侧女子穿一件杏色如意镶边的斜襟长袄，十八九岁，一张俏生生的瓜子脸，杏眼桃腮；右侧女子身着一件家常牙黄色对襟玫瑰色如意边的袄儿，年龄较大，有二十七八岁，容长脸，颇见几分丽色；中间那小女孩七八岁，穿着浅红镶深红宽边的羽纱袄子，身骨瘦弱，脸色怯怯，眉目间颇有几分当年那个曼娘的秀丽。

太夫人温和地朝小女孩道："蓉姐儿，还不来拜见你爹娘？"

那小女孩拿眼睛直去瞟邵夫人，见她轻轻颔首，才一步一颤地走上前，恭敬地跪下磕头，唤道："爹。"

顾廷烨看着她，神色复杂，点了点头。

"还有你娘呢。"太夫人笑着提醒。

蓉姐儿怯生生的，偷眼去瞟明兰，咬着嘴唇不肯发出声音。明兰很想发表一些意见，于是去看顾廷烨。只见顾廷烨轻轻挥手，对蓉姐儿道："你还是叫夫人吧。"

在座众人脸色俱是一变。邵夫人忍不住道："还是叫母亲吧。蓉姐儿，快叫呀！"

偏偏蓉姐儿怎么也叫不出来。右侧那女子张了几次口，看了看左侧女子，终于还是什么都没说。顾廷烨不理众人，只直直地看着蓉姐儿，道："你若不想叫母亲，就叫夫人。"

蓉姐儿一脸倔强，脱口而出："夫人！"

邵夫人很是惋惜，不再说话。朱氏则低头吃茶。太夫人深深地看了明兰几眼。明兰觉得很冤枉，自己从头到尾，什么都还没说呢。

一旁来了个婆子，把蓉姐儿领到一旁的小杌子上坐下，递了茶果给她吃。随后，太夫人又指着那两个女子对明兰道："这两个是烨哥儿的屋里人，这个是巩姨娘，这两年蓉姐儿多亏了她；这是秋娘，烨哥儿自小的丫头，后做了通房。"

那两个女子连忙上前给明兰行礼。明兰抑郁了，这次她没带荷包来，只好在袖子里摸索了半晌，除下两只金镯子，一人一个赏了下去。

抬头谢恩时，她们俩都忍不住去看了一眼顾廷烨。红绡眼神幽怨，如泣如诉；秋娘却是一脸激动喜悦，差点儿热泪盈眶。谁知顾廷烨却皱着眉在看那边的蓉姐儿。

介绍完毕，太夫人对着明兰道："既然你们要到别府另居，她们也得跟过去了。"

明兰点点头，还没等她开口，又被顾廷烨抢在前头："自然要跟过去，不过，这些日子那边儿怕还有些乱，索性过几日，待那边都整顿好了，我就派人来接。"

太夫人眼神闪烁，一时静默。巩姨娘却冲着明兰跪下，道："奴婢愿意现在就过去。奴婢虽然蠢笨，但夫人料理家事时，跑腿传话也能帮上一二！"

顾廷烨淡淡道："你不是要照看蓉姐儿吗？"

巩姨娘脸色煞白。旁边的秋娘当即想说话，顾廷烨看了她一眼，口气和软了许多，道："你们留下，回头再来接你们。"秋娘立刻不再说话，眼神间却极是激动。

明兰在袖子里摸着手腕上的一串镯子，暗想：怎么才两个？怎么也得把她两个手腕上的镯子都赏完了才符合顾二爷在外头的名声呀！

思忖之间，明兰明白了，当初顾二爷离家出走类似被逐出家门，那些通房姨娘见没奔头了，搞不好另寻出路去了，当然，也可能是被主子打发掉了。

何必为一个被逐出家门并且基本不可能回来的浪子养着许多张嘴呢？那

么，这两个留下来的呢？嗯，好深的水呀。

太夫人本想拉着明兰多说几句，但见顾廷烨在场，众女眷都有些发怵，便迅速散了。秋娘和红绡似乎想跟过去，谁知顾廷烨走得极快，明兰得一路小跑才能跟上。

走出东侧院，直入一条侧门小径，顾廷烨才慢下脚步，扶着明兰慢慢喘气。待她喘匀了气，两人才沿着林荫小道缓步行走。

"你……可有话要说？"走了一会儿，顾廷烨才道。

明兰憋很久了，立刻问出疑虑："那秋娘瞧着比巩姨娘稳妥年长多了，为何还未抬姨娘？因她身份不够，所以才不能抚养蓉姐儿？"

顾廷烨没想到明兰先问的是这个，似乎神色一松，低声道："红绡是余家的陪房丫头，是嫣红亲自抬的姨娘。秋娘……她能留下来便是不易了。"

两句话，两个人，两种态度，明兰暗暗记下了。

两人又走了一会儿，顾廷烨等了许久，忍不住道："你，没别的话要说了？"

明兰正在低头思考，木木地抬起头来，奇道："说……什么？"

顾廷烨停住脚步，定定地瞧着明兰，陈述口气："你在不高兴。"

"我为什么要不高兴？"明兰一脸奇怪。

顾廷烨细细地看着明兰，眼神幽深漆黑，缓缓道："因为秋娘和红绡，所以你不高兴。"

明兰笑道："哪有这种事，你看错了——"话还没说完，就被打断。

"你不喜欢她们，是吗？"顾廷烨直直地往下问。

明兰摇着手笑呵呵道："我哪是那等不容人的，我觉得——"又被打断。

"你是在吃醋吗？"顾廷烨眉头深深皱着。

"不是啦。你听我说，《女诫》有云——"明兰努力解释，可再次被打断。

"你住嘴！"顾廷烨忽然低吼起来，吓了明兰一跳。

顾廷烨深吸了一口气，神色阴鸷，眼睛暗黑得深不可测，身上自然迸发威势，高大的身形宛如大山般压下来。明兰吓得不敢说话。他缓缓道："我说过的，我这一辈子听的假话够多了，我要你说心里话、真话。"

明兰暗道，可她不能全说真话，不然会被当妖怪去烧掉！

明兰低头不语，顾廷烨就静静等着，只用沉寂的压力逼迫着她说话。明兰终于吃不过，轻轻叹气，另辟蹊径，含蓄道："本朝太祖高皇帝最喜赐美人与臣下，可他每赏美人时，总避开那些尚了公主的帅门将相，何也？一样打天下，一样封侯拜相，一样功勋卓著，为何赐彼不赐此？"

顾廷烨瞳孔微微收缩，眼神闪动。明兰微笑着看着他，静静道："便是高皇帝那般不拘小节的豪迈英杰也心知肚明的事，其实你们男人心里清楚得很，何必多此一问！"

自己女儿自己心疼，要是妻子见丈夫纳妾真的高兴得不得了，皇帝干吗不先紧着公主？

皇帝赐美人的历史由来已久，当初房玄龄的老婆最后喝了疑似毒药的米醋才算了结，开启了悍妇抵抗御赐美女的先例。

太祖是个风流丑男，由己度人，是以最喜赐美女。据说当时英国公夫人拎着两把菜刀站在门前，扬言那美女若敢进门就让她血溅当场，然后她以命相偿。英国公吓得魂飞魄散，趴在金殿的阶石上苦苦哀求了三日，高皇帝才收回成命。

太宗武皇帝也赐过美女，当时的韩国公夫人更猛，把幼子幼女带在身边，铺上柴草火油，言道，若那美女进门，他们娘儿几个就不活了。韩国公吓得魂魄飞天，抱着武皇帝的大腿眼泪一把、鼻涕一把哭求了半日才算熄火。

当然，还有更多的男人喜滋滋地收下了美女，并以此为荣。其实问题都在男人身上。

这番言论很新奇，顾廷烨静静点头，直直地看着明兰："可我已有妾室。"

"是呀。"明兰眉眼弯起，笑眯眯道，"所以我会照料蓉姐儿的，和秋娘她们和睦相处，真的！"

古今的男女并没有进化多少，福布斯富豪榜上的男人的老婆能够忍气吞声，但摆地摊的老婆呢？就算不离婚，起码也要拎起菜刀闹一番，原因无他，权势财富消长而已。现在她是四品官的庶女，他是正二品的显赫勋贵，他的拳头比她大，所以她只能"贤惠"。

事情就这么简单。

明兰的话很真诚，顾廷烨也能相信她的话是可靠的，可他的脸色更难看了，眉头深锁，目光无端凶狠起来，恨恨地瞪着明兰，好像要一口吃了她。

明兰很警觉，一看情况不对，连忙再次保证，只差拍着胸脯发誓："我绝对不会使坏心眼的！你要相信我，我会好好地待她们的！不信你瞧着吧！"

顾廷烨脸黑如锅底，眼中阴云密布，神色阴沉，鼻息粗重地喷在明兰面上。两人闷闷地对站了一会儿，明兰惴惴不安，想着是不是要发个重誓，表达一下自己十分诚挚的心意呢？

过了好半晌，顾廷烨重重地出了一口气，牵过她的手，低头闷声继续往前走。明兰呆呆地、小心翼翼地去看他的侧脸。她觉得自己说得够含蓄的，也表达了坚定的决心，他干吗还生气？

男人和女人果然是不同星球来的。

京城公侯伯府林立，但只有开国功勋封爵时所赐的宅邸能拥有整条街道，例如向南隔两座坊的襄阳侯府、向北隔三条街的英国公府。尔后再因军功或皇亲受封赏的爵位宅邸便不再有这种风光，例如东昌侯府和当初做了炮灰的富昌侯府，虽气派豪贵，却不过占地多些而已。

这个明兰很理解，那会儿刚开国，地多人少，皇帝当然出手阔气，等到后来京城繁荣了，房地产寸土寸金，开国勋贵们早就一个萝卜一个坑，哪还有那么多地呀！

当然，还有像华兰婆家忠勤伯府这么悲催的，作为开国功臣，也是亭台楼阁、重院层层地占去了大半条街，却因卷入逆案而被夺爵封宅，好容易起复，却也要不回当初的御赐宅邸了。

顾家因几代侯爷都奉命驻守戍边，是以侯府所占的宁远街也不如何阔长。

不过，说一千，道一万，这世上永远都有例外的，例如沈国舅，他既是皇后娘家，又有军功在身，所以他的威北侯府生生占山扩林，前有壁，后有靠，山水环绕，端是京中一绝。

这个明兰也很理解，这两年犯错误的勋贵不少，几轮清算血洗下来，没收充公罪臣家财无算，新皇帝最近手头宽裕得很，自然要狠狠赏赐小舅子，呃，外加跟班的马仔。

所以，当明兰看见抚远顾都督府的恢宏壮阔时，并不十分吃惊，她吃惊的是，这座宅邸居然与宁远侯府只隔着半爿山林和一座刚被皇家查收的罪臣园子。

"如何？这宅子可还如意？"顾廷烨看着明兰一脸惊疑，笑道。

明兰望着那座云蒸霞蔚、满山花树的山林园子，几乎张开了嘴，半晌才道："就这么近的路，还争了这么久？"颇觉适才白费了许多力气。

顾廷烨却挑了挑眉："路再近，也是两户人家，旁人管不到这儿来。"

明兰面上微微露喜，这……是不是意味着，她不用早起了？

新婚头日，忙碌了一整天，加之全身酸痛，明兰着实累得很了，回到都督府时天色已昏暗，她连自己新家什么样都没看清，便由丹橘扶着回了屋。一通梳洗过后，直接换了一身家常轻便的衣裳，一头栽进锦绣团丝绣龙凤的大红被褥里。

本只想歇息一会儿，然后起来用晚饭，谁知这一合眼就死死地睡过去了，也没人叫她，直睡到半夜，明兰才将将醒过来。昏头昏脑之际，她还当自己在娘家，半伸着身子就往床头小几上摸去，谁知黑暗中，却摸到一个光裸微糙的胸膛。

明兰眯着眼睛木木的，反应不过来。这人是谁？她又摸了几下。

一只大手捉住她的手，男人掀起荼蘼团花锦绣的厚缎床帘，随手挂在床边的铜钩上。床边雕花紫檀小圆几上摆着一盏昏黄的羊角宫灯，就着昏昏的灯光，明兰才看清眼前人。

顾廷烨半散着漆黑浓厚的长发，半披在雪绫缎的肩上，内裳衣襟俱散开了，露出整片淡褐色宽阔厚实的胸膛。昏暗中，明兰眯眼看去，似有好些伤痕在上头。屋里点着淡淡的熏香，透着粉色的迷魅，却盖不住身旁男人浓重的气息。

“怎么？”顾廷烨似也睡得迷糊，半眯着眼搂过明兰。

“我要喝水。”明兰歪着脑袋，一颊的堆雪砌玉，粉唇柔嫩，却满眼迷糊，“我要丹橘。”

顾廷烨本就警醒，便是这几天累了，这会儿也清醒过来。他看着明兰一脸蒙眬，便伸展长臂，从床几上的暖笼里拎个茶壶出来，倒了杯温茶在一个细瓷卉盅里，递过去给明兰。明兰两只胖爪子捧着咕嘟咕嘟就喝完了，呆呆道：“还有吗？”

顾廷烨看了看，又倒了一杯给她。这回她却喝不完，只喝了半盏便不要了，把杯子连茶还回丈夫手里，然后很自觉地倒下，背过身，钻进被窝继续睡。

顾廷烨手中捏着茶杯，看着呼呼睡得宛如小猪似的明兰，半晌无语，索性把剩下的半杯茶一口饮尽了，放回茶杯后，转头去扒明兰的被窝。温软馨香的女孩身子，肉丰骨纤，顾廷烨搂得甚是满意，紧了紧怀抱。

明兰觉着束缚，扭动着醒过来，迷茫地睁着一双眼睛，嘴唇微张，不知所措地微微挣扎，却被他一把扣在身下，牢牢压住。

第二日一早，待崔妈妈赶去新房时，只闻得屋内一阵靡靡浓香，丫鬟们红着脸已服侍明兰沐浴过了。崔妈妈一脚踏进去，却见他们夫妻俩并排坐在床沿，明兰一脸没睡醒的样子，顾廷烨却精气神十足，正饶有兴致地把明兰一只白玉般的小脚放在膝盖上，慢慢地给她套袜子。

崔妈妈上前，忍着没去瞪新姑爷，迅速拿过那袜子，福了福道："姑爷，赶紧去梳洗吧，姑娘这儿我来就是。"

顾廷烨也不生气，长身立起，披着一身长袖广衫的中衣，往侧厢里屋去了。崔妈妈直看着他离开了，才蹲下身子给明兰穿鞋着袜，给她穿外袄时不经意地撩起衣襟，却见一片暧昧的青红痕迹从肩颈直蔓延到胸口。

崔妈妈顿时一股火气上涌，只暗暗忍着，等三朝回门时好告状。

明兰直觉得这个觉睡了比不睡还累，腰都直不起来，还饿得前胸贴后背，一看见桌上热气腾腾的早点，顿时眼冒绿光，破纪录地连喝了三碗粥，差点撑破肚皮。顾廷烨也胃口甚好，不但自己吃得不少，看着明兰吃的样子，还眉开眼笑地给她添菜。

明兰觉得他像个黑心的养猪场饲养员，正努力催肥等着吃猪肉。她狠狠地一眼瞪过去，却见他笑得眉眼暧昧，似笑非笑地看着她。明兰脸红得要滴出血来。

她连话都不想说了，想着这宅子里反正没其他长辈，赶紧吃完再去睡个回笼觉。目前她睡眠不足，脑袋不清醒，没法子和他斗，先恢复战斗力再说。

本来这日，顾廷烨预备叫明兰认识府里的几位管事，并且把家里的事交代给她，但瞧明兰几欲站着睡过去的样子，便把一概事情都推后，自去外书房处理些急务。

大约是阴阳调和，顾廷烨觉着这日天光分外晴好，整座宅子鸟语花香、天地和谐，也记不起昨日的不快，一整日嘴角含笑，只想着快些理完事好回屋。哪怕不能怎样，讨些别的便宜也是好的。

白日的歇息略略补回来些力气，明兰总算缓过些劲来，打算晚上和新婚丈夫谈谈星星月亮、人生理想还有家庭管理问题，可惜顾廷烨有完全不同的打算，还未等明兰开场话题，便急急地把她拖到床上。

新婚第三日清早，顾廷烨在一旁忧心地看着明兰，瞧她蔫得垂头垂脑的样子，颇为心疼，渐有些后悔。今日要三朝回门的，昨夜不该那般发兴才是。

明兰身骨酸软地趴在桌前，抖着手腕捧着粥碗，心里不禁老泪纵横——作为一名法律工作者，她十分认同夫妻之间应尽这种义务，也非常同意它在婚姻生活中的重要地位，并且她也愿极力配合，可是……可是……呜呜，她真的是心有余而力不足呀！

新婚三日，顾同志似乎对明兰完全没有更高的要求，既不要求她理家，也不要求她立刻承担家务，唯一的也是最大的需求，就是希望她在这方面表现良好。

明兰苦着脸端起莲花瓷碟，不无悲催地想道：人家大户人家的当家主母干的是脑力活儿，斗智斗勇，可她干的是体力活儿，还是重体力活儿！这算什么，采阴补阳？

明兰越想越觉得窝囊抑郁，且心头大怒。她现在正是嫩生生的小萝莉，怎敌得过他筋骨强壮？那啥……尺寸不匹配不说，体格、耐力还相差悬殊，他不过是胜之不武罢了！哼！有本事，等她长胖些……

明兰一边喝粥，一边阿Q脑补，心里大是痛快，一不小心牵动身体，腰腿间又是一阵酸痛，只能嘶嘶地抽冷气——咱们走着瞧！

明兰出嫁前，好些上门来贺喜的太太奶奶夸她嫁得显赫，她当时并没有什么直观的感受，只觉得顾廷烨送来的彩礼很暴发、很土财。直到三朝回门那日，夫妻俩至盛府门口下马车，长柏和长梧哥儿俩在门口迎接。此时，恰好墨兰和如兰夫妇也到了。

明兰由丹橘扶下车轿，看着如兰的平头小轿，还有墨兰的平顶独驾小车，再回头看看自家那显眼富贵的石青帷饰银螭绣带的黑漆齐头三驾马车，明兰开始有些不自在。

如兰凝住了笑意，目光冷淡；墨兰也僵了僵姿势，随即神色如常；明兰忍不住看了眼顾廷烨，这马车……没逾制吧？

下车见过礼，顾廷烨对梁晗淡淡一笑，并不说什么，明兰却能细微体察出来，他似并不喜梁晗。一行人鱼贯往府里走，新婚夫妇自是要先去寿安堂拜见老太太的。

老太太端坐上首，明兰和顾廷烨跪倒在蒲团上便拜。虽只隔了几日，老太太却似半辈子没瞧见明兰，直拉着她的手不住打量，越看脸色越黑。

不过才两日，明兰就跟脱了层皮一般，眼睑下泛着淡淡青黑，宛如深青的螺子黛晕染的，薄薄的脂粉也掩盖不住，神情萎靡不振，眉眼间却透着一股媚意；再看一旁的顾廷烨，神清气爽，眉眼舒展，眼底神色却透着隐约餍足。

老太太一股气上涌，心疼里夹杂着不悦，却又不好说什么，只好拿钢刀般的目光把顾廷烨狠狠锉上几遍。顾廷烨面色如常，依旧淡然镇定，好似什么都不知道。

老太太肚子里过了好几遍气，才道："赶紧给你爹娘磕头去，他们正惦记你们呢。"

明兰舍不得老太太，依在她怀里轻声道："磕了头我再回来，和您好好说话。"

老太太笑着点头，目送着小夫妻俩出去。不过须臾，她脸色便变了，给房妈妈使了个眼色。房妈妈领会，转身下去，直去寻崔妈妈来问话。

崔妈妈素来淡泊，一辈子与世无争，几十年从不饶舌寻衅，这回怕是她生平第一次有如此强烈的告状欲望。不等房妈妈问上门来，她早在寿安堂偏厢抱厦等着了。

"寻常新婚夫妇亲热些也是有的，可哪有他那般的！也不管有人没人，一瞧见姑娘就跟那山坳子里的狼似的，嗷嗷地两眼直放绿光，一没人瞧着就动手动脚，白日黑夜地胡闹！"崔妈妈轻拍着桌子，咬着牙，"姑娘身子才长开呢！怎好……这样？！"

房妈妈听得目瞪口呆，神情有些尴尬，若不是她素知崔妈妈性子寡言耿直，怕是不肯信的："六姑爷都这个年岁了，还毛头小子似的，房里……难不成也没个人？"

说到这个，崔妈妈总算气平了些："可怜姑娘这几日也没工夫管事。不过，我出去团团问了一圈，姑爷原有的一房姨娘和一个通房都留在宁远侯府了，说是过阵子再接来。六姑爷忙碌得很，整日地在外头办差，并不怎么回府，是以府里还算清静，只有个叫'凤仙姑娘'的住在偏院，听说是什么将军送来的，我不曾见过，听闻姑爷……没怎么理会过她。"

房妈妈听了，也不知是喜是忧，隔了半晌，才道："姑爷宠爱姑娘是好事，可是……"她也不知怎么措辞，最后只能道，"还是回了老太太吧。"

盛老太太性素喜静，从不爱叫七大姑八大姨在寿安堂聚会喧闹，因此一干亲戚便在王氏的正院坐等吃茶。顾廷烨和明兰直进了正堂，只见康姨妈夫妇、允儿、墨兰、如兰、挺着大肚子的海氏，还有长梧、长柏、长枫、长栋、梁晗、文炎敬、袁文绍，俱在那里。

大家互相见了礼，明兰便和顾廷烨先进了东次间，盛纮和王氏正坐在临窗炕床上，含着笑受了他们俩的跪拜磕头。

王氏笑容可掬地望着顾廷烨，道："我家明兰，没给将军添麻烦吧？"

闻听此言，对旁的盛纮身子僵了一僵。他真佩服自己这位太太，除了华兰，剩下三个女儿三朝回门，王氏全都用一样的台词开场。

差别不过是，对着梁晗，她是吊梢着眉毛，一脸收债的口气冷哼："我家墨兰没给你添麻烦吧？"对着文炎敬，她是火热着眼神，一脸热切期盼的柔和威势："我家如兰没给你添麻烦吧？"最后对着顾廷烨，她半含讨好，半带敬畏，口气绵软。

盛纮无语。谢天谢地，明兰是他最后一个女儿，是以，这也是他最后一次听这话了。

顾廷烨的回答很上道："明兰知礼懂事、温雅恭顺，家中老少极是喜爱她。"

明兰低着头翻白眼，她私以为，这两天她最精彩的表现全在床上了。

"瞧你们一个个成家立室，为父也放心了。"盛纮捋着胡须，朝顾廷烨微笑道，"若以后我和她母亲都不在京城，你可要多担待明兰这孩子。"

"父亲……您要外放了？"明兰心头一动，轻声道。

盛纮满意地看着明兰。要说他这个女儿，的确冰雪聪明，闻弦歌而知雅意。他笑道："你大哥哥在翰林编修已满期，前几日传来消息，不是授侍读侍讲，便是入六科为给事中历练历练。我们父子同朝为官多有避讳，还是老父让一让吧，哈哈……"

他这话虽是朝明兰说，眼睛却是看着顾廷烨。顾廷烨心里透亮，沉吟片刻后道："岳父所虑极是。翰林院清贵，进讲经史，草拟机要；六科给事中务实，抄发章疏，稽查违误，俱是位卑权重之所。则诚舅兄为人慎敏，不计哪处，必能应当。"

盛纮要的就是这句话，闻言后神色更加和蔼可亲，携着顾廷烨又多说了好些话。

明兰明白盛老爹的打算，盛家若能出一个阁臣，那就身价百倍了。据她所知，进内阁大致有两条路：一条是由进士入翰林，从皇帝身边的侍读侍讲一路熬资历到翰林大学士，直至入内阁；还有一条是翰林庶吉士期满后，入六部或六科实力办差，再一路熬资历升职，这期间或可能外放一两任历练，然后累积资历直至六部侍郎或尚书，接着就可能进内阁。

长柏行事内敛谨慎，本来他的几位顶头上司大学士都是海家门生，有他们照看，平步青云定是无虞，谁知在"庚申之乱"中几乎全军覆没，是以盛纮需要顾廷烨稍微表个态。当今天子强势，长柏又根正苗红、科途正当，纵算没有内阁人脉，只要皇帝心里有数，什么都好说。

明兰心底默念，这就是家族的力量！在不断联姻中结成势力。古代贵族阶层中，再没有比血亲、姻亲更直白有力的权势纽带了，听着很庸俗可笑，却是真理。

古代礼法以宗族为单位，讲究举贤不避亲，因为一人犯错，可能牵连三族，范围宽些的要九族，运气不好，碰上个别特有性格的皇帝，第十族的学生、老师也可能充当炮灰。既然注定要一起倒霉，自然要有福同享。是以，只要亲戚不是太烂，或有才能，帮人就是帮己，相互提携、帮衬，家族才能前后相继、长盛不衰。

没有后继者的家族，衰败灭亡不过是时间问题。

明兰能听懂，所以安静待着。王氏却不甚明白，不禁有些无聊。她本想摆摆嫡母派头，当着显赫女婿的面教训明兰一番，却被盛纮抢去了话头，从国家命运到民族前途，一句接一句，她始终插不上嘴。

好在过不多久，外头正堂上等着的众人就拥了进来，袁文绍和长梧等人笑着进来起哄，言道酒菜都快凉了。盛纮瞧着也说得差不多了，便笑着随众人到外头吃酒去了。

明兰则被女眷们拉着在内堂宴饮。丫鬟们摆上供七八人坐的如意黑漆木圆桌，待上菜后，大家围坐着边吃边说笑起来，王氏拉着明兰坐在身边。

在座都是妇人，看了一眼明兰这副模样，心里俱是有数，或有艳羡，或有酸意，或有欣慰，各有深思。

墨兰直直地盯着明兰看，但瞧明兰一身大红真丝织金鸾凤云纹广袖翟衣，罩着薄如蝉翼的金丝绣花团凤裙子，梳着朝天如意髻，簪着五凤朝阳的紫金展翅飞凤挂珠大钗，耳上缀着流苏赤金耳环，拇指大的红宝石晃得人眼花。临出门前，顾廷烨还往明兰手上塞了六七个金玉宝石戒指，弄得明兰都不好意思伸出手来。

这身装扮不只是华贵显赫，且非上品级命妇不可穿戴，墨兰看得心里极不舒服，脸上偏要装着十分愉快，频频与明兰搭话。

明兰忍着头晕，索性端起酒杯来转身，看着王氏的眼睛，清声诚挚道：

"这第一杯酒，女儿先敬太太。明兰幼时病弱，若无太太和大姐姐悉心照料，怕是这条小命早交待了！明兰这里谢过太太了！"说着，一仰而尽。这番话至少关于华兰部分是真的。

王氏顿时眼眶湿润，一口喝干了酒，拉着明兰颇有几分感动，絮叨着："你这孩子，大好的日子，说什么胡话！自家人说什么谢不谢的……你自小就听话懂事，比几个大的都省心，我如何不疼你？"情绪来了，说得她自己都当真了。

墨兰脸色一白，低头不语。明兰侧眼瞥了她一下，只见墨兰装扮得极是庄重精致，粉黛薄施，发髻规矩，连耳坠都是严整的环形，一动不动，样板般标准的正室太太范儿，却掩饰不住眼角的疲惫紧张，眉心渐现出一道思虑的深痕来。

明兰微微叹息。她不是想秋后算账，只是希望墨兰心里放明白些，别太拿自己不当外人，明目张胆地来提要求才是真的，这里先打个预防针。

看她们母女和睦，康姨妈有些酸溜溜的："明丫头如今出息了，以后家里指着你的地方怕是不少，你可要记着你母亲对你的好处，不可忘本呀！"她有一半嫁妆是折在庶子庶女手里，本想将就几门亲事算了，偏康家仗恃着门第显贵，穷摆派头。

明兰嘴角翘了翘，微微一笑，并不答话。如兰却不高兴了。她本是个直肠子，自康元儿嫁入王家后，她便视康姨妈为卑劣小人，若不是看在允儿的面上，她早说出"盛家女儿回门关你康家什么事！有事没事地上门来蹭饭"之类的难听话了。

"姨妈，您说得对！六妹妹，你可要记着，对你好的，就得回报，便是不能回报，也不能恩将仇报！"如兰一身绿粉绒边银红水绸妆花小袄甚是亮眼，更映得她面颊红润，气色颇好，显是婚后生活还不错。

康姨妈神色很不自然，低下头吃酒。允儿知道来龙去脉，也深为母亲的作为感到歉意。长梧待自己极好，这些年来又不断帮衬康家，而自己婆家与盛纮家是再亲厚不过的了，她自不愿惹人厌恶，只盼望母亲少说两句。

她一边拉着如兰低声说话赔礼，一边给王氏连连夹菜。明兰看得心中一叹。

海氏瞧着气氛有些僵，便出来打圆场："前几日，母亲去袁家瞧了大姐姐，说那肚子比我的还大，明明月份比我小的，别是里头有两个吧？大姐姐常喊肚子疼，没准儿是两个健壮的小哥儿，正在里头练拳脚呢。"

说着，众女眷都笑了起来。王氏最是高兴，得意至极，连着喝了好几杯，酒色上涌，说话都大舌头了。酒过两巡，外头进来一个丫鬟，在明兰耳边低语了几句。

　　明兰起身，笑着与大家道："老太太怕是要提点我几句，我先过去了。"

　　王氏已不甚清楚了，海氏笑道："去吧，老太太有许多话要与你说呢。"

　　明兰笑着道辞，转身随着那丫鬟离去，一出了门便加快脚步，直奔寿安堂。待一脚进了大门，拐进左次间，果然里头摆了一桌子饭菜，老太太正坐在窗边等着。

　　明兰心里感动，笑嘻嘻地扑过去，抱着她的胳膊摇着撒娇："我和祖母心有灵犀，我就知道祖母等着我呢，特意空着肚子来的。"老太太板不住脸，笑骂道："都是为了你这猴儿，等得我都饿了！"明兰扑到老太太怀里，讨好道："我给祖母揉揉肚子。"

　　老太太拧着明兰的脸颊："空肚子有什么好揉的？怕还不够饿得痛吗？"明兰扶着老太太坐到桌边，亲自给她盛了满满一碗冬瓜排骨菌子汤："您吃，您吃！"

　　房妈妈瞧着眼眶发热，道："老太太多久没这么高兴了。"

　　"什么多久？"老太太回头瞪眼道，"不过才两天罢了。"

　　明兰捧着自己的小脸，一派明媚忧伤："一日不见，如隔三秋，哎呀，这么多个秋了，祖母定是想我想出相思病来了！这可如何是好？谁叫我这么招人疼，没法子呀！"

　　老太太终于撑不住了，几乎笑出眼泪："你个不知羞的，尽往自己脸上贴金！要脸不要？"

　　明兰歪着脑袋，把一张俏生生的脸伸过来，笑道："不要。您拿去吧。"

　　老太太笑得直拍明兰，两个笑倒在一块儿。

　　这顿饭，老太太一直听着明兰叽叽喳喳讲述顾府人众，一会儿说，一会儿笑的。明兰心里难过，知道这日以后怕不能常见老太太了，便着意粉饰太平，活灵活现地把新嫁的日子说得有趣好玩，好似顾家一片幸福美满。

　　老太太也含笑听着。用完饭，房妈妈吩咐丫鬟把桌子碗碟都撤下，合上房门出去。

　　"我有话问你，你坐好。"老太太肃了神色。明兰和她相处多年，知道她是要说正话了，连忙奉上茶盏递过去，然后乖乖坐好，等待训话。

看着明兰极力扮出的笑容下隐藏的倦意，老太太不禁纠结。自从听房妈妈转述崔妈妈的话后，她也十分为难，这种房帏私密之事并非旁人好过问的，最好看见也当没看见。老太太心绪百转千回，最终开口："他……待你可好？"

明兰努力不让自己的思路歪掉，绯红着面颊，低声道："蛮好的。"

老太太开合了一下嘴，不知怎样问下去，索性掉转话题："你府里现在何人管事？"

明兰迟疑了一下："呃……这个，孙女不大清楚。"

老太太目光中似有责备，想了想后叹了口气，柔声继续问："你府里房舍园子可好？听说那儿原是先帝重臣之宅，荒废了快有十年了，是否需要修缮？"

明兰一脸茫然："这……这我不知道。"她连卧室都没怎么出，府邸长啥样都还不清楚。

老太太眼睛有些瞪大，脸色再度发黑，急声追问："那你府里现有多少定产？"整日和夫婿窝在一块儿，至少得说些啥吧！

明兰扭捏道："这……孙女也不晓得。"

一问三不知，老太太仰天无语，呆呆地看着小孙女。她培养出一个十八般武艺全能的，到末了却一概没用上，这位新姑爷只需要技术层级最低的本领就够了。

明兰羞愧难当，满心慌乱地想了半天，嗫嚅道："祖母别忧心，其实他待我真的蛮好的。"

老太太浑身无力，只长长叹息。

"祖母，明兰晓得您的意思，明兰会当心的。"明兰知道老太太是在担心她，其实她也知道自己处境很麻烦，不是她不想奋斗，而是这两天实在没工夫。

"罢了，说说看，这两日姑爷可有什么不顺心的？"老太太不叹气了，又问。

不顺心？明兰觉着他处处不顺心，后妈难缠，老哥半死，一家子极品亲戚。她想了想，忽轻声道："祖母，依我看，他……似是想承袭宁远侯的爵位。"顾廷煜病入膏肓，能活多久都是问题，这时不可能再生出儿子来了。

"哦？"老太太来了兴致，目光饶有兴味，"何以见得？"

明兰捧了一碗茶到老太太面前，斟酌着语气："孙女也是亲眼见了，才知道他对顾家人不是寻常的不和，几乎可说是厌恶了。京城这许多地方，若他真想与顾家一刀两断，少些往来，住这么近做什么？皇帝赐哪里不成？"

老太太点点头，接过茶盏，用茶盖轻轻撇去茶沫："有理。"

明兰坐到老太太身边，轻轻皱起眉头："孙女不懂就在这里。年前就听说皇上有意让他袭爵，还连连召见襄阳侯，他为何……"

话没说明，老太太已明了，微笑道："你的意思是，若是他真想袭爵，襄阳侯府岂不更妙？财帛既丰，又可摆脱那起子污糟人，可是这个意思？"

明兰点点头。其实她是讨厌应付那些极品亲戚。

"你到底还年轻，不明白里头的干系。"老太太轻轻笑起来，拍拍她的手，和蔼道，"你想想，一样是头上压着石头，是继室后母好应付些，还是礼法周严的嗣母好应付些？"

明兰心头恍然，似有些明白了。

老太太眼中透着些许意味不明的闪动，笑道："姑爷本就是宁远老侯爷的嫡次子，长兄无嗣，他袭爵是天经地义，不用承任何人的情，只消皇帝推一把便成了。虽说如今是襄阳侯府显望，宁远侯府冷清颓落，可凡事不能光看外头，这会儿省心了，以后有的是麻烦呢。"

明兰大受启发，恍然大悟。秦太夫人是继室，别说顾廷烨，就是自己，正经的婆婆其实是已过世的白太夫人，只消礼数上过得去就行了。可如果顾廷烨想承袭襄阳侯的爵位，他以外系入本宗，以后不论是襄阳侯老夫人，还是一干同宗兄弟，他都得厚待着、照看着，否则便会叫人说"忘恩负义"的闲话，以后烦心事不断。

老太太慢慢地向后靠去，舒适地卧躺在炕头上，闲闲道："姑爷这人，怕是个性子桀骜的，生平最恨受人掣肘的吧。"老太太经典点评。明兰用力点头，这句话真是没错。

老太太看了她一眼，忽道："这般性子的男人，你只记住了，一是莫要和他硬着来……呵呵，不过，你也硬不过他。"明兰苦笑着叹气。老太太接着道："还有，看他几番作为，应是个眼里不揉沙子的明白人，你想做什么就直接去说，莫要弄阳奉阴违那一套，不要藏着掖着，假作贤惠，夫妻反生隔阂。"

明兰垂下眼睑，点了点头——崔妈妈，你传话好快。

老太太看明兰神情，知她还未全明白，索性一言说开了。她盯着明兰，语气发狠："'贤惠'这东西，不过是黄泥塑的菩萨、孔夫子的牌位，嘴里拜拜便是，你若真照做了，有你悔一辈子的……你记着，你男人是你至少半辈子的依靠，你就是不喜欢他，也要拿住了他，别叫旁的女人得了空隙，不要摆什么清高的臭架子，便是男人没那花花心思，也得你有能耐看住了！"她似是说得急了些，喘了口气，嘴角苦涩，才道，"你，不要学我。"

明兰顿时泪水涌出，伏在老太太膝头哭泣起来。从很早前她就知道，老太太对她的种种教诲多少是在弥补自己当年的缺憾，她对明兰的幸福的期盼，某种程度上也是自己的一种寄托。

明兰轻轻抚着老太太苍老皱褶的手，轻声道："当年庄先生说史，孙女最喜《前金史·韩柏》一篇。韩大将军以孤城千卒抵御数万大军，众人皆劝其降，他坚决不从，眼看兵败城破，他横剑于颈项，只言，谋事在人，成事在天；不谋，未以博一命。话音未落，对头峰坳山洪暴发，敌军被淹过半，危难自解。"

明兰的声音渐渐清朗，一字一句道："孙女谨记祖母教诲，会用心过日子的。不论顺境、逆境，绝不轻慢，绝不托大，绝不骄横，绝不疏忽，不怨天尤人，也不轻言放弃。谁知道呢，兴许老天开眼，孙女终能……春暖花开吧。"

第二十七回·理家之贤

直至未时末，天空一片渲染金黄，夫妇俩才起身告辞而归。顾廷烨侧眼瞧见明兰眼眶红红的，低垂的纤长睫毛还湿漉漉的，知她定是哭过了，他心里不禁一软。席间与众人吃酒不少，他本有两分酒意，见状，索性故作蹒跚几步。长柏等人一瞧不对，连忙叫人将他也一道送进马车。

宽敞的马车内有香炉小几，铺着薄薄的蓉簟毯，明兰扶着顾廷烨歪歪地靠在垫袱上，找了把扇子轻轻摇着，替他散散酒气。马车一下一下微微晃动，晚春的晌午颇有几分闷热，小几上的紫铜熏炉里吐着淡淡的柳岚香，若有若无，笼在半密闭的空间里。

顾廷烨本是装醉，可这般光景反倒叫他生了睡意。不知睡过去多久，迷蒙间睁眼，只见明兰轻握着一把粉面镶珊瑚珠鲨绡缎的团扇，微合着眼睛，也懒懒靠着。

明兰正迷迷糊糊的，忽觉眼睑上一阵痒痒的，睁眼伸手去摸，只见顾廷烨正静静看着自己。他的指腹略带几分粗糙，沙沙地抚摸在自己眼睑上。他道："醒了？"

明兰点点头，放下团扇，撑着身子坐起来，嘴角翘出个梨窝："可要喝水？"

顾廷烨正觉得唇齿干燥，遂点头。明兰从小几上的磁石茶盘里斟了杯温茶，扶着顾廷烨凑到他唇边，让他缓缓喝下。刚放下茶盏，明兰只觉得一阵天旋地转，就叫顾廷烨翻身压在蓉簟毯上，鼻尖对着鼻尖。

浓重的男性气息带着酒气重重地喷在明兰脸上，加上高大的躯体压着，明兰险些背过气去。她努力推搡着："重……重……"顾廷烨挪开些身子，却始终盯着明兰，浓密的睫毛几乎戳到明兰的眼睑。他忽道："你哭了？为何？"

明兰艰难地喘着气，低声道："以后……不能常见祖母了，我难受。"

"不是这个理。你到底为何哭？"他多少清楚明兰的性子，大凡没有皮肉之苦，她都硬气得很，没事不会伤春悲秋、磨磨叽叽，又不是生离死别，何必把眼睛都哭肿了？就算祖孙分别有些伤感，以她的性子，估计也是逗趣之。

顾廷烨眸色深黑如夜，静静地盯着明兰。明兰心里惴惴的，莫名就有一种压力，只好结结巴巴道："祖母……祖母训我了……"胸腔的压力稍微轻了些，明兰见眼前的男人没有挪开的意思，只好继续道，"祖母整日担忧我过得不好，训我这个不妥当，那个不周全，怕我惹你不喜，怕……怕她日后没法看顾我了……"

顾廷烨微微侧开自己顾长的身体，搂着明兰半坐起来，靠在绒垫上，语音上扬，颇有几分怪意："所以，她便与你寻了个贺家？"

明兰头皮发麻，忽然羡慕起那些盲婚哑嫁的夫妻来，尽管妻子对丈夫不清楚，可是丈夫对妻子的过去也不清楚，哪像这位兄台，啥都知道。

"本觉着他家好来着。"明兰嘟着嘴低声道。

"后来呢？"顾廷烨只深深地望着她，眼中没有情绪。

这个问题很深刻，而且问非所问，意非所指。

明兰微微侧颊，忽另起一个话头，低声道："那日，太夫人让巩姨娘和秋娘出来拜见，你挡在我前头说话，其实……我很高兴。那日，你免去了我许多无措，又叫她们俩以后再进府，好叫我先掌了府务，你护着我，待我好，我明白的。"

顾廷烨眼中隐隐的阴霾都化去了，笑意浮起。他似是想掩饰，却又压不住想弯起的唇角。

明兰静静望着空气中袅娜的淡烟，轻轻道："老太太曾说贺家公子好，可是，当曹家来逼迫我时，他明明晓得我不乐意，却让我一个女儿家去应付；对着曹家姑娘，我对也是错，错更是错。"想起那时的愤恨冤闷，明兰不禁语气哽咽，然后慢慢转过眸子，怔怔地望向顾廷烨，目色如水般澄澈，"可是你不一样。你挡在我面前，替我遮去风雨和难堪，我那时就觉着，便是前头有刀山火海，但凡有你在，我是一概不怕的。"

刘曜曾笑问羊献容："我比司马家男儿如何？"羊献容毫不犹豫，当即言道："自我嫁了你后，才知道天下间什么是真男人！"掷地有声，铿锵有力。作为一个年华不再的再嫁皇后，羊献容能两朝为后，且独占胡皇刘曜的宠爱，以后生子而被册封为太子，不是没有道理的。

表白是个技术活儿，不能光喊口号，不能扭捏矜持，要言出有物，要恰到好处，该光明正大说出来时，就要清楚明白地大声表达。古代女子规矩严苛，作为一个有"历史"的女子，明兰必须迅速做出反应，不要仗着丈夫清楚自己的过去，就腻腻歪歪、欲言还休。

一个弄不好，轻则夫妻生隙，重则叫有心人乘虚而入。

顾廷烨目中绽开一种真切的光彩，好似一潭静谧的古井投入了一颗石子，微波涟漪圈圈，霎时间流光溢彩。他心中泛起一层无法言语的喜悦，嘴里故意恶狠狠道："你个小滑头，想叫我给你扮黑脸是吧？成！爷还就好做个恶人。"

明兰等的就是这句话，当即浅笑得眉眼生晕，高高兴兴地扑过去，在男人脸上飞快地亲了一口。顾廷烨只觉侧颊生香，柔唇甜糯，还没来得及高兴，立刻脸色黑了。明兰似乎也意识到自己说错了，捧着袖子掩口，睁大了眼睛，怯生生地看着他。

其实明兰的眼生得很俏很艳，艳得氤氲透骨，偏有一对柔顺灵秀的柔弯眉，似薄纱般矜持地笼罩着，不经意看人时，漾着半透明的水色，把人裹在里头。顾廷烨忽然想起小时候在父亲书房里调皮，翻到一幅珍贵的美人古画卷，展开看时，久远而发黄的卷轴上，女子婉约柔艳，流泻出如水的旖旎，动人心魄。

不知为何，当时年幼的他，一颗心怦怦乱跳。他从不知，原来端庄温雅和妖媚俏皮可以这般融合。

"我错了。"明兰认错很快，低头垂手，态度良好。

"巧言令色的小滑头！"顾廷烨低骂了一声，板脸瞪着她，目光中却掩饰不住笑意。

很快他就知道，这小滑头不但巧言令色，还擅长翻脸不认账，白天把好话说得天花乱坠，弄得他心神荡漾，只觉自己成了条嗷嗷色狼，直想狠狠收拾她一把，好容易忍到晚上，她却把小脸一端，一派正经地吩咐丫鬟在床上铺了两床被褥。

顾廷烨只挑眉看着她，低头自饮茶，明兰低头对手指。

更深夜漏，明兰挨着枕头，头仍旧昏昏，全身泛红，面颊似火烧。明兰身子发软，脑子还有一丝清醒，只哑着嗓子软软哀求："若是明日我再起不来床，我……我便不活了……"

顾廷烨依旧不肯罢休，只一味哄着她听话。明兰全身酸软，急了就道：

"做事要循序渐进，徐徐图之才是，你……你怎……你以后再弄吧，今夜我已好多了……"想着自己刚才的表现，明兰自觉很有进步，简直可用一日千里来形容。

男人听了，忍俊不禁，低沉沙哑的嗓音如呢喃一般："的确是强多了……好吧，此次便先饶了你。"

到底不能过分，想着她今早那两个黑眼圈，他知须适可而止了。况且，新婚已过三日，她也要开始理家熟识家务，怎么也得趁那边把手伸过来之前，叫她厘清头绪。

第二日，明兰十分坚定地早早从床上爬起，忍着哈欠，让丹橘给自己梳洗打扮。顾廷烨今日着一件宝蓝色的团花箭袖排穗褂，玉冠束发，端的是身挺如松，不怒自威，高大英俊至极。

早饭后，他拉着明兰进了侧厢房，屏退众人，单独交代府里的事务与明兰。

"我这几年一直在外头，立府尚不久，府里人众从管事到仆役大多是皇上赏赐，不是罪官罚没来的，便是早年卖身投靠的。这帮人没什么根基，你且瞧瞧，能用的就用，不能用的就发卖了。"顾廷烨认真道，侧脸肃然，神色间颇有一种成熟的内敛沉稳，"还有一些……"他顿了顿，似在斟酌字眼，"是太夫人和几位婶婶送来的，你，也仔细瞧瞧。"

这最后一句话很有深意，明兰一边捶着酸痛的后腰，一边用心记下。这种交接工作大都由婆婆交代媳妇，她的婚姻真是别开生面。

"府里的田亩账目还有银钱清表，回头我叫公孙先生送来你看，有不明白的，就去问公……罢了，还是问我吧。"顾廷烨思索着缓缓言道。

"公孙先生？"明兰听了半天，终于听见一个熟悉字眼，"莫非是那日水贼……"

"正是。"顾廷烨微笑道，"这阵子他身兼二职，很是辛苦。他怕是最盼着我成亲的人了。"

"你让公孙先生管家？"明兰虽只见过公孙白石一面，却印象深刻。这种人分明是大冬天摇羽扇、爱故作高深的谋士呀！呃，诸葛亮有给刘备管过女人、孩子、后宫之类的事吗？

顾廷烨心里一乐，面上不动声色，端茶轻呷："公孙先生，很不容易。"

两人又说了几句。顾廷烨到底是男人，于内宅琐事并不入心，讲也不甚明白，明兰连着问了几句都没有明确答案，忍不住道："你到底还知道些什么呀？"

顾廷烨被问得略有些恼怒，白了她一眼，怫然道："你又知道什么？"

明兰朗声道："上至天文，下至地理，琴棋书画，八卦算术，医卜星象，阴阳五行，奇门遁甲，农田水利，商经兵法，我俱知晓且十分精通……"顾廷烨听得眼睛都直了，谁知明兰急转直下，"这都是不可能的！"

顾廷烨目露戏谑，正打算出言嘲讽，明兰却继续道："可我起码晓得给自己梳头洗脸的人叫什么吧。"顾同志迄今没分清夏竹和夏荷到底哪个是哪个，真乃神人也。

顾廷烨双眉一轩，毫不惭愧，直言道："他们的身契背书都在我这儿，有甚可虑？做大事不拘小节，你只要拿住了大头便是，谁还能翻出天来？"

这句话有一定道理，譬如蒙古对南宋，彼时蒙古已征服半个世界，倾全力攻打，南宋再悲壮，再哀兵必胜，也得 over；譬如现在，顾府中人再恨得顾廷烨牙痒痒，也无计可施。

顾廷烨也有过不少女人，可不只是逢场作戏的，还有如曼娘、秋娘一般的，在一处时，似也不曾这般亲昵熟稔、嬉笑怒骂、瞪眼大笑，什么话都说得出口。大约吵架能提升熟悉度，顾廷烨婚前便已与明兰斗嘴过几次了，是以，他娶妻方三日，却觉得明兰已如长在他心头的一块肉，又熨帖又喜欢。

"好了。"顾廷烨见说得明兰哑口无言，十分愉快地放下茶盏，侧头看了看窗外，眉头尽展，笑意晏晏，"明日起，我便得如常上朝，到时军都府里繁忙，怕没什么工夫了，你还有什么要问的赶紧问，完事了，爷带着你在府里转转。后山的园子颇大，你瞧着什么喜欢，爷给你寻匠人来，可种些果树花卉；还有那片山林子，我觉得可圈起来养些鹿鹤雉鸡之类的。哦，你还要问，好吧……问些大气的，别拿些犄角旮旯儿来烦爷。"

明兰放下举起的手，想了想，神色颇有些犹豫，认真问道："每年，府里大约可花用多少银子？"其实她想问的是，您收入如何？

婚后才问这个问题，是不是晚了点？

都督府原是太祖高皇帝钦封忠敬侯之府邸，与宁远侯比邻而居，是以，门前这条大街又称为忠宁街，然忠敬侯府于太宗武皇帝时卷入谋逆大案，事败身死后，夺封爵，毁铁券，抄家灭族。此后，宅邸则被赐给了武朝名臣熊麟山大人，更名为"澄园"。熊大人告老致仕后，上折请还此园，仁宗皇帝收了园子，在熊大人故里复赐宅田无数。

前后山林不算，澄园占地总和约九十亩，可分为前后两部分。

前院又被称为外园，是男人们处理政务之处。前头正门是三扇七七四十九个铜钉的朱漆大门，两旁是东西角门，往里铺着光洁整齐的巨方石板，笔直而下，对称有两排四所外书房。再外侧是马厩车房，以及一干奴仆居所的几排倒座窄院房。过了外仪门，正中是五间巨大敞亮的议事厅，两旁配有暖房、耳房，还有茶水房之类的。

通过三扇内仪门往里，方是内院。

因顾忌避讳，明兰坐在覆着轻纱薄帘的滑竿上，迅速把前院走了一圈。顾廷烨指着几处地方带她略略认了一下，一待进了内院，顾廷烨立刻要求明兰下地步行。明兰委婉地表示，她身娇体弱，不堪长时间步行，还是坐滑竿的好。男人立刻眼神异样，凑到她耳边更加委婉地表示："你莫非是为了保存体力……"

明兰想了想："我还是走路吧。"

男人的眉眼棱角分明，鼻挺唇薄，眼神深邃，似乎在无声地笑她。

内院最前面正中是五间配有鹿顶耳房的大厅堂，堂前匾额上龙飞凤舞三个大字"朝晖堂"。明兰暗暗叫了声好，转头道："熊大人到底是两朝元老，清流宿耆，书香门第，也没用什么喜庆的字眼，只'朝晖'这两字便尽够了！"

顾廷烨看着这三个字，也是点头。

朝晖堂左侧的小院子，圈成顾廷烨的内书房，右侧是一间偏厅及草木穿堂。其后，隔过一条白石甬道和一道垂花门，是七间七架的正院，两旁有三重厢房，三重耳房，前后三叠抱厦，一大跨所足有二十间屋子，气派宏大，装饰广丽，上书三个大字——嘉禧居。

明兰看着眼熟，多看了几眼，才认出今早她就是从这里起程的。

嘉禧居后门三间倒座抱厦后有两道角门，一道通着后廊，那里还有一处小小的议事厅，大约是让内眷们理事会客用的，还有一道连着穿廊，通向一座大花厅。

明兰看得发晕，还两腿发软。顾廷烨看着她头晕眼花的样子只觉得好笑，便拉她先去用午饭，待歇过午觉后，夫妻俩才接着逛。

以嘉禧居为中心，朝北、朝东、朝西，分别围有五处院子及排房，这些地方大约是让老太爷、太夫人还有哥儿、姐儿们住的，可惜，现在都空着。

近些院子的和正院以抄手游廊相连，远些的隔着南北夹道，再后面就是一片花草芳菲的园子及山林。明兰团团走了一圈，最喜一处莲花池，波光粼粼，水色清幽，湖面莲蓬花香，水下隐约见莲藕节节。这池塘一头连着藕香亭园，一头直连着那座大花厅。

明兰走得累了，索性走进藕香亭中歇息。

"这么大宅子，就我们两人？"明兰看了看周围的八面门窗隔扇，趴在莲池边的琅玕廊上，有气无力地问道。

"这算什么大。"顾廷烨站在庭廊上，面朝着宁远侯府方向，那里如今是一座小山林，静静道，"你也去过襄阳侯府，那里可比这儿两个还要大。"

明兰顺着他的目光看去，低头暗想：这家伙想搞合并！只希望不是违规扩建。

姚依依的时代，每逢寒暑假结束即将开学之时，飞龙活跳了一个假期的学生们都会老实地待在家里，忙着赶工作业，时隔这许多年，姚依依很神奇地又看见了这个场景。

这天夜里，用过晚饭后，顾廷烨从外书房搬了一大堆文折进屋，在连通主卧的西次间文案上铺陈了一桌子，摆砚蘸墨，低头认真细看，一边看，一边还注释些什么。

明兰看得目瞪口呆——明天要上朝奏对见皇帝了，所以连夜补功课吗？

看顾廷烨低头深思看文折，明兰原想说"您慢慢用功，我先去睡了"，谁知顾廷烨拿出厚厚一大沓账册和仆从名单来，放到明兰面前，希望和她"一起努力，共同进步"。

明兰忍着哈欠，只得坐到另一旁的小翘几后，摊开账册清单来看。夜灯明亮，顾廷烨见红袖相伴，大感愉快，转眼瞧见一旁呆呆立着的丹橘，便道："橘子，去沏壶酽酽的茶来。"他依稀记得明兰身边丫头的名字，好像都是水果之类的。

这个不错，好记。

丹橘心疼明兰，原已备好了中衣和热水，想让明兰早些歇息，见状只得转身出去沏茶备点心。抱厦里正看着炉火的秦桑见她一脸闷闷不乐，便问道："怎么了？"

丹橘心里不痛快，嘴上却不露分毫："把今早刚送来的新鲜葡萄拿出来，再把那水蜜桃切开几瓣。"说着，自去柜里取茶叶茶壶。

秦桑闻言便起身去了。一旁的绿枝颇觉奇怪："姑娘不是说想早些睡吗？"

"要叫夫人！"丹橘板着脸，拿出一套崭新的"喜鹊登枝"薄胎官窑粉瓷茶具来，"老爷和夫人有话要说，府里还有好些事没交代完呢。"

碧丝捂嘴轻笑："说起来老爷真好笑，昨日他居然对着秦桑姐姐叫'枣子'，对着小桃叫'桃子'，还对着我叫'李子'，丹橘姐姐，老爷叫你什么了？"

丹橘从门边的炉子上提着大水壶过来泡茶，沉声道："刚离了管束才两天，你嘴里就不三不四起来了？老爷也是你能编派的？叫这府里的人听见了，还当盛家出来的都没规矩呢！"

秦桑端着切好的新鲜水果进来，绿枝拿出个六寸见方的莲花样子水晶碗，两人洗了手摆放起水果来。边摆水果，绿枝边道："把这小蹄子狂的，回头叫崔妈妈狠狠罚一顿就好了！"

彩环看着她们动作熟练默契，着实插不上手，便笑道："碧丝妹妹年纪小，不懂事，疏忽了也是有的，都是自家姐妹，可别告诉崔妈妈了。"

绿枝一窒，丹橘目带不忍犹豫，只秦桑抬头，微笑道："碧丝，给你提个醒，咱们都是打小跟着夫人的，她什么脾气你还不清楚？如今咱们刚来这里，正是给夫人做脸面的时候，你可别糊涂了。"语带深意。

碧丝神色一凛，立刻闭上嘴。彩环颇觉奇怪，又不好追问，故意道："以前在盛府时，都说三位姑娘中，六姑娘脾气最好，待人最宽，便是咱们做错了什么，怕也不会狠罚的吧？"

丹橘对几个绿的情谊深厚，日常不好过分责罚，对彩环却有几分提防，看着彩环，缓缓道："夫人说了，人非圣贤，孰能无过？什么掉碗摔杯的都好说，便是办砸了一两件差事，问明情由，罚过便好，只有一桩，却是断断不能的。"

"哪一桩？"彩环紧张地追问，转眼变脸笑道，"姐姐与我说了，我也好长个记性。"

"心术。"丹橘盯着彩环的眼睛，一字一句道，"不计是什么，但凡心里起了什么对不住人的歪念头，便是千好万好，也不能要了。"

彩环心里一颤，面上却一脸敬服，连声笑道："夫人说得是，咱们做丫头的，最要紧的便是忠心，旁的什么都是次要的。"说着，想到一事，轻声问道，"对了，原先不是还有位叫燕草的妹妹吗？她怎么没跟来？"

丹橘瞥了她一眼，干脆道："她年岁到了，老子娘求到老太太跟前，自去配人了。"

彩环还想再问"不是还有位尤妈妈吗"，绿枝已高声叫道："小桃、翠袖这两个蹄子，不过收拾几件箱笼，怎么到现在还不回来？"

丹橘端着盘子去了正屋，临走前，想了想，又放了个红艳艳的大石榴在里头，笑眯眯地将茶水果点在屋里摆放停当。她见明兰衣着单薄，又从里头拿了件家常的月白底子雪里红梅的襦衫出来，轻轻给明兰披上，最后把屋里三盏羊皮宫灯都拨得亮些，才慢慢出去了。

这些年来，明兰一直保持着良好的学习习惯，一边翻看账册清单，一边摘抄些要紧处（旁人看不懂的鬼画符），嘴里还轻轻念着。顾廷烨抬头瞧了一眼明兰，只觉荧荧烛火下，她玉面映红，桃腮樱唇，目色璀璨，分外好看。

他握拳清咳一声，明兰抬头去看他，只见顾廷烨神情镇定，淡然道："你明日先帮我把内书房收拾出来，要搬的东西我已交托给公孙先生，旁的不要紧，给我找两个可靠的丫头看着……最好不识字。"

明兰正想说没问题，忽听到最后半句，想了想，才道："这里的人我不熟，我的丫头全识字的，只一个小桃笨笨的，识字不多，但为人可靠，断是可信的，先叫她看着吧，回头我再慢慢物色，可靠的人不是一朝一夕可得的。这些日子……你若不嫌弃，我给你收拾书房吧。"

其实重点不是识不识字，而是可不可靠。因为不确定是否可靠，所以才要找不识字的。一个识字的丫头若想偷看点儿什么，看一眼记几个字就够了；若是不识字的，那就只能夹带私联了，这样难度较高，也比较容易被捉住。

顾廷烨满意地点了点头，随即轻轻皱眉："怎么都识字？你教的？有否必要？"

明兰点点头，一本正经道："丫鬟们都识字，好显得我蕙质兰心。"其实当初是为了让她们看懂暮苍斋的规章制度来着。

顾廷烨挑眉，身上披的暗青绸袍上的暗金丝浮纹微微闪动，皎然的月白中衣更映得他俊朗澄明。他握拳抵唇，轻笑着："不错，不错，盛大才女，给为夫磨个墨吧。"

明兰笑着过去给他磨墨，一边故意苦着脸，一边摇头晃脑地叹气："牛刀呀牛刀。"

顾廷烨看得呵呵直笑，望着明兰皓腕如雪，研磨的动作缓慢优美，不由得微微怔住。过了良久，直至明兰磨好了浓浓一砚墨要坐回去时，他才一把拉住明兰，静静问道："你，没什么想问的吗？"

明兰莫名，呆呆道："问……什么？"

"府里。"顾廷烨道,"你没什么想知道的吗?"顾府情势诡异,是个人都看得出来,她这几日居然什么都没问。

明兰明白他的意思,目光清澈:"原本是有的,但老太太说,有了不懂的先别紧着问,先自己想想看,这样会显得我很聪明。"

顾廷烨冷峻的眉头也松了下来,不禁一笑:"好好好,你冰雪聪明,那说来听听吧。"

明兰扯开顾廷烨抓自己的手,拖过一旁的小杌子来坐下,轻轻道:"当初刚见你家里人时,我第一个觉得奇怪的就是年纪。第一,过世的公爹是长子,作为侯爷世子,公爹成亲只怕只早不晚,可是,煊大哥哥和炀大哥哥的年纪比煜大哥哥大出了好多,这是为何?"

顾廷煜只有二十八岁,且上头没有兄长,可是四房、五房的长子,顾廷煊和顾廷炀却都有三十三四岁了,迄今为止,大房嫡孙只有顾廷炜的儿子,两三岁的小豆丁贤哥儿一个。

而四房和五房呢?别说打酱油了,顾廷煊的大儿子看酱油铺已是绰绰有余,而顾廷炀的大女儿已够年纪当酱油铺老板娘了。

顾廷烨眼神渐渐发亮,嘴角含笑。明兰看着他,不无叹息道:"我想公爹定是与第一位太夫人鹣鲽情深,情意极其深重。"

顾廷烨脸色慢慢沉了下来。

这句话不是随便说的,推演其中意思,若老侯爷对第一位秦夫人感情很深,那么对紧接着嫁进来的白夫人就不会很接受,而对现在的秦太夫人,则会爱屋及乌。

顾廷烨轻轻搂过明兰,挨在怀里,轻声道:"小时候我曾听五婶说起过头位太夫人,说她与父亲青梅竹马、情深义重,因她体弱多病,父亲自请圣命去戍边,好躲开京中的长辈啰唆干涉。如今的太夫人更常把她挂在嘴边,说她美貌高贵、端雅温慧、心慈柔弱,是位世间难能企及的好女子,父亲,更是记了她一辈子。"

明兰噘了噘嘴。她伏在男人怀里,淡淡道:"第二个不明白的地方,是太夫人的年纪。"她明显感觉男人肌肉一紧,接着道,"从太夫人的属相来看,她今年四十四岁,你出生之时,她已有十九岁,一年后嫁入侯府是二十岁,也就是说,头位秦夫人亡故之时,她也十六岁上下了,这……是怎么回事?"

如果老侯爷真对第一位秦夫人感情那么深,想要寻秦家女儿来续弦好照料顾廷煜，那时就可以娶秦太夫人了，为何中间要隔上一个白夫人？

明兰感觉到顾廷烨身体的僵硬，她慢慢爬起来，看着他的眼睛，坚定却轻声道："当时，公爹有什么理由非要娶婆母不可？"这个问题有些难堪，却是如今一切问题的根源。

顾廷烨久久盯着明兰，不知说什么好。这些年来，顾廷烨心中沉潜，却始终家事难言，真到要说时，也不知从何说起。明兰并不问半句，却见微知著，很清楚地看明白了一些事情。

明兰从没见过顾廷烨这副神情，冷峻的眉毛高高挑起，眼窝深陷入阴影中，眼神很阴郁，很危险，却又带着淡淡了然，似乎无可奈何。过了半晌，他才慢慢开口："我外祖那边是海宁白家，你听说过吗？"

明兰很想表示一下仰慕之情，可她真没听说过海宁白家。海宁那儿最有名的是一门七进士的陈家、父子三翰林的赵家，以及前任阁老的徐家，另外还有些宿着的世家大族，反正没有白家。于是，明兰只好老实地摇头。

顾廷烨自嘲地笑了笑："自然没听说过。白家既非世族，也非书香，乃一盐商。"

明兰愣了，士农工商，他老妈来自最低等的商家也就算了，反正还有儒商、义商，可实际是商家里让人不大看得起的盐商，这个……怎么向白家表达敬意倒是蛮困难的。

顾廷烨接着问道："你可知盐商家里什么最多？"

"盐。"明兰不假思索，脱口而出，当即引来一个指节在脑门上敲起。

她立刻捂着脑门轻呼："银子！是银子最多！"

顾廷烨屈着修长的食指和中指，似笑非笑地瞪着明兰：你就不能严肃伤感些吗？

明兰心有余悸地看着那两根犹自弯曲的手指，怯怯道："你可别说你爹是为了银子娶你娘的！"商人地位低微，哪能要挟权贵？

"正是为了银子。说出去也没人相信，后来我仔细查了一番，才知道前后。"顾廷烨沉下面孔，放下手指搭在膝盖上，眼神阴冷，"那一年静安皇后过世，武皇帝忧愤过度，性情忽转狂暴多疑，杖毙了许多宫妃婢女不说，还赐死了当时的皇贵妃，并诛她全族。当时，皇贵妃的族叔恰好分掌户部，武皇帝使人清算后，查出户部欠有三百多万两的亏空，俱是多年来权爵功勋所为。这原本也不是什么动摇国本的大事，慢慢把银子还上也就是了，可当时武皇帝迁怒之下，竟厉行重罚，勒令半年内不还清的便要夺爵。"

明兰完全怔住了，半晌才道："宁远侯府欠了多少？"

"不多。"顾廷烨嘴角带讽，"正好八十八万两白银。"

明兰险些背过气去，八十八万两白银！这群败家子！有这么花银子的吗？

顾廷烨长长出了一口气，仰望着雕栏画栋的屋顶，面色晦涩："顾家连夜清算全部家当祖产，可怎么算也是不够的，眼看着期限将至，荣国公府已被抄没家产，家人被贬为庶民，情景凄苦，顾家上下都急疯了。那时，不知是谁……提起了白家。"

明兰已被惊呆了，只愣愣地听着顾廷烨继续道："我外祖父也算是个人物，海上跑船出身，攒了些本钱后上岸，也不知走了什么门路，打通了官场脉络后，竟做起盐商来，二十年累积下来，家产极为富足，他早年与本家兄弟不亲，偏又只有我娘一个女儿。"

明兰不想说话了，只长长叹气——没有兄弟依靠，卑微的出身，却有丰厚的财产，这位白夫人只差没在脑门上写着"肥肉"二字了。

"所以，公爹就娶了婆母？"说这话时，连明兰都没意识到自己语带讽刺。

顾廷烨苦笑了一下，却盖不过那份阴冷："接下来的事，十个人有十种说法，我听得多了，自己都不清楚了。不过……说得最多的一种是，当时父亲向白家提议迎娶母亲为偏房。哼哼，想她一个商家之女，能入侯府为偏房，已是天上掉下的福分了，可白家偏不肯答应，定要做正室，威逼之下，生生逼死了头位秦夫人。"

明兰倒吸一口凉气，当即一下站起，挺直了腰杆，斩钉截铁道："胡说八道！一派胡言！哪个疯子这般颠倒黑白？"

顾廷烨抬头看着明兰，目光清冷，嘴角带着嘲讽的微笑："你怎知道？兴许是真的呢？"

明兰深吸一口气，朗声道："没错，是有富庶的商家之女入权贵家为妾，可这为的是什么？不过是以姻亲换钱权罢了！许出一个女儿，商家换得行事方便，权贵得银钱分成，两厢皆好。可白家不然，白老太公只有一女，贩盐生意还有谁接着做下去？他并不需借权贵势力，且因没有兄弟帮衬，他更想找一个可靠女婿才是，怎么会威逼顾家来娶自己女儿？还生生逼死正头夫人？这不是结仇吗？胡言乱语！梦话都比这可信！"

明兰尚觉气不过，心里暗道：有那么大笔嫁妆，白夫人嫁谁不行？难道天下男人死绝了，非你顾老爹不可？说实话，这不是白家巴着顾家，恰恰是当时陷入绝境的顾家求着白家才对。

带着银子来救命，还要人家做妾？拉倒吧！天方夜谭还更写实些。

顾廷烨斜倚着椅子，短短地冷笑数声，静静地看着明兰，眼神渐变清明："为着这传言，自小大哥就最厌恨我，我也不怪他，反正我素来闯祸生事，是家中最不肖的。直到许多年后，母亲当年的奶母常嬷嬷来京城看我，跟我说清了前因后果。原来，那位秦夫人本就体弱，加之府中传言迎娶白氏女即可解围，她思虑伤怀之下，这才难产而亡。白家本不知这些，我外祖才把母亲嫁过来的。从那时起，我便常常顶撞父亲，脾气也愈加坏了……"

明兰瞠目看着顾廷烨，生平第一次觉得他可怜。娶商家女为侯夫人，本是顾家的奇耻大辱，白夫人的存在是昭显顾家曾陷入绝境的标志。为此，老侯爷任凭污蔑白夫人的谣言传播，却不曾为她辩白；看着顾廷烨愤懑绝望，一步步堕落，却不曾坦言说明。

当然，那位大秦氏也很可怜，可她到底是享过福，过过好日子的，况且大难来临，作为侯夫人，本就要一同担当的，还引得顾老侯爷日后多少迁怒白氏和顾廷烨，也算够本了。

"父亲本就思念前位夫人，母亲脾气又急躁，在府里处处不如意，两人便更加不睦了。母亲怀第二胎时和父亲吵了一架，早产，血崩而亡。"顾廷烨平静地叙述着，好似旁人的事，神情异常平淡，"现在想来，父亲对我并不坏，的确是我自己不争气。如今我这般慢待他的妻儿兄弟，怕是他在地下也不瞑目吧！"

说着，连连冷笑，目中尽是阴冷嘲讽。

"怎样？"顾廷烨看着发愣的明兰，挑唇道，"我可是多有不该？"

"为什么不该？"明兰好容易才回过神来。顾府往事太传奇了，背叛、欺骗、阴谋、谣言，还有基度山伯爵式的反攻，一时之间不大好消化。

明兰匪夷所思地反问，还积极列举理由："这件事上，人人都好，只你们母子不好。顾家得了体面周全，秦家姻亲如旧，可白家得了什么？做娘的，平白一盆污水泼在身上，死了还不太平；做儿子的，被逼出家门，孑然一身，独闯江湖。你有没有想过，若当初四王爷不谋逆呢？若他安分地接受三王爷为储呢？"

顾廷烨陡然眼神如火，顷刻间焚灭所有自嘲讥讽。他定定地瞧着明兰，从心头迸发出冷笑："若四王爷不谋逆，三王爷就会顺当即位，就没八王爷什么事了。然后，宁远侯府一切照旧，那些吃着白家血肉存下来的，依旧富丽繁华；那些踩着我们母子的，继续安享尊荣。父亲过世了，我又不在，怕是没多久连我娘的牌位都会从祠堂移走，而我，则继续在下九流里混江湖。"

明兰大大点头，直视回去："所以，你若愤恨，决然是没错的。"语气真诚恳切。

顾廷烨莫名失笑了。常嬷嬷也时时一脸愤然地咒骂宁远侯府，但他并不觉得有共鸣，反倒有些厌烦。在他看来，白家也有不当，明知齐大非偶，依然贪心地攀了这门亲事，期望奇迹发生；白夫人明知前途多舛，也不多筹谋策划，只早早死去。

每次想起这些来，他更多的是冷笑和淡漠。

年少时的愤怒委屈，到了今日已不那么强烈，多少江湖风霜，见惯了荣辱生死后，也就不那么容易激动了，好像再炽烈的火焰，燃烧过后，也只剩下一些灰烬而已。如今，他唯独觉得不甘，难道他来到这世上便全然是一笔银子的缘故吗？

时至今日，听明兰适才一番话，顾廷烨冷漠许久的回忆才再度灼热起来。是的，其实他一直都在暗暗憎恨着，只是恨之却不得宣泄于口，只好冷漠嘲笑一番了事。

顾廷烨叹了口气，原来，承认痛恨自己的亲戚也没那么难。多年难以诉之于人的秘辛，今日竟然这么干脆地说了出来，心里既舒坦又痛快。

看来有个能帮自己找理由去憎恨亲戚的老婆，着实不错。

"对了，"明兰扭着手指，问得有些犹豫，"那个……婆母，到底带了多少嫁妆？"

"大约一百万两银子吧，还有些田庄铺子。"顾廷烨顺口道。

明兰呆了，几乎想捶胸大叫——天呀，地呀，一百万两银子！若她有这笔钱，还有个疼爱自己的老爹，干什么不好？雇上一队护卫团，寻个忠心可靠的师傅，海外旅行，西域猎奇，世界多美好！打死她也不嫁那么个有拖油瓶还深爱前妻的鳏夫！

白女士呀白女士，白老爹呀白老爹，你叫大家说你们什么好呢？

"真是匹夫无罪，怀璧其罪。"明兰轻轻道，神情哀伤，垂手依依而立。

顾廷烨轻轻拉过明兰，抱在怀里，心中颇为感动，搂着她抚慰了半天，才道："你别伤心了，已过去很久了。"

这夜，两人说了许久，直到更深露重，才就了寝。

明兰睡得很心痛，连梦中都恨不得捶胸顿足一番。顾廷烨也没怎么折腾，只搂着她沉沉睡去。明兰暗忖，大约是刚回忆完亡母，不好意思那啥啥吧。

男人体热如火，生生圈着明兰在怀里，明兰好似挨着个炉子，没多久就焐出一身汗来，稀里糊涂中想踢被子，却只踢得脚趾疼，迷糊中呜呜了几句"脚趾疼"，然后感到一只带薄茧的大手去揉自己胖乎乎的肉脚趾。

一开始的确是揉，但揉着揉着就变了味道，那只大手顺着光滑的小腿慢慢往上摸。明兰扭动腰身，想甩脱那只手。她很想说"想想你可怜的娘吧"，但没这胆子，只好说："明日你要早朝呢。"男人似乎顿了顿，难受地扭了扭，越发把明兰箍得死紧，在自己身上磨蹭好几下。

不知过了多久，天色微明，明兰半眯着眼睛，茫然地望着床帘，伸手去摸，身边已空空如也。她一个激灵醒了过来，轻呼道："老爷呢？"

薄绸水红金丝霭霞锦帘被掀起，丹橘微微的笑脸过来，道："等您？老爷早迟了！如今怕是已在朝上了。"

明兰木木地坐在床头。早朝是寅正开始，算上路程，顾同志恐怕没睡两个钟头就起来了，难怪昨晚那么容易就消停了。古代当官真不容易呀。

"谁服侍老爷梳洗的？"明兰的声音还有些缥缈。

"我们也起晚了，亏得夏荷她俩还记得。回头姑娘给排个值，好轮着服侍老爷上早朝。"丹橘瞥了一眼明兰埋在锦缎堆里的身子，光裸的肩头旧痕未退，新痕又上，一片暧昧青紫，脖颈间只有一根殷红的玲珑如意绳，下头是一件葱黄绣葱绿鸢尾细花的兜肚。

丹橘看着明兰眼圈依旧发黑，又恼怒又心疼，拿过一件白绢棉的中衣给明兰披上。

明兰呆呆地由着丹橘扶着下床，忽然想起一事，甩开丹橘，赤着两只小脚丫踩在厚实的地毯上，噔噔走到更漏前看了看——咦？才卯初。

明兰木木地发起呆来。现在情况很诡异，这府里没人需要她请安，也不需要点卯，老公又上班去了，那是不是表示……她可以再睡会儿？

想到这里，她直直地跑回床上，踮着光脚丫子，一掀被子又往里钻。

这套动作丹橘再熟悉不过了。她气急败坏地把明兰拎起来，轻嚷着："姑娘，你可不好再睡了，今儿您事可多着呢！适才前头的妈妈已来传话了，说一众丫头、婆子、下人会在前堂集合，等着姑娘训示呢。你再睡……再睡，我可叫崔妈妈了！"

明兰痛苦地起了身，在宽大的浴桶里泡了好一会儿，才觉得身上舒坦了些。屋内柔和的羊角宫灯渐渐失去了光彩，天已渐渐亮了。明兰坐在镜台前，叫丹橘梳头装扮时，小桃进来传话："管事的赖妈妈和廖勇家的来了。"

"叫她们进来吧。"明兰轻声道，"丹橘，今儿不出门，梳个利落的纂儿就成，边上散些吧，不要勒紧，我头皮疼。"

丹橘的手艺得房妈妈亲传，十年来服侍明兰早就熟了，动起手来极是干脆，三下五除二就绾好了纂儿，还把余下的头发细细编好，绕成几个小花髻堆在纂儿下面，慢慢往上头别着小小的珠花和金珠发钗。

过了不一会儿，一个圆脸敦实的矮个儿中年妇人和一个瘦削、皮肤微黑的媳妇进来了，满脸笑容地冲明兰福了福，姿势显得很恭敬。明兰微微颔首："赖妈妈、廖勇媳妇。"

两人这才起身。赖妈妈首先笑道："给夫人请安了，夫人今日觉着可好？本来老奴早就该给夫人请安了，可这几日夫人忙，也不好打扰。昨日老爷吩咐说，今日夫人要看家里奴才。"

明兰笑了笑，颇为和气："还成。大家都来了吧？"

"夫人头回训示，大家伙儿早早就起了等着呢。"赖妈妈笑得十分恭顺，"不知……"

明兰看了看一旁的滴漏，道："半个时辰后，朝晖堂见吧，你们把家里的人分一分。"

赖妈妈愣了愣。这时，那个廖勇媳妇忽然抬头，谨慎地问道："敢问夫人，该怎么分？按着差事分，还是按着一家子分？"

明兰略带赞赏地看她一眼，道："按着差事分，一宗差事的站一块儿。"说着，看那赖妈妈似想说话，明兰转而道："赖妈妈原先是太夫人处当差的吧，便由您领个头儿，宁远侯府过来的人另站一块儿。"

那赖妈妈勉强一笑，道："都是一家人，何必这么分呢？临走前太夫人特意吩咐了，说夫人最是好脾气的，叫我们好好服侍。"

明兰慢慢从镜台前转头，静静地看着她，直看得赖妈妈心里发怵。看了一会儿，明兰嘴角噙着轻淡的笑意，语气带着冰冷的礼貌："我说什么，你做什么便是。"竟一句理由也不给。

廖勇媳妇颇有些讶异，飞快地偷瞄了明兰一眼，然后低下头去。赖妈妈看着明兰美若冰雪的面庞，无端生出一股敬畏，低头应声。

两人出了嘉禧居，笑着互相辞了，分头朝两个方向而去。

廖勇媳妇年轻，脚头儿快，顺着穿堂迅速走出夹道。那边等着一群媳妇婆子，见了她立时便拥上来，拥着她进了一个角落，七嘴八舌地问了起来。

"夫人是个怎样的人？"

"脾气可好？"

……

廖勇媳妇沉声道："真瞧不出来，年纪轻轻的，娇滴滴的花朵般模样，竟这般有威势！适才赖婆子已碰了个钉子，你们都放老实些，别自讨没趣！"

那一头，赖妈妈也回了仆妇院落，面对旁人的提问，她只重重地说了一句："怕是个厉害的！"

明兰独自坐在右梢间用早饭，一边轻皱着眉，吃着并不怎么可口的炸糕，一边慢慢回忆昨晚看的东西。账目先放一边，先看人。明兰掠过人员清单后，大脑里迅速整理信息。

都督府里的仆役共计六十二口，对于这么大的府院来说，人其实是少了点。

这些人大致可分成三类：第一类是顾廷烨立府后最近从外头买来的，没什么根基，但可能已巴上哪方势力也说不定；第二类是皇帝赏赐的，大多是被罚没的罪臣家奴，要命一点的，里面还可能夹杂了个别前小姐公子，这得注意；第三类，就是宁远侯府送过来的四房人，分别是太夫人送了两房人，四老太太和五老太太各送了一房。

哦，对了，还有她自己陪嫁过来的那些人。

用过早饭，明兰略略整理了一下妆容，穿着一件家常的鹅黄色折枝绿萼梅花对襟褙子，外头是一件轻烟淡柳色系襟纱衣，明丽的一身，由一群丫头引着，去了朝晖堂。

此时天光大亮，四面隔扇齐齐打开，东西两面墙上挂着四幅中堂画，坐北正墙上则高悬着当今圣上所赐的匾额御宝，下头是一张极光亮鲜丽的红木八仙桌，两旁是同木材扶手大椅，下头两排笔直地排放了好些矮背宽椅，每两把椅子之间隔一个小小的如意雕花方几。地上是打磨得极其光亮的青石板，正中铺着暗红短绒地毯。

好一间正府大厅堂！气势宏大，气宇磅礴，昂扬四顾。

明兰看着那把红木高背大椅，暗忖：这种椅子其实由盛老太太那种年纪的人来坐会比较有气势吧。不过，她现在就是这府的主母，除了她，还真没有旁人可坐了。

她沉稳地迈着步子上前坐下，已有婆子端着茶盘在一旁等着，忙上茶请安。明兰微微一颔首，抬眼看去，只见厅堂外头，自阶梯以下起，已密密麻麻地站满了人，清楚地分成了几大块，有几块站得很整齐，有几块站得很松散。

廖勇媳妇上前一步，垂首恭敬道："禀夫人，府里的人，除了留了四个看着前门，其余的都在这儿了，连厨房的几个也来了。"

明兰很满意她这种干脆的作风，颇赞赏地看了她一眼，点了点头。

廖勇媳妇似是得了鼓励，指着外头那几排人，简略介绍道："这几个是专门负责洒扫清理的，这几个是针线上的，这几个是管采买的，这些是护院的，这些是……"介绍了半天，她又指着边角上十来个岁数尚小的女孩道，"这几个还没个正经差事，常嬷嬷说待夫人进门后，慢慢教好了规矩再使唤，现下先打杂帮忙着。"

那几个小女孩瑟缩地偷眼望了望明兰，见明兰清亮如水的眸子看过来，立刻低头站好。

明兰顺着廖勇媳妇的手指一一看去，发现皇帝还是蛮靠谱的，发送来的奴仆大多青壮，没有那种特别老迈的，女孩们看着也水灵。明兰细细记下哪一工种的人看着整齐，哪些看着松散，然后记下他们的领头。

最后，廖勇媳妇迟疑了片刻，低声道："还有，后边跨院里荆扉阁……呃，伶仃阁的那位凤仙姑娘，她身边的两个大丫头不是府里的，是以……没来。"

明兰微微皱眉："那院子到底叫什么名字？"

廖勇媳妇反应得很快："原先叫荆扉阁，后来被凤仙姑娘改成伶仃阁了……老爷没工夫理睬，大伙儿也就跟着叫了。"

明兰并不置一词，只看着她笑了笑。廖勇媳妇心头陡然一突，低头退下。明兰心中暗笑：看来这位凤仙姑娘蛮清高的，非但没疏通打点，还惹了不少人厌。

然后，明兰转头去看赖妈妈，只见偏门边的台阶上站着几个明显衣着光鲜得多的人。赖妈妈笑着介绍："赖家和花家是太夫人送来的，田家是四房送来的，刁家是五房送来的。"

介绍完毕后，众人齐齐拜倒，给明兰磕头行礼，齐声请安。

这么大的磕头齐呼场面，明兰有些不适应，但她很努力地忍住了，镇定地微笑叫起，轻轻放下茶碗，闲适地将两手交叠在腿上，朗声道："老爷曾说，这朝晖堂平素是不轻易开的，逢年过节或是贵客来访才开，我便想了，今日我与大家伙儿头回见面，也算是件大事吧，便斗胆开了这厅堂，也算正式与大伙儿见了。"

下头众人反应皆有不同，有感动的，有欣喜的，有疑惑的，有假笑的，不一而足。

明兰把众人的反应看在眼里，接着微笑道："以后，咱们便是自己人了。这之前，我并不认识各位，是以，今日我也不说旁的，只叫我熟悉熟悉诸位吧。"

这番说过，阶下众人俱是一脸糊涂，不明所以。

明兰也不解释，只朝后头挥挥手，丹橘早准备好了，叫人在堂中摆一个小几，上头摆有笔墨纸砚。然后，若眉上前，执笔而坐，丹橘站在一旁，夏竹怯生生地走上前去。

丹橘微笑道："别怕，我来问你，你今年几岁？出生在哪儿？"

夏竹愣了，木木道："十三岁，土……墩村，通州西边的土墩村。"

"家中几人？都在做什么？"丹橘手执一张纸，利落地问起来。

"爹、娘、姥姥，还有三个哥哥、两个姐姐，我……我最小。家里都是种田人。"

"怎么来府里的？"

夏竹看了看明兰。明兰朝她和气地点点头，她才鼓起勇气道："十一岁那年，天老不下雨，田里收成不好，哥哥们又要娶媳妇，爹爹就找了人牙子把我们姐妹三个卖了给人做丫头，我运气好，来了这里，天天有好吃的。"

下头已是咪咪轻笑。明兰淡淡一眼扫过去，声音全无，众人肃立。若眉飞快地记录着这些，只闻笔在纸上划过的沙沙声音。

"后来呢？"丹橘温和地问。

夏竹渐渐胆子大了："后来常嬷嬷挑了我，教了我大半年规矩，然后进屋服侍。"面对丹橘她们，夏竹天然有一种自卑感，就好像一个单位里初中生看见硕士生的那种羡慕。

接着，若眉停下笔头，面无表情地道："来按个手印吧，以后若发现你有欺瞒主子，这便是实证，到时别怪旁人。"

"不会，不会！"夏竹连连摇头，忙按了手指印。

明兰含笑道："好了，你很好，过来我这儿吧。"

夏竹如闻大赦，松了口气，小步跑到明兰身边站好。堂下众人已渐渐明白是怎么回事，有些脸色发白，有些面有疑虑，还有些似有不服。

明兰不去理他们，朝赖妈妈那儿看了看，然后朝一个漂亮女孩招招手。那女孩柳眉大眼，蜂腰隆胸，水灵妖媚，颇有几分姿色。"对，就是你，过来吧。"

那女孩满面疑虑地看了看身旁的一个中年婆子，然后深吸一口气上前来。丹橘满面温和的笑容，拉着她站在跟前。那女孩胆子似乎颇大，也不羞怯，一双眼睛还频频朝明兰这儿打量。绿枝看着不高兴了，走过去拉开丹橘，转头笑道："夫人，我来问这位姐姐可好？"

明兰微笑着点点头，并且叫身边的秦桑上去换了若眉。

还没待绿枝问，那女孩就笑盈盈地开口了："奴婢叫明月，我是——"

"这名字不成！"绿枝倏地打断她，"这名字和夫人冲了，回去叫你老子娘给改一个，去掉前头那个字！"

明月当即脸红了，回头看了看赖妈妈身旁的那个婆子，目光中似有不忿。绿枝不去管她，径直继续问起来。

"今年几岁？"

"十五岁半。"

"是家生子还是外头买的？"

"家生子！"明月颇有些自豪，"我娘就是刁妈妈，原是五老太太的陪房，我爹是——"

绿枝再次打断她："他们可在这府里？"

"自然！"明月骄傲地回头一指。赖妈妈身旁的婆子和后头一个中年汉子上前点头哈腰。

"那你就不用说了，回头问到他们时自然会知道。"绿枝好像判官一样的口气，"家中还有其他人吗？他们现在在哪儿？"

"有。"明月咬了咬牙，"还有一个姐姐和两个兄长，姐姐在灵姑娘身边服侍，哥哥们……目前还没差事，等着二老爷和二夫人发话呢。"

秦桑一脸凝重地记录着。绿枝依旧没有表情："就是说，你并非全家跟过来的？好了，你呢，之前当过差吗？"

明月得意道："我原被挑去服侍惠姑娘了——"

"几等丫头？"绿枝打断她已经十分习惯了。

明月脸色发窘："三……三等，可是我常在姑娘身边——"

"进府服侍时几岁？"

"十……十三岁，可是我——"

"便是说你只服侍了一两年，什么时候抬成三等的？"

"是……半年前，可是炀大老爷常夸我——"

"识不识字？"

"识得一些——"

"识得多少？说清楚些！《三字经》可看过？《千字文》呢？"

《三字经》读了一半，其余的没有——"明月看了看面前下笔如飞的秦桑，还有适才的若眉，脸红如猪血。

"这期间可受过什么赏赐？银子？首饰？衣裳？"

"有！"明月憋红了脸，"大奶奶赏了我好些新衣裳，说叫我来好好服侍二夫人和二老爷，还夸我——"

"可有受过什么责罚？受骂？挨板子？为了什么？"

"绝对没有！"

"你可想清楚了！"绿枝冷冷地说，"这可是要按手印的，你之前犯点小错不打紧，反正挪新地方了，可若头回见了夫人就说谎，那便是不能用了！"

明月一阵发窘，当着这许多人的面，回头看了好几眼刁妈妈，脸色变得灰白，才蚊子叫般地轻声道："只被大奶奶责骂过几回，因我弄损了惠姑娘的东西，其他没有——"

"成了！"绿枝一拍手，表示问话完毕。

明月面色十分难看地按了手指印，慢慢退了下去，眼眶中似有泪珠滚动，一回去就搂着刁妈妈轻轻哽咽。

明兰朝绿枝点点头，表示满意。她事先提点过，府里这么多人，如果个个都讲上一段长长的故事，那估计要问到半夜，所以此次问询的宗旨是，事件要尽量明确严肃，个人履历要尽量清楚，什么苦衷呀，悲惨往事呀都暂时省略，等有需要时可以再问。

这时，她眼角一瞥，瞧见厅堂边上站了一个颇眼熟的身影，她低头一思索，暗暗好笑。

这两个人问过，余下众人全都明白明兰的用意了，有些表示无所谓，有些则十分愤慨的样子，还有些则有些鬼祟。总之，下头一片嗡嗡声。

明兰看着差不多了，便站起身来。众人立刻安静下来。明兰含笑道："大伙儿都瞧见了吧？你们中大多人以后是要当用的，要用人，自得知道你们的能耐，以前做过些什么差事，做得如何，这般才能叫各位一展所长，不是吗？"

这些话说过，下头大多数人渐渐安静下来，不少人甚至面色坦然起来，尤其是廖勇媳妇和她身边的几个婆子媳妇，反而觉得这样对她们这些外头来的更有利。

廖勇媳妇上前一步，大声附和道："夫人说得极是！这法子既省事又明白，夫人原本就不认识咱们，与其叫我们稀里糊涂地互相试探暗问，还不如这般光明正大的。"

赖妈妈那边的人有些脸色难看，却一时之间不敢反驳，只低头互使眼色。

明兰朝廖勇媳妇微微一笑，上前走出几步，居高临下地站在众人面前，语气依旧温和："待这件事办完了，我便要布置府内人手了。这之前，我得先说一句，我觉得，主仆相待，贵在一个'诚'字，以后咱们要天长日久地处着，上下互重，方是道理。是以，我只盼望诸位莫要糊涂，若落了'欺瞒'这桩罪过，我顾家可是不敢用的！这丑话，先撂这儿了。"

年少的夫人端庄秀美，盈盈端立上首，说话缓慢斯文，瞧着一派柔雅和气，可下头众人谁也不敢小觑了去。

赖妈妈那一众人，面面相觑。自来这里起，他们早想着揽事揽权，谁知先是遇上个活阎王似的顾廷烨，整日黑着个脸，什么都不许他们过问。太夫人逼了两句，他当着全府众人的面，疾声厉色地说什么内宅之事当由主母安排，可是那时还没有当家主母呀！

于是他们等呀等呀，终于等到了明兰进门，原想着明兰年轻不知事，新嫁娘又面皮薄，他们几个作为顾家的老人儿，仗着顾府长辈的脸面，一通讨要便能成事，谁知明兰在屋里躲了两日才出来，一出来也不说怎么分派差事，先来了一番"查底"！

赖妈妈脸色变了好几下，终忍不住上前，大声分辩道："夫人考虑得十分周到，对外头进来的人自是要清楚盘问的，可是咱们几个是顾家几辈子的老人儿了，何必如此？夫人但有不明白的，可以去问太夫人、四老太太、五老太太呀！"

明兰敛去笑容，只淡淡地看着她，目光冷冽清明，只隐隐含着一股寒意。赖妈妈额角慢慢沁出汗来。她实在不明白，一个十来岁的小姑娘看起人来怎么这般有威慑力！

厅堂上下一片寂静，众人都等着看。

明兰盯着赖妈妈，缓缓道："赖妈妈，今日你已是第二回驳我了。"

赖妈妈立刻跪下，颤声道："老奴不敢，老奴只是提醒夫人。"

明兰冷冷道："我以为，长辈们送你们来，是来做帮手的，不是来给我做祖宗的。"

赖妈妈背心一阵出汗，连声道："老奴不敢，老奴不敢……"

明兰微微眯起眼睛，说得很慢，声音里还带着一种冰冷的甜蜜："赖妈妈，今早你驳我之时，我与你说了什么？"

赖妈妈抬头，眼神瑟缩了一下，嗫嚅着不敢说话。明兰微笑着低声补充："别说你忘了，这么会子的工夫，记性这么不好，还是回去养养老吧。"

赖妈妈一个激灵，连忙道："夫人说……夫人说……夫人说什么，咱们便做什么便是！"

明兰粲然一笑，梨窝隐现，明艳不可方物："赖妈妈真好记性。"随即，隐下笑容，淡淡道，"下回，可别再忘记了。"

赖妈妈连连磕头，退了下去，已是浑身汗湿。

明兰似有些累了，倦倦道："廖勇家的，你说，这府里谁最尊最贵？"

"自……自然是老爷。"廖勇媳妇赶紧回答。

明兰又问："那我是谁？"

廖勇媳妇大声道："您是这府里的当家主母！"

"很好。"明兰面上浮起淡淡的倦色，又缓缓坐到上首的高背大椅里，端茶轻呷，"记不住这点的，这府里可用不起。"

这番一来，还有谁敢废话半句？丹橘、绿枝等人心头俱是大喜，还带着异常满足的骄傲，连看人时都带着盛气凌人。原本她们还担心明兰一个四品文官的庶女，在这般高门大户里受欺负，被人瞧不起，连带她们都心下惴惴的。

谁知明兰心如铁石，丝毫不畏惧，神色自若，浅笑轻斥，连脾气都没发，话也不多说半句，就镇住了场面——她们忍不住两眼放光。

众人依次退下去应答发问，厅堂外头渐渐空了出来。明兰身边留下小桃和夏竹两个服侍，外加几个刚被唤来的账房先生，还有好几个跑腿小厮侍立在一旁。

明兰懒懒地坐在椅子上，转头轻声道："公孙先生，您可瞧够了？"

原本站在厅堂角落的一个青袍长衫的中年文士这才迤迤然地出来了，走到明兰面前一拱手，低低一躬，笑道："狂生无礼，给夫人请安。"

明兰起身敛衽，恭敬地还礼，然后请公孙白石于下首坐下。

"夫人何以如此？"公孙白石端起茶碗，笑容有些老奸巨猾，"我原当夫人今日是要派差事的。"

明兰看了他一会儿，才缓缓道："我小时听过一个小故事，古时有一个不太昏庸的皇帝，偏他有群极颠顸奸猾的大臣，皇帝明明只想挑两个美人，下头人却在全国大肆搜索美女，弄得民怨四起；明明皇帝只是想修座小园子，下头人却举国搜刮银钱，弄得民不聊生……没过几年，国家就亡了。那皇帝被砍头时，还觉得自己很冤枉。"

公孙白石颇有兴味地望着明兰，等她继续说下去。明兰接着道："从古至今，多少事就坏在'用人不当'这四字上，上面说东，下头却做西。是以，欲理事，先治人；不计何事，若无可信合适的人去做，想得再好也是无用。"

明兰转头看向厅外，神色悠闲："要用他们，起码得晓得他们是什么人吧。"管理一个企业，一份详细确实的人事档案十分必要，而且如果他们敢撒谎，她就有借口赶人了。

公孙白石的神色渐渐肃穆起来。他静静地看了明兰好一会儿，才恭敬地一拱手，低声道："都督有幸，得娶佳妇。"

内仪门旁的穿堂间十分热闹，问话的共分三组，其中十几岁的小丫头都归由小翠袖问，碧丝写，剩下人众则由丹橘、若眉和秦桑、绿枝这两组来问。每人问话时间长短不一，年轻些的经历简单，三言两语就说完了，年长些的则有一摞的故事要说。

丹橘心细，从里头拿了几架屏风出来隔着，这样问的话，若关系个人隐私，也可不叫旁人听了去。例如针线上的郝大成媳妇是二嫁的，前个男人多年前在主家抄没时被生生打死了，而外院管事郝大成也是个死了老婆的罪臣家奴，于是鳏夫寡妇走到一起，还生养了儿女。

朝晖堂气象太大，明兰总觉得像博物馆的展览厅，是以挪步去了朝晖堂旁的偏厅，听公孙先生交起账来。公孙白石一派悠然模样，拈五缕长须的样子比盛纮还正点。下首站着几个管事和账房，明兰指着账本稍微问了几句，他们都一一答来，显得十分妥帖恭敬。

"先生辛苦。"明兰转而道谢，"先生何等人物，如今却来理这般琐事，真是难为先生了！"

公孙白石看着明兰手指点着的账册，面露苦笑："我本疏狂之人，这些非我所长，自从都督立府以来，老朽实是苦不堪言哪。"

明兰指着小桃过去端茶，微笑道："先生何须此言？这些琐事便是叫都督亲自来管，怕也是如此。所谓杀鸡用牛刀，可大凡真用牛刀去杀鸡，大多是杀不好的。"

公孙白石嘴角一歪，不禁莞尔："此言甚是！"

言谈间，他发现明兰谈吐清雅，思路活跃迥异，颇觉几分趣味。不过到底男女有别，他又非顾府纳契奴仆，说不多会儿，便起身告辞，走时留了个小厮领明兰去内书房。

"小的叫顾全，夫人叫我小全子便是了。"顾全十三四岁大，圆脸细眼，笑起来一脸麻利，瞧着十分机灵，他走在侧前边给明兰领路，笑嘻嘻地说着话，"爷是小的再造恩人，当年小的在街上要饭，若不是爷，早就连骨头渣子都不剩了。"

明兰很想说，也未可见得，说不定你能混成丐帮帮主呢。

顺着朝晖堂外的一条东西夹道，穿过一道花木屏障的垂花门，明兰到了内书房门前。这是左右打通成一气的两间大房，左右配有耳房，前后还有两间小小的暖房和抱厦，尽供歇息之用。明兰暗暗点头，如果将来顾廷烨和自己吵架了，完全可以赌气睡在这里。

一脚踏进去，只见内中书案、画案、琴桌、供案，一应俱全，朝南六面窗户明净，显是刚洒扫过，地上放着两口硕大的铁皮包角榉木箱子。依墙而建的四面书架上空空如也。明兰转着看了一遍，苦笑着叫顾全把箱子打开，把里头的书一摞摞全拿出来，然后照着长柏书房的样子，略略整理一下，分好类。由明兰指挥，小桃和顾全满头大汗地把书依次搬进书架。

手指抚摸过崭新的书本封皮，《论语》《大学》《中庸》《孟子》《淮南子》……非常齐全的书房配备，明兰还很惊喜地发现了几本孤本。不过，从上面灰尘积累的情况来看，所有这些书籍的用处都只有一个——摆设。所以，她也不必费心重新设定书架分类了，倒是空着这么多格子不好看，赶明儿去外头多淘换些有趣的野史杂文来才是真的。

铺排完书架，明兰开始整理书案。湖州的紫石砚，苏南的云烟墨锭，琼林的水墨白玉笔洗，一架由斗笔至小清一色的紫犀毫，桌旁三摞雪白细腻的燕子笺、泥金笺，明兰亲手一一摆放好，一边摆一边暗叹——水嫩嫩的鲜花哟，你一心只爱牛粪为的是哪般呀？

收拾完书房，明兰刚回屋捶着腰腿歇息时，顾廷烨随身的另一个小厮顾顺打马飞奔回府，前来向明兰禀报，顾廷烨今天中午不回府用饭了，让明兰自己吃。其实明兰并不介意。事实上，除了生孩子外，大多数事，女人独自也可以干，一个人吃午饭也并不影响食欲。

但作为一个贤妻，明兰还是要问几句意思意思的："那老爷去哪儿用饭呀？"

顾顺拿袖子揩了揩脸上的汗，喘着道："听说今儿朝堂上可热闹了，足足争到巳时末才散朝，一下了朝，皇上就召了老爷及另几位将军进宫商谈，说是饭也在里头用了。"

明兰轻轻"哦"了一声，并没有什么表情，倒是看着顾顺累得可怜，便叫小桃给顾顺绞了块凉凉的湿帕子揩汗。小桃买一送一，还倒了碗茶给他喝。

顾顺一口灌下茶水，顺了口气，笑着道谢后，看明兰神色郁郁的，又加了句："夫人不必担忧，这事儿以前常有，有时是皇上召见，有时是叫旁的将军大人拉了去的。"

明兰只是有些累了，并非不豫，闻言笑道："瞧把你累的，要是这事儿再有，那你岂不得常常这么劳累？待会儿还得回去寻老爷吧。"

"夫人说哪里的话？！"顾顺嗓门通亮，满脸激动，"小的命都是老爷给的，说什么累不累的！只消老爷、夫人哼一声，小的便是把腿跑断也不吭一声！"

明兰失笑："还是留着你那腿吧。小桃，赶紧给小顺哥一些果子吃，再抓些钱给他买零嘴。"

小桃赶紧跑进去，出来时，一手托着一整素瓷碟子的金丝蜜枣，一手抓着满满一把的铜钱，一股脑儿全倒进顾顺的衣兜里。顾顺满面笑容地谢恩出去。

丹橘脑子还算灵光，知道先找厨房的来问话，早早问完后就打发他们赶紧捅炉子做饭，是以并不耽误午饭。明兰对着一桌子菜，轻声说道："叫若眉她们也先吃饭吧，歇口气，下午再慢慢问也不迟。"

小桃规矩地把袖子折起三层，抬腕子给明兰盛饭、舀汤、布菜，嘴里说道："姑娘放心，绿枝那蹄子机灵着呢，不会饿着自己的。"

一旁的彩环也笑道："夫人放心，适才我已叫小丫头去问了，听说厨房的几位大娘亲自扛着饭菜屉笼去送饭了。"

明兰这才拿起筷子笑道："你倒聪明。"

彩环脸上颇有些不好意思："我才来，人又笨，还不懂夫人这儿的规矩，只好多瞧着学着了，万望夫人不要嫌弃才好。"

明兰斯文地咽下一口鱼肉，笑笑："不急，慢慢来就好了，路遥知马力，日久见人心嘛。"

彩环恭敬讨好地笑了笑，又道："以前在太太那儿时，总听太太夸说夫人是几位姑娘里头最出挑的，心明眼亮，知人善用，院子里的姐妹们最是省心规矩。"

明兰放下筷子，拿起羹匙轻啜了一口汤，瞥了彩环一眼，淡淡笑道："规矩、本事，只要不是笨得无药可救，且肯用心，慢慢学总能练起来。要紧的是情分，她们几个跟我快有十年了，自是亲近些。我知你是个好的，慢慢来，咱们多处一段便是。好了，你也去用饭吧，下午叫小桃看门，你陪我去前头看看。"

彩环顿时脸色一亮，高高兴兴地出去了。

待她出去后，明兰放下羹匙，沉吟一会儿，低声问道："你说，这人怎样？"

"话多，爱打听。"小桃噘噘嘴，"不过针线倒是不错，人也勤快，什么都抢着做。"

明兰拿筷子戳着米饭："爱打听倒也寻常，新来的总是想多知道些，就是怕……算了，也不能草木皆兵。小桃，你记着，别叫她进我屋里就是，外头活计不少，够她做的。"

小桃正色应下："她要是聪明的，就不会自作主张；好好的，姑娘也不会亏待她。"

"希望吧……"明兰信心缺缺，法律工作者的通病。

吃完饭，明兰摸摸自己可怜的一把小骨头，觉得还是赶紧睡一觉催催肥比较靠谱，以后在床上也耐抗些，于是打着哈欠滚进床铺里去了。迷迷糊糊之际，脑袋里走马灯似的转着这两日看的想的。

京城米珠薪桂，自海氏进门后，盛府里共主子十口，另姨娘三人，通房四人，总计十七口，下头连丫鬟、婆子、仆役、管事在内五十八人。海氏渐渐管事之后，明兰常去帮着照看全哥儿，有时听见只言片语，知道这样一户人家，一年算上一般的人情往来，大致用度是四千两。

王氏精明，海氏节俭，家用颇为适足，尚有丰裕，算上田庄铺子的盈余，还有宥阳老家的份例，每年能攒下不少银钱，以备子孙婚嫁之用。

至于自己的新家呢？顾廷烨正二品官，年俸一百五十两，禄米六十一石，不过，这种陈米是连盛府奴仆都不吃的，通常直接拿去米铺折成银子。因是武官，另有军事补给二百二十两。俸禄一项统共能得约五百两。按照惯例，应该还有冰敬和炭敬。

明兰目前拿到的田亩册显示，顾廷烨在京郊延卯河一带有两座田庄：一座叫黑山庄，有八十多顷的良田；另一座叫古岩庄，有上百顷良田。皇帝还在京城西山赐了他半个山头、一座温泉庄子。统统加起来，总计出息约有五千两。

备注：似乎还没有商业性产业。

那日，明兰问顾廷烨府里可花用多少时，顾廷烨也没说出个所以然，只道除了这些固定资产随明兰支配外，他在账房还放了五万两银子，说叫明兰这阵子先看着使，不够再去问他要。

从月钱只有一两半的庶女，到可以支配这么多钱的富婆，明兰忽然有一种傍上大款的感觉，恨不得顿顿叫上三碗燕窝粥，吃一碗，看一碗，再倒掉一碗。

顾府就这么几个人，哪用得了这么多呀！明兰反复提醒自己，这钱自己只有使用权，没有所有权，不可以乱用的……不过，可不可以拿些少少的……嗯……管理费呢？

明兰鄙视自己。

顾廷烨和明兰外加蓉姐儿三人算是正经主子，另姨娘二人、凤仙姑娘一位，按照宁远侯府的份例，明兰属于太太、夫人这一级别的，月钱三十两（婚后工资涨了二十倍），若是少奶奶（明兰将来的儿媳妇）级别的就是二十两，蓉姐儿和姨娘都是二两。

麻烦的是凤仙姑娘，若是通房，就月钱一两，偏偏顾廷烨一点儿处理她的意思都没有。那日明兰问起时，他居然茫然了片刻，提醒过后却是一脸阴沉。

后来明兰偷偷问了夏荷才知道，这位凤仙姑娘原是没入教坊司的罪臣家眷（听得秦桑手指关节响了一好阵），因尚是清倌人，大半年前被甘老将军弄来送入顾府（据说有合法手续）。

起初，号称琴棋书画样样皆通的她，在被顾廷烨忘在脑后七八日后终忍不住，某晚弹了半夜的《清水流觞》曲。可惜阳春白雪遭遇纨绔子弟，顾廷烨自小多学拳脚，擅长街头斗殴和阵前杀敌，文化素养不过关（明兰暗忖，若她唱的是"十八摸"，没准顾廷烨还能打个拍子啥的），加之当时他疲累至极，睡梦中被吵醒愈加恼怒，当即踹翻了两扇门，暴吼声可传出半里外去。

第二日一早，顾廷烨就叫人将她搬到府中最偏僻的西侧角去了。

又过了个把月，凤仙姑娘终于发觉对于男人而言，可能视觉比听觉更直观、更重要，于是又在某一晚，她白衣飘飘、衣衫单薄地前来送夜宵，运气很背，她没遇上秉烛办公的顾廷烨，倒碰上了恰巧在屋里收拾的常嬷嬷。

盐商家里的奶母修养能高到哪里去，常嬷嬷脾气暴躁，嘴巴刻薄，传闻早年还操过杀猪刀，当即冷嘲热讽一番，从凤仙姑娘的祖宗十八代一直问候到子孙十八代，并且把她和青楼粉头的技术水平进行了生动形象的比较，引得全府仆妇都来嬉笑围观。

常嬷嬷骂得唾沫星子飞溅，犹自觉得不痛快，还一路追去荆扉阁继续骂。这下凤仙姑娘彻底歇菜了，羞愤痛哭得几乎要上吊（最终没上吊，教坊司里都没自尽，想必神经坚韧）。明兰猜就是因为这样，她才把屋名改为伶仃阁的。

明兰严重怀疑常嬷嬷这样是出于顾廷烨的授意，这家伙混过三教九流七十二暗口，心思远比旁的高门大户的爷们来得促狭阴损：对于老前辈上司送来的"礼物"，打不得，撵不得，索性以毒攻毒，找个辈分高、资格老的嬷嬷来羞辱一番，叫她自己没脸出门。

此后，凤仙姑娘的确不大出门了，转眼就是半年。

到底该给她多少月钱呢？明兰越想脑袋越昏沉，不一会儿便沉沉睡去。

金乌渐偏，日头暖和，明兰也不知睡了多久，最后是叫小桃摇醒的。

"怎么了？"明兰眼睛还是眯着的，侧着眼缝一看，正午已过。

小桃却是一脸兴奋，凑到明兰耳边，低声道："五老太太来了！"

"这么快？"明兰顿时眼睛大睁，清醒了，"就她一个？"

"还有她的两个儿媳妇，炀大太太和狄二太太。"小桃低头咬耳朵，笑嘻嘻地说，"姑娘料事如神，我叫了几个门房看着，的确是有人出去过，就是那刁家的！"

明兰呆呆地坐在床上，微微叹气："住得这么近，怎能不来串门子呢？"她想明白了，自己这么卖力工作，无论如何，都该收些管理费用才是！

第二十八回 · 恩威并重

穿戴妥当，在小桃幽怨的目光中，明兰扶着彩环的手缓缓跨门槛出去了。彩环低头垂眸间，瞥见明兰腕子上的珍珠手串，颗颗都有拇指大，滚圆明净，璀璨耀眼。

她心中一惊，暗忖，顾府果然富贵，这般大的珠子，成色又好，便是王氏也只得几颗镶在钗簪钏镯上罢了，没承想明兰拿足一整串，就这么随意挂在腕子上。

彩环心里还未想完，主仆二人已到了嘉禧居偏厅。大红柱子旁是翡翠茂密的两棵海棠花树，便是三四月天气，也带着一股舒爽的清凉。寻常人家少见的玻璃，这里却整块整块地嵌作窗扇，透明如琉璃般，整个厅堂便十分明朗清亮。

踏进厅内，只见五老太太和她两个儿媳俱已坐在里头，丫鬟正捧着茶盘上茶。明兰笑着进去，缓身福了福："五婶婶来了，明兰来迟了，万请勿怪。"

五老太太端正地坐在上首，一身紫红色绣海水如意三宝纹的锦缎对襟褙子，比上回见面更显富贵祥和。她闻言，淡淡道："你今日忙得很，别怪我这老婆子上门叨扰便好。"

明兰微微一笑，只简单说了一句："岂敢！"随即转头与另两位妇人福了福，温婉地道了声好。炀大太太和狄二太太俱是躬身回礼。

见过礼后，四人都坐了下来。狄二太太年纪颇轻，不过二十六七岁，生得白净标致，端庄富贵，脸上笑盈盈的。她见厅里气氛有些冷落，便道："说起来，这还是我头回来这儿呢。好气派的宅子！我原先还想，这宅子都多久没人住了，还不定得怎么整饬呢！看来倒是我没见过什么世面了。"

明兰谦和地笑道："不单二嫂子这么想，我也是的。后来才知道，这里原是御用监着人看管的，虽多年无人居住，但修缮得颇为整齐，倒省了我们许多麻烦。"

五老太太目光一闪，嘴角似有微微不屑，斯文道："既然皇恩浩荡，怎这屋里的摆设还这般简陋？瞧着空荡荡的，也是不好的。"

明兰见招拆招，略带不好意思地低头："这是您侄子的意思，他说待把府里各处的人手定下来，再慢慢开库房不迟，免得事出匆忙反出了差错。我……我也不好驳他……"

狄二太太掩口轻笑："烨二兄弟还是这副脾气！真是一点儿都没变，这倒不能怪你。"

明兰凑趣，也跟着笑了几声。厅里一时气氛倒也融洽些许了。明兰瞥了旁边的烨大太太一眼，只见她依旧一副拘谨的样子，只缩在一边吃茶，也不大敢说什么。

明兰颇觉得奇怪，明明顾廷烨是五房的嫡长子，怎么……

寒暄过几句，五老太太始终脸色冷淡，听到明兰说起宅邸中事时，她放下茶盏，拿帕子轻轻揾了揾嘴角，道："既然这宅邸还需这许多布置，你怎么不早些派遣人手做？只做些没用的。"

明兰装糊涂，继续谦和地微笑："侄媳妇笨得很，又怕出错，反正也不紧着赶，索性慢慢来，先把人弄清了再说旁的。"她很好奇这位自恃斯文的欧巴桑怎么开启吵架话题。

五老太太面色一沉，一只手在案几上攥成拳头："你可知我今日来做什么？"

"自是来看侄媳妇的，还能为了什么。"明兰笑得十分可爱。

五老太太窒了一下，阴阳怪气道："不敢当！烨哥儿如今飞黄腾达了，怎么还会把我这老婆子放在眼里，别踩在脚下便是很好了！"

明兰笑吟吟地用茶盖撇去茶叶末子："婶子又说笑了，什么眼里脚下的，侄媳妇不明白。"她侧眼去瞧另两个，却见那两妯娌动作十分一致地低头吃茶。

五老太太被憋了一口气，脸色转过几遍，手掌在案几上重重一拍："好！我来问你，烨哥儿硬要别府另居也就罢了，咱们不敢拦着，原想着怕你们小两口没个合心意的人手使唤，偌大的家宅不好经营，这才好心送来几房人家，你们倒好，干干地撂了好几个月不说，你一进门，还没几天，便跟审人犯似的，审问起那些老家人来了！"一边说，一边连连冷哼。

明兰冷眼看着五老太太的作为，并不生气。说实话，自从上次争执去留问题时起，她就发现，顾家这两个老婶婶的性格十分有趣。

四老太太看着热闹爱说笑，其实十分谨慎，不该说话时多一句也不说；

而这位五老太太，看着斯文清雅，实则性子冲动，一有不如意，或叫人挑拨上几句，便立刻出手出口。

果然，人不可貌相。

"我道是为什么，原来是这个。"明兰不再摆弄茶碗，只静静地看着五老太太，忽然高声道："人都叫来了吗？"

"都来了，夫人。"外头一个恭敬的女声响起。

"都请进来吧。"

杏黄色的薄锦穿雕花竹片的帘子被轻轻掀开，夏荷进来，低头反手撑住帘子，外头鱼贯进来一行中年妇人，正是赖、花、田、刁四个婆子。她们一见五老太太也在，神色变化起来，四个人面色各异，互相看了几眼。夏荷放下帘子，从袖中掏出一沓纸张，恭敬地递给明兰。

明兰接过后，略略看了看，微微一怔，心里暗笑，随即收起纸张，抬头似笑非笑地看了看那四个："五老太太好快的耳报神，你们上午才问的话，这会儿婶婶便来了。"

那四个妈妈脸色变得更厉害了，其余三个都直直地去看刁妈妈，目光似有责难。众目睽睽，刁妈妈面皮发紫，头几乎垂到胸前了。见状，五老太太十分不悦，她没想到明兰这般利索，说话间就把人叫过来了，竟有当堂对质的架势。

"怎么？我问不得吗？"五老太太大声道。

明兰似乎觉得很有趣，声音依旧甜美："我不过问了几句，婶婶何必如此介怀？婶婶适才还说这几房家人是给了我的，如今我便连问两句都不成了吗？"

五老太太更是大怒，站起身来："你若只问两句我也不说什么了，你却是刨根问底，恨不得把她们祖宗八代都挖出来。你说，你是不是信不过咱们？若是，你便说一声好了，我即刻领了人走，也不留着惹你的眼！"

明兰继续装傻："这有什么？问几句话与信不信得过有什么关系？"

"长辈送给你的人，你有什么好盘问的？"五老太太索性无赖起来。

明兰缓缓把茶碗放下，端正姿势，对着五老太太恭敬道："婶婶，不知您知不知道，当今皇上即位后的头一件事是什么，便是叫吏部交了一份近十年的百官考绩。"

五老太太愣了，看着明兰，不知她什么意思。明兰继续道："照婶婶的意思，皇上这般，岂不是信不过先帝？"

"胡说！我什么时候说过这话？"五老太太吓了一大跳，怎么话题跑到那里去了，她一时急了，大声道："你莫要乱扣大帽子！"

明兰笑得很愉快："可是百官也是先帝留下的呀，皇上还要查问，婶婶不就是这个意思吗？"

五老太太咬着嘴唇，胸口被憋得一起一伏。明兰笑得更加灿烂了："哦，对了，我听庄先生说过，先帝爷即位那年，也是一模一样叫吏部交了一份百官评绩来着。哎呀，莫非……婶婶觉着先帝也信不过武皇帝？哦，也许婶婶没这个意思，难道是五叔的意思？"

五老太太听得头皮发麻，心中又惊又怕，便不敢再置气，赶紧摆手道："你莫胡说！我绝无此意！问问就问问，也没什么了不起，我……我也没说什么，你就问吧。"

明兰知道不好太过，见好就收，随即摆正架子，正色道："我虽为一介女流，可也深觉先帝和当今圣上极是英明。所谓监察，便是为了保政论之清明，护万民之福祉，是以吏部三年一考评，五年一考绩，便是为了天道昌明！婶婶，您说是不是？"

你都扯上皇帝英明不英明了，五老太太还能说什么，自然是连声应是，直说得满头大汗。一旁的狄二太太也帮着婆母说话，明兰当然也笑着收了。

旁边站立的四个婆子面面相觑，目光中露出警惕，低下头去。

笑归笑，明兰觉得若不再刺这个欧巴桑一下，没准她下回又来打扰自己午睡，于是拿出那沓纸张，笑道："今日婶婶既然来了，我正有个不解之处，万望婶婶解惑。"

五老太太见明兰转了话题，松了口气："侄媳妇，你说吧。"

明兰语气依旧温和，指了指旁边，面带微笑道："这位刁妈妈自跟着婶婶进了宁远侯府，统共领过五个差事，分别是三个月的厨房采买，两个月的脂粉头油采买，半年的后园林子看管，四个月内院值夜管事，最后还有五个月的新进小丫头管教妈妈。侄媳妇颇觉奇怪，怎么刁妈妈没一个差事是做足一年的？"

按照油水程度来排序的话，刁妈妈是从重油基地一路滑向清水衙门。

这番话说出来，一旁的刁妈妈差点跪下了！五老太太的面皮也紫黑紫黑的，神色尴尬，轻轻咳嗽了几声，却不知如何说好，转头去看两个儿媳妇。

狄二太太一看情势不对，忙道："弟妹有所不知，刁妈妈早年服侍婆婆，受了些辛苦，身子……有些不好，是以婆母体恤她……"这话她自己也说不下去了。推荐帮手给顾廷烨夫妇，却推荐过去一个病恹恹的？是去帮忙还是去塞麻烦呢？

谁知明兰居然点点头，一副很相信的样子："原来如此。幸亏侄媳妇问了一问，如若不然，叫刁妈妈去做那辛苦的差事，岂非叫她病上加病了？"

刁妈妈顿时急了，赶忙道："二夫人，容老奴插句嘴吧！老奴早些年的确是身子不好，可这几年已然养好了！"

明兰十分宽宏大度地挥挥手，指着那纸张上的字句，笑道："妈妈不必急，我知道你的忠心好意，可从这些差事的年头上来看，妈妈你'身子不好'足有十几年了，两年前才有起色，还是多养养吧，莫叫外头人说咱们顾家不体恤下人。"

刁妈妈嘴里如含黄连，额头发汗。另三个婆子都偷眼去看明兰，只觉得她虽年轻，却着实有手段，不由得心中生出惶恐来，没想到这个新夫人这么硬。

明兰依旧那副温雅谦和的神情，十分好心的口气："婶婶您瞧，还是应当多问些话吧？"

五老太太一肚子窝火，却一句也说不出来，艰难地点点头。

明兰言笑晏晏，转过头去，目光定定地落在赖妈妈身上。赖妈妈叫她瞧得发慌，颤声道："二夫人，您有什么吩咐？"

明兰端起茶碗，慢条斯理地拨动茶盖："好端端的日子，平白叫婶婶生了气，说起来也是冤。你们几个，我一没打，二没骂，不过问了几句，婶婶便寻上门来，扯什么我不信侯府。唉——你们个个都是尊贵体面的，我还真有些用不起呀。以后若一有个风吹草动，又有人来替你们出头，我也不用管家理事了。"她的目光始终落在赖妈妈身上，如针刺一般。

赖妈妈只觉得心头突突地跳着。谁知明兰又道："不过也是，到底是服侍多年的，心疼你们也是有的。赖妈妈……"她一个激灵，立刻恭敬站好。只听明兰道："今日一天，我总共说了你两回，你可有不服？"

赖妈妈连忙道："二夫人训得是，老奴怎敢有不服？"

"你是办事办老的了，怎会有不是？"明兰目光清亮，意思很清楚。

赖妈妈一咬牙："都是老奴糊涂，仗着自己有些岁数，便敢驳斥夫人，实是以下犯上！"

明兰很满意地点点头："那你说，我到底有没有错？"

赖妈妈赶紧断言道："夫人自然是没错的，是老奴不该。"

"不对。"明兰摇头，"便是主子错了，你也不该当众驳斥。"众人愕然。

明兰接着道："尤其是第二回，你明明晓得我刚进门，此时威望不足，正是要立个面子的时候，别说我说的不过是些无伤大雅的小事，便是我真错了，你也不该当着许多人的面驳斥我，该事后缓缓劝我才是！嫂子，您说是吗？"

狄二太太看着明兰的眼色颇有几分深意，笑道："弟妹说得再对也没有了。"

明兰拊掌笑道："有嫂子这句话我便放心了，看来太夫人是不会来训我了。"

五老太太面色一沉，知道适才那些话其实是说给自己听的，一来，自己不该在她头天理事就来下她的面子；二来，自己又不是她的婆婆，瞎教训什么！

这时，忽然外头一阵嘈杂，明兰眉头一皱。彩环极有眼色，看见刚才的架势，已知明兰不是好惹的，立刻自动自发地出去，转身回来后禀道："夫人，外头是……是凤仙姑娘的丫头，她想见您。"

屋里众人神色不一。炀大太太一脸担忧地看着明兰，狄二太太神色自若，五老太太则流露出明显的期待，好似想扳回一局，一脸的期待。

明兰好笑地看着她，觉得自己若不叫那丫头进来，这位欧巴桑必然又有一番话，索性道："叫她进来吧。"

一个十七八岁的丫头进来，生得粉面俏丽，一身水红比甲衬得水蛇腰十分纤细。她一抬头便给明兰跪下了，道："给夫人请安。"

"起来吧，有什么事快说，这儿有客呢。"

那丫头欲言又止，但看明兰没什么妥协的意思，只好道："我们姑娘知道夫人忙，也不敢打扰。原想着，夫人既已见了府中所有人，轮也该轮到咱们姑娘了吧，是以姑娘叫我来向夫人求见，好歹也向夫人敬杯茶。"

明兰笑笑，并不回答，反而转头朝着那四个婆子道："几位妈妈，你们说这事该怎么办？"

赖妈妈额头一跳，她不是很明白明兰的意思。还没等她想清楚，旁边的花妈妈已是上前一步，大声呵斥道："你这小丫头也太不知礼了！夫人的茶是可以随便敬的吗？上要长辈同意，下要老爷点头，还要夫人满意，你上下嘴皮子一碰便完了吗？"

明兰面上愉悦，笑着看花妈妈。那花妈妈被这目光一看，顿时挺了挺胸，颇有几分骄傲。

看那丫鬟还想说什么，一旁的田妈妈也想明白了，立刻过去，一把抓住她的胳膊，大声道："你家姑娘如今算什么身份？！妾不算妾，通房不算通房，你叫夫人怎么见？拿什么礼数见？别废话了，赶紧给我下去，待老爷发了话再说！”

一边说着，一边把那丫鬟推搡着，叫夏荷把她拖出去。

明兰看了这番，十分满意，笑容满面："这凤仙姑娘是外头送来的，我不好说什么。亏得你们，到底是多年的妈妈了，果然既懂礼数，又晓得利害！"虽未指明是谁，可她的目光只看着花、田二位妈妈身上。她们俩立刻目露感激，连连谦虚。

古时候规矩，上梁山要交投名状，这四房人属于转单位，在让新主子信任之前，得表现出些什么来，例如能力、决心、忠心等等，总不能平白无故就让新老板重用吧。像刁妈妈这种身在曹营心在汉的，最是不能用的。

四个妈妈退了出去，明兰依旧笑着叫丫鬟续茶上点心，可五老太太的脸色十分难看。她今日可说一败涂地，什么也没捞着，还被奚落了一番，偏偏又不能生气，不然就是认为皇帝不英明——皇帝怎么会不英明？所以她只有闭嘴了。

明兰看着她阴晴不定的面孔，心里很能理解：她们三个妯娌中，只有五老太太是原装的原配，有儿有女，儿孙满堂，夫婿也算有功名，而太夫人是二任填房，四老太太不但是填房，更只有一个女儿，真论起来，她的腰杆比她们俩都挺。

是以，她做事往往少了一份算计。

她今日来寻衅的目的很简单，不过是看着顾廷烨的高涨气势不满，想着要压明兰一头，拿住明兰的错处，以确定宁远侯府对顾廷烨的优势，并且有权提出要求。

这一点上，她看不明白，可是刚才花、田两个妈妈看清了。

明兰和狄二太太凑着趣，又说笑了几句，五老太太一行人便要离开。临行前，明兰只低声说了一句："姊姊，今日明兰多有得罪，您别往心里去。您只想一想，为什么整个宁远侯府，只有您一个人来？"

这句话就算老欧巴桑听不懂，她的两个儿媳妇也能听懂。

回去途中，五老太太照例是和心爱的二儿媳妇一车的，她气冲冲道："哼！她还想挑拨。你四伯母是没用的，没儿子，要瞧别人脸色，自不敢来！你大伯母却是再好不过的了，烨哥儿明摆着不待见她，她怎么好意思来说他媳妇！当然只有我来了！"

狄二太太却没有附和，谁挑拨谁，这个事实并不重要，重要的是，如今顾廷烨更有势力，对自家儿女更有帮助……最好还是别得罪。

炀大太太独自坐在后头的小马车里，身旁的贴身丫头轻声道："这位新夫人可真厉害，一句句把老太太逼得无话可说，我还是头一回瞧见，可……可真解气。"

"不得胡说！"炀大太太一改适才的懦弱，沉脸斥责，又道，"你不晓得今日这位新夫人有多凶险！"看贴身丫鬟一脸不明，她低声道，"其实婆婆去寻晦气，并不足当由头，真说起来，也没几分能说通的理由。真正要紧的是，所谓天下无不是之父母，长辈便是有错，做晚辈的也不好直面反斥。她一个才刚进门几天的小媳妇，一上来便跳着脚与叔母吵闹，不论谁对谁错，一旦传了出去，那就都是她的错。"

那丫鬟轻呼："哦，我晓得了。这件事若烨二夫人忍下了，那老太太便坐实了这错处，拿着把柄好说话；若烨二夫人不肯忍气吞声，与老太太争执上一番，便是不敬不孝！可惜，新夫人也聪明得紧，一直笑呵呵的，半点都没生气。"

炀大太太长长吐了一口气，抬眼望着车顶，自言自语地呢喃："那人真是厉害，处处算计……"随即她又轻笑两声，"不过，那位也不是好拿捏的，当初听说要娶个庶女，她那么高兴……呵呵……"

送走了这三个婆媳，已是申时初刻，明兰也不想再睡了，回屋里换过衣裳，小桃端了一碗温温的三鲜猫耳朵汤来，明兰便一边吃着，一边拿着刚送来的仆役卷宗慢慢翻着。

"我瞧着，夫人倒喜欢这种汤汤水水的吃食。"彩环跟着小桃去了梢间收拾，笑道，"亏得你会做。"

小桃弯着腰把正午刚晒干的散碎衣物收拢起来，一一叠起："要说这个呀，还是咱们原府里的裴妈妈做得最好，那面耳朵擀得筋道，有嚼头，我不过学了些皮毛。"

"我要学的怕还是多着呢。"彩环拿了添好木炭火的焦斗过来，"在这里烫吗？"

"不，咱们出去烫。"小桃放低声音，抱着一大堆衣裳轻手轻脚出去，直到耳房才停脚。

这时彩环才道："咱们都出来了，叫夫人一个人在那儿可不好呀。"

小桃拿起一件雪绫缎的中衣，慢慢铺平："这是咱们姑娘的规矩，除非有客在旁，否则只她一人待着时，她不爱旁人在屋里走来走去的。"

彩环牢牢记下，又问："那她若要个茶水什么的，怎么办？"

小桃接过焦斗边烫衣裳，边道："是以平日里，我们中总有一个留在隔壁屋里，姑娘若要什么会叫我们的。我们赶紧烫完衣裳，就去梢间里吧。"

彩环犹豫了半晌，觉得这规矩有些古怪："那……若老爷要什么呢？"

小桃很奇怪地抬起头来："老爷要什么，关我们什么事？"

彩环被顶了一下，尴尬一笑："这倒是，咱们先是夫人的丫头，再是这府里的人。"

快到傍晚时分，忽然乌云滚滚，天空无端暗下半边，接着一道炸雷从远处响起，豆大的雨珠铺天盖地地砸了下来，暴雨哗啦哗啦的，好似倒水一般，瞬间浇湿了地面。

看着外头雨水如注，明兰转过头，拍着小桃的肩膀连连夸奖："幸亏你午后就收了衣裳，果然料事如神。"小桃不懂谦虚，居然点头道："奴婢觉得夫人说得很对。"

明兰很耐心地教她："不对，你要说'这都是您教得好'才对。"

小桃很受教，还举一反三："都是夫人教得好，主要是夫人料事如神！"

明兰笑眯眯地点头表示嘉奖。

"那你可料到你男人会淋雨？"

一个戏谑的男声在门口响起。主仆俩一道回头，只见顾廷烨浑身湿透地站在门口，一身朱红贮丝罗纱的麒麟补褂朝服还淌着水，滴得地上湿了一片。

明兰吓了一跳，把这个湿答答的男人上下看了一遍，惊讶道："料……料到了呀！我晌午就觉着今日闷得很，是以叫小顺子带了伞具过去了呀。"她觉得自己简直太贤惠了。

顾廷烨脸黑了一半，瞪了她半晌，才闷出一句话来："我骑马上朝的。"

明兰眨眨眼睛，脑袋转了一圈半后，才想到骑马不比骑自行车，不流行一手牵马缰，一手打伞。她满脸羞惭，低低地"哦"了一声，然后善意地提示："要不……下回，你还是坐轿子去吧，刮风下雨，咱都不怕了。"

顾廷烨听了，剩下那一半脸也黑了。

他不再说话，迈步进到里屋去。明兰立刻吩咐道："小桃，你去把夏荷叫——"顾廷烨顶着一张黑脸回转过来，一把扯起明兰："自己男人不会服侍吗？叫什么叫！还不给我进来！"一边说，一边拖着明兰进了里屋。

明兰张口结舌，只好赶忙回头吩咐："小桃，准备热汤沐浴，还有，去把姜汤端来！"

进得里屋后，顾廷烨在屏风后张开手等着。明兰摸摸鼻子，低头过去给他解扣，脱下湿漉漉的衣裳，露出精壮挺拔的身体。他接过明兰递来的长袍子披上，入净房沐浴去了。水声哗啦，不一会儿，他着一身雪绫缎的干净中衣出来，端正地坐在床沿，修长的十指搭在膝上，沉如山岳，一声不响地冷眼看着明兰。

明兰无知地回看过去，呆了一小会儿，趋吉避害的本能终于觉醒，赶紧捧了块干帕子过去，乖乖地帮他擦拭浓黑的湿头发。顾廷烨鼻端幽然馨香，如兰似麝，干干净净的，他揽住小妻子纤细的腰肢，把半湿的脸颊贴过去，心头一阵舒服熨帖。

"别气了吧。"明兰隔着干绒布轻轻揉着他的头发。

顾廷烨揽着明兰的腰肢，让她坐在自己膝上，浑厚的长臂圈她在怀里，一双幽黑的眸子看着她："你道我为何不悦？"

明兰小心翼翼地试探道："我应当使人驾车轿过去迎你，对吧？"

顾廷烨看着明兰迷茫的眼神，微不可察地叹了口气："罢了，淋几滴雨死不了的。今日你怎么样？府中一切可好？"

麻烦话题结束，明兰大松了一口气，连忙从案头拿起一沓纸张，捧到顾廷烨面前，道："你瞧，这样可好？我聪明吧？"

顾廷烨翻看了几页，不由得失笑："你倒想得出来。"他抬眼看着明兰，颇有几分好笑。

明兰知道他心中定在暗暗笑她，撇撇嘴辩驳："我不乐意使唤不清楚根底的人。"

顾廷烨随手翻了最上面的几份，笑道："呵呵，咱府上倒也卧虎藏龙，居然连前头令国公府的采办和匠工都有。哦，这几个厨子次了些，都是二灶的……赖妈妈的几个儿子竟已都脱了身契了？花妈妈倒是越混越回去了；四婶很大方嘛，把田婆子一家都送了过来……"

看过几份后，顾廷烨渐渐笑不出来了，不得不承认明兰的做法很有针对性，简单的履历上能反映很多事，出身来历、奖惩状况、家人的去向，还有历年的差事，寥寥数语，干脆利落，却暗含深意，台前幕后许多事情，都浮出水面了。

"这个法子好！"他简短道，眼神暗带狠厉，"府里一定要弄干净，不可乱七八糟，口头、手脚不干净的，你要罚要打还是要发卖，都无妨！若有人闲话，你统统推给我便是！我看哪个不长眼的敢算计到我府里头来！"

明兰听他言语有异，知道今日朝堂上怕有些风波，但她也不好多问，只连连点头，并轻问道："有人……要算计你？"先给个心理准备吧。

顾廷烨皱了皱眉，对于明兰刚才最后一个字眼微感不满，沉着一张脸道："若不当心些，头天晚上说的话，第二日便都传出去了。如今外头事情多，不可后院起火。"

明兰颇有兴味地看着他，其实她今日的最大收获，不是这一众奴仆的底细，而是这个男人的行为模式，嗯，十分有趣。

早从几日前起，明兰就觉着顾府内宅行事颇没个章程，人事混乱，仆役懈怠，管制很没条理。明兰一番查问下来，发现与其说是仆役们的问题，不如说是顾廷烨的问题。

他立府一年多来，似乎根本懒得理睬府中事务，只安排了几个管事料理日常运作，然后从军营里调了一队亲兵严厉看守府院大门，只把一众仆役当人犯来看管。只要他们不犯错，不生事，没有可疑举动，其余什么吃食穿戴、生活质量，他一概是不管的。

在库房大门上押上几把重重大锁，明明里头赏赐成山、珠玉满箱，他也懒得摆放出来，任凭府邸装饰简陋得好像破落户，却把公孙先生的小院看得死紧，门口日夜有人看守，就差设俩暗号，进一趟外书房比进天牢探囚还难，进出还要搜两回身。

明兰思忖了半日，忽然想起了长柏哥哥。

长柏的谨慎似是与生俱来的，不需什么提点，行止间自然而然就会小心一二。羊毫在他身边服侍了十几年，何其熟稔，但只消文笺略有翻动，长柏立刻会知道。这大约是成功文官的必修课，精细、谨慎。盛老爹少年时代经过一番修炼，也有这般功夫。

但顾廷烨并不是一个天生谨慎小心的人，许多事情防不胜防，所以只好另辟蹊径。

这种行事风格看似粗糙，其实很聪明，手段刚硬直白，却很有效。顾廷烨知道自己府里不太平，也知道可能有人安插耳目，甚至也清楚宁远侯府送来的人未必安好心，但他既没工夫管，也懒得管，是以，他索性来了这么一招。

反正，这个光荣的任务最终会有旁人来接手——想到这点，明兰颇有些牙痒。

"你放心,我晓得利害关系。"明兰撑着男人的胸膛,努力表现得沉稳老练些,"回头我先把人手理出来,再安排差事。若有不懂的,我来问你可好?"

顾廷烨略点点头。看明兰这几日的行事,他也知她是可信之人。当初观盛府情状,府中治理井然,家声颇佳,嫁去袁家的盛大小姐,也很有几分管家能耐,明兰应该也差不到哪里去,若是着实不成,反正还有他。

这时,小桃端着茶盘来了,明兰忙起身端过姜汤送到顾廷烨手边:"赶紧喝吧,去去寒气。"

顾廷烨端起浅啜一口,立刻尝出这姜汤绝对是红糖姜料且火候十足,入口醇厚,进腹后周身便如文火轻烤,腹中暖洋洋的,很是舒服。他忍不住赞道:"这姜汤倒够劲!"

明兰笑道:"自然!我亲自看的料,足足熬了两个时辰,你要喝两大碗,发出些汗最好。今日跟你出去的那些护卫伴当我也叫人送去了,你放心。"

看着明兰细致温柔的絮叨模样,好像一只周到忙碌的小母鸡,屋内直有一股暖意洋溢。顾廷烨举碗至唇,一仰而尽,抬左腕抹唇。他忽然很想问一句:"你是知道应当记挂我呢,还是真记挂我?"又觉得自己今日着实发傻,竟生了这些小儿女之感,颇是好笑。

顾廷烨神情餍足,健硕的臂膀连同锦被一道抱起明兰,亲亲她温热柔腻的小脸。明兰累得眼都睁不开,含糊地咕哝了两声,直把脑袋往被子里缩。顾廷烨瞧着好笑,唤人来换上朝服后便出门去了。外头的地还是湿的,暴雨下了一整夜,天明才渐渐止住。四月初的天气清爽舒心,雨水顺着窗沿画出透明的弧度,屋檐下滴答着轻快的水声。

又过了一个半时辰,丹橘才进来,孔武有力地把蜷缩在锦被里的娇小身躯挖出来,服侍她沐浴更衣,并且努力不去看明兰雪白腰腿上累叠的瘀青指印,还有布满半个身子的青红吻咬痕迹,只开了窗,散去屋内的暧昧气味。

明兰忍着烧红的脸,极力忽视丹橘满眼的怜惜。所谓劳动最光荣,体力劳动和脑力劳动一样是光荣的!

昨日大致厘清人事后,便要分派府中事务了。

顾府这些人手,若只伺候明兰夫妇俩那是绰绰有余,但若要料理好这偌大的都督府却是不够，光是后园子的花卉草木和池塘，还有那一大片山林，便需要十来个人看管照料。整座府里，包括正院、别院、偏院，还有厢房、客房在内，林林总总好些屋子，便是没主子住着，也得找些个小丫头来看屋子，免得空着荒芜了。

以后要来蓉姐儿、巩姨娘、秋娘，她们也要配备一应使唤人手，还有库房、值夜、针线、浆洗、采买、大小六七处厨房、上房使唤丫头一二三等、别院丫头、打杂小幺儿、粗使婆子、内院管事、外院管事、马房、门房、回事处、小厮……明兰掰着指头算了两遍，怎么也不够，是以她昨日修书一封送去给海氏，请她荐个可靠的人牙子来。

海氏快要临盆了，本就不能多挪动，正闷得发慌，收到明兰的来信后就立刻动手。

这日一大早，两个人牙子便手持海氏的名帖，领着一大堆人上门了。明兰叫人开了外院偏厅，让他们在厅堂上等着，自己缓缓走过去。

这两个人牙子都是三四十岁的妇人，打扮得干净利落，言语妥帖恭敬，素日都是惯与显贵官宦人家打交道的，是以谈吐间很有分寸，既不过分吆喝，也不拿眼睛四下乱溜。后头站了两三排男孩女孩，大小不一，大多在十岁到十三四岁，都垂首恭立着。

明兰颇觉满意，她就知道像海家这样的京中高门，海氏身边的管事能荐些好的人牙子来。

在古代，人牙子这一行也有三六九等之分，低等的专做那些见不得人的娼寮生意，黑心一点的还兼拐卖良家走失孩童，这种人牙子贩卖来的孩子，往往手续不清、过往不明，一个弄不好就会惹出事来。

真正的高门大户人家要买人，都是由固定的人牙子来张罗的，要求保证货源清白、手续干脆，绝无后顾之忧。更高级点的人牙子，还会把从灾区荒地采买来的男孩女孩预先调教一番，教得规矩些了再拿出来卖。如今站在这里的孩子中，基本没有特别淘气野性的。

所以小燕子的确只能去卖艺，她恐怕连人牙子也看不上的。

崔妈妈紧紧抿着唇，目光严厉地一一扫过这些男女孩，提了几个问题，太伶牙俐齿的不要，太妖娆漂亮的不要，瑟缩鬼祟的不要，有那口齿清楚的，手脚利落的，针线不错的，最要紧的是老实勤恳的，只要不太歪瓜裂枣就好，一气挑了九个女孩、五个男孩。

明兰在旁微笑着看，对一众看向自己的或谄媚或巴结或打探的目光俱装瞧不见。虽然有几个清秀柔顺的她看着也蛮喜欢，但还是要照规矩办事，叫崔妈妈把人带下去，连同府院里原先的一干孩子或家生子都从外围做起，先调教着看看，以后再往各处分了去。

办完了这件事，明兰召集了一干婆子媳妇往后园分配差事去了。差事有肥有瘦，理论上来说，应该把肥差留给"自己人"，可明兰并不认同，她觉得真正要紧的是卡紧了关键部门才是真的。

还是用事实说话，到底哪些人可用还是先试试看，且先按着他们的擅长来分配。

明兰坐着二人抬的竹竿敞轿，一旁的丹橘领着两个小丫头捧着册子随行，簇拥着一大群人，一处处走过府院的地界，便分派起来了。她昨日已做足功课，按着早想好的，清楚明白地把园林、池塘分成包干区，然后一片片地指派人手管理打点。

以前养竹子的就继续料理竹林。竹林要高挑风雅，上交些鲜笋、菌菇便成，最好弄出片阴凉的地方来，以后可用竹子搭座避暑小院。以前养花的还叫继续料理花园。除了四季分派供给各房主子之外，还须把园子整顿得好看。除了冬日，旁的日子都要芬芳满园、花团锦簇才好……其余的，如池塘、梅林、后舍也都一一派了人手。接着是各处空房子的看守，库房值夜，内院、外院等其余要人的地方。

这般逐一分派之后，不但上次的那些人大吃一惊，连赖、花、田、刁四房人也暗暗惊急。

说实话，明兰的外表行止看起来实在和"精明干练"之类的形容词无关——要知道，人家厉害的主母天不亮就开始理事了，发放对牌、核对账目、交付银钱、检视各处事务等等。

而明兰则摆明了一派富贵闲人的模样，如花似玉的美人儿娇媚温雅，说话慢条斯理，待人和颜悦色，甚至日常生活中还带了几分慵倦懒散，日日都要睡足五个时辰，饭后散步半个时辰，时令的煲汤炖品各有说法，讲究吃食、休憩等养生之道，整日地把自己调理得皮光肉滑、白里透红的，时时舒心爽气，其他一干事务俱要靠后再说。

面对这样一个"不勤快"的主母，一干仆妇不说起了轻忽之心，倒有几分怠慢之意，更有那存了偷奸耍滑心眼的，可那日明兰一出面先细查了一回个人底细，当场发落了赖妈妈，众人才隐隐惊觉这位夫人并不好糊弄。

到了今日，听明兰分派起事务来头头是道，且各按所长，合乎情理，并不曾因为亲疏关系而失之偏颇，只一个陪嫁来的刘满贵做了外院的一个分管事，像看管园林等差事甚至还预先留了盈利的余头以做激励。

明兰清楚地重申了一遍"内外院不可两头大"的家规，因崔妈妈在内院管事，是以老崔头一家仍在外料理明兰的嫁妆——田庄山林，计强因性子老实木讷，则帮着料理车轿马房。

众人一时倒也敬服。

"所谓日久见人心，大家伙儿的能耐本事慢慢就都知道了。"明兰端坐在雕绘花廊上，懒懒地微笑着，"我年轻，分派得许是不尽全乎妥帖，先做一年瞧瞧吧，若有不合适的还可以调换差事，不然还可与我来说……"

一干媳妇婆子心头一惊，再不敢小觑明兰，更生了几分敬畏之心，各自领了差事，拍胸脯狠狠保证一番后，恭敬地退了下去。

不过，最受冲击的应该还是赖、花、田、刁那四房人，她们原想着明兰年轻脸嫩，府里又没个镇得住的长辈，那些罪臣家奴未必可靠，新买来的还未可用，明摆着人手不够的当口，她们当能牢牢占据要紧的油水大的位置，谁知明兰虽看着很"装饰性"，很没用，很娇滴滴，却不慌不忙，心中早有算计，有条不紊地把事务都分派调配好，从头到尾都没露过怯或慌过手脚。

不懂就问，问了再核实，核实完了过一天就有完整的方案，根本不需要她们插手帮忙。瞧着明兰将府务渐渐厘清，各人各司其职，只见仆妇往来忙碌，偌大的一个顾府被打理得井井有条，她们才开始惊慌起来。

坑都被占完了，她们这些老萝卜该怎么办？尤其是赖妈妈和刁妈妈，深悔一上来就得罪了明兰，如今花妈妈负责整理将来给蓉姐儿住的蔻香苑，田妈妈也领了个不大不小的差事，只她们俩，一个赋闲，一个"养身体"，这可怎生是好？

明兰不去管她们的幽怨，径直带了人去开库房，先将里头的物件一一造册入账，分类放置整理，登记完毕后，便按着预先拟好的单子起出一长列物件，如鼎、炉、瓷器、金器、玉器、珐琅、青铜、屏风、玉石盆雕等摆设，又取了二三十匹上好的料子交给针线房，给众人做两身新夏衣。此事一传出去，府中仆役俱是一阵欢喜，可怜他们去年的四季衣裳俱是外头成衣铺子里买来的，料子次等不说，还不合身——这年头成衣业并不普及。

说起库房，明兰又是气不打一处来。昨日她开启库房查看时便闻到一股隐约的药味，绕过了好几间大屋，才在某个冷僻角落发现一大堆贵重药材，什么人参、当归、犀角、牛黄、麝香、鹿茸、冬虫夏草、虎骨、豹骨、猴枣、海狗肾、熊胆……林林总总，好像杂货店一般，足足堆了半间屋子。

明兰看得两眼发直，有些药材因放置不当，已有些散了药性，面对这样的浪费，她愤然质问顾廷烨，谁知顾廷烨居然很愉快地道："还有虎骨和熊胆吗？极好！成潜兄弟快要去苗疆戍守了，他膝盖受过伤，一直未好透，南边又瘴湿蛊毒，我正想配两剂上好的虎骨膏给他带上，你明日便与我寻出来吧。"

明兰无语。这家伙完全没有抓住自己话里的重点，不知他听皇帝说话时是不是也这样。

她一边叹气摇头，一边把药材都整理出来，细细点录在册，累得筋疲力尽。也不是没有收获，明兰找到几根很胖很结实的老山参，把最大的一根送去给了盛老太太，又找了些产妇和新生儿得用的药材和补品分送了海氏和华兰。

这一忙便到了砍头的时辰，明兰惊觉今日午饭是要晚吃了，大大违背了自己的养生之道，连着会影响之后的午睡，不由得深恨之，当即严正宣布：今日办公已毕，有事下回分解。

梳洗一番后，坐在小圆桌旁看着满桌的菜肴，喝下一口汤，明兰才觉得松快了些，放下汤匙，小桃引着一个提着食盒的婆子进来。

那婆子四十岁上下，生得人高马大，粗眉大眼，皮肉肥胖油腻，衣裳尚算干净整洁，样子也直爽。只见她战战兢兢地进来给明兰请了个安，然后从食盒里端出一碟菜放在桌上，青花白瓷薄胎的八角圆盘上覆盖着翠绿的荷叶，一揭开荷叶，屋内顿时浓香四溢。

"夫人，这荷香糯米蒸排骨好了。老奴照着夫人的吩咐，先用姜汤滚水去了血丝和腥味，再用调料腌了一个时辰，接着用滚油轻爆了下，最后跟泡软了的糯米还有米酒浸过的荷叶一道上大蒸笼，蒸足一个时辰，放在笼屉里热着，这会儿刚拿出来的。"那婆子嗓音粗大，却生生压低嗓门，显得十分讨好。

明兰先看了看色泽形状，轻轻点头。那婆子似微松了口气，然后明兰下筷轻尝了一口，面上缓缓露出满意的笑容，那婆子总算松下肩膀。

"葛妈妈辛苦了。"明兰放下筷子，微笑道，"这道菜要紧就在一个'透'字，糯米要透着肉香，肉要透着米香，整道菜要透着荷叶香；要把调料腌透，把排骨和糯米蒸透，这样才酥软入味。真正做得好了，这排骨上桌不久，上头的糯米便会和肉一道慢慢塌下来。"

葛妈妈满脸堆笑："多谢夫人指点了，老婆子是个粗人，只望着夫人莫要嫌弃才好。"

"粗人不粗人倒不妨事。"明兰端过茶碗来轻啜了一口，漱去口中味道，动作斯文，极尽雅致，"做吃食的地方是个要紧处，我如今把自用的厨房托付了你，也只望着你能尽心尽力，莫要轻忽才好。"

葛婆子笑着连连弯腰应声。明兰又道："我没什么旁的要说，只一个，干净，吃食要干净，人手要干净，账目要干净，尤其是我与老爷的饮食，若有个什么不好的，你莫要来与我说这说那的，我先拿你开刀。"

明兰面色冷然肃穆，葛妈妈一脸赤胆忠心，大声保证，嗓门大得几乎震塌门廊。

"罢了，回头我就拨几个媳妇丫头给你打下手，你且下去吧。这道菜不错，晚上再弄一份给老爷尝尝。"明兰挥挥手，葛婆子连连鞠躬离去。

看着葛婆子走远了后，小桃才上前一边给明兰布菜，一边低声道："她长得好肥。"明兰失笑："自来厨子都是这般的，便是不吃肥，也叫油烟给熏肥了。"

"不过，手艺倒是不错的。"小桃看着那糯米排骨颇为心动，"不计姑娘您说什么菜式，她都能做得八九不离十。"

明兰瞧左右无人，便换过一双筷子，往小桃嘴里塞了一块糯米排骨，笑道："废了的令国公府原是出了名的骄奢享受，她性子又耿直，不耐烦和人对黑账，便被排挤去了下厨房，如今我也没什么更好的人手了，先使着她吧，左右她一家子都在我手里。"

小桃吃得满嘴生香，嘴里含糊道："夫人别急，过不多久，翠微姐姐便可从金陵上来了，到时候您便有人手了，省得叫那几个老东西废话！"

"日子真快，好似她嫁人还在昨日，这会儿我自己也嫁人了。"明兰想起翠微，不由得神思久远，随即又敛神道："上回那几个说到哪儿了？你接着说吧。"

说起这个，小桃立刻来劲儿了。她生就一副老实巴交的憨厚样，是以不少人都愿意与她说话，且说话时还常不设防，以至于她往往能收集到许多八卦。要说打听消息的能耐，真是无人能出其右。这两日，她和那四房人频繁接触，得了好些宁远侯府的消息。

"花妈妈是顾家的家生子，她脾气直，但我问她也还肯说的，不过说得很少，不肯背后闲话主家；田妈妈倒很好说话，没等我开口，她就聊天儿似的什么都说了，不过也说得很……有分寸；可是另两个就不大肯说了。"小桃汇报起来，明兰提着筷子慢慢吃饭，认真听着。

"无妨，我今日已分派了差事，过段日子瞧瞧，怕还有说得更多的。你只说说我叫你问的那几件事。"

"哦，好嘞！"小桃赶紧开始回忆，"先是那个巩姨娘。她不是一般的丫头出身，原是个秀才的闺女，和余夫人的娘亲那一家有些沾亲带故的关系，后来家里遭了难便投奔了余府，说是余夫人的丫头，其实情同姐妹，连名字都同了一个字，后来由余夫人做主抬了姨娘——这些话是花妈妈说的。"

"那田妈妈怎么说？"明兰很有兴味，拿筷子杵在碗里。

小桃的复述绝对原汁原味，她笑得很兴奋："田妈妈说，旁的她不知道，只晓得是余夫人去外头闹了一通后，姑爷回府就嚷着要休妻，叫老侯爷给压下来后，巩姨娘才被抬的姨娘。"

明兰"哦"了一声——余嫣红要打卖曼娘母子，顾廷烨生气了，所以余嫣红拿巩红绡补偿。

小桃站得腿酸，明兰好心地拉她在旁坐下，她继续道："后来姑爷离京了，余夫人也没了，屋里旁的人都散去了，只有这个巩姨娘和一个叫秋娘的一直守着，说要等姑爷回来，太夫人就拨了个小院子给她俩住着。"

明兰静静地听着，目光有些微闪动。很早以前她就留意过，那些被爷们收过房却没能修成正果的女子，到底会有什么下场。

一般来说，如果主子仁慈，会给一大笔嫁妆，择个老实可靠的另嫁，不过嫁不了很好的，不是府里的小厮长随，就是府外的庄稼汉或市井之流，当然，还有戏子（如蒋玉菡）。

如果主子比较冷漠心狠，或者她根本就是惹了嫌、犯了事才被撵出去的，那就命运叵测了。

巩红绡是聪明人，至于秋娘，也许是情深义重吧——明兰微微笑了笑。

"再是蓉姐儿的事。"小桃看着明兰神色悠然，便接着说下去了，"她是近三年前被送进宁远侯府的。那会儿老侯爷刚过世，姑爷又离了京城，侯夫人和太夫人心肠好，便给留了下来。原是在侯夫人身边带着的，说是跟娴姐儿做伴。大约一年前起，太夫人忽叫巩姨娘和秋娘带着蓉姐儿，一应吃穿用度的份例都照着娴姐儿来。这些都是花妈妈说的。"

明兰又笑了，这位花妈妈是妙人，说话很有趣。

"哦，还有其他几房的事。"小桃说得口渴，明兰笑眯眯地盛了一碗汤给她，以资鼓励，"那位五老太太的确不喜欢炀大太太，这儿媳妇原是指腹为婚的，是五老太爷一个同年的闺女，本来也是官家小姐，可是十几年前她娘家老子犯了事，丢了乌纱帽不说，还被罚没了不少家产，如此一来，五老太太便不愿意结这门亲事了。"

明兰拿回空空的汤碗，笑道："我晓得了，定是五老太爷执意守信，才结了这门亲的。"

小桃跷起一个大拇指："夫人真聪明！"

明兰扁着嘴摇头，这种亲事也不容易，就算进了门生了儿子，五老太太还是不待见她。

"五老太爷倒挺看重炀大太太，好几次炀大老爷在外头闯了祸，都是炀大太太苦求五老太爷才饶过的。不过，炀大爷虽不争气，炀大太太的大少爷却是很好的，读书识理，很受几位先生夸奖。"小桃挤完最后一点记忆。

明兰捧着饭碗，抿着筷子笑了——每个浑蛋老子的面前，大都有一个成功的儿子。阿弥陀佛，希望这个定律的反向可不要成立呀。

快傍晚时分，明兰见顾廷烨还未回府，便叫厨房先热着晚饭等着。葛妈妈乖觉，这几日她已渐渐知觉出明兰的饮食喜好，便先上了一碗香橙酿丁香鱼丸汤。那丁香鱼本就细小，鱼丸也只搓成指头大小，酿入香橙的酸甜味，既不塞胃，也略能抵饥，明兰吃着甚好。

谁知刚吃了两口，顾廷烨便大步踏进屋来，明兰赶忙放下汤盏，起身去帮他更衣梳洗，谁知他一闻着汤盏里的香味，也不进里屋，直接伸手捞过来便喝，也不用汤匙，咕嘟几口便将一碗鱼丸汤喝完了。

"呃，那个是我吃了一半的……"明兰张大了嘴，这家伙怎么好像饿死鬼投胎的。

顾廷烨放下汤盏，伸手摸摸明兰的小脸："自己婆娘吃剩的怕什么！"

明兰跟着他进了里屋，帮着解扣更衣。顾廷烨身材高大，明兰每每站在他面前颇觉有泰山压顶之势，正全神贯注解着扣子，左颊上忽地温热一下，明兰才知道叫顾廷烨亲了一口，只见他眉宇舒展："我媳妇真好看。"

明兰玉面微红，很谦虚道："你真有眼光。"

顾廷烨错愕了一下，随即朗声大笑，一把抱起明兰娇软的身子原地转了两个圈。明兰扒着他的肩头往下看地面，颇有几分害怕，遂用力捶了他两下，反惹得顾廷烨把她箍到怀里，顺着她的脸颊和脖子没头没脑地胡亲一气。

明兰柔嫩的皮肤被微糙的胡楂儿来回刷了几遍，顿时觉得又麻又痒，伸手用力撑开他的脑袋，大怒道："你属狗的呀！"每天下班都来这么一回，她都快皮肤过敏了。

顾廷烨大笑着把她放下地，依旧揽在怀里摇晃着，又亲了亲她的小嘴，低头抵着明兰的额头，浓重的气息喷到女孩脸上。男人低声道："呆娃娃。"

语气尽是亲昵宠爱之意，明兰面上一阵发烧。

梳洗过后，明兰索性把顾廷烨的发髻打散了："就散着吧，自己屋里也没人瞧见。"

顾廷烨一开始有些顾忌，但一整日束紧了头皮很是不适，加之明兰十根手指插进他的头发中，纤巧灵活的手指按着头皮揉摩了几下，顿时觉得一阵舒坦，便也从善如流了。

饭桌摆在次间，宽阔的房间里，正中是一张雕花梨木四季富贵的圆桌，南面敞着三扇大窗，只见外头的天色六分明艳，四分浅暗，天边浓霞似火，渲染得满地金霞。窗外的海棠树已然明艳似锦，半开的花苞缀满枝头，虽说是海棠无香，却也自有一番果木清爽之气，顺着习习晚风飘散入屋。顾廷烨换过一身轻软的雪绫中衣长袍，披着一头浓密的长发，款步走到桌旁坐下，此情此景，只觉心宽气匀，一日的繁惫尽消。

桌上菜色不多，不过五菜一汤，正中摆放着一道松露白芷多宝鱼汤，汤呈乳白色，遍散翠绿葱段，一道酸辣炸藕粉肉末丸子，一道香酥牛腩配铁板烘烤薄饼，一道荷香糯米排骨，一道酱香风腊小柴鸡，最后配了一道清炒的芝麻菠菜。

顾廷烨胃口大开，埋头便吃。明兰吃了几筷便停嘴了，他却一气干掉了两大碗米饭、大半碟薄饼裹牛腩，偏每道菜分量都不多，他颇觉得意犹未尽。

明兰见他吃得香，也觉得高兴，指着鱼汤自卖自夸起来："这鱼可是我亲手钓的！池塘里的鱼大约太平太久了，都呆呆的，一点鱼饵就都上来了……咱家后园子蛮大的，我预备种上几种常开的花果树木，你若有什么喜欢的赶紧说，我好打发人去买种子……"

顾廷烨静静地看着明兰开朗的神采，心里泛起涟漪……

小桃领着丫鬟撤下饭桌，丹橘奉上两碗清茶。待人退下后，顾廷烨盯着明兰，忽然沉声道："你莫要忍着，若有不痛快的都告诉我。"

明兰愕然，好好的怎么忽然说起这个来了？

"但凡这个府里的，有谁惹你不痛快你都可惩治！"顾廷烨嘴角弯曲出一个狠厉的弧度，目色阴沉，"不用怕这怕那的，有什么都往我身上推。我倒要看看哪个狗胆包天的敢和我对着干！"

明兰眨了眨眼睛："我……没什么不痛快的呀！"这两日，她权威渐重，府里的人基本没有敢啰唆半句的，除了偶尔赖妈妈和刁妈妈搬出长辈的名分。

"你昨日为甚不与我说五婶的事？"顾廷烨面色发沉。

明兰有些明白了，但还是道："我说了呀，五婶来串门了。"

"来串门？不见得吧，怕是来寻衅的。"顾廷烨眼神更见幽暗，冷哼道，"她的宝贝儿子在外头惹了一屁股的祸事，原先也就罢了，人家看在宁远侯府的名头上也不敢如何，如今连牌匾都叫摘了，若不是我撑着，她还能这般消停地过日子？哼！不知死活！"

明兰又微笑又叹气，过去拉着他的手道："你放心，我也不是好欺负的，那日五婶来说了我几句，都叫我顶回去了。"明兰见他气犹未消，又道，"你可别乱发脾气，你如今人在官场上，多少眼睛盯着，莫要给人以口实才好。你放心，至多不过装傻罢了。"

顾廷烨忍不住暗笑，又盯着她看了良久，才道："那就好。我娶你不是让你来受气的。"

明兰心里颇觉感动，但这种感动只维持到就寝。顾廷烨容不得旁人欺负她，自己动起手来却毫不客气。

过了不知多久，散了云雨，明兰抱着个枕头哀哀呜咽。顾廷烨细细抚摸着她的头发，神情愉悦。

明兰断断续续道："安歇吧，明日你还要上早朝呢。"顾廷烨低头亲了她一口，微笑道："明日我告假了，不上早朝。"

"为什么？"明兰陡然警觉起来。

顾廷烨看她这副样子，宛如一只刚脱胎毛的小猫崽子，爪牙稚嫩，却一脸戒备，他笑道："明儿一早宫里会来宣旨，完事了，我陪你去宫里谢恩。"

"宣……什么旨？"明兰愣愣的。

顾廷烨刮了刮她的小鼻子，含笑道："你男人给你讨了个诰命。"

第二十九回·敕封诰命

　　次日一早，明兰叫人从库房里搬出一条紫檀木的香案来，细细擦洗抹干后放在穿堂间晾着，只见纹理细腻光润，木色发亮，隐隐泛着暗紫的光泽，端的是有年头的好东西。

　　"用这样的香案来接旨，够诚意了吧。"明兰抚摸着木质，暗暗赞叹。

　　顾廷烨一身朱红麒麟刺绣袍服，端坐正房上首，眉眼含情，嘴角带笑，语出深意："夫人自是有诚意的，为夫岂能不知？"

　　明兰面孔一红，昨夜这家伙以此事邀功，要求明兰用实际行动对自己表示感谢。作为一名赏罚分明的法律工作者，明兰使出吃奶的力气狠狠奖励了他一番……揉着发酸的后腰，明兰抑郁，总算这家伙记得第二日要进宫，多少留了些分寸。

　　大约辰时初刻，便有太监宫卫打伞鸣锣前来宣旨，顾廷烨不慌不忙地携明兰出去，大开朝晖堂，设香案下跪接旨。那宣旨太监姓夏，二十来岁的模样，面方眉直，笑容和善，似与顾廷烨认识，也没怎么啰唆，直接开始宣旨。

　　圣旨的格式经久不变，先是表达皇帝的恩典，再是表扬明兰"静容婉柔、淑慎维则、秉顺恪恭"，最后是宣布敕封为二品夫人。

　　明兰双手接过锦鸾狮子纹面犀牛角卷轴的诰命敕封文书，另一盘珠冠霞帔的托盘，恭敬地磕头叩谢天恩。起身后，顾廷烨叫明兰赶紧去换装，他自己请夏太监进堂用茶。那太监谦和地推辞两下便进了屋。

　　"原来是你。"一进了屋，顾廷烨便换下肃穆表情，携着夏太监坐下，笑道，"年前听说你要去尚膳监采办萝卜白菜，怎么这会儿跑起腿来了？"

　　夏太监居然也眉开眼笑，叹道："哎呀……那肥差哪轮得到咱呀！还是先跑跑腿吧。倒是二爷这些日子过得红火呀。"

顾廷烨瞪了他一眼，谑笑道："外臣不好与内宦结交，我就不留你了，如今宫里戒备严，你自己要多当心。"一边说着，一边从袖子里掏出什么物事塞到夏太监手里，"知道你好这一口，早给你预备下了，本想今日进宫时给你的。"

夏太监掩去嬉皮笑脸，正色道："二爷是个实在人，小的心里有数。"

两人说过几句后，顾廷烨亲自送人出门，转头回屋时，却见明兰已穿戴好了。正装外裳上披着深青织金云霞凤纹霞帔，下端垂着凤纹金坠子，腰上围好玉革带，头上绾一个结实牢靠的圆髻，戴上珠翠花鬓双凤衔珠鸾凤冠，一时满头琳琅晃动。

这日，顾廷烨没有骑马，和明兰一道坐进三驾马的宽敞车轿中，里头设有一躺铺，上设一小茶儿，夫妻二人隔着茶儿端正而坐——保证不弄乱仪容。

顾廷烨稳稳地从头上把乌绫纱展角幞头取下："进宫后要先去慈宁宫叩见太后。"

"拜见哪一位？"明兰扶着脑袋上沉重的珠冠，眼神调皮地闪烁着。

顾廷烨嘴角露出微不可察的弯曲："两位一起拜见。"

明兰捧着珠冠，仰着脑袋望着马车顶发呆。马车壁外传来市井阵阵的喧嚣声，好些店铺似乎吆喝着开张了。"为什么要立两位皇太后呢？"她不知不觉就问了出来。

"我还当你不会问呢。"顾廷烨伸长胳膊把明兰的脑袋给扳回来，帮她扶正珠冠，只见她薄施脂粉，妆容端庄文雅，掩去了她一半的清艳容色，虽依旧美貌，却显得十分温敦谦恭。这是他第二次瞧她涂脂抹粉，头一次是揭喜帕时。

他明白明兰的意思。

明兰看他瞧着自己发呆，轻轻拍了拍他的手："你倒是说呀。"

顾廷烨笑了笑："说起来，圣德太后也是运气不好，据说当年在四王爷谋逆前一夜，先帝已拟旨立三王爷为储君，德妃娘娘为皇后，仅一日之隔，一切尽皆泡汤。先帝觉着对不住她，便册立她为皇贵妃，并于病榻之前叮嘱皇上多加照看德妃一族。先帝驾崩后，朝中有人上奏折提请也立德妃为太后，两宫并立，皇上便准了。"

明兰木木地呆了一会儿，才"哦"了一声："皇上真是孝顺啊。"

顾廷烨盯着明兰，似笑非笑："你面上的神色可不是这样说的。"

明兰眯着眼睛，摆足了高深的架势，缓缓摇头道："帽子和脑袋还是匹配些的好。"

顾廷烨拧了一把明兰的小手，目光陡然发亮，嘴角含笑——自古以来，所谓太后，要么是皇帝的嫡母，要么是生母，这位德妃娘娘可是两边都不靠的。

"不过，"顾廷烨又道，"圣德太后到底代掌凤印多年，其根基之深厚非旁人可比。"

明兰听得一阵紧张。顾廷烨拍拍她的手安慰道："你别急，敕封诰命不止你一个，今日来谢恩的应当还有威北侯夫人和御林军左副统领郑骁的妻子。"

明兰捧着脸蛋，惊喜道："莫非皇上是为了等你才到现在才敕封诰命的？"二叔在皇帝面前这么有面子？

顾廷烨把她的胖爪子轻拍了一把，没好气地白了她一眼："她们一个是国舅夫人，一个是皇后的亲妹子，原就要封的，不过添上一个多余的你！"

明兰小受打击，揉着自己的爪子，嘟囔道："不是说妻以夫荣、母以子贵的吗？那……那皇后的妹子……"御林军副统领可不够等级呀。

顾廷烨笑着扯过她的小手揉着："皇上是有为之君，自有分寸，只封沈氏为三品淑人。"

明兰连声赞皇帝英明，突发奇想道："你为何不娶了那沈皇后的妹子？那岂不是都成一家人了吗？"话一说完，明兰就好似小兔子般赶紧躲开。

顾廷烨没怎么生气，反倒暗暗好笑，道："皇上两年前才回京，于京中根基不深，郑骏执掌禁军多年不说，与三大营也多有关系，英国公更是国之重辅，这两家素来不掺和储位之争，自是要笼络的。"

明兰点点头，她完全明白了。

圣安太后只有一子，且母子俩冷落门庭多年，除了妻族，皇帝身边并无很多可信之人，而顾廷烨原本就算自己人，若顾沈联姻，不但是资源浪费，从长远来看，对皇帝也不是好事。更深入些来说，顾廷烨娶个普通文官的女儿，究其根本而言，也许更符合皇帝的利益。

车辘滚滚，明兰听见外头声响，知道是进了外皇城。再驶了一会儿，到了内城大门口，夫妻俩下了马车，换上早等候在那里的青幔小轿和马匹，夫妻各自上马上轿。又走了一会儿，一到东华门便都得步行，由一行内侍引路前行。

一路上，明兰不敢抬头乱看，只跟着顾廷烨低头缓行，隐约觉着宫廷内部的布局广阔壮丽，汉白玉石为阶，描金绘彩为廊柱，处处高大宽阔，气势宏大。

进了一处侧殿，一位身着石青色锦缎绘暗纹的中年女官出来含笑禀道："顾大人和顾夫人快请进来，太后正等着呢。"

顾廷烨侧眼看了看明兰，只见她此刻反倒异常镇定，未有丝毫紧张慌乱之色，他心中略定。两人随着那女官缓步走去，绕过两处宫廊，跨过高高的门槛，进了正殿。

紫铜熏炉里燃着珍贵的龙涎香，如袅袅青烟般细细散开，弥得屋内异香扑鼻。光洁的大理石铺地，直欲照出人影来。上首端坐着两位太后，左侧边上坐着一位明黄服色的宫装贵妇，二十七八岁，想是皇后。两边设着屏风，后头隐约脂粉漫香，珠钗响动，下头还能看见锦绣裙裾，大约是一众女眷或宫妃。

顾廷烨和明兰先跪下叩首，口称嗒声谢恩，听上面一个柔和的声音道："起来吧，你们可来晚了，皇后的嫂子和妹子都早到了。"

皇后转首轻笑道："母后莫怪他们了，谁叫他家住得远呢，一道发的旨意，必有早晚。"

明兰起身，飞快地抬头一打量，只见适才的声音来自右边。这位太后容貌秀丽白皙，举止华贵，笑容温柔可亲，而左边那位太后虽保养得也不错，却略显老态，举动间微见局促。

当下，明兰基本明白她们哪个是哪个了。

圣德太后打量了顾廷烨两遍，笑道："成了亲到底不一样，瞧着可和气多了。"

皇后容色并不十分美艳，只眉目间一股开朗明丽之意，一边的脸颊上还有个深深酒窝，她未语先笑："母后好眼力，我也觉着二郎和气多了。当年皇上在蜀边时，二郎一年到头都蓄着一把大胡子，远远一瞧，真是凶煞极了，每回他一来，慧儿都吓得不敢出来，偏载福和载顺都喜欢他。这下有媳妇了，以后可要好好过日子。母亲，您说是吧？"

一旁的圣安太后只笑着支吾了两声，并不怎么说话。圣德太后没怎么理睬明兰，只对着顾廷烨长篇大论地说起"齐家治国，忠君爱国"的教训来，一会儿孔子，一会儿孟子，一会儿还扯上了荀子。明兰侧眼看去，只见顾廷烨十分配合，没流露半分不耐，还十分感念皇上新赐的七万两银子和七顷田地，外加锦帛无数。

圣德太后很健谈，皇后偶尔帮句腔，圣安太后和明兰处于听众位置。说着说着，就说到边贸问题，圣德太后提起她父兄富宁侯家在边关的守备职务：

"当初羯奴来犯，皇上事急从权，便叫我父亲兄弟从边关上退下来，如今边关太平了，不知边贸可复否？"

顾廷烨道："羯奴虽已打退，然边军损失颇重，若边贸无军力相护，恐难行之得利……"

这时外头来了个内侍，传道："皇上在御书房与众位大人议事，问顾大人来了没有，皇上有事召见，请顾大人谢恩后即刻过去。"

圣德太后似有些失望，不过还是笑道："既然皇上有正事，你就先去吧，留你媳妇在我这儿说说话。"

顾廷烨躬身应声，离去前侧头看了一眼明兰，目光中似有担忧。明兰微微额首，示意放心，他才随着那内侍离开慈宁宫。

顾廷烨一走，皇后立刻叫撤去两旁的屏风，只见左边走出三个年轻贵妇，右边走出四个宫装美人，她们笑意盈盈地走过来，慢慢簇拥在上首座位旁，朝下打量明兰。明兰心里哀叫，得！目标转移了。

"来，过来些，叫哀家瞧瞧。"圣德太后微笑着朝明兰招手。

明兰闻言，缓缓挪步过去。她有生以来头一次走得这么认真，照着孔嬷嬷的教导，走动间裙角不动，不能显得刻板做作，却要把满心的恭敬和亲近都化作动作和表情表现出来。

圣德太后拉过明兰的手，细细打量她，叹道："都说顾二郎的新夫人是位美人，今日一瞧，果然好模样。"

明兰不好答话，只低垂着长长的睫毛做害羞状，心道：您长得也不错，有机会介绍您认识宫雪花女士。

皇后也拿眼睛反复端看明兰，见她举止行动颇为流畅，毫无差错，忍不住道："二郎好福气，相貌还在其次，看她规矩得体，我很是喜欢。你家可曾请过教养嬷嬷？"

明兰恭顺地回答："好几年前请过一位。"

"哪位？可是宫里出去的？"皇后闻言道。

"是宫里出去的，是原尚宫局的孔嬷嬷。"

"孔嬷嬷？"圣安太后头一回主动说话，她的声音有些喑哑，似乎风寒咳嗽未愈的样子，"可是面孔方方的、个子高高的那个？"

"是的。"明兰微笑道，"她左额头上还有颗痣。"

圣安太后略显苍老的容颜上泛出笑意："孔嬷嬷是宫里的老人了，为人慈和方正……是个很好的人。她如今可好？”

“她时有来信，说她已在老家置了田产，整日悠闲度日，侄子也孝顺，过得很好。”明兰侧眼瞟了下圣德太后，只见她似作不在意地低头喝茶。

圣安太后似乎很惦念孔嬷嬷，问了明兰好些话。事实上，孔嬷嬷的身体早已衰败，不过熬着过最后几年罢了。明兰不好直说，只能斟酌着用委婉的语气表达一下。

圣安太后眼神落寞，语气低沉：“她在宫里熬了一辈子了，能过个舒坦的晚年也好，过几年是几年吧。”

明兰静静地看着她，圣安太后身上见不到宫廷里惯有的那种圆滑，反而带着一种本能的天真直率，她似乎知道自己说话不周全，所以就索性不大说话。

又说了几句，皇后给各人都看了座，明兰这才有机会歇歇酸软的腿脚，一边听着她们说话，一边暗暗辨认：那四个宫装美女都是宫妃，其中一个特别冷艳妖媚的女子是如今最受宠的容妃，另一个小巧娇媚、肤白若雪的是新封的玉昭仪，另两个是皇帝自潜邸起就有的侍妾，一为婕好，一为才人——总结一下，皇帝要守孝，还没广选秀女。

另三个倚在皇后身边说话的年轻贵妇，其中那个服饰最华丽、说笑最飞扬的，自然是皇后亲妹小沈氏，她生得与皇后颇为相似；后头一个眉目清丽的少妇则是沈国舅的新夫人，也是英国公府的小姐；最后那个娇柔婉约的女子明兰一直猜不出是谁，过了好久才听出来——竟是沈国舅的偏房邹氏，前头原配夫人的妹妹。

她居然也被封了个五品宜人？还跟皇后态度亲昵，英国公府这么好说话？

昨夜顾廷烨给明兰恶补了一番皇后家世。

八王爷是不受宠的皇子，藩地还是极偏僻的穷山恶水，因此没什么权贵之家肯与之结亲。沈皇后的父亲本是晋中名士沈旺，家族也是当地的名流望族，可惜父母早亡，沈家姐弟只能依附族人生活，后由叔父做主，许配与八王爷。

当时明兰就断言：“沈家人肯定对他们兄妹不好！”

顾廷烨很愕然：“你怎么知道？”

明兰道：“皇上正值用人之际，沈家却没有其他人入仕，显见是何等饮恨！”

顾廷烨用一个熊抱对她表示奖励和肯定。

按照递减原则，八王爷的妻家已不怎么样了，估计沈从兴的妻家更不怎么样了。

邹家不过是普通书香门第，祖父是县令，几年前过世了，父亲是举人，长女嫁入沈家生儿育女，直到如今，家中也没什么特别出挑的人才。

但他们家最倒霉的，不是子弟中没有人才，而是好容易大女婿的姐夫一朝登基为帝，大女婿荣登国舅爷，荣华富贵就在眼前之际，女儿却挂了……

邹家上下几乎要吐血三升，这是何等的悲催呀！

如果沈从兴只是个普通鳏夫，那娶妻妹为续弦是没有问题的，可是如今沈家是鲜花着锦的第一外戚家族（圣安太后出身卑微，早找不到娘家了），邹家的档次显然差太远了。

明兰轻轻看了国舅夫人一眼，再看看和皇后说笑的小邹氏，她心思透亮，一转眼立刻就明白了，最后的妥协结果原来就是这样——不知怎的，她忽然想起顾廷烨的生母白夫人，她陡然对这位沈夫人生出些许怜悯来。

英国公府需要沈家来牢固和新皇帝的关系，沈国舅则需要根深叶茂的英国公府来提升自家的势力，邹家需要继续和沈家保持姻亲关系，并保护大邹夫人子女的利益，大家各取所需，所以产生了这么个畸形的和谐局面。

明兰无端心绪低落起来，闷闷的，很不舒服。她扪心自问，如果她落到这么个境地，她能抗拒家族压迫而毅然决然地反对婚事吗？明兰咬咬牙，古代真不是女人待的地方！

聊了大约一盏茶工夫，皇后瞧着差不多了，便带着明兰等四个新封的诰命向两宫太后告退。走出慈宁宫，皇后叫明兰和小沈氏先回去，她要和沈夫人还有小邹氏去坤宁宫说话。

小沈氏扯着皇后的袖子，撒娇道："姐姐好偏心，你那里莫非有好吃的，要先紧着两位嫂嫂不成？"

皇后指着她笑骂道："你都多大了，还整日想着吃喝？回头我告诉你婆婆，叫她好好管教你！好了，别叫大家瞧笑话了，我与两位弟妹有话说，顾夫人今日头回进宫，你领着她走出去，一路上也好亲近亲近。"

小沈氏笑着应声。明兰恭敬地行了个双福，姿势优美端丽，也不见她怎么侧身，却自有一番旖旎风姿。小沈氏似乎看呆了，利落地和皇后告辞，挽着明兰的胳膊走开了。

一路上，只听得小沈氏叽叽喳喳地说个不停，一个劲儿地向明兰介绍沿途的风景。明兰只含笑听着，时不时地凑趣几句，渐渐走出了慈宁宫的范围，向东华门走去。小沈氏莫名地问了一句："你说，皇后娘娘找我两位嫂嫂有什么事呀？有什么话是我不好听的？"

　　明兰心头顿了一下，微笑道："大约是谈谈你兄长家的事吧，人少些，能说说心里话。"

　　这还不好猜？刚才在慈宁宫中，沈夫人端雅温文，小邹氏守礼恭敬，两人看似和睦，却从头到尾不曾有过目光接触，连话都没说过一句，外命妇又不能天天进宫，所以皇后大约是趁这机会，想对国舅爷的大小老婆进行一番思想教育，教诲她们妻妾相处之道吧。

　　可是……明兰觉得好笑，首先破坏妻妾规矩的不就是沈家吗？

　　妾室敕封诰命本就罕有，除非是儿子着实优秀出色，为国家、为社稷建功，那么母凭子贵可得敕封。历朝历代以来，有几个未生子的妾室能得诰命的？

　　大约是沈家觉得愧对邹家于困顿之际的扶助，便以此弥补一二，不过到底顾忌着英国公府的势力，不然小邹氏应当能捞个平妻做做。可是，看今日这架势，这小邹氏偏房的派头也跟平妻没多大差别了。

　　小沈氏本来呆呆地望着远处的御花园，忽然停住脚步，定定地看着明兰："你是不是觉着沈家很不知廉耻，我兄长既娶张氏，又纳邹氏，前不顾糟糠情分，后又贪图富贵权势？"

　　明兰被她扯着倒退了几步，听完后，淡淡地微笑道："这些风言风语大多是眼红嫉妒之辈传言的，大可不必当真。"废话，想得两份的好处，自然要受双倍的议论。

　　"那你是怎么看的？"小沈氏还是牢牢地扯住明兰，逼她表态。

　　明兰眼望着前方紧闭的宫门，那里守军肃穆，宫娥太监忙碌行走。她轻轻叹了口气，悠悠道："我觉着，这种事情若有了为难，得益的，大体是男人，而吃亏的，多是女人罢了。"

　　小沈氏神色一变，敛去一身的淘气爱娇，正色肃然起面孔，盯着明兰良久地看。过了好一会儿，她忽然展颜一笑，道："你这人有趣，我喜欢，以后我要常来找你玩！"

　　明兰被这话逗乐了，失笑道："荣幸之至。"

能问出这番话来，说明小沈氏也不是全然无心的，能有这番泼辣爽朗气概的女子，尚算值得一交吧。

至晌午，明兰才回了府，丹橘替她仔细卸了钗环霞帔，一件件收好，打算放进橱柜里，明兰板着脸半开玩笑道："那诰命文书和珠冠霞帔可不能丢了，不然你夫人这诰命可就不算数了。"

谁知丹橘却当真了，她细细翻着物件，认真道："这珠冠和霞帔我瞧着也不稀奇，只消有料子，都做得出来；倒是文书卷轴最要紧，我去寻个厉害的大锁来。"随即一脸严肃地出去了。

吃过午饭后，明兰赶紧溜上床睡午觉，丹橘柔柔地替她揉着酸胀的小腿。混混沌沌中，明兰便睡了过去。也不知睡了多久，身上被重重地压着什么，明兰睁眼一看，却是顾廷烨。

他只着一身月白内衣，搂着明兰呼呼睡着。男人臂膀铁环一般，明兰没法从他身子底下爬出去，索性闭上眼睛继续睡。

这一觉直睡到金乌西坠，他们俩才木木地从床上坐起来，你看看我，我看看你，夫妻俩俱是一脸饱睡迷蒙。顾廷烨披散着浓密的长发，英俊的面孔倒添了几分慵懒可爱。明兰白玉般的小脸上还有红红的印子，神情呆呆的，肉肉的小拳头正不住地揉着眼睛。

顾廷烨看着喜欢，忍不住拖过她来，在脸颊上、脖颈上狠狠地亲了两口。明兰小猫崽子般呜呜喵了几声，才渐渐醒过来。

"昼寝一下午已是不雅，何况夫妻双双昼寝，唉——"明兰捧着被子，歪着脑袋，唉声叹气地掉起书袋来——她的意思是，午睡最好还是分开，免得叫人说闲话。

"真名士自风流，理外头人说甚！"顾廷烨犹自揉着明兰软软的身子，不住亲吻她雪白的颈项。明兰斜眼看他："名士风流和睡午觉有什么关系？"

"门禁把紧些便是。"顾廷烨揽她在怀里，拖了个枕垫靠在床头，一脸正色，"没人知道，就没人说咱们了。"

明兰瞪眼看着他，他也看着明兰，看了一会儿，明兰别过头去——彪悍的脸皮无须注解。

午睡后略觉口渴，明兰滚动身子，想掠过顾廷烨去床头小几上拿水喝，顾廷烨把她按回去，将整个茶壶拎过来给明兰。明兰两只小手捧过茶壶，对着壶嘴就咕嘟咕嘟喝起来。顾廷烨含笑看着明兰，好似一只偷油吃的小胖松鼠。

晚饭后，顾廷烨还要去外书房寻公孙先生说事。反正已经睡了大半个下午，夫妻俩索性破罐子破摔，吩咐丫鬟去备晚饭后，两人依旧躺回榻上。男人揽着明兰的纤腰，半枕在她怀里，让明兰柔软灵活的手指在太阳穴和头上按来按去。

明兰的这招数可是房妈妈亲传，且在盛老太太身上得到充分实践的结果。顾廷烨眯着眼睛假寐，很是惬意舒适。

明兰有一搭没一搭地说着上午在慈宁宫里的见闻，顾廷烨微合着眼也凑了几句："沈兄的原配邹夫人我是见过的，实是位勇毅仁厚的奇女子。蜀边偏远荒凉，为着沈兄记挂皇后娘娘，她一介弱女子，全力支持夫婿远离故土去蜀边定居。沈兄在边军中谋个差使，邹夫人平日就常去开解陪伴皇后，间或帮扶乡邻，悯恤穷苦，在当地颇有德名。我曾闻得，那年大皇子早产出世，一时间，王府竟连个周正的奶母也寻不到，彼时邹夫人也恰逢产子，她硬是撇下亲儿先给大皇子哺乳，悉心照料，妇人家月子里没休养好，那时便落下病根了。"

明兰听了也唏嘘不已：所以说，奉献也要讲分寸的，千万不要把性命也奉献出去。

"那你又是怎样结识八王爷的？"

顾廷烨把手伸进明兰的中袄，摩挲着她细嫩的肌肤，微睁眼含笑道："那年我接了笔买卖去蜀地，路经八王的藩地，正巧遇上八王府的管事去请蜀王府的太医，谁知那太医好生可恶，竟推托不肯去。我生平最恨这种捧高踩低的势利之辈，一怒之下，当夜我就蒙上面巾，领着一伙兄弟砸开那太医家的大门，连人带药箱一道抢了出来送去八王府。"

"你……蜀王势大，这会不会连累八王呀？"明兰张口结舌，"后来怎么样？"

顾廷烨一脸无惧，笑道："官有官道，匪有匪路，我自有办法。这种人自来是欺软怕硬的，我一把刀架在太医脖子上，威吓他，若他敢去向蜀王告状，我就一把火烧了他的宅邸田庄，还要宰他几个小妾儿孙来出气。他躲得过一时，躲不过一世，躲得过自己，躲不过一大家子！我是路见不平的江湖好汉，来无影，去无踪，抓我不到的！"

明兰听得眉开眼笑，捂嘴笑倒在男人身上："你个黑心的促狭鬼！"

想起往事，顾廷烨也觉得畅快好笑："事毕后，我本想走了算了，谁知早年皇上未就藩时，于京城中曾见过我几次，我一时不防，居然叫他认了出来！之后嘛，一来二去的，我就成了八王府的常客，有时捎去些山珍海味，有时带去点儿风物书画什么的，有时替皇上办些事。我若病了、伤了、乏了，就老实不客气地去王府住上三五日——常来服侍我的人里头就有那位小夏公公。那会儿皇上日常寂寞，我就去天南地北地胡说八道一通。沈兄若得空，我们三人便小酌一番，酒后骂上两句，倒也解气痛快。"

"皇上眼神真好，隔着面巾也能认出你来！"明兰拊掌笑道，"你这样很好呢，帮人家点儿小忙后就去蹭些吃喝，有来有去的，反倒能叫人家和你真心要好。"

顾廷烨牵过明兰的小手，在唇边亲了亲，赞赏地看着她："江湖上打滚，总算知道些人情世故，施恩太过，大恩即成仇，且八王到底是天潢贵胄，我想着不要叫他心存不适才好，何况也不全是故意的，有几次我染了时疾，若无王府照料，怕也不易痊愈的。"

明兰想到他自小被奴仆环绕伺候着长大，彼时却孤身一人漂泊江湖，怕是休憩行事乃至一茶一饭都极不习惯的，也不知当中吃了多少苦才熬出头，居然也撑下来了。这么想着，明兰的目光中就不自觉地带着些怜惜和钦佩。顾廷烨看了，心中一动，低声道："当时怎么也料不到会有今天，我只想着多赚些银子，好歹混出些名堂来，不要叫人看扁了……"

想不到的人何止他一个，在几场争斗中丧毁前程性命的官员不知凡几，明兰低低叹息道："那位邹夫人真是可惜了。"

"可惜归可惜，可沈兄此事做得不妥。"顾廷烨利落道。

明兰听得一怔，过了一刻才道："沈大人怕也是无奈吧，没法子呀。"

谁知顾廷烨不置可否地摇了摇头，嘴角微斜，目中似有不满，转而忽问："你今日也见到那小邹氏了吧，觉得如何？"

明兰支吾起来，她不愿对一个初见面的人下断言，只好道："看着和皇后情分颇好。"

"这便是麻烦！"顾廷烨目光冷峻，"我曾见过那小邹氏几次，看似柔弱，实则好强，皇后又念着先邹夫人的情分，处处厚待，不忍苛责于她，如今又敕封了诰命。沈夫人到底是张家嫡女，高门下嫁，沈兄如此行事，把英国公府的面子往哪儿放！"

"你……认为沈大人不该纳小邹氏？"明兰目光狐疑，她觉得顾廷烨的态度里似有些迁怒成分，莫非他也联想到了白氏？

"不。"谁知顾廷烨一口否决，"不论沈兄娶哪个，都是有理的，要紧的是沈兄处事不妥。"

顾廷烨坐起身来，宽厚的肩膀靠在床头，低叹道："沈兄重情义是好事，但世上有些事是不可两全的，当断不断，必受其乱，要么他就好好娶了张家女，要么他就去娶邹家姑娘，以邹夫人当年的厚德仁爱，皇上念着情分，也未必会硬逼着沈兄去娶张家女，完全可叫沈家小妹嫁入英国公府，然后叫段兄弟的闺女与郑家联姻，又何尝不可？沈兄就是太拖沓了，又想兼顾情义，又想前途顺遂，天下哪有这么便宜的事！"

明兰头一次听到还有这个内幕，心里澎湃不已。顾廷烨又道："好吧，若是沈兄实在想和英国公府结亲，也是人之常情——那就把事情做漂亮些！若是顾忌着有了后娘就有后爹，要纳姨妹为妾也成，但得拿住了分寸。前头早有嫡子嫡女，英国公府还是送了嫡女来做填房，已是十分诚意了，沈家还这般一再抬举小邹氏，唉——你且瞧着吧，早晚闹出事故来。真惹急了英国公府，到时候皇上又能说什么？怕是还会累及皇后。"

对旁人而言，国舅家事可能只是茶余饭后的消遣谈资，但对顾廷烨来说，却是严重的政治问题。英国公府并非只有一个选择，如果真和沈家闹翻了，很可能会转向其他嫔妃，作为好友，顾廷烨也不愿意看见沈从兴因内宅之事而有所损毁。

明兰歪头看着顾廷烨，其实她对沈家并不如何关心，她感兴趣的反而是顾廷烨的思维模式和行事风格。她小心翼翼地凑过去，两只小爪子放在男人肩头，甜蜜蜜地悄声道："欸……我来问你呀，若你是沈国舅，你会娶哪个？"一边是前途无量，一边是发妻情深、稚儿可怜，该怎么办呢？

顾廷烨失笑道："这怎么知道！"自打在江上救了明兰后，他就整日苦思冥想着打她的主意。

"你好好想想，假若我死了呢？你会另娶高门，还是娶我的妹妹，好照看孩子们？"明兰眼神发亮，不依不饶地问着。顾廷烨慢慢眯起眼睛，眼神略带危险。明兰吞了吞口水，往后退了退。顾廷烨盯了她良久，才缓缓道："我自是要另娶高门的，骄悍厉害一点儿也无妨，反正她能给我再生孩儿。"

明兰惊愕，险些一口气上不来，好容易缓过气后，抬脚飞起光秃秃、白生生的小肉脚丫，一肉团踹在顾廷烨肩上，恨声骂道："你、你、你……你浑蛋！"

顾廷烨劈手捉住她的脚丫，顺手抱住她光滑柔腻的小腿，咧出白森森的牙齿，就着她的小腿半轻不重地咬了一口。明兰呼痛，拿拳头去捶他，他却乐得朗声大笑："所以，夫人最好别死，千万保重！起码比为夫活长些。"

明兰依旧是一脸哈欠状，独自坐在早饭桌旁，举粥匙的样子好似在梦游，看得丹橘连连摇头："好在夫人托生了个女儿家，若是个男儿身，三更读书四更早朝的，夫人可怎么是好？"

明兰差点大笑三声。

一个会飞会吐丝的小个子男人告诉我们，权力越大，责任越大。古代男人相较于现代男人有这么多的特权，自然得辛苦一些。话说她上辈子也不是没有过半夜伏案天明早起的生活。

唉——真怀念上辈子呀。那个时候，虽然天是灰的，地是黑的，河流是彩色的，但老公偷腥到底还是可以分财产离婚的，发现小三是可以打上门的，婆婆寻衅是可以顶嘴的，闺密挖墙脚是可以天涯发帖的，最最重要的是，就算红杏出墙了也不用被浸猪笼啊。

好吧——明兰收回幻想的口水，人还是要回到现实的。

明兰的性格和劳模无缘，所以她让廖勇媳妇几位管事妈妈轮流负责卯正点卯，然后安排一日的工作，她自己则在早饭后查点事务，对清账目，而第二日的工作则在前一日晚饭前就分派好，只需时不时地突击抽查一番。迄今为止看来，效果颇佳。

崔妈妈对明兰"懒惰"十分不满，总要拎着她的耳朵唠叨一番，谁知明兰却振振有词："既然成果一般无二，为何非要折腾自己不可呢？"

崔妈妈板起脸："年轻时辛苦些，待夫人儿孙满堂了，自可以好好歇息。"

"非也，非也。"明兰摇着一根手指，"妈妈，您如今爱睡懒觉吗？"

明兰目色清亮，崔妈妈眼光躲闪："不大爱睡了。"

"这不结了！所谓有花堪折直须折，莫待无花空折枝，睡懒觉也是不等人的。人家年轻媳妇是没这个机缘，我如今若不好好保养自个儿，岂非暴殄天物？妈妈您说是不是？"

崔妈妈因口才不好，素来寡言，只能瞪着明兰干生气。人皆道盛家六姑娘最是乖巧温顺，只有她知道，"乖巧"应该换成"乖觉"，"温顺"其实是"阳奉阴违"，满肚子听似有理的歪理，笑容可掬地挨着你，眯着弯弯的大眼睛，貌似请教地跟你笑着"讨论"。

崔妈妈很无奈地承认，从明兰九岁起，她就不是对手了。

明兰在那边察言观色，知道差不多了，便笑眯眯地劝解道："妈妈的心意我知道，可这样的好日子我也不知能受用几天，若有朝一日咱们回了宁远侯府，我还不得老老实实地天不亮去请安？没准儿还得站规矩，且趁着如今好好歇息才是真的。"

"会回去吗？"崔妈妈狐疑。

明兰呵呵道："到底是一家人，也说不定会不会回去。"

崔妈妈叹了一口气，当下便不多说什么了，只严厉约束一干府内丫鬟。

这个明兰没有意见，她是网络时代来的，知道谣言和流言的力量，若放任内宅人事松散，没准儿会有什么话传出去，要知道，如今宁远侯府盯着自己的人可不少。

重中之重就是嘉禧居正院。

内宅丫鬟共有三种来源，明兰带来的、外头采买的、家生子。

前头常嬷嬷曾往内院选过两批丫头，夏日选的，不论是买的还是家生女儿，统统叫夏×，其中夏竹和夏荷是常嬷嬷头批挑中了送进来的，后来又选了一批，因在冬日，便都叫冬×。明兰觉着这个法子好，如今算春日，是以刚选进来这批统统叫春×。

小桃朝她翻了翻白眼。

按照立法惯例，初初总有那么几只不谨慎的鸡要被杀来儆儆猴子的。

这些丫头大多受调教时间不长，又是年少好玩的时候，见府里的吃穿用度均极丰厚优越，尤其是进了明兰院里的，宛如当了小姐，个个绸衣缎服、鸡鸭鱼肉的，往日里连见都不多见的细瓷美玉器具，如今也跟寻常一般。

每次明兰看见这些支出项，都暗叹：难怪有些丫头宁愿死了，都不肯出去，难怪女孩子们前仆后继地想着要做姨娘，一边是粗衣陋室的小老百姓，一边是锦衣玉食的小姐般供养，物质生活的诱惑果然是无边的。

吃穿用度精细不说，便是那金银首饰赏赐也是不少的，日常活计又不繁重，再见明兰是个和气的主子，便不怎么拘谨起来。

有为脾气骄娇而口角吵嘴的，有为争夺衣裳首饰打闹的，有躲懒忘记当值或疏懒干活儿的，有擅自进明兰里屋的，还有些心思不规矩的……不过七八天工夫，犯事撞在绿枝和若眉手里的就不下五六个。

法度是惩罚人的艺术，明兰决定当一把三流艺术家。

明确责任，每个人的职责先敲定，再白纸黑字写清哪些事不能做，哪些地方不能去，哪些话不该说，什么打扮不应当，若有违犯，轻则训斥，重则打手板，再重则罚月钱，再重些就赶出去。从内宅出去的人外院也是不留的，或是叫老子娘接回去，或是赶去庄子做活儿，而驱逐发卖则是最后的保留节目。

每次犯事均有记录，什么缘由，受什么处罚，认错态度如何，一一备注，以便零存整取，累积查问。若是没完没了地犯错，即便是小错，次数多了也是不好留的，免得有些心思活泛的丫头诡辩起来，大家有样学样就麻烦了。

事实上，最严厉的处罚并不是发卖，而是活活打死，但这种方法明兰并不欣赏，不但有伤阴节，还容易弄坏自己的名声，卖到老少边穷甚至蛮荒地区其实结果更惨。

除了罚没月银和驱逐需要禀告明兰，其余均由一干大丫头掌握惩治尺度，其中只丹橘一人执戒尺，她脾气比较稳重和气，不会执法不公或轻下板子，弄得天下大乱。其他几个大丫头以资历排辈，负责督促和训斥。

明兰冷眼旁观，眼瞧着丹橘越来越周严，多少放了些心。当初她老觉得丹橘太过烂好人，威势不够，现在想来也不能全怪她。当初她自己在盛家不过是个庶出的六姑娘，腰板犹自不硬，又如何叫丹橘雷厉风行呢？

这般规制了几天，该打的打，该罚款的罚款，甚至还撵出去了几个出头鸟，嘉禧居便太平规整了许多。瞧着院内一片清净，明兰也觉得颇满意。小桃很狗腿地跑来拍马屁："夫人真能干！夫人真聪明！"

明兰高深莫测道："在大户人家里，发落几个下人其实不难，难的是下人背后的主子。"所以高门大户里的水才那么浑，总也弄不明白。

小桃其实没怎么听懂，但这并不妨碍她继续拍马屁："夫人真聪明！夫人真能干！"

明兰板着脸转过头来："你就不能换点儿新词来夸夸你家夫人吗？"

小桃为难地扯扯嘴角："夫人……心意到了就好了嘛，您不是说，凡事不要看表面吗？"

明兰瞪着她看了良久，叹了口气，拍拍她道："也是。"

过不几日便有人来报，海氏生了个女儿。

明兰提出两串光彩耀眼的小金铜钱，每串都是十九个金灿灿的精致小金钱，上面刻有不同的吉祥话，用红丝线穿着，下坠一枚圆滚滚的小金元宝。明兰得意扬扬道："亏得我有先见之明，大姐姐怕也快生了，回头洗三礼时，给大姐姐和大嫂子各一串。"

"会不会……礼薄了些？"丹橘谨慎地提醒，顾家如今可比梁家和文家有钱呀，"而且，都送一样的吗？"丹橘咬咬嘴唇，在她看来，海氏比华兰对明兰好多了。

明兰谆谆教诲："傻丹橘，凡是当众送出去的东西，都不要太显眼了，不然别人当你暴发户呢！而且四姐姐、五姐姐怎么办？她们该送什么？大姐姐和大嫂子的生产日子这么近，若我给的洗三礼不一样，岂不徒惹麻烦？送礼要送得宾主皆欢，回头满月酒时再好好置办一份厚礼就是了。"

盛家的洗三礼挑在一个阳光和煦的日子，明兰事先和顾廷烨打了招呼，便轻车小轿而去。今日恰好盛纮休沐①，明兰便先去拜见了他。进屋时正见盛纮板着脸在数落王氏些什么，如兰低着头站在一旁，神色沮丧。

明兰行过礼后便笑嘻嘻地站起来，乖乖地巧笑道："爹爹，您的胡子又长了哦！嗯，快赶上申首辅那把好胡子了呢。"

盛纮忍不住嘴角歪了歪，颇自得地捋着辛苦保养的长须，犹自装腔作势道："浑说什么？都嫁了人了，还这般孩子气！"

明兰上前一步，讨好地乖笑着："爹爹说得是，女儿最近恰好寻到一把滇边犀牛角做的小胡梳耙子，特意给爹爹留着，回头给送来噢——这句话不孩子气了吧？"

盛纮的脸板不下去了，笑骂道："给你姑爷留着吧！"明兰摇头晃脑："别了，他是武职，除了关二爷，女儿就没听说过胡子老长还能打好仗的，骑在马上多累赘呀！女儿瞧着，您那姑爷离关二爷的本事还差得远呢！"

盛纮忍不住大笑起来，指着明兰摇头不已。

明兰又转头瞧着王氏，笑道："多日不见，太太瞧着可年轻许多呢！嗯，都说女儿是债是愁，把我们四个打发出去了，太太果然轻省了。"

王氏紧绷的嘴角松了松。如兰忽看见里屋帘子掀开一角，刘昆家的拼命

---

① 本文暂定这帮古代公务员，是一旬休息一天。

给自己打眼色，她估摸着盛纮的脸色，便也凑上前笑道："那是自然了，你是最后一个叫母亲头痛的呢。"

明兰转头上下打量如兰，恍然大悟道："我忽然想起来了，便是五姐姐一出阁后，太太便立刻开始心宽神舒了呢。"如兰嗔笑着去拧明兰："坏丫头，你又来编派我！"

如此屋里的紧张气氛便消散了。刘昆家的暗暗称奇，说来这六姑娘也是了得，面对盛纮和王氏从来就不拘谨，不论何时和老爷、太太在一屋里，都笑语晏晏，举止自然大方得体。

尤其是对盛纮，明兰从不曾因薄待而怨恨，也不曾因冷落而生疏，仿佛他真是一个慈父一般，见面就开开心心的，又会来事儿讨喜。这些年来，盛纮倒也颇疼爱她，但凡有些什么好东西，也从不漏了明兰。

说了几句话，王氏便带着一行人前去海氏屋里。一路上，王氏犹自沉着脸，被丫鬟婆子簇拥着走在前头，明兰和如兰挽着胳膊走在后头，轻轻咬着耳朵。

"你怎么啦？一回来就惹爹爹生气。"明兰瞥了瞥前头的王氏，故意错开几步。

如兰叹了口气："翰林院清苦，最近有个外放的差事，我瞧着相公颇有意思，可那是川中富庶之地，我怕……"明兰有些明了，拉着如兰越走越慢："所以你便来求爹爹和兄长？"

"不是的，我只不过与娘抱怨了几句，谁知娘亲自与爹爹提了，连累我也叫训了一顿。"如兰垮下小脸，颇有几分埋怨王氏"成事不足，败事有余"的意思。

明兰看了看前头绷着双肩的王氏，暗叹了一口气，这女人真是……

如兰心里烦恼，扯着明兰的袖子道："你说你说，爹爹也是，能帮就帮一把嘛，不能也算了，为什么骂我？"明兰是连自己半夜幽会都知道的姐妹，如兰和她说话素来直白。

明兰凑到如兰耳边，轻声道："五姐夫有说过希望爹爹和兄长帮忙吗？"

"没有。"

"那他可有故意在你面前暗示什么？比如长吁短叹，比如烦恼给你看？"

"也没有。"如兰摇头，"相公什么都不瞒着我的。那一日他下值，不过与我谈笑着说起这事，还笑道，不知同僚里头哪个能跑通这门路。"

"所以五姐姐做错了。"明兰点点头，"一来，五姐夫未必有意叫妻家插手此事。二来，你没经过他同意，便自来寻爹爹帮忙，没准反叫五姐夫不快的，说不定五姐夫自有法子呢？三来，兄长和爹爹若觉得好，自会帮姐夫寻门路的；若觉得不好，你硬去说，反叫爹爹、兄长觉着五姐夫无能，只想靠妻家出头呢。"

明兰一口气说出三点缘由，把如兰给镇住了，她喃喃道："你……说得好像有理。"

明兰看了看前头的人似乎越走越远，便声如蚊呐般提醒道："我小时候曾听老太太提起过，很久以前，太太和爹爹原是极好极好的，夫妻相敬，和乐美满，就是因为太太老喜欢插手爹爹外头的事，后来爹爹才与太太生分了，是以才叫林姨娘钻了空子。"

其实内宅女眷插手丈夫、儿子的公事并非罕例，问题在于插手得好不好，恰当不恰当，似王氏这般不懂大义只顾私利的，只怕当初给盛纮惹了不少麻烦。

这个案例太经典了，造成的结果也太惨痛了。如兰自认是这件事故中最严重的受害者，她顿时如梦初醒，以拳捶掌心道："这个我也隐约听说过。那……六妹妹，我该如何呢？"

明兰自己现在过得很好，所以真心希望如兰也能过得好，便道："先瞧着五姐夫如何，他若一提再提这事，你就去找大嫂子说，她是海家的女儿，最清楚里头的门道，然后她与兄长一通气，能或不能帮忙，自有个说法。以后这样的事，你都可如此。"

"这个法子好！"如兰笑着连连点头，对海氏这个大嫂，她还是很信服的，接着又问，"若相公不再提起呢？"

明兰白了她一眼："那就说明五姐夫并不很中意这差事，你就别多事了。别老想着翰林院清苦，你若是连五姐夫的仕途都要抢着拿主意，当心他不喜欢你了！"

如兰很重视这份"爱情"，相比之下，当个区区翰林夫人也无所谓了，闻言努力点头。

过了一会儿，如兰忽然想："对了，我也可以找你帮忙的呀！都说六姑爷如今了得！喂，你会帮忙吧？"她斜着眼睛，叉着腰，口气蛮横起来，还是未嫁前的样子。

明兰挽起她的胳膊，笑呵呵道："咱俩谁跟谁呀，你开口了，我自然会去说的。不过你可想清楚了，文官武将分管不同，同样一件事，若叫爹爹、兄长来办，走齐了章程，那是风过水无痕，全不着痕迹的；若叫你妹夫来办……呵呵，到时候尽人皆知了，你可别怪我噢。"

如兰心下惴惴，文人最爱面子，受岳家提拔也就算了，还要连襟帮忙；要连襟帮忙也就算了，还要帮得人人都知道，这可就不好了。

明兰微笑着看如兰。在这个人人长了十八个水晶心肝的古代，能遇到如兰这样的直肠子，真是不容易呀不容易。

"六妹妹，我虽蠢笨，但不是不分好歹之人，你说的都是为我好的肺腑之言。你待我好，我知道的。我有时候脾气坏，你别往心里去。"如兰忽然低低道，静静地握着明兰的手。

明兰忽然心虚了一下，也握着她的手，温言道："自家姐妹，说什么生分话！对了，五姐夫待你可好？"说着便去打量如兰的样子，只见她着一件大红百蝶穿花样的缂丝褙子，虽有些过分隆重了，却显得人面桃花，气色极好，想来过得不错。

果然，如兰骄傲地一仰脖子，粉面绯红，羞涩道："自是好的。相公待我好极了，一有空便与我写诗作画。"

"画的是你？"明兰眨眼。

"自然是我！"如兰凶狠地瞪眼，"敬哥哥说我面容爽朗，举止自然，最好入画的！"

"是是是，一点儿也没错。"明兰连忙补救，"那……你婆婆呢？"

如兰也很是得意："那老婆子一和我找麻烦，相公就躲去翰林院，若是说得厉害了，他就说，'你既看不上人家闺女，如何好意思住着人家的宅子，赶紧搬出去吧'，婆婆便不大说了。"

明兰当即笑出了声，引得前头王氏回身来看，她连忙敛住笑声。这个时代女子多有不易，她真心为如兰的幸福而高兴，文炎敬到底是盛纮和长柏看中的，想来也不会太差。

唉——要是她所有的姊妹都像如兰这样，又好搞定，又幸福直爽，该多好呀！不过这是不可能的，明兰很快见到了她另一个姐姐——墨兰。

墨兰坐在海氏房里，和来贺喜的其他女眷搭着说话，清丽文秀的面庞显得有些晦暗，一身紫红缠枝牡丹团花褙子，贵重是够贵重了，却映得她似老了几岁，一支硕大的五凤朝阳赤金大珠钗更是珠光四射，整个屋子都叫她耀花了眼。

如兰看见她，立刻撇了撇嘴，故意凑到明兰耳边道："她装什么装！全京城谁不知道如今永昌侯府的日子不好过！皇上申饬了好几回，连她公公永昌侯爷的军职都叫停了，四姐夫如今能保住原职便不错了，升职是不用想了。"

墨兰也看见她们了，只僵硬地颔了一下首，似想上来和明兰搭话，但叫如兰不动声色地隔开了。明兰脸上不显，只和屋里一众女眷说笑了几句，便去看新生的女宝宝，只见她眉眼纤细，嘴巴微翘，颇像海氏。

夫家于大理寺任职的柳夫人看着小婴儿，笑道："这小丫头生得好，像她母亲，将来定是位知书达理的淑女。"

海氏脑袋上裹着布条子，斜靠在绯紫色寿山福海暗花绒垫上，微笑道："像我有什么好？像她几个姑姑才好，个顶个都是美人坯子。"

另一位刘家太太笑道："都好，都好，你们姑嫂都是有福气的。"她忍不住去看明兰，大家都知道海氏是希望女儿像明兰。

如兰看着那小婴儿，忽然想起一事，扯着明兰低声道："过阵子大姐姐也要生孩子了，你可有做些小衣服、小鞋子？呃……可有我的份儿？"

明兰愕然回瞪过去，压低声音道："你都嫁人了，还来蹭我的针线活儿，我告诉你婆婆去！"

如兰扑过去，狠狠地低声威胁道："你敢？我捏死你！"

明兰赶紧讨饶："备了，备了！不过说好呀，就这一年，明年没了！"

墨兰看她们姐妹俩笑闹，手里的帕子扯成一团，心里暗恨。

一屋子差不多有七八个女眷，虽嘴里都说着话，但都不住地拿眼睛去瞧明兰。众人都知道，如今盛家这位最小的庶出姑娘，却是嫁得最好的，不但夫婿英武显贵，且如今单独辟府而住，上无公婆啰唆，下无妯娌掣肘，偌大的府邸随她布置，满账房的银钱随她调配，全然无人来管，前不久又封了正二品的诰命夫人，当是极好的福气。

众人眼看过去，只见明兰穿一身浅碧色锦纱百合如意袄儿和水绿色绣碧绿烟柳的长裙，头上绾了一个规整的弯月髻，簪一支流光溢彩的绞金银丝嵌宝珊瑚梅花簪，簪头吐出小小一挂三穗流苏，每条流苏上都垂了一颗鲜润红艳的珊瑚珠，摇曳垂在颊边。

这身打扮十分低调，只腕子各一对白玉绞丝套镯在清脆作响，一眼看去，却是清一色的羊脂白玉，温润雅致。最为难得的是，这四只镯子俱是一样的成色纹路，端的是贡御的珍品。

众人看了几眼，只觉得明兰生得极是妍好，眉目间旖旎清艳，一颦一笑均是天真明媚、丽色光耀，女眷们忍不住暗暗赞叹。

王氏坐在上首，看着明兰一派富贵显要的举止，再看女眷们都似无意般地围坐到明兰身边，言语间颇有恭维讨好，不由得心头愤愤，不过瞧着明兰和如兰一直扭在一块儿，嘻嘻哈哈地说悄悄话，一副姐妹亲密的样子，到底心又平了些。

不过，坐在她身旁的康姨妈却被冷落许久，屋里的女眷都不大愿意和她说话，海氏又不咸不淡的，瞧着明兰一介庶女却这般风光，她心有不悦。

"我说明丫头呀，"康姨妈忽高声冷言道，"你有今日，可不能忘了你母亲和盛家，别说你得了个诰命，便是再得意，也不可在这里摆派头！不然，便是忘本！"

明兰微微惊疑地抬起头，看了一下康姨妈，只见她面带不自然的笑容，嘴角扭曲。众女眷也是一脸惊异，互相看了看。这时，明兰才微笑道："哦，我知道了。"

康姨妈见明兰态度恭敬，语气却冷淡，不由得更加生气，冷了声音道："你如今虽是别府另住的，但不可失了规矩。你婆婆住得也不远，你应该每日晨昏定省，早晚问安，叔伯兄弟之间多有走动，孝顺长辈，不可忤逆！别仗着自己有诰封，便不把长辈看在眼里。若你在自己府里不守规矩，丢了你母亲和盛家的脸面，我头一个不饶你！"

允儿吓得脸色都白了，不住地去扯康姨妈的袖子，康姨妈却不理，犹自说得痛快。

屋里一时冷了下来，众女眷面面相觑，只听康姨妈滔滔不绝地数落着明兰，王氏却在一旁不作声响。明兰只慢慢地自顾自喝茶，待她说的告了一个段落，才慢条斯理道："姨妈，您说的明兰都记下了。可惜元儿表姐去奉天了，什么时候我们姐妹整齐地聚一聚吧。"

此言一出，康姨妈如一只被戳破的气球，顿时泄了气。允儿脸色难看极了，康元儿和婆婆王舅妈一日三吵，闹得不可开交，把王老太太都气病不说，连休书都快出来了。

明兰定定地瞧着康姨妈，嘴角噙着冷淡的笑容，若康姨妈再敢放肆，她绝不忍耐。自来古代后，她忍这忍那，忍东忍西，如今连这么个便宜姨妈也要忍，她也不必混了。

康姨妈气极，转头去向王氏求助。王氏收到，立刻沉脸道："明丫头，你——"

"娘！"如兰十分恰巧地打断王氏，笑道，"别老说些不相干的事了，赶紧行洗三礼吧，别把我侄女冻着了，回头爹爹和兄长找你算账！"

她虽笑得很开心，眼睛却用力地瞪着王氏，重重咬字在"不相干"和"爹爹、兄长"这几个字上。王氏明白女儿的意思。盛纮素来厌恶康家，回头叫有心人说上几句，她怕又要挨数落了，遂咬了咬牙，不再啰唆，直接宣布开始洗三。

众人都笑着拥上前去观礼，只把康姨妈一人撂下，把她气了个绝倒。

礼成后，明兰独自去了寿安堂。依旧是清雅幽然，依旧是佛香隐隐，明兰站在大桂花树下，深吸一口气，只觉心神怡然，笑着轻快地往里跑，险些撞上门口的房妈妈。

"六姑娘！别跑，别跑，当心叫人瞧见……"房妈妈一边往门外张望，一边轻呼。

明兰一头栽进老太太怀里，扭得像颗麻花糖，撒娇道："祖母，明兰可把你想坏了！"

"谁坏了？我可好端端的！"盛老太太寂静的面容似乎也绽开了喜悦，搂着明兰直笑着揉着。房妈妈赶紧去端果子点心。

相别絮叨了好一会儿，明兰问起家里一切可好，盛老太太津津有味地叙说着。

"这回你大嫂嫂怀相不好，身子受了些病，且得养一阵子，是以太太重新管家，全哥儿就放到我这儿了。"老太太气色旺健了不少，手指轻轻指着里屋的帘子。

明兰连忙跑去里屋瞧了瞧，只见一个白胖的娃娃躺在老太太的床上，一只白玉般的小拳头只枣子般大小，放在红嫩稚气的脸边。小娃娃睡得呼吸匀称，还微微地打着鼾。

明兰赶紧出来坐在老太太身边，大为高兴，对着老太太道："这敢情好，祖母有全哥儿陪着，便不寂寞了！呃……不过，太太怎么会愿意呢？"

盛老太太很不厚道地乐起来。最近王氏吃了个暗亏。

林姨娘败走麦城，女儿们都出嫁了，王氏又不用管家，顿时空闲下来，忽然发现儿媳妇日子过得很滋润，顿时心眼发酸起来。

因海氏有了身孕，王氏便想给儿子塞个通房，说他读书工作辛苦了，该有个知冷知热的人。长柏就说："爹爹挣钱养家更辛苦，您有好的先紧着爹爹吧。"然后也不知谁传的消息，盛纮就立刻表示他对书房伺候的两个丫头很有好感。

王氏气得半死，鸡飞狗跳地闹了一阵。最后盛纮多了两个通房，王氏多了几条皱纹。

然后，王氏想给羊毫抬姨娘压压海氏，长柏就问老爹当年几个通房哪里去了。王氏脸色发青，拍桌子大骂："你小子敢顶撞老娘，活腻味了是吧？"长柏就说，好的，他是儿子，他不能顶撞，可他又实在好奇，那就去问问老爹和老太太吧。

王氏几乎吐血。尽管如此，海氏听说了之后，还是心情抑郁了一阵，导致孕期不稳，又请太医又找贺老夫人救急的，闹了几天才算完。

盛纮对海家很看重，从而对大儿媳妇也很看重，于是不待见王氏。他见海氏没有精力照顾孙子，索性将全哥儿送来寿安堂，请信得过的老太太代为教养。

王氏一有反对，或是去寻衅海氏，盛纮就会立刻顺杆子地表示，他又很有好感地发现了几个很有理想、很有才华、身世凄苦的俏丫头。王氏只好转移注意力，奋战到妻妾斗争的第一线上去，没有工夫闹腾儿孙了。

明兰笑得直打跌，把脸埋在老太太的胳膊里笑得发抖，抬起头来时却是满脸通红。她抹抹笑出来的泪水。长柏羽翼已成，海氏又嫁妆丰厚，加上王氏的家底，就算盛纮再多几个庶子庶女，也不会影响到他的地位。

更何况，有王氏这尊门神和菊芳这个受宠的美妾在，怕是那几个通房也不容易生孩子。

盛老太太搂着小孙女也轻笑个不停。她又说起全哥儿来，说他乖巧懂事，开朗爱笑，是个极省心的好孩子。她常弄孙为乐，老怀甚慰，说到高兴处时，目光温慈欢喜。

明兰看了，心里又是酸楚又是高兴，老太太能够过个不寂寞的晚年，真是苍天有眼。

"你大哥哥与我说了，如今孙媳妇身子不好，养不得两个孩儿，不论是哥儿还是姐儿，总归要送一个来寿安堂的。他那性子，难为他说了好些话，说要麻烦我帮着照看了。"盛老太太语气悠然，神色宁静，嘴角含笑，比之从前，少了几分孤傲，多了几分柔软。

"祖母，这真是太好了！"明兰伏在老太太膝头真心道。盛老太太的性格，最不喜欢强求，心里再喜欢，若是人家不开口，她是绝不会要求的。

祖孙俩笑着说了一会子话，房妈妈端上碗碟茶果后，又从里屋拿出个匣子。盛老太太接过匣子打开，里头是一本小小的厚册子。她递到明兰面前："拿着，这是贺家老夫人送来的。"

"这是什么？"明兰奇道，接过来翻看。

"一本药册子，专讲妇人病的。"盛老太太微笑道，"里头特意讲了如何孕前调理，如何孕期保胎，如何产后抚育孩子并保养自己身子，还有吃食注意。她最精到这些，我已瞧了，写得很简明，很可一看的。最后一页上，她还荐了好几个瞧妇人病得力的大夫，还有她张家的几个媳妇，回头若有需要也可去请。"

"谢谢贺老夫人了。"明兰翻看了一下，就知道这东西十分实用，心里不禁感慨。

盛老太太见明兰一脸感怀，便悠悠道："你不必觉得对不住贺家老夫人，她是再明白不过的人了。说实话，当初你一许嫁顾门后，她怕立刻就动了旁的心思。"

明兰点点头，怅然道："贺老夫人知道纠缠无益，索性把事情做漂亮了，让咱家念着贺家的好处。她心思灵敏，虑事周到，预知先机，真可说是了不起。"

盛老太太微笑，似有轻嘲："她自是了不起的。圣上已准了贺老太爷的告老折子，她快要离京了，可贺家还有儿孙在仕途上，还需寻些帮手才是。如今我们都感念她的好处，以后能不帮忙吗？这才是聪明人的做法。"

明兰心里感动，重重地点点头，又轻轻叹息道："无论怎样，贺老夫人总是于我家有恩的，可惜家里却出了那种事……"

盛老太太又轻笑起来，指着明兰道："你真是傻孩子！你以为贺老夫人是什么人？她十五岁高嫁入贺家，夫婿自诩风流，却还能稳稳站住脚跟，到如今儿孙满堂，俱是她的骨血，阖家敬重，没两下子能成吗？"

一旁的房妈妈听了，也忍不住插嘴道："那才是个真正厉害的，脸上跟弥勒佛一般，下手却利索干净，哪像咱们老太太，脸上装得凶，却再心慈手软不过的了。"

这话招来盛老太太的一记白眼。她白完眼，回头与明兰道："我早年也瞧不惯她的做法，如今看来却是没法子的！她常说一句话，'别人要我死，我自可要别人死，天公地道'，你也听着点儿！"

"那如今呢？"明兰呆呆地点头道。

"如今？如今贺老爷子载誉告老，弘哥儿又远在天边，她儿媳妇的面子也给了，那曹家贱婢也是贺家的人了，她有的是法子关起门来慢慢收拾。"老太太讥笑道，"曹家想倚仗着妹妹和女儿，多揩贺家的油，没那么容易。"

祖孙俩正谈论着的贺家，如今正上下一片忙碌地收拾包裹行李，连着收拾了几天，已然差不多了。而贺家正院内厅里，却是一片冰冷氛围。

屋内共有五人，贺老夫人端坐上首，两旁各立一个心腹管事妈妈，下头跪着两个女子——贺母和曹锦绣，她们已是满脸泪水。

"娘，求求您了！"贺母哭泣道，"媳妇有什么不对的，您尽管责罚，不要如此待锦儿呀！"

"我怎么敢罚你？"贺老夫人面如冰霜，"你是弘哥儿的亲娘，说一不二，要娶谁就娶谁，要纳谁就纳谁，我不敢拦着你！不过，曹姨娘既进了我家的门，我便可管得了了。好了，曹姨娘，你也别愣着了，赶紧回去收拾收拾吧，过几日便与我一道起程，回白石潭老家！"

曹锦绣吓得面无人色，她从来没想到事情会成这样，她瑟缩道："不不，老太太，求您了，我舍不得离开我姨妈，如今表哥不在，我要照顾她呀！"

贺老夫人一脸讥讽："这用不着你操心，你表哥长年累月地出远门，也没见你姨妈活不成了，便是你这外甥女比她亲儿子还要紧，想必她也活得下去！"

贺母只觉得这声音冷漠至极，稍稍抬头去看，只见贺老夫人目如坚冰，隐含讥讽，她知道自己已被婆母厌恶，这二十年的婆媳情分已是完了，她忍不住瘫倒在地上，却没有人去扶她，只曹锦绣呼天抢地的。

贺老夫人冷冷地看着她们俩："我今日把话说明白了，曹姨娘，我是非带走不可的，她坏了弘哥儿一桩大好姻缘，我可不能叫她坏了弘哥儿的一辈子！我已为弘哥儿看了一门亲，那姑娘也是医家出身，虽家门不显，但性子爽利，泼辣干练，很能支撑家门，只她父亲过世不久，她还守着孝，我略略算了日子，待一年后弘哥儿回来，恰好可以成婚。"

曹锦绣心肝欲裂，不敢置信地看着贺老夫人："您……您为表哥说了亲事？"这么快？

"正是。"贺老夫人厌恶地看着她，"所以，我不能叫你留在这里，给他们小夫妻添堵，给贺家找乱子。"

"不会的，我不会给表哥表嫂添堵的！"曹锦绣立刻回过神来，连连磕头，"我会好好服侍表哥表嫂，如姐妹般地过日子。"

贺母也哀求道："娘，锦儿都这么说了，您就……"

"我不信！"贺老夫人干脆道，"你们两个我都不信。"

曹锦绣和贺母惊惧地看着贺老夫人，只听她缓缓道："当初我记得清清楚楚，曹姨娘进门，曹家指天发誓，说什么从此再也不来麻烦贺家，可是不过才几个月——"贺老夫人死死盯着贺母，"老三媳妇，你又给了曹家多少银子呀？哼！你当我不知道，曹家给曹姨娘写信哭求，然后你把银子给曹姨娘，再转给曹家。你倒聪明，钻了我话里的空子！"

贺母知道婆母精明，当下不敢辩驳，只哭哭啼啼道："到底是我亲姐姐，难不成看她饿死？母亲，您宅心仁厚，就可怜可怜他们吧……"

"饿死？"贺老夫人冷笑一声，"当初他们离京时，你已给足了银子，若是置上田地，怕也有上百亩了，加上你后来陆陆续续给的，便是到乡下当个财主也不在话下！可是他们呢？我已去信问了，曹家的男人们整日里寻花问柳、偷鸡摸狗，你那好姐姐吃香喝辣的，还放起了利子钱，逼得人家卖儿卖女！你叫我可怜可怜他们？我今日这里说一句吧，我可怜猪，可怜狗，可怜皇城根儿下要饭的，也绝不可怜这家子人！"

曹锦绣被说得脸色惨白，几乎把嘴唇咬出血来，忍不住辩驳道："老太太，您是不是误会了？我爹娘他们说，他们一直好好耕种来着……"

"哦，是吗？"贺老夫人忽然笑起来，"这次你和我回老家，路上恰好经过你娘家，你大可去瞧一瞧，若我说错了，立刻把你送回来；若叫我说中了，你这一辈子就永远待在白石潭，如何？"

曹锦绣被生生噎住了，抽泣着支吾了几声，再也不说了，低头跪着。

贺老夫人厌恶之情溢于言表，恨恨骂道："你个两面三刀的贱婢！便是臭水沟的癞蛤蟆也比你体面些！你也配和我说话？还想陪伴弘哥儿，做梦！"

曹锦绣委顿于地，满面通红，羞愤难当，大声抽泣起来。

贺老夫人又转头看向贺母，沉声道："老三媳妇，你虽年少守寡，可贺家也不曾亏欠于你，无论什么，样样都是你这一房占大头。我不是迂腐之人，姜室再嫁原没有什么，可她，还有她那一家子，都是人品低劣、卑鄙无耻之辈，若弘哥儿叫他们缠上，那一辈子就完了！"

她喘了口气，提高声音道："今日我跟你说清楚了，弘哥儿虽是你生的，可也是贺家的子孙，由不得你拿去给曹家做人情！"

贺母面色发青，已惶惑得只会发抖了。她伤心地抬头看着贺老夫人："母亲，您怎么这么说儿媳？这叫儿媳怎么有脸活下去？"

"你自然活得下去！"贺老夫人冷硬道，"曹姨娘，我是一定要带走的，与其看着弘哥儿碍于孝道被你生生拖累死，我宁可当一回恶婆婆，看着你去死！"

贺母再也哭不出来了，恐慌地看着贺老夫人，只见她笑得很古怪："兴许你觉着曹家比你亲儿子要紧，不过，我却是个黑心肠的，只觉得自己孙子才是顶顶要紧的！"

贺母目光呆滞地伏在地上，全身冰凉，头上响起贺老夫人一字一句的话："你给我记清楚了，我贺家是贺家，你不过是贺家的媳妇，轮不到你拿贺家的钱去贴补曹家！贺家的门楣已叫你糟蹋了一半，我可再也信不过你了！你把弘哥儿的产业先交与我收着，回头我直接交给弘哥儿媳妇。你要拿着你自己的陪嫁做人情我挡不住，不过你想明白了，没有陪嫁留给儿子的媳妇，我贺家不稀罕！还有，若曹家再来夹缠不清，我就直接报了当地衙门，该杀就杀，该打就打，有报应，我受着！"

贺老夫人威势凌然，直看得贺母和曹锦绣一句话也说不出来，只是苦苦哀求。可惜贺老夫人心如铁石，听都不听一句。曹锦绣忍不住骂道："你这个老虔——"

贺母忙按住了她的嘴巴。曹锦绣也许不知道，可贺母是知道的，自己这位婆婆的厉害，多少妾室、通房还有庶子、庶女都无声无息地消失了。

贺老夫人微笑着看着她们俩，开解起来："你们也别太伤怀了，我也不是要困住曹姨娘一辈子，待弘哥儿生儿育女了，过个十年八年的，我就把你送回来了，你们一家团聚便是。"

贺母看着婆母的眼神，心头冰凉。她知道自己的身体，是决计活不过十年八年的，她原想着趁自己还有口气，让儿子和曹锦绣好好培养感情，待自己死了，曹锦绣也能立住脚。婆母如今这是——要生生耗死自己！

到那时候，自己死了，儿子夫妻恩爱，有儿有女，就算把人老珠黄的曹锦绣送回来又有什么用？不过是给口饭吃，不饿死罢了。

贺母茫然不知所以，忽然心头一动，似乎想到了什么。

贺老夫人一看她的脸色，就知道她心中所想，悠然地端起茶盏，缓缓道：

"你最好别挑唆着弘哥儿媳妇来求我，倘若你媳妇跑来和我说想接回曹姨娘，我是个糊涂的老婆子，也不管缘由，直接把你外甥女送进庵里去完事。嗯，说起来，白石潭那儿好些严厉的尼姑……"

曹锦绣再也支持不住，晕了过去。贺母眼神呆愣，傻在当地。

"我不是与你说了吗？我自个儿回去，你来做什么？"

石青薄绸毡的三驾马车里，明兰抱着一个茶罐，板着小脸低声质问。

因产妇未出月，是以洗三礼大多是女眷参与，且一般不做大肆宴饮，王氏只稍微设午饭款待便了，午饭后小憩片刻，各家女眷纷纷离去。正当明兰也要道别时，顾廷烨却来了，他和盛纮聊了几句后，便夫妻双双告辞了。

顾廷烨啼笑皆非，适才他去盛府接老婆，明兰一脸羞答答的小媳妇样，还十分贤惠地款款暗示他："相公，骑马来回太累了，不如坐马车回府。"

瞧着明兰粉面泛红，明眸似水，顾廷烨心头一阵发热，兴冲冲地就上了马车，谁知一上车就被当头浇了一瓢冷水……

"顺路罢了，有什么要紧？"顾廷烨好笑地瞧着明兰一脑门子发急，他手指一时发痒，很想去捏她一把。

"你当我不识路？"明兰觉得自己的智商受到了忽悠，立刻拿出三个茶杯在小几上摆起来，"皇城在这儿，我们家在这儿，我娘家在这儿……怎么'顺便'路过呀？"

缩略比例，顾府大致坐落在一环，盛家在二环，顾廷烨的工作单位在皇城。

顾廷烨瞧着明兰鼓鼓的脸颊，摆弄茶杯位次的样子好像小孩子在搭巧绘板，终忍不住，伸手拧了明兰脸颊一把，笑道："早朝后我陪薄老帅去西山大营巡视了一圈，瞧着时辰差不多便来寻你了……给你在娘家撑面子还不好？"

"不是很好。"明兰捂着脸颊，一脸认真道，"你最好在人前待我疏离些，只要面子上过了礼数，其他关切最好不要。"

顾廷烨瞪目，讶异地望着明兰。他依稀记得，那年他没去接回娘家的余嫣红，后来她闹得几乎把房顶都掀了——话说，第一次婚姻给他留下了许多深刻的教训。

"你适才没瞧见我家太太、姨妈还有姐姐的脸色吗？黑得锅底一般了。"好在还有个上道的文姐夫，他曾于某日翰林院早休，特意跑到山门口接去上香的妻子，因此如兰倒没什么反应，扬扬得意地自夸了几句后，只打趣了明兰几下便罢。

明兰看顾廷烨一脸惊奇，十分耐心地解说起来："我不是太太生的，嫁得比几位姐姐都好也就罢了，又封诰命，又辟府另居，如今见夫婿还待我好，好事岂不都叫我占全了？天下哪有这么便宜的事情！事有不平，必生怨怼，不叫我白受些闲气才是真的！"

这种闺妇道理，顾廷烨头一回听闻。他略一思索，想起站在王氏身旁的那个面相酸刻的中年妇人，似叫什么"康姨妈"，那妇人目中隐然戾气。顾廷烨瞧着明兰，沉声道："有人……眼红你？欺负你了？"

明兰摇晃着脑袋："多一事不如少一事，所谓和光同尘，本是一家人，大家日子过得都差不多最好，不好显得太个别了，这是一则。二则，我若显得在你面前太体面，回头有人求我来找你帮忙，什么升官、考绩、外放、举荐，拉拉杂杂的，我帮还是不帮呢？"

嫁出去的女儿在娘家亲戚面前还是低调一点的好，别乱炫耀，哪怕真有资本也别胡吹，不然，借钱的、借住的、求办事的、求这求那的……稍有为难、不愿同意的，便有火山一样的讥讽冷言等着你——谁叫你当初吹来着？

顾廷烨愣了半晌，才迟疑道："因此……我不该在你娘家太紧着你？"

"正是。"明兰见他终于开窍了，喜上眉梢，"最好再显得很严厉，凶巴巴的才好。"

顾廷烨看着明兰，觉得匪夷所思："那你的面子呢？"

"亲戚长辈来跟你告状，你会来训斥我吗？"明兰笑问。

"不会。"顾廷烨一口否决。

"我管理家事，你会来驳我的权限吗？"

"我吃饱了撑的！"顾廷烨失笑。

"我想做新衣裳，打新首饰，做自己想做的事，你会不许吗？"

"只消你不生歪心思，做什么都成！"顾廷烨板着脸，目中却含笑。

明兰挥挥袖子，讨好地抱着丈夫的壮实胳膊，笑呵呵道："那不就结了？里子都有了，面子就随意啦！外头看着我在你手下讨生活不容易，没准反倒待我更好呢！"

顾廷烨眼神微闪，俊眉轻扬，把乐呵呵的明兰拖到面前，一边一只手抓住，微笑道："在下给你总结一下。你的意思是说，要为夫给你扯一张白白嫩嫩的羊羔皮子来，好让你个狡猾的小狐狸崽子严严实实地披上，是吧？"

明兰一双澄净的大眼睛忽闪忽闪的，很天真，很无辜："夫君统领军队，当比之以兵法，所谓'敌明我暗，善之上法'也。"

这还扯上兵法了！顾廷烨又好气又好笑，一把扯着明兰抱在怀里，双臂一使力，只箍得明兰像只没断奶的幼兽般呜呜哀叫，小小挣扎，然后埋头在她肩颈间，触及一片温软清香，他只闷闷发笑。

待抬起头来，他笑道："午饭可吃好了？"

明兰捂着鬓发挣脱出他的铁臂，努力收拢妆容："偶尔回一趟娘家，怎么好跟饿死鬼一般猛吃？"更何况对面还坐着一脸尖酸的康姨妈。

"这可好！薄老帅四十年的老规矩，在军营里非得和士卒一般吃喝不可，我借口要看兵械库躲了出去，这会儿还没吃呢，我带你去天香楼吃。"顾廷烨朗声笑道。

明兰一脸戏谑，用削葱般的食指点着男人，唇畔笑窝深绽，故意细声细气道："你个纨绔大少，一点儿苦头也吃不得，当心叫薄老帅知道了，狠狠收拾你！"

"有我这般英武能干的纨绔吗？"顾廷烨佯瞪眼道，"少废话，你去是不去？"

"去去去！"明兰连忙道，面上喜不自胜，"都说天香楼的香酥鸽子和佛跳墙是京中一绝，就是没机会尝尝。"天香楼是京中名酒楼，专事款待豪贵官宦，楼上特设有女眷设宴的厢房雅座。王氏带如兰去过，林姨娘也带墨兰去过，华兰知道后曾想着要带明兰去的，结果那日华兰将出门之际，她婆婆忽又发作了些事，只好作罢。

看明兰一脸雀跃欢喜，顾廷烨心中微涩，面上却不显，只搂着明兰笑道："京城汇聚天下美食，回头我再带你去别的馆子，'四海飘香'的豆瓣鱼和麻辣花椒鸡真乃绝味，还有'口水阁'的东坡肉和蜜汁叉烧……"他如数家珍，滔滔不绝地点评了一番。

明兰在一旁拍手叫好，心里暗乐——叫这家伙纨绔实在不算冤枉，要是自己不是他老婆，而是他哥们儿，估计这会儿他可能领着自己去逛红灯区了，没准还能把京中著名青楼评出个一二三等，顺便按着服务态度、收费标准还有货源质量来排个标普榜。

"可是……"明兰忽想起一事，迟疑道，"都这个时辰了，那天香楼可还有位子？"若她是个男子，自不介意坐大堂，可这世道，女子怎好抛头露面？也不知还有没有雅座包间。

顾廷烨正说得意气飞扬，闻言嗤笑一声，一扬首，傲气道："你当我是谁？没有也得有！"

自那次下馆子后，顾廷烨见明兰吃得开心，回府时便常带些名酒楼的招牌菜，一会儿是翠绿荷叶包的酱烤姜汁肋排，一会儿是竹筒鱼羊三鲜羹，甚至还有不知哪个犄角旮旯的路边摊寻来的鸭血粉丝汤和野山菌菇馅儿的大馄饨，野味生香，鲜美至极，明兰险些连汤匙都吞下去。顾廷烨果然不负盛名，至今未曾重复带回过一道菜。

明兰边吃边深深感慨：这世上果然不缺乏美，缺乏的是发现美的眼睛——嫁个纨绔也是有好处的，至少整日在书房的长柏哥哥就寻不到这么好吃的焦香银鳝煲来。

每次明兰大快朵颐之时，顾廷烨便在一旁笑呵呵地看她吃。明兰正忙着吃，没注意到丈夫的目光中带着一种奇怪的探究，似乎隐含窥伺之意。闲来之余，夫妻俩天南地北胡侃一番，从江湖趣闻到朝堂风波，顾廷烨很喜欢这种温馨俏皮的气氛，往往有一搭没一搭地扯闲话，一扯就远了，在外书房久待不至的公孙先生，忍不住要差人来叫顾廷烨。

几次下来，公孙先生忍不住长叹："怪道放翁先生之母非要休了唐婉不可！"夫妻感情太好，男人往往就会忘了发奋进步。

谁知明兰眼睛发亮，忙问道："听说那位唐夫人后头嫁的夫婿，比之陆游，无论家世还是才貌都还强些，这是真的吗？"姚依依依稀听说过这段八卦。

公孙先生正要开口，只见一旁的顾廷烨目光炯炯，只好轻咳一声，正色道："绝无此事，唐婉夫人二嫁后一直郁郁不快，终日思念陆务观。"

顾廷烨微笑着替公孙先生续了杯茶。

公孙白石原是陕南中层小士绅之家出身，于八股科举失意之后，索性寄情山水，反正上有长兄尽孝，又家资富足，无生计之忧，一路遍访名士，纵论时政，二十年来走遍名胜古迹，于是越走越偏，几年前在一处荒郊野岭遭遇一伙不讲职业道德的山贼，不但劫财还要灭口，幸亏顾廷烨路见不平，救了他一命。

公孙先生知恩图报之余，就给顾廷烨做起师爷来，后听说长兄亡故，小侄子公孙猛不爱科举读书，祖父母管教不了，是以干脆把他发配过来，由叔父亲自教养，顺带跟着顾廷烨历练些本事。本不过是闲暇戏作，权作旅游中场休息，谁知后来顾廷烨时来运转，连带着公孙白石也水涨船高，如今他是顾廷烨身边头号幕僚，在京中也小有名气。

身居高位后，自恃武艺高强的顾廷烨本不耐烦带保镖护卫，在公孙猛的坚持下，出城必有军中亲兵随行，于城内行走时必有护卫跟从，由屠龙、屠虎兄弟和随从一众好手，公孙猛便跟着屠氏兄弟学些武艺，有空再读点书。

"若是一片太平，老朽也不这般多事了，可如今皇上……"公孙先生忧心忡忡，亭子里微风习习，他拈着一枚白子，对着棋盘迟迟不下，"大理寺、刑部、诏狱，都是日夜不停，每个月都要提人进去审问，有些……就没再出来，直截了当地进了牢子。"

明兰略一思索，道："荆王谋反，羯奴来犯，要紧关头，三大营却有一半调动不力，几乎牵连了大半个京城。好在皇上留了后招，才有惊无险。皇上怕是不肯就这样罢休的。"

公孙先生点点头："如今统领诏狱禁卫的是刘正杰，他原是八王府亲卫校尉，颇得皇上信重，行事最是凌厉。当初皇上借为先帝守孝，发落了一批亲贵，本有震慑之意，可叹有人看不清，反倒愈加发兴。昨日皇上不过陈了几个封疆大吏之过，朝堂之上立时激辩滔滔，可见这底下水深。再说军营，都督初掌统军，便发现军中多种弊病，吃空饷、盗军粮、占用民田、拿军饷放利钱、私开边贸、器械库泰半皆空……林林总总，骇人听闻！"

明兰微笑，似并不在意："先帝仁厚，轻徭薄赋，节俭恭谦，与民休养生息，善待百官亲贵，颇有文景之风。如今国库富满，百姓尚算饱暖。"

"可是豪强愈加苛索民财，只牟私利，中饱私囊……"

"所以抄起家来，也加倍收获丰厚呀！"明兰赶紧补充，"一捞就是一大票呀！一个安徽巡抚的家财，能抵半年的盐税；从逆的两个伯爵和一个侯爵抄了家，便是大半年的国库盈余！"

公孙先生忍俊不禁，胡须飞起几条："这倒是！连打了两场仗，也不见国库虚空。"

明兰笑着调侃："盛世之下，总有些小毛病嘛。先帝政纲以仁厚为主，当今皇上却是刚毅果敢，一张一弛，正是我朝兴盛之气象。'荆谭之乱'祸及三省四地，可皇上一口气把几个藩王和从逆的田地都分给了百姓，如今不也渐渐恢复起来了？"搞政治的人，总爱一脸忧国忧民，她又道，"更何况，都督若不跟着皇上干，还能如何？"

公孙先生想了想，只能苦笑着点头——没有八王爷，顾廷烨还是个江湖豪客罢了。

"只消行事谨慎，别太奋勇直前，得罪人太多总是不好的。"明兰低声道。战略上要轻视对方，战术上要重视对方。

公孙先生轻松笑道："这倒无妨，都督此人粗中有细，况他也结交过三教九流，不是那般没城府的毛头小子。"

连下三盘，明兰和公孙白石一胜一负一平，双方都很不满意，他们原都以为自己是棋林高手来着，愤愤不平之余，两人约定来日再决胜负！公孙老头自恃记性了得，嘴里念念有词，空手负背而去。明兰就谦虚多了，叫小桃捧着棋盘回屋，打算研究这番残局。

这时，外头有人来禀报：翠微带着夫婿和孩子来了。

几年未见，翠微生了个女儿，足足胖了两圈，圆润绯红的面孔瞧着气色不错。她一见明兰就哭，还拉着小桃、绿枝几个一道哭，一会儿说一会儿笑的，直说想大家想得不行。女孩们俱是一阵欢喜，七嘴八舌地问着近况。

"我还当老太太要把姑娘多留一阵子才嫁呢！怎么算着也该是明年，谁知道姑娘嫁得这么早，倒叫我赶不及回京了！"翠微抹着眼泪，微笑着。

"谁叫咱们夫人招人喜欢呢？老爷一早就上门提亲，紧赶着要成婚呢！"绿枝笑嘻嘻的。

翠微笑着瞪眼："嘴皮子还这么利落，当心以后嫁不出去！"

绿枝一阵脸红，大怒着去捶人。丹橘一脸实诚，立刻表示安慰："绿枝妹妹别急，夫人定会给你寻个好女婿的！"绿枝更加窘迫，直撵着她们满地追打。

一阵笑闹后，众丫头退下，明兰单独叫了翠微夫妇俩来说话。翠微的夫婿名叫何有昌，原是在金陵看老宅的老何管家的儿子，一张圆圆的面孔，干净利落，忠厚周到的样子。夫妻俩站在一块儿，倒颇有几分神似。

"你爹是老太太的人，我素来是信得过的，你到底年纪轻，先从门房做起，以后再学学管事，瞧着怎样眉眼高低、言语体面，好歹先把外院的事体摸清楚了再说。"寒暄之后，明兰端着一碗茶，缓缓微笑道，"你们的孩子还小，翠微不好整日整夜离开，便先在廖勇媳妇身边帮忙，帮我看着些。她是个明白人，知道怎么做的。"

翠微和何有昌都是聪明人，对顾府情状多有知道，如今明兰在内院、外院都并无可信之人，他们便要做她的耳朵、眼睛，替她摸清楚各个管事的底细性子，内外事件之间的相互牵连，将来自会有提拔赏赐。

夫妻俩出来后，一路上一边笑盈盈地看着顾府景致，一边低声说话。

"夫人倒是个念旧的人，我听说原本太太要送另一房人给夫人陪嫁的，夫人央了老夫人，硬把咱们从金陵要过来。"何有昌叹道，他正值青壮，自然知道在金陵看老宅和来京城权贵之家当差，差别何其之大，"也是托了你的福。"

"咱们可得好好当差，替夫人分忧。"翠微温柔地看着丈夫，抬头又道，"那年我去她院里时，她曾对着我和丹橘她们几个道，'予你们权值管治这群小丫头，既是约束她们，也是考验你们'。如今看来，她怕是一早就瞧出燕草不妥了。咱们办事可要秉着公心，办错了、办砸了都好说，倘若存了歪心，叫夫人知道……夫人眼睛亮着呢，她眼里可不揉沙子！"

何有昌敬重妻子，笑道："这是自然。咱们出门前，爹训了我足足两夜呢。他说，能遇上个明白的好主子最好，但凡存了一颗忠心，便不会吃亏的。"

其实，明兰希望翠微不要太忙，女儿年幼要照料不说，最好趁年轻多生几个儿子，将来也有指望。没办法，古代嘛。比如说海氏和华兰，如果只有一个男孩让明兰选择，她会选让华兰生儿子，海氏生女儿，无他，华兰处境更糟糕，海氏过得算是舒坦的了。

没过几日，有人来报，华兰真生了个儿子。

为了不迟到，洗三那日，明兰一早就起身装扮，简单穿一件素净的月白缂丝暗纹宝妆花长袄，外罩着绯紫色弹花暗纹比甲，头上绾一个斜堕马髻，后髻底部若隐若现三四颗拇指大的滚圆明净的大珍珠，再压上一支十分精巧的大赤金五彩嵌紫宝蝴蝶簪，那蝴蝶的点翠触须不住颤动。小桃捧来刚剪下的新鲜花朵，颤巍巍的还带着清晨的露珠。明兰挑了一朵杯口大小的玉兰花，侧插在鬓边，揽镜而照，暗香萦然，鲜润清媚，更增丽色三分。

明兰第 N 次地深深感叹，顺带胡思乱想：这副皮相真是不错！这要是穿去乱世，大约当个妖妃问题不大，只是不知道会跟昏君一起完蛋呢，还是继续为新君服务。

忠勤伯府位于三环地段，明兰在马车里颠了快两个时辰才到。小桃爬进车子替明兰整理好妆容，主仆俩才下车。王氏见明兰来得颇早，面上微露笑意。康姨妈依旧一副阴阳怪气的样子。如兰一见明兰，就扯着她的袖子，凑到她耳边笑道："今日相公会来接我！"说完，便斜眼瞄着明兰，笑意盈盈，一副炫耀得好不得意的样子。

明兰几乎仰天无语，一咬牙，也凑到她耳边，道："也不枉你半夜跑出去会他。"

如兰顿时满脸通红，恨恨地瞪着明兰，偏嘴角又掩饰不住想笑的意思，只好在明兰胳膊上用力拧了两把。明兰忍不住轻声哎哟，昨儿个那头狼掐出来的还没好呢。

墨兰只在一旁冷眼看着。

待见了华兰，明兰顿时大吃一惊，只见华兰斜躺在床榻上，头上裹着一条春暖花开的织锦帕子，虽是着意整理过的，衣裳干净整洁，却依旧掩饰不住面色蜡黄，憔悴病瘦。对比海氏的白胖圆润，华兰简直不像是生了孩子，倒像是生了场大病。

王氏当时就急忙扑了上去，一口一个"儿啊"叫起来。华兰只笑笑："这次怀相不大好，慢慢养着便好了。"说话有气无力，还不住喘气。

再看那小婴儿，也是病恹恹的，连哭声都不大闻得，给他脱换衣裳洗三时，像只小病猫般地呜咽了几声，就不大动弹了。明兰记得海氏的女儿洗三时，那胖胖的小手小脚挣扎起来，甩得满地水花，叫得一个起劲。

在座众人俱是一脸怀疑，转头去看袁夫人和袁大奶奶婆媳俩。只见袁大奶奶似有些局促，低头与一旁的亲娘章姨妈说话，袁夫人却神色自若。见别人目露疑惑，她居然还轻描淡写道："我早和二儿媳妇说了，这胎怀相不好，得多当心着些，她偏偏……"

说着说着，竟数落起华兰自己不当来。众女眷也不好搭话，只笑笑听着。王氏暗恨，偏碍着在座人多，她不好当场质问，只能咬牙忍着。墨兰不动声色地低头喝茶，颇觉痛快。

明兰微转视线去看华兰，却见她低着头，目光中隐隐愤恨。明兰心中难过，坐到华兰床头，轻轻抚着她干瘦的手背，忽然滚烫一下，只见手背上湿润一滴。

明兰一阵酸楚苦涩，紧紧握住她的手。

如兰神经大条，比旁人反应慢一拍，好容易才看出华兰身上不妥，一经发现，她就立刻发作，一下站起来，对着袁夫人大声质问："敢问夫人，我姐姐怎么这般瘦，是不是病了？"

此言一出，屋内立刻一片安静。有时候蛮的就是怕横的。如兰瞪着眼睛，直直地看着袁氏婆媳，袁夫人立刻脸色一沉："亲家姑奶奶怎么说话呢？妇人家怀孩子，自有个好歹的！等你自己生了孩子就知道了！"

这话用来堵一般年轻媳妇是管用的，可惜如兰不是，她可是半夜爬山石去幽会的当代崔莺莺。果然，她怒气上涌，无可忍耐地上前大声道："不用等了！我来问你好了！你是不是又往我姐姐房里塞一大堆姜室通房了？大姐夫房里的人怕比伯爷的都多了吧？你做娘的倒是体贴！"这是华兰头次流产时袁夫人的杰作。

"你胡扯什么！"袁夫人面色涨红，手上的茶碗不住叮咚，周围已是嗤笑声四起了。

"那就是你又逼着我姐姐挺着大肚子给你站规矩！"如兰的手指几乎指到袁夫人鼻尖——这是华兰怀庄姐儿时袁夫人的创意。

"放肆！你也太欺人了！"袁夫人浑身颤抖。女眷们嘲讽的目光愈加露骨。

"不然就是你硬叫我姐姐怀着身子替你管家。"袁夫人又不是盛纮，如兰丝毫不惧——这招是华兰怀实哥儿时才出的新招。

"你你你……"袁夫人头一次遇上这么个心直口快的泼辣女子，一时也不知说什么好。明兰心里暗叫痛快。

在座的夫人太太中，除了回老家办事而没法来的寿山伯夫人和出嫁的袁文缨，不少都是常与忠勤伯府来往的女眷，知道袁家底细的着实不少，大多暗笑着看白戏，只有几个轻轻皱起眉头。

袁大奶奶赶紧扶住婆婆，大声讥讽道："亲家姑奶奶，你也积些口德吧，难不成弟妹有个好歹，便都是我们的过错？"

谁知如兰一口气顶回去，理所当然地吼道："那是自然！反正我姐姐若有个不好，定然是你们婆媳欺负她！你看看你们两个，吃得这么白胖，下巴都两层了。若你真待我姐姐好，应当是照看她照看得也消瘦了才对！"

明兰几乎喷笑，遇见这么不讲理的人，王氏又不加制止，袁大奶奶也只好哑然，暗摸一下自己的双下巴，羞愤难言地转身低头坐下。华兰虚弱无力道："如儿，别说了……"

袁夫人缓过气来，厉声道："你们盛家姑娘金贵，咱们袁家伺候不起，赶紧接回去吧！"

众人见事至此，知道不好，纷纷劝了起来，叫袁夫人消消气。袁夫人却冷着一张脸拿乔，华兰又气又急。明兰忽地站了起来，冰冷地瞪着袁夫人："亲家夫人可把话说明白了！什么叫'接回去'？亲家夫人可是要出具休书？"语气异常冷硬。

袁夫人做梦也料不到盛家人居然敢直接问出这句话来，还当她们会说几句好话，然后下了台阶了事。她一时噎住了，说"是"不好，说"不是"又下不了面子。

明兰微眯眼睛，目光凌厉，一字一句缓缓道："袁夫人把话说清楚了，袁家是不是要休妻？"以盛家如今的声势，虽比上不足，比袁家却是有余的。袁夫人心知肚明，倘若华兰前脚被休出门，自己后脚也是要被赶出去的。她愤愤地转过头去，不说话了。

章姨妈一瞧不对，连忙上来打圆场："亲家姑奶奶说什么气话呢，我老姐姐的意思，不过是叫外甥媳妇回娘家养养身子，也能好好调理不是？"

"原来如此。"明兰目中轻蔑，"倒是我误会了。"轻笑中充满鄙夷。

她慢慢走过去，一边拉着气鼓鼓的如兰坐下，一边温雅微笑道："各位太太、奶奶，莫怪我这姐姐说话无状，她最是心直口快的，心里有什么纳闷儿都藏不住的。"

明兰如今是钦封正二品诰命，在座妇人中数她位分最高，众女眷只有巴结，哪有质疑的？有几个还凑着笑道"是呀，是呀"。袁夫人气呼呼地背过身子。

明兰又浅笑道："也怪不得我五姐姐胡乱猜测，奈何也太巧了，每每我大姐姐怀身子时，总有些故事要生出来。知道的会说'真是巧了'，不知道的还当亲家伯母特特刻薄我大姐姐，偏心自己外甥女呢！不过咱们自己人是知道的，亲家伯母定然不会这样！"

废话！就算婆婆是无意之过，媳妇几次都在孕期出事后，也当注意当心了，哪有这么上赶着找事的？袁夫人气得胸膛一起一伏，心口几欲炸开，偏又说不出什么。周围女眷们或冷漠，或嘲笑，种种目光射来，她更是要气晕过去了。

"亲家姑奶奶果然是伶牙俐齿，"袁夫人恨声讽刺道，"娶了你们盛家闺女的，可真有福气！"

明兰笑眯眯道："不敢当，我不过是照实说罢了。倘若晚辈有什么言语不妥的，请亲家伯母莫要怪罪，指明出来便是，晚辈下回一定改。"

王氏面色大善，暗暗吐了一口气，总算舒服了些，高声道："亲家不必替我家操心了，我家这辈的闺女，不多不少，上个月刚好嫁完！如今老盛家就一个待字闺中的，就是我那只十几天大的大胖孙女，离出嫁且还早着呢。"

说完，屋内一阵哄然大笑。众女眷见气氛缓和了，赶紧凑着趣地说笑起来。

袁夫人看看龇牙欲骂的如兰，再看看一脸温煦的明兰，一个是泼辣女子，一个是笑面虎，知道今日绝讨不了好去，索性不再说了。因她心里生气，竟连午饭也不留了，只嚷着头痛身子不适。众女客见袁家下了逐客令，便都纷纷告辞。

明兰冷眼旁观，见女客们有不少微露不满之意，还有几个索性出言讥讽，知道这袁夫人的人缘也不怎么样。

文姐夫果然来接如兰。明兰怀疑他是一直偷偷等在附近的，特意来给如兰长脸。在众人艳羡的目光中，如兰愉快得意地高调离去。正当明兰也要走时，忽然一个袁家小厮来传话：

"二爷说了，过会儿他就与顾都督一道回来。今日才听说薄老帅的夫人病了，是以请顾夫人且留一留，待二爷和都督回府了，一道去探病。"

薄天胄自交还兵符之后，就处于半退隐状态，一直住在京郊庄子里颐养，离忠勤伯府反而路近。明兰略一沉吟，便去看袁夫人，笑道："这可怎么办呢？"

王氏连忙添柴："若亲家太太不方便，我家明兰可在门口等着。"

袁夫人今日几乎气足了几个月的分量，一阵一阵的，让她快要脑出血了。若今日明兰真在门口等着，那明日袁家就会沦为全京城的笑柄。她牙关咬了又咬，好容易忍下来，对着身边的丫头大骂道："还不去给顾夫人备茶？！"

明兰缓步走回华兰的屋子，华兰早已得信，笑着叫妹妹坐到自己身边来，一边招呼丫鬟上茶果点心，一边不断问着明兰婚后可好。听到明兰过得有趣之处，华兰拿帕子揾着眼角，替她高兴；明兰说到烦恼之处，便给她出馊主意，两姐妹亲亲热热地说了好一会子话。

明兰四下看了看，示意翠蝉去门口看着，低声道："姐姐，到底怎么回事？你真不打算说了吗？自打贺老夫人叮嘱过你要紧事项后，你是不会在孕期轻忽自己身子的。"

华兰一愣，眼眶顿时湿润，想起产妇不能哭，连忙忍住，只哽咽道："我就知道……旁人也就罢了，你，我是瞒不住的。"

"到底怎么了？"

华兰忽然高声道："翠蝉，去把实哥儿抱来，再把庄姐儿领来；银姐，把门窗看严实了！"

外头众人应声。

华兰紧紧握着明兰的手，声音断续哽咽："那……那……那死老太婆！真是欺人太甚！自打我怀了身子后，她就提出，要把实哥儿养在她屋里！"

"当真？"明兰惊呼。

华兰恨恨道："寻常人家，祖母抚养孙子，也是常事。可……可……那死老太婆一直存心拿捏我，我如何能放心？你姐夫也不肯，就这么一直拖拖拉拉地敷衍到两个月前，这死老太婆忽哼哼唧唧地装起病来，还寻来个道婆，口口声声说实哥儿的八字旺她，若要她病好，非得把实哥儿养在她身边不可！一顶'孝顺'的大帽子扣下来，你姐夫如何抵挡得了？"

明兰默然，这招真下作无耻！

挑华兰身体最虚弱的时候发作，她肚里的还不知是男是女，实哥儿是华兰唯一的儿子，把实哥儿带走，华兰就得日夜提心吊胆，如何能好好养胎？这种情形下，婆母但有吩咐，她怎敢不从？

华兰抹抹眼泪，神情凄楚，继续道："那两个月，我都不知是怎么过的，一闭上眼睛，就梦见实哥儿出事了，吃也吃不好，睡也睡不下，几乎要疯了！"

明兰心生怜悯，握着华兰的一只手轻抚。虽然知道袁夫人未必会对自己孙子不利，但真若有个万一，难不成还能叫祖母给孙子偿命吗？不过一句疏忽了事，这个哑巴亏吃定了。

"约十天前，前院忽然喧哗起来。我一问，差点死过去。"华兰面容惨淡，"那起子黑心肝的婆子，竟让实哥儿独自午睡，也不留个人看着，她们全去外头喝茶聊天去了！实哥儿如今很会爬了，他醒过来后便满床乱爬，偏床边放了个熏炉，小孩子不知道，打翻了熏炉，还滚落床下，那熏炉里的火灰就落在实哥儿身上！"

"啊！"明兰惊叫起来，"可有伤着？"

"可怜我那实哥儿，哭了好一阵都没人理睬。"华兰声音中充满了恐惧，轻颤道，"幸亏有庄姐儿……"

"关庄姐儿什么事？"

华兰面上泛起一阵羞愧："都是我不好，只记挂着实哥儿，疏忽了她。这孩子知道我放心不下，就常甩开她奶母，每日都偷跑去前院瞧她弟弟。她人小，旁人又不防备，是以也无人知觉。她奶母来告状，我心烦，还狠狠斥责了她。那日，庄姐儿又偷偷跑了去，她听见屋里实哥儿在哭，连忙跑进去一看，只见她弟弟滚在地上哭号，一头一脸都是烫起的疱！庄姐儿抱不动她弟弟，只好把她弟弟身上的火灰全都掸开，可怜她的手，也烫起了好几处……啊，快进来，庄姐儿，快来见你六姨母！"

一个小小的女孩急急地跑进来，明兰一把抱住，在她脑门上用力亲了一口："乖孩子，叫姨母看看你的手。"

庄姐儿稚气的面庞也泛起了成人才有的惊惧，她怯生生地伸出两只小手，幼短白嫩的指腹上有几处深玫瑰色的暗斑。小女孩羞涩地缩回手指，稚嫩的声音道："姨母，我早不疼了，弟弟身上才烫得厉害呢。"

明兰连忙去看翠蝉怀里抱的男孩，他正熟睡着，只见他秀气白皙的面庞上，额角触目惊心的一处红肿，应当是摔出来的；沿着右边眉毛往脸颊下，一排细碎的深红色烫疤，其中最惊心动魄的一处，恰恰在他右眼皮上！倘使当初有个万一，他一只眼睛怕是要废了！

男孩似有醒觉，微微呜呜了两声。庄姐儿忙上前轻拍了弟弟两下，奶声奶气地哄道："乖，乖哟……"小小男孩似知道是姐姐的声音，又沉沉睡了过去。

明兰一阵心疼，再也忍不住，一把用力抱住庄姐儿，眼泪止不住地流下来。华兰看着这两个孩子，悲从中来，伏在床头也闷闷哭了起来。翠蝉连忙把男孩交给旁边的奶母，赶紧扶起华兰，帮她擦眼泪，连声道："二奶奶，你可千万不能哭，这可是要落一辈子毛病的！"

明兰赶紧抹了眼泪，抱起庄姐儿，满脸骄傲道："好孩子，你能替母亲分忧，能救护弟弟，是个顶顶好的女儿，顶顶好的姐姐，六姨母很是为你高兴！你不要怕欺侮困难，你是袁家的嫡长女，盛家的长外孙女！看哪个敢欺负你！"

庄姐儿绽开一个小小的笑容，用力点点头。

翠蝉把两个孩子带了出去。明兰目送着他们出门，回头含泪笑道："姐姐把孩子教养得极好，将来姐姐会有福气的！后来呢？"

华兰也满是自豪，欣慰而笑，平复了情绪后，缓缓道："我当那死老太婆会心中有愧，谁知她竟反咬一口，说是庄姐儿打翻熏炉，弄伤实哥儿的！还要罚庄姐儿！"

"屁话！"明兰也爆粗口了，"说一千，道一万，总是屋里没人伺候着，才会出事。若是有人在，哪怕是庄姐儿打翻了熏炉，也伤不到实哥儿！"

"谁说不是！"华兰苦笑着，"家里乱作一团，你姐夫回来后，气得半死，要拿鞭子生生抽死那几个婆子，偏被他娘拦了下来，大骂儿子不孝，还说要去祠堂跪祖先！公公知道后，立即发落了那几个婆子，还要送婆婆去庄子里'静养'。婆婆也不知哪里学来的腌臜伎俩，竟找出一根绳子要上吊，口口声声说'天下没有为了儿媳妇而慢待发妻的道理'，把公公也气得险些晕厥！这事便不了了之了，好在儿子总算要回来了……"

明兰听得无语。华兰嘴角浮起一抹浅笑："你姐夫看了实哥儿的伤处，也是吓得一头冷汗，着实气不过，又无处发泄，于是……呵呵，"她笑得古怪，"那死老太婆往我这儿前后送了七八个通房侍妾，你姐夫当晚就把那两个最出头的，每人各打了五十板子，打得半死后丢出忠勤伯府大门，又把另两个剥光了衣裳，叫她们赤身跪在院里一整夜，第二日她们就病了，然后被挪了出去。剩下那几个如今老实得很，连头都不敢露，生怕叫你姐夫迁怒了。"

明兰失笑："竟有这事。"

"死老太婆知道后，又来闹了一场，我当时就捏着一把簪子指着喉咙，说，要再敢提一句抱走我孩儿的事，我立时就死在当场。她只好去打骂她儿子，直把你姐夫抓得满脸都是伤，几天都没能出门见人。"

一段惊心动魄的过往说完后，两姐妹久久无语，头靠头挨在一起倚着，俱是伤怀。过了好久，华兰才道："这到底什么时候才是个头呀！我如今只怕她又出什么幺蛾子。"

"也……不是没有办法根治。"明兰悠悠地说了一句。

华兰立刻挺起身子，两眼发亮，抓着明兰低叫道："有什么法子？快说！快说！"

明兰沉吟不语。华兰急了，连连追问，直把明兰晃得头晕。明兰为难道："这不是什么好事，不过是个馊主意罢了。"

"馊主意才好！正配那老虔婆！"华兰目光炽热。

明兰咬了咬牙，好吧，她生平第一次大型阴谋诡计开始了。"前阵子，我听闻家里出了一档子事，太太……她想给大哥哥纳妾，大嫂当即就病了。"

华兰嘴角轻讽："我那弟妹好福气，比我强多了，纳个姜室也死不了的。"

明兰心里轻叹，也能理解华兰的心态，继续道："别说哥哥不愿意，爹爹也觉着太太没事瞎闹，于是……喀喀，他一气收用了几个通房丫头。"

华兰似乎有些明白，轻轻问道："所以……"

明兰摊摊手，为难地说出最后的结论："太太如今没工夫去管嫂嫂了。"

华兰睁大了眼睛，她明白了。

"这……成吗？"华兰迟疑。

明兰淡淡道："袁家是否可能休了你婆婆？"

华兰颓然坐倒，摇头道："不可能。她到底生儿育女了，忠勤伯府丢不起这个人，那休书也不过是吓吓她罢了。"

"那你公公是否可能把你婆婆一辈子丢在庄子里'静养'？"

华兰眼神绝望："也不成。别说旁人，就是你姐夫，也不忍心婆婆永远在庄子里吃苦。"

"那你还有什么法子？"其实，话倒过来说，袁家也不可能休掉华兰。

"没错！没错！"华兰重重捶着床板，低声道，"叫她日子过得这么舒服！合该给公爹纳几房年轻貌美的姜室……可是，公爹房里的姜室都叫婆婆看得死死的呀！"

明兰摇着左手，用力压低声音，凑过去道："第一，哪有儿媳妇给老公公纳妾的，传出去岂不笑死人？第二，不能随便纳妾，要纳一个你婆婆不能轻易打杀的妾。"

华兰何其聪明，沉吟片刻就明白了："你让我去找大姑姑？"

"对。"明兰道，"去找寿山伯夫人。"

"她肯帮我吗？"华兰怀疑，虽然她很喜欢自己，但是……

明兰干脆道："不是帮你，是帮她自己的娘家。等她从老家回来后，必然会来看你，到时候，你单独把一切跟她摊开了说，先说你的苦楚、你的委屈，把受伤的孩子给她瞧，把伤处往厉害了说，然后再和她讲郑庄公和共叔段的故事……"

"我知道！"华兰眼中终于泛起了光彩，"春秋时的郑庄公和共叔段也是一母同胞的亲兄弟！可是因武姜太后偏心，一意偏袒共叔段，倒行逆施，终于酿成兄弟阋墙！最后……"

"最后，郑庄公亲手杀了他弟弟共叔段！真论起来，这泰半是武姜太后之过。"明兰补上，"这不单单是你们婆媳之间的纷争了，要知道再这样让袁夫人癫狂下去，袁家两兄弟不离心也要离心了，到时候，袁家非得分崩离析不可。"

这句话一说，整个事件立刻上升到一个新的高度，变成了维护家族团结。

华兰把事情来回度量了两遍，觉得很有可行性。让寿山伯夫人找个门第清白的贫家女子，美貌温柔，头脑清楚，她会知道二房才是她的助力。做大姐的给身子不好的弟弟送个妾室来服侍，只要老伯爷自己同意，谁也没资格说什么，若袁夫人闹腾，就是犯了"七出"——她给儿子塞女人时，就老喜欢拿这个来堵华兰。

清苦了大半辈子的袁老伯爷多半会喜欢那女子的，就算生下庶子也不打紧，反正有没有庶子，二房都分不到什么财产。说到底，做婆婆的可以天天为难儿媳妇，可做儿媳妇的不好天天去找公公告状，索性安个得力的枕头风来吹吹，到时候看袁夫人还有没有力气天天来寻衅！

华兰越想越觉得妙，神采大好，几乎要下地走两圈了。

明兰微笑着看华兰。

第一，既然华兰不介意长柏纳妾，想必和袁夫人关系不好的寿山伯夫人也不会介意弟弟忠勤伯纳妾；第二，袁家大爷读书不成，学武不行，只喜欢躲着清闲，而袁文绍精明强干，眼看着前途大好，寿山伯夫人应该知道，将来她和她的孩子能倚重的是哪一房。

这才是最终的关键。

"这件事只能三个人知道。"明兰忍不住提醒，"你、寿山伯夫人，待事成之后，你还可以摊给姐夫知道，你们夫妻情分不错，不要为了这个伤了。"

"我知道你的意思，待人进了门，我就一五一十地告诉你姐夫。"华兰笑得很狡黠，她仿佛又回到了无忧无虑的少女时代，"放心！从头到尾，都没你什么事。"

明兰放心了，跟聪明人合作总是特别愉快。

其实，只要不威胁到自己的利益和地位，这个时代的大多数儿子，对父亲纳妾都不会有什么意见，何况到时候华兰抱着满身伤疤的两个孩子，跪在丈夫面前一哭一求，措辞婉转些、巧妙些，基本不会有大问题。

又过了一会儿，顾、袁二人回来了。当袁文绍笑着去请明兰出府时，他永远不会知道，就在适才短短的时间内，他的人生弧线稍稍弯曲了角度。很久以后，他有了一个很听话很忠诚的年幼庶弟，还有一个很幸福很太平的后半生。

而此刻正坐在炕上，恶狠狠咒骂自己命苦的袁夫人不会知道，她真正命苦的日子才刚刚开始。

在外院门房处，顾廷烨扶着明兰上了马车，见她情绪低落，神色漠漠的，颇觉奇怪。他转眼瞧了一下袁文绍还没出来，便也钻进马车去问怎么了。明兰简单地把事情述说了一遍。

顾廷烨轻轻皱眉：“文绍襟兄也忒优柔寡断了，这般愚孝，不但委屈了自己妻儿，还纵容家宅不宁。”

“谈不上优柔寡断，不过是值不值得罢了。”明兰斜倚着车壁，神色淡然，“姐夫自然知道姐姐度日艰难，但他认为千依百顺他的母亲更重要。三妻四妾的男人佯装家宅和睦，并非他们不知道妻子在伤心，不过是自己的风流快活胜过妻子的悲伤罢了……不过，这也不算错，人生在世，自然是自己的快活更要紧了。”

顾廷烨微惊愕地看着有些异样的明兰，心头漫起一阵很不适的感觉。他压抑住这种感觉，静静问道：“那你呢？伤心了该如何呢？”

明兰想也不想，就笑道：“伤着伤着……就好了呗，总能熬过去的。”

到了这个古代，才知道古代女人的生活方式才是最明智的，管理好财产，保证物质基础，然后爱自己、爱孩子、爱善意的娘家，偶尔爱一点男人，不要太多，上限到他找别的女人你也不会难过，下限在你能恰到好处地对他表现出绵绵情意而不会觉得恶心。

最好不要动不动就产生厌恶情绪。无可奈何地和一个自己深深厌恶的男人过一辈子，是很不健康的生活方式。

明兰正在努力练习中。再过几天，待顾府整顿完毕，她得办顿上梁酒，宴请亲朋，那之后，她就得时不时地去宁远侯府给长辈请安问好了。休假要结束了，希望那时也一切顺利。

“你倒什么都敢说！”顾廷烨眯眼，隐含凌厉目光。

明兰歪着脑袋，静静地说：“你说你喜欢听真话的，何况……我也瞒不过你，叫你逼着说真话，还不如自己说呢。”

“你并没有指着我过日子？”顾廷烨挑高了一边的眉毛。

"不。"明兰掰掰手指，摊开，"我指着你过日子的，可是……"她沉静的眸子直直地看着男人，清澄得叫人难过，"若你变心了，我能有什么办法？"

顾廷烨眸色晦暗，忽又问："那你会怎么办？"

明兰支着下巴，苦苦思考："不知道，等那时再说吧，大约不会去寻死吧。"

她对姐妹的最初期待，不过是她们莫要害她，只要满足这点，华兰、如兰都是她的好姐姐；她对盛纮、王氏的唯一期许，也不过是他们不要拿自己换太多好处，只要他们多少还为她的婚嫁幸福考虑，那他们就是好父母。

如今看来，基本上，盛明兰这个生物的生活，还是愉快的，她一定会寻找一种让自己最舒服的生活方式，不论是不是离开他。

顾廷烨一瞬不眨地看着明兰。昏暗的车厢里，只有车帘透进一丝光线，洒在她如美玉般白皙的面庞上，长长的睫毛垂下来，盖住了黯淡水晶般的光彩，弯曲的颈项无力地靠着，脆弱地，颓丧地，茫然地，带着一种无可奈何的愤世嫉俗。

这样惊心动魄的美丽生灵，充满了自我嘲讽的调侃伤怀。她热爱生活，她唾弃生活，她乐观热诚，她颓废冷漠，她似乎时刻都在肯定，又时刻都在否定，矛盾的完美对称——把湿漉漉的她从江里捞出来的那一刻起，他就一直好奇着她，他从没有这样着迷过一个人。

"若是你遇上了你姐姐这般的事，当如何处之？"男人忽然发问。

沉寂的眸子灵动起来，像湖面漫开秀丽的涟漪，她拍着小儿，俏皮地笑道："官逼民反，这还了得？我立时就去拎两把菜刀来，一把压着自己的脖子，一把压着那人的脖子，一声断喝——不让我活，也不叫你们好过！"

然后她呵呵地笑倒在猩红华丽、金线刺绣的垫褥上，像个孩子般淘气。

顾廷烨深深地看着她，没有笑。他知道她不是在说笑，她的眼睛没有笑——好几次都是这样。相反，她目中还带着一种异样的决然，美丽得像扑火而去的飞蛾。

他一把拖起她，粗暴蛮横地抓她到怀里，用力箍住，拼命地箍住，直勒得她快断气了，才慢慢放开。明兰抬头大口喘气，被闷得满脸通红，险些断气，木木地看着他。

顾廷烨觉得自己莫名其妙，似乎很生气，气她不信任自己，但又不得不承认她的顾虑也很对。末了，他只能抚着她秀美的眼睑，轻轻叹气，低沉着声音道："不用菜刀，你想砍谁，我替你去砍。"反正他亲妈早没了。

明兰木木的，茫然不知所以——他在说什么？

他顿了顿，补充道："我砍得比较好。"

明兰呆呆地笑了几下，表示同意。顾廷烨忽然又是一阵大怒，狂暴地掀翻了车厢里的小几，一拳捶在车壁上，震得马车摇晃。明兰吓作一团。

顾廷烨压低恨声道："你个小没良心的！成亲还不到一个月，你就成日想着该找什么样的退路！你个小浑蛋！"

说着，一把提起明兰的胳膊，麻利地撸起她的袖子，照着她雪白粉嫩的"肘子"，啊呜就是一大口，留下两排整齐的牙印。

明兰吓得花容失色，扁着嘴，泪汪汪地看着顾廷烨愤愤地转身下车！

第三十四回·宴饮前后

　　莫名其妙地发了一通脾气后，顾廷烨飞马绕了一趟百年老店德顺斋，捎了一只胖胖的水晶冰糖酱肉肘子回府，碧绿的荷叶包裹着酱香四溢的卤肉肘子，明兰看得两眼发直。

　　她忍不住四下瞅了瞅，见恰好无人，便扑上去往那卤肉肘子上狠狠啃了一口，然后撸起袖子，拿自己的胳膊比了比。她抿着嘴角，笑得很满意，随后挥手叫小桃，让把肘子端去厨房切了，一半照旧留给葛妈妈她们学习，一半给晚饭加菜。

　　谁知此时顾廷烨恰好从外书房回来，瞧见小桃端着荷叶肘子在廊上跑，他忍不住喝止，过去掀开一看，顿时脸色绿得跟荷叶一般：只见那油光水滑的红焖肘子上，两排小巧滚圆的牙印，很深，很凶恶。

　　含意不言而喻。

　　顾廷烨仰头望天，好气又好笑。

　　当晚开饭，明兰一直光顾那碟肘子，愈吃愈开心，还殷勤地招呼丈夫也吃。顾廷烨不置可否地看看她，嘴角轻轻弯起。明兰也没注意，只埋头闷吃。这百年老卤味果然名不虚传，滋味极是地道，她居然把一碟子都吃完了。

　　结果，当晚她就闹起积食来了，胃胀得难受，眼泪汪汪地伏在床头轻轻哀泣。顾廷烨披散着浓黑的头发，敞着雪绫长褂，隐露着健硕的胸膛，屏退旁人后，他自己托着一盏消食的神曲茶，哄着明兰喝，可明兰哪喝得下！

　　顾廷烨见她顶得难受，急得几乎要半夜去找太医，被明兰拖住了衣角，呜呜道："叫外头人知道我吃撑了，我、我、我……我就没脸见人了！"

　　顾廷烨气急败坏地在屋里走来走去，冷着脸骂道："该！居然一口气吃了半只肘子！满京城去打听打听，哪家夫人小姐似你这样的？！"

明兰摸着胀胀的肚皮，一边抽泣一边小小地打着嗝，活像只吃撑了的鼓肚皮青蛙，捂着脸轻声呜呜，又委屈又羞愧："谁叫你咬我来着！"

顾廷烨更怒，瞪着眼睛骂道："你个欺软怕硬的！不敢咬我，只敢咬肘子！"

明兰闷闷地低着小脑袋，暗自唾弃自己。

因明兰平躺不舒服，顾廷烨这夜只好搂着她半靠在榻上，一边给她揉着肚子，一边低声咒骂。明兰睡得不甚清醒，恍惚间，只看见案几上那只雕绘繁复的洞鼎石盘龙熏炉，云云绕绕地吐着青烟，耳畔是男人沉沉的心跳声。

迷蒙中，她忽然觉得很安心，很可靠。

次日天未亮，顾廷烨便要起身早朝，正待翻床而下时，忽觉襟口一紧。他低头看去，只见一只白玉般的小手紧紧扯着自己的衣襟，透明的指甲因微微用力而带上淡淡的粉红色，像花苞里的海棠花瓣，稚嫩柔软。

大约难受了半夜，此时的明兰睡得很沉，白里透红的秀美面颊上一片宁静。顾廷烨莫名地一阵欢喜。他低头亲亲那只白胖的小拳头，小心地解开衣带，褪衣后轻悄离去。

待天尽明后，明兰才打着哈欠从床上爬起来，蓦然发觉手中扯着一件衫子，上头隐然有男人浓重的气味。明兰怔了怔。丹橘一眼看过来，又看了看明兰的脸色，忍不住笑道："姑娘，要说姑爷待你……真是没的说。"

明兰愣了愣，笑得很怅然："是呀。"

一日日地，眼看着庭院后园都渐渐成了样子，明兰开始筹备开府宴席，宁远侯府那边也特意遣人过来相询，可否需要帮忙。

明兰正忙得焦头烂额，一瞧见太夫人派来的向妈妈，立刻老实不客气地提了，要了人手，要了宁远侯府历年办筵的菜席旧例，还要了桌椅酒器、碗碟杯盏，等等。

向妈妈都含笑应了，一趟趟穿梭于宁远侯府和顾府之间，一来二去，倒也和明兰聊上了。

"这么说，大姑太太这几年都不在京城？"明兰端着一盏凉凉的枸杞车前草茶微笑——这茶的方子还是贺老夫人给的。说起来，她还从未见过长房的庶长女顾廷烟呢。

"正是。"向妈妈浅浅喝了口茶，抬头道，"冯家也是书香门第，大姑爷如今正于福建任上，大姑太太也跟着去了。"

明兰低头吃茶，忽轻抬头，笑道："不怕妈妈笑话，说了半日，我还不知该叫大姑太太'姐姐'还是'妹妹'呢。"

向妈妈目光一闪，答道："大姑太太比二老爷稍大了四个月。"

"那我该叫一声'大姐'了。"明兰心头一动，脸上依旧笑得很温煦——顾廷烨的生母是已过世的一位姨娘。大秦氏，到底是留了后手的。

"不知二夫人可拟好了宴饮名单？"向妈妈微微试探道，"若有不明白的，尽可问太夫人，免得到时候怠慢了亲戚。"

明兰放下茶盏，双手轻轻搁在膝上，姿势优美。她笑吟吟道："妈妈说得是，我也怕有不周，故而请大嫂嫂叫身边的管事妈妈送了一份咱家常往来的亲戚单子来……不过，都督说，如今朝堂上事多，咱们还是轻省些的好，莫太招摇了，只少许请些亲朋便是了。"

向妈妈眼神一闪，笑道："二老爷说得自然是有道理的。"顿了顿，又笑道，"也不知送来的那几房人，二夫人使得还惯吗？不计是太夫人，还是四老太太、五老太太，都是把身边可信的人送来的呢。"

明兰轻笑道："还好，还好。"她向丹橘打了个手势，丹橘立刻捧了本册子来。明兰翻出其中几页，递给向妈妈看。向妈妈看了立刻脸色大变。

明兰淡淡道："也没什么，橘生淮南则为橘，生于淮北则为枳，大约是我这主子德行不够，镇不住她们吧。"

"她真这么说？"幽静的内室里，太夫人秦氏手中捻着一串佛珠，端坐在佛龛前。

向妈妈低声道："那几个不成器的，才这么几日工夫，就叫她拿住了这许多把柄，赌钱吃酒、克扣丫头月钱、私自递东西出府……一样样都写得清楚，下头有她们自己的画押指印，一旁还有人证的录入，我只瞧得心惊肉跳。"

房间比邻花圃，一阵清香透窗传来，太夫人敛眉道："你这几日常去那府里，觉着如何？"

"怕是有些门道。"向妈妈拿着玉夹子拨了拨香炉里的火灰，低声道，"我私底下细细打听了，二夫人瞧着和善随性，却是规矩极严。单说她那正院，丫鬟们都分了岗次的，每日每个时辰每个地方都有谁当值，都做了表格，白纸黑字写得清楚，当值期间不得肆意玩笑打闹。尤其她那几间正房和里屋，闲人寻常都进不去，时时有人守着，屋外十步方能有人，哪怕是同院的丫头，等闲也不可乱走。”

“刁家的还与我说，”向妈妈回忆道，“她家春月，哦，就是原来那个明月，这几日被连着罚了两回，一次是擅自进正房，一次是在屋外徘徊了半天。春月如今已被罚出正院了。”

太夫人突然睁开眼睛，唇畔露出一丝微笑：“她倒聪明，到底是侯府小姐带大的。”

向妈妈摇头道：“她这人颇懂赏罚之道，说一不二，赏就重赏，罚也重罚。每每处罚都道明缘由，若有抵赖狡辩的罪加一等，若有推诿旁人的愈加重责，若情有可原的，也能从轻。这段日子下来，府中众人自管事到杂役，俱是敬服，把个府邸弄得跟铁栅栏一般，只进不出，连询问些消息都不容易。唉——以后怕是再难打听了。哎呀呀，真是没想到，这么点儿年纪，还是个庶出的，就这般威势能耐！”

太夫人神色渐凝重，冷笑道：“原以为牵了头羊进来，没料到……哼，他们夫妻处得如何？”

“说不好。”向妈妈有些犹豫，“好的时候固然是如胶似漆，但也常吵嘴，二老爷有时骂人的嗓音直传到屋外来，昨日还对着二夫人身边的丫头发了通脾气。细的我也打听不出来……不过，二老爷倒是什么都肯与二夫人说，内外书房她也是可以随便进的。”

太夫人皱着眉，握佛珠的指关节有些发白：“她可有身孕了？”

“倒是还没有。”向妈妈苦笑着，“春月被撵出去之前，她刚换洗过……可便是那几日，二老爷也歇在她屋里。”

这句话说完，太夫人就不再问了，只闭上眼睛微微养神。向妈妈就静静地站在一旁。过了良久，太夫人忽然睁眼，轻笑道：“如今我倒佩服起一个人来了。”

“您说的是谁？”

“亲家公，盛纮老爷。”太夫人拍着膝头，微笑着，“当初我还闹不明白，好好的，怎么这么大胆子，硬是把嫡女嫁去文家，却拿庶女来充数。如今瞧来，人家明白得很。”

“那我们如今可怎么办？”向妈妈微微着急道，“自打二老爷知道了当年的事，他心里可憋着一口气呢！”

"什么怎么办！"太夫人微笑自若，"什么都不用办。白氏又不是我害死的，他有气也不用冲我来！如今更着急的，怕是老四和老五。我到底占着名分，只消我什么错都不出，谁也不能把我怎么样。咱们别急，单瞧着老四、老五他们闹吧。"

"那您为何还要屡屡与她为难？"向妈妈不解道，"好好哄着她，叫她信您、敬您、重您，不是更好吗？"

太夫人缓缓捻起佛珠来："她是庶女，哪里有胆气违抗夫婿，而廷烨已对我有了戒心，我越是示好，他越会怀疑，索性就依了他们的猜测，扯他们几下后腿，反倒叫他们安心了。"

"那……以后呢？"向妈妈迟疑道。

太夫人把佛珠小心地摆在案前，对着佛龛里的观音像缓缓微笑道："做婆婆的要为难媳妇，还用挑时候吗？不必赶着此时。如今她不过是仗着年轻貌美，得了些宠爱，待过了这阵子，咱们再慢慢筹算。"

为了筹备宴席，这段日子，明兰忙得几乎脚打后脑勺：首要问题就是银钱问题。

当初，新婚方四五日时，顾家有一门远房姻亲要办喜事，因此门亲戚属于七拐八弯之列，无须明兰夫妇亲到贺喜，但又因这家人目前混得尚算不错，朝堂之上也算碰得上面的，是以也不好丢了这门亲缘，明兰便随了份贺礼送过去。

这种风俗，叫作随礼。举凡牵连些干系的，有点儿利害交往的，只要人家送份喜事宴席的帖子来，不论你去不去吃酒，都应送份贺礼，厚薄另计。

宁远侯府自开国始，人丁虽不算特别兴旺，但也是根深叶茂的大族之家，姻亲、远亲无数，京里京外都有，另加上顾廷烨的僚友弟兄，明的暗的，关系一大堆，哪怕不算外地的，也是一个十分可观的数字。

成亲堪堪一个月，明兰虽还未公开出席过任何宴饮，却已送出去了十一笔半的贺礼，其中人家长辈大寿的四笔，嫁女娶媳三笔，嫡子满月两笔，升官摆筵一笔，外加丧事一笔半——那半笔是和宁远侯府凑着份子一道送去的。

明兰终于知道为何古代大家族喜欢群居生活了。那些三四代同堂的大家子，大可以从老太爷过生日一直收礼收到曾孙子娶二房，红白喜事延绵不绝。当然了，礼尚往来，你来我往，大户人家的礼钱基本也不会出现太厉害的收支失衡就是了。

这样一算，顾府明显吃亏吃大发了。

办大寿？顾家老头老太们都在隔壁。

娶媳妇？顾廷烨刚刚才娶过，明兰一时半刻还死不了。

嫁女儿？蓉姐儿刚能上小学，就是古代也没那么摧残的。

满月酒？就是夫妻俩加班加点日夜努力，这会儿也来不及呀！

一概礼钱收入俱无，可因另立府宅门户，送礼却得单独一份，明兰对着账簿直抽冷气，心口一阵阵绞痛，她终于体会了什么叫"心如刀割"！她几乎想劝顾廷烨住回宁远侯府算了。

顾廷烨见明兰好好的却无端忧郁起来，不由得奇而发问。明兰郁郁道："夫君离家远走江湖之时，可曾为那黄白之物烦扰过？"

顾廷烨俊目含笑，展开左臂侧搭于紫檀木的椅扶上，端茶缓饮："那是自然。有阵子我还吃过三文钱一碗的阳春面。"

明兰点点头，忧伤地望着他，叹息道："夫君可知道，这些日子以来，咱们统共随礼出去了差不多六十五万三千四百多碗阳春面，唉——还是应当去赴宴才对，好歹吃些回来。"

顾廷烨差点从鼻子里喷出茶水来。他连忙放下茶碗，失笑道："无妨，回头都能收回来的。"

明兰嗤之以鼻，刮着男人高挺俊秀的鼻梁，笑嗔道："大都督怕是不理庶务久了吧，如今这宅子里上无老，下无小，除非大都督行纳妾之喜，否则哪来名头呀！"

顾廷烨用很怜悯的目光看了一眼明兰，谆谆教诲她的无知："为夫来教你一句，若是热灶，便是当夏六月，也会有人赶着来烧的。"

这句话，深思起来很有哲理，但难掩自得之意。明兰立刻对丈夫刮目相看，由衷敬佩道："夫君果然高见！"满眼都是敬佩崇拜。这目光顿时让顾廷烨自觉雄伟英明了不少，一时心里快活，忍不住嘴角翘起。

"可……"下一刻，明兰忍不住又道，"若火烧得太旺了，岂非把灶给毁塌了？"

顾廷烨点点头，微笑道："正是。所以得把好了灶门，不能谁想来添把柴都行。"

明兰放心了，挥挥小手："嗯，夫君当心些就是了。"

顾廷烨笑眯眯地从后面提起明兰的脖子，好像拎着一只喵喵呜咽的幼猫："贤妻，为夫提醒你一句，咱俩如今在一个灶上呢。"

明兰缩起脖子，看了顾廷烨一会儿，立刻从善如流："那咱们俩一起当心。"

顾廷烨料事很准，果然，自五六日前起，门房处便陆陆续续来了贺礼，京里京外的都有，远一点的有边关戍守的将领，近一些的有京畿官宦，还有七八竿子才能打到的亲朋，大约的意思都是"贵府大喜，奈何身有旁务，不能亲自道喜，特此略备薄礼"云云。

明兰看了那些名帖，忍不住纳闷儿——上头有不少人她压根儿没有下帖呀，这来道的哪门子喜？然后她拿礼单去给顾廷烨看。

顾廷烨一一掠过名单，有些名字他看了挑挑眉，不置可否，有些他沉思片刻，似有疑虑，还有些他则目露鄙夷，冷哼一声，但只消不是太过的礼钱，他叫明兰一概收了。

"连'薄礼'都不收，怕是有人要急得跳起来了。"顾廷烨面沉如水，转身去了外书房。

明兰也不追问，只赶紧回自己屋里把那些名单都记下来，并一一注上顾廷烨当时流露出来的些微意味，以备所需；至于礼单则由回事处备档，不用她操心了。

再回头看看那些大箱小笼的"薄礼"，明兰忽觉得这些钱十分扎手，恨不得能立刻退回去，好换一个心安。想到这里，明兰悠悠长叹一声，到今日她才觉得自己有些穿越女的范儿了，她居然也开始视金钱如粪土了！

又过了两日，宫里也颁了赏赐，一大盒南海进贡的珍珠，颗颗饱满硕大，滚圆明净；一丛一尺余高的珊瑚树，通体朱红润泽，鲜妍欲滴，两样俱是珍稀异常的宝物；外加一袋用明黄绫缎包裹的三百两银子。

赏赐只是象征，皇帝的意思是：哥们儿瞧见了没，这姓顾的是朕罩着的。

明兰把大约一袋大米重的银两抱在怀里，居然丝毫不感觉到累，反而很诗意地感慨道："到底还是吃国家的饭来得心安理得呀。"

这具不是劳动者的身体着实娇嫩，大约是捧银子的时间长了些，到晚上，明兰两条嫩生生的小胳膊就肿了。顾廷烨拿了药膏子一脸狰狞地进来，一记凶狠的眼神把想接过膏子的丹橘吓跑了，然后亲自给明兰揉胳膊，两只筋骨分明的大掌上下交错，边用力揉搓边气急而骂："你没见过银子啊？！"

"呵呵，没见过皇帝赏的银子。"明兰嘶嘶抽着冷气，胳膊又酸又胀，却不敢叫疼，侧眼看去，只见顾廷烨脸色发沉，她忍不住道，"怎么了，圣上的赏赐有何不对？"

顾廷烨沉声道："皇上如今难得很，实不用这般赏赐，他的难处我们如何不知？"

"不是说国库满得很吗？"明兰奇道。身后留下一个丰盈的国库，可是先帝的一大政绩。

"账面上的文章，自然满得很。"顾廷烨冷笑起来，"北边的戍疆，南边滇缅苗司，还有兵乱后的两淮整复，处处都要钱，偏户部又支不出来，一群混账东西，只会做空账！"

"皇上为何不下令申饬？如今天下人都还当国库是满的呢。"明兰面色凝重起来。

顾廷烨冷哼一声："一来，若皇上一即位就捅开这事，未免显得先帝不贤，好在如今皇上三年守孝将满；二来……"他不知是否该对明兰讲，略一迟疑。

"二来，新帝即位头几年，总是以稳为要，何况皇上常年就藩，于京城里毫无根基，自不好立时整顿。"明兰接上去，缓缓道，"况且，比起腐蛊蛀虫来，当时收拾如荆王、谭王这般犯上作乱的更加要紧。"

顾廷烨觉得心头一阵敞亮，手掌中捏着明兰滑腻瓷白的胳膊，动作渐放缓，低声道："皇上也是不容易……所以这回宴席，咱们还是简办些吧。"

明兰郑重地点点头。

说是简办，却依旧列出好长一张名单，这些人是非请不可的。开筵前两天发下去一沓纸张，每张上头都有一个大圆圈，绕着圆圈周围依次列着许多人名，显然是模拟饭桌位次的。廖勇媳妇虽觉得孩子气，却也暗叹这心思倒也巧妙。

"人手都已安排下去了，外院男客十五桌，内院女眷八桌，另有备席五桌，夫人瞧着可还有不妥？"廖勇媳妇恭敬地低头回禀，"府里也没搭戏台子，只请了几个女先儿和一班弹唱小戏在外院备着，客人们想听了，即可叫出来。还有车马停放的位置，客人带来的仆众们歇息吃饭的地方，外院引客、唱席人手，都一一布置下去了……"

明兰端坐案前，一项项勾对菜单账册，支出银项，布置人手，一边轻声叮嘱，一边提点要项。下头站着一排婆子媳妇，听明兰说得有条有理，顿时收起轻忽之心，老实应答。

越临近日子，明兰越见肃然，成日板着脸。顾廷烨下朝后无事，老喜欢逗着她调笑玩闹，如今也不受搭理了。他细细查看了她几天，疑惑道："你莫不是心里没底？"

明兰松开了咬紧的腮帮子，长长地出了一口气，苦笑道："您老眼力不错。"

现在的情况很个别。像明兰这样的庶女，大多嫡母不会自小带在身边口传耳授如何理家宴客、亲朋交际，庶女们关在内宅默默长大，学些针线读写，然后乖乖嫁人，所以真正的高门大户人家一般都是不娶庶女做嫡媳的。

和嫡女相比，无论见识、手段、才能、品性，那简直都不是一个档次的。当然，其中也会有无须后天调教就自学成才的奇葩。

明兰垂下脑袋，暗暗垂泪，她恐怕……不是奇葩。

在庶务上，盛老太太倒也调教过明兰一阵，然而她自己也是疏漫洒脱之人，且这十年来，祖孙俩对明兰的人生规划都只是一个中等官绅富户人家的小媳妇。

预计中的新婚生活，明兰需要独立办理的最大场面，大约就是请个把姐妹、妯娌、小姑吃顿七菜一汤的便饭，在自家小院里说说八卦、嗑嗑瓜子，顺带唠一下你家小崽子新长了几颗牙、我家的男人又纳了个小狐狸精云云。

然后在漫长的婆媳拉锯中，庶女出身的儿媳跟在婆婆身边，边挨骂边委屈，自然而然就学会了一应事宜——可惜这条路明兰也走不通。

原本只打算当个乡镇企业的车间主任，谁知一跃成为福布斯排名靠前的集团财阀的CEO，就业预期和现实严重脱节，董事长还是个甩手掌柜，连岗前培训都没有！

说是吃便饭，可是明日上门的宾客大多非富即贵，其中还有些等着挑刺的，明兰只好加倍打点精神细细筹办，计划写了一张又一张，预案列了一条又一条，来回思忖宾客身份及如何应对招待，桌椅围裙并酒饭器皿要有人清点，点心茶水、席间服侍不能落了疏忽，厨房明火小心看管，等等。明兰不断和几个管事逐条推敲可有疏漏之处，直到最后两天才多少定下心来。

"办砸了怎么办？"明兰忧心忡忡。

"砸就砸呗。"顾廷烨好笑地去亲她愁眉苦脸的额头，被明兰一掌撑开，鼓着脸颊嚷嚷道："敢情不是你砸。"

顾廷烨捉着她的小手不住地啃着一根根柔嫩的手指。明兰很想空手入白刃，掰下他两颗大门牙来，不过看着他白森森的齿尖，明兰望而却步。顾廷烨笑着揽住明兰纤瘦的腰身，一手定住她的小脸，正色道："你莫怕，我来问你，这顿饭你办砸了我会休了你吗？"

"这……不至于吧。"明兰歪着脑袋。昨夜他热情得恨不能死在她身上，闹得她的腰腿这会儿还处于肌肉三级拉伤状态。

顾廷烨对她迟疑的回答不满意，大手掌用力捏了她一把。明兰哀叫一声扭腰想跑，被他一把箍住，微微含笑道："那皇上可会治你的罪？"

明兰迅速摇头："也不会。"皇帝就是吃得再撑也不会这么闲。

"那你怕什么？"

"有人会笑话我。"明兰咬着嘴唇，低低道，"会说我闲话的。"说她是小家子出身的，果然是个没能耐的庶女云云。

"若你办得十全十美，就无人说你了？"顾廷烨挑起一边的眉毛，静静地问。

明兰愣了。顾廷烨抱着她斜靠在床头，英挺的唇角略带讽刺，轻笑道："对你心存善意的，便是略有疏漏，也能谅解你；着意寻衅的，就是九天仙女下凡，还嫌你怎么一口吃下半个肘子呢，忒能吃了，啧啧，若七仙女似你这样的，董永砸锅卖铁也养不起……"

"你、你、你……"一开始明兰听得连连点头，听到最后几句时，顿时气急羞愤得红了脸，扭头不睬男人——那是盛六姑娘素来小心谨慎的人生中最抑郁的污点，她很愿意永远忘掉，偏这可恶的男人老是提起。

顾廷烨朗声大笑，看着她绯红的粉颊似火烧一般。窗台上摆了几盆御贡的西域奇卉，四五月的天气中愈显得浓香馥郁，叫春风吹散了，萦绕在午后的屋内，叫人心神舒畅。佳人在怀，他忍不住搂紧了她，把头扣在她头顶，低低柔声道："若还有什么不明白的，尽可问我。"

明兰躺在他怀里，想了想，从袖中拿出那张宾客名单，指着其中用朱砂勾线出来的一排名字，道："他们几个我没听说过，是你外头的朋友和同僚吧，与我说说吧。"

顾廷烨拈过纸张，闲闲地说道起来："这位符勤然兄弟是长兴伯家的旁支长子，当初与我一道在家塾读书的，他虽迂腐死板了些，人却是不错的。"

"嗯，一起同过窗。"明兰点点头。

顾廷烨笑了笑，又点着另几个名字道："成泳兄弟是老段的幼弟，他，他，还有这几个，是一打始就在五军营里跟着我的。"

"嗯，一起扛过枪。"明兰继续总结。

顾廷烨顿了顿，想想也对，继续道："这几个原是皇上潜邸的校尉都统，后调去了宣府和北疆戍守，如今回京述职。记得在八王府那会儿，常一道出去饮酒戏耍……"

嗯，还一起……没等他说完，明兰就心中暗暗补足。

"其实这都是糊弄外人的。"顾廷烨忽然口风一转，"蜀边不太平，盗匪祸害作乱，他们顾忌着蜀王，怕给皇上添麻烦，日常憋屈得很，便假借和我出去游玩，换了衣裳偷溜出去，杀几个贼人来出气。有一回，老耿险些断了条胳膊，她媳妇提了把菜刀要和我们拼命。"

顾廷烨悠悠说完，微笑神往，似在回忆往昔热血。明兰听得张口结舌，一阵脸红，默默低头，很惭愧地反省自己的小人之心。

顾廷烨瞧着明兰的神情变化，然后轻轻拎着女孩一只软软的粉红耳朵，嘴角咧出一个危险的微笑："小丫头，你适才是不是又想歪了？"

明兰一个激灵，随即一本正经道："绝无此事，妾身素来觉着夫君侠肝义胆、高风亮节！"

顾廷烨松开手下的耳朵，虽说知道这丫头说话素不靠谱，但依旧觉着心里舒服，忍不住瞪眼笑骂道："你不去当狗腿师爷，可真是浪费了。"

第二日天尚未亮，顾府中人便忙碌起来。明兰破天荒起得比顾廷烨早，起身前亲亲他挺拔的鼻子，柔声道："难得休沐，回头你还要陪宾客们宴饮，现下多睡会子吧。"

顾廷烨却不依，搂着她纤细的腰身，翻身压住，一只手不老实地直往她衣裳里探去，手法熟练至极。这几日他体谅明兰筹备辛苦，夜里鸣金收兵，但一番蹭摸啃咬下来，也几次险些擦枪走火，于是他只好手把手地教妻子另辟蹊径。

没想到明兰悟性奇高，举一反三，反弄得他销魂蚀骨不已。

明兰被男人庞大的身躯压得气短，不客气地在他腰上狠拧了一把，却反叫他咬了一口在耳垂上，满身热气地扑上来，扭缠了半天，好容易才捂着耳朵挣脱下床，叫人伺候穿戴。

她素不喜欢沉重的正装，想到今日的工作量，她尽量以轻便的装扮为主，上身穿着簇新的浅紫镶缠枝玉兰花镶两指宽的明紫缎宽边斜襟长袄，一派修身窈窕，下面系着绯紫月华百褶裙，头上款款绾了一个婉约的堕马斜髻，一对赤金累丝的凤凰头上镶拇指大的祖母绿，簪子迎着日头熠熠生辉。

若是新房子乔迁，免不了要半夜祭神、天明上梁什么的，不过澄园属于老宅翻修整顿，是以不必把全贯子活计演齐，只选了个天光大亮的吉时，大开朝晖堂十六扇朱红大门，用红漆祭盘摆上全猪全鱼全鸡全鸭，另南北鲜干果品十二盆、二十四样有名堂的荤素菜肴。

堪堪张罗完毕，顾廷烨才施施然地出来，一身靛蓝缂丝暗金松纹的长袍，越发衬得人品俊挺非凡、猿臂蜂腰、修长高大，缓步慢行间颇是一派优雅贵气。

明堂上点着红晃晃的香烛，顾廷烨领头焚香祭拜，身旁只跪着老婆一人，周围全无亲人，只仆役侍立两旁——明兰曾提议叫蓉姐儿提前搬过来，祭拜时也不那么冷清了，谁知顾廷烨却摇头不语。看着他面色沉静怅然，明兰也不好多说。

谁知过了片刻，他忽又兴起，站在宽阔高宏的朝晖堂前，笑道："待过个十年八年，这堂屋里便会满是我顾廷烨的儿孙！"

然后，他用充满鼓励的目光万分热切地注视在明兰身上。明兰一个哆嗦，差点张口"一定不辜负领导对我的栽培期望"云云，再看看足有半个篮球场那么大的朝晖堂，她又觉得自己委实任重而道远，急需申请分工合作。

祭拜完毕后，顾廷烨便领了人往外院去了，明兰则纠缠于一群仆妇的请示汇报中：茶果桌椅都团团摆好，丝竹乐工都时刻准备着，门口排列好噼引客的仆役们……这时，前门响起噼里啪啦的鞭炮声，随后，二门的旺贵媳妇来报："侯府的四老太爷、五老太爷并几位爷都来了，已在前堂说话了。"

作为本家，宁远侯府自然应该最先到，在这一点上，他们还算靠谱，因此明兰在招待侯府的女眷时也多卖了几分力气。

把一众人引入花厅，端上茶果点心和各色时新小吃，众人便说起话来。明兰一边招呼仆妇待客，一边拿眼睛细细点算，知道除了大房的邵夫人，各房的太太奶奶几乎全到了，一时间，屋内珠光宝气，笑谈声声。其实明兰和这些妯娌姑嫂也没见过几次面，除了"大家吃好喝好"外也不知道说什么，索性拿出她得心应手的第一千零一招——装呆。

四老太太夸她"府宅气派，风景雅致"，明兰就把这些夸奖翻上一倍，然后返还给宁远侯府的建筑；朱氏赞她"理家和睦，门庭严谨"，明兰就满口谦虚地表示"都是长辈们以身作则，给下头做了良好的榜样"，顺带拍拍三位老太太治家有方；五房的狄二太太拿她的新婚生活打趣，说他们小两口好得蜜里调油一般，明兰就低头红脸做不好意思状。

"烨二兄弟如今可出息了，皇上亲赐奴仆银两帮着立府，这可是天大的恩典！"四房的炳二太太一阵高声娇笑，铜铃般（注意，不是银铃）的嗓音直震得明兰耳膜疼。她挽着明兰的胳膊，一双细柳眉飞舞个不停："将来可得提点提点自家兄弟，好叫咱们也沾沾光。"

这句话道出了在座好些女眷的心声。众人都去看明兰，只见她盈盈低头，轻声细语道："二嫂嫂说得是。"

这就完了？众女眷都哑然。

炳二太太不肯罢休，径直拉着明兰又笑道："我可把你的话当真了，回头我求上门来，你可不许推托哟！"顾廷炳虽是庶出的，但四老太爷对他的宠爱尤在嫡长子顾廷煊之上，且生母尤在，是四老太爷身边颇得宠的一位刘姓的老姨娘，统共生了二子二女，可惜夭折了一半。

明兰心头微有不快，只轻轻"嗯"了一声，然后抬眼往四下众女眷轻扫了一遍，目光中隐然为难和求助。炳二太太对明兰的回答不满，犹待再说，这时，四老太太轻咳了一声，不悦道："你今日是来吃酒的还是来逼债的？还没完没了了。"

炳二太太脸红了一下，不甘地闭上嘴，轻蔑地偷瞥了四老太太一眼，但还是坐了回去。顾廷灿看过来，然后拉着一群堂姐妹，在百宝阁后头径自说笑。

明兰的目光越过人群，朝四老太太微笑示谢，四老太太缓缓一点头——明兰早就知道宁远侯府从来不是铁板一块，顾廷烨如今正当权，自然会有人靠过来。只看哪个聪明的，知道在明兰最需要的时候出头了。

四老太太是一个，她的大儿媳妇也是一个。自打头回见面，煊大太太就摆明了跟她示好，当下说话间，她还站出来帮明兰挡下许多或合理或无理的调侃。

"哟！人家嫡亲妯娌妹子还没说话呢，你倒护上了，煊大嫂子就是会做人！"狄二太太捂嘴笑道，眼睛故意扫过朱氏和顾廷灿。

煊大太太一手单叉着腰，笑骂道："好你个泼猴！你不记得自己刚进门那会儿了吧，不也是我老了脸皮护着你？那时恭哥儿几个要闹你洞房，还不是我死活拦着的？你这会儿倒会要赖！"众女眷一阵大笑，纷纷笑闹起来。

明兰黑白分明的大眼睛清澈如浅溪，朝着煊大太太微笑，满是亲近感谢之意。煊大太太会意，也满脸堆笑地挽住她的手。

太夫人一直慈和地微笑着，瞧大伙儿说得热闹，便把明兰拉到身边："你大哥这几日身子不得劲，你大嫂子就不过来了，你莫要见怪。"

明兰面带忧色："说什么见怪呢，都是这阵子忙糊涂了，大哥身子不妥，我也没去探望，真是不当。"

太夫人长长叹了一口气："唉，养着还成，只是你大哥忧思太重了，总为这个家操心，都是劳心劳力累出来的。"

明兰一阵警惕。顾廷煜的身体差不是一天两天了，娘胎里带出来的病，几乎半个京城都知道他是数着日子过的，两年前太医院院正张景松大人就已暗示顾家人要有心理准备了。

她脸上笑着跟太夫人应和，心里却冷笑：顾廷烨没落魄江湖时，你恨不得满天下哭诉顾廷煜已"病入膏肓"，如今顾廷烨出头了，你又说顾廷煜只是"忧思太重，养着还成"，还是为家族"操心劳累"出来的病，哼哼，什么意思？！

明兰看了一眼静坐一旁的朱氏，想了想道："想麻烦弟妹一件事。"其实朱氏比自己年长许多，但还是得叫她"弟妹"。朱氏闻言，站起身道："二嫂请说。"

"待忙过了这下子，我就去把蓉姐儿她们接过来，大嫂子要照顾大哥，到时候烦扰弟妹给收拾张罗一下。"明兰客气地言道。

朱氏脸上笑出了一朵花，抿嘴而笑："当是什么要紧事呢，不过举手之劳，回头二嫂吩咐一声就是了。我早就和蓉姐儿说了，新宅子得整理过才好住人，到时候她就单独有一个规整漂亮的院子住了，蓉姐儿早就盼着呢。"

明兰满脸笑容道："那先谢过弟妹了。"嗯，也是不省油的。

过不多久，明兰的娘家女眷来了。因老太太最不喜喧闹吵嚷，一早说过不来的，华兰和海氏还没双满月，不好到处走动，是以只来了王氏、如兰和墨兰三个。明兰赶紧亲迎了进来，一边往里走，一边笑着问候。

王氏一路往里走，只见园内小桥流水、亭台楼阁，气派恢宏阔敞，装点高雅绮丽，不由得心头一黯，看了一眼正和明兰嘻哈说笑的如兰，暗暗叹息；墨兰装作若无其事的样子，目光郁郁，扫过眼前的景致，想起永昌侯府里自己小院那一亩三分地，只觉得又酸又涩。

"可惜了……"王氏道，"华儿一直记挂着你，偏你的好日子她却来不了。"

明兰轻笑安慰道："我早和大姐姐说过了，今日不过是图个名头摆几桌酒，其实如今园里的花树大都还秃着呢，没什么看头。待大姐姐和大嫂身子都妥帖了，到时候花也开好了，人也齐全了，把祖母和侄子侄女也拖了来，咱们自家人聚拢来赏园子，岂不更好？"

王氏心里舒服了："总算不枉你大姐姐自小疼你。"

如兰闻言，噘嘴道："大姐姐疼六妹妹可比疼我多多了！"明兰一点儿不脸红，还得意地自吹道："没法子，谁叫妹妹我招人疼呢？"如兰瞪起眼睛，立刻要去拧她。

王氏不禁莞尔，呵呵地骂道："都多大的人了，还胡闹！"

待进了堂屋，明兰把王氏安排在上首座位，和太夫人并排而坐。两位亲家母见过礼后，顾、盛两家女眷便叙起话来。大约巳时三刻起，宾客们陆续到了。

男客直接到前院和顾廷烨会合，女客们则往内院来了。明兰起身跟亲戚们告罪失陪，央煊大太太和朱氏帮忙款待，自己则去前头迎客。

一时间，三间不隔断的高阔花厅里欢声笑语，衣香鬓影，人头攒动，高门贵户的女眷们天生就有社交的本事，认识的、不认识的都能说到一块儿去。

女眷社交的重头戏之一，自然是欧巴桑相看小姑娘。某位先知曾说过，女人有两个天生的本能，当妈，还有当媒婆。当这两个职务合二为一之时，爆发力惊人。适才安静温雅的太夫人、四老太太、五老太太三个，这会儿面容也红光了，精神也抖擞了，拉着廷烟、廷荧和廷灵在几位贵夫人中说话，炳二太太拉着自己的小姑子廷灿也凑在里头。

其实大多数女客明兰都不认识，不过好在顾廷烨事先拜托了郑骁大人，于是小沈氏就很尽责地站在明兰身旁，帮她细细介绍。一会儿工夫，明兰就结识了两位公夫人、两位侯夫人、四位伯夫人、三位总兵夫人、五位都统夫人、两位阁部夫人和一位翰林夫人——还有这些夫人带来的家属团。

明兰笑得腮帮发酸，小沈氏介绍得行云流水，还时不时地凑到明兰耳边添两句八卦，例如"这位耿夫人曾拎着两把菜刀去过红灯胡同，把耿大人打得满地叫娘""这两位是段家兄弟的夫人，妯娌俩恰是表姐妹"……话说小沈氏来京城也不久，居然短短时间内就有这样的业务素质，明兰深深为她感到惋惜，她不去应征普拉达女王的小助理真是可惜了。

宾客盈门，喧嚣繁富，众女眷济济一堂，眼见顾府家具厚稳端庄，摆设简单朴实，细看却俱是极贵重的好东西，一派安详舒适中不露声色的富贵，桌上茶盏、碗碟、杯器都是淡粉的官窑芙蓉玉瓷，素净清爽又不失俏丽剔透，春日里用着十分应景应情。

服侍茶水点心的丫鬟们都穿着一色的白底青花裙袄，束着不同颜色的锦绦腰带，进出端茶招待之际，脚步轻巧安稳，低头回话得体妥帖，连眼睛都不敢多瞄客人一眼。

一圈看下来，众女眷纷纷暗赞，对明兰也收了小觑之心，心想：到底是书香门第出来的，虽是庶出的，治家的规矩倒是挺严，偌大一个宅子，没有长辈看顾着，她年纪轻轻，独自一人，却也把里里外外料理得干净利落。

连带着对王氏也高看了几分，几位贵夫人走过去和她主动攀谈起来。王氏在平宁郡主手里受足了教训，深知跟这帮贵妇打交道的门路，不卑不亢之余，也颇有风度。

明兰把年纪最大也是最晚到的卢老夫人安排在最上座，然后团团招呼了一阵，瞅见坐在角落的小沈氏，走过去谢道："今日若没有你，我可不晓得如何是好了，真是多谢了。"然后亲自给说得口干舌燥的小沈氏斟了一碗茶。

小沈氏毫不客气地接过茶碗，笑呵呵道："谢就不必了，不过费些唾沫罢了。我是乡下来的丫头，不会谈诗作画、吟风弄月，学不得你们这番麻烦的规矩，以后你别嫌我就是了。"

"这话从何说起？"明兰回头看了一眼满厅堂的宾客，只见小沈氏的大嫂郑骏夫人正站在寿山伯夫人身旁说着话，她心里一动，转回来笑道，"皇后的妹子，国舅爷做娘家，您别嫌我才是真的。来，你与我介绍了半天，这会儿你也来见见我的姐妹。"

小沈氏看了看郑夫人那边，不声不响地跟着明兰往寿山伯夫人那儿去了。见面后，明兰笑着福了福："姑姑，好久不见，我大姐姐说您回了趟乡，一路上可好？"

寿山伯夫人素来爽朗，英气勃勃的面孔上尽是笑意："都好，都好，趁着我身子骨硬朗，赶紧回乡把该办的事儿办了，免得回头走不动。没承想我一趟回来，你都嫁了人了，倒害得文缳没吃上你的喜酒。"

一旁的袁文缳笑吟吟地挽住明兰的胳膊："说，你怎么赔我一顿酒？"

明兰拿食指点了点袁文缳的额头，嗔笑道："呸，你个颠倒黑白的，你自己误了我的喜酒，还有脸说呢！你倒是说说，怎么赔我才是？"

小沈氏瞧了寿山伯夫人身边的妇人，低声道："大嫂。"

郑夫人三十三四岁，容色端庄，颇有几分凌然威势，只缓缓点了点头："你娘家嫂子怎么没来？"她问的是威北侯夫人张氏。

小沈氏低头道："我兄长说了，她身子不适，今日不来了。"

郑夫人冷电般的目光扫了小沈氏一眼，淡淡道："姑母在那儿，你与我过去见见吧。"

小沈氏连忙应声，面上微露喜色，朝明兰感激一笑，然后妯娌俩跟寿山伯夫人告了罪，转身走到堂屋那一头去了。

留下明兰和袁文缨婆媳俩，三个女人互相看了看，面上各自神情不一，还是袁文缨率先开口，呼气道："好厉害的嫂子哟，比婆婆还威风呢。"

寿山伯夫人悠悠道："你不知道，郑老夫人体弱多病，早已多年不管事了，听说那郑骁几乎是嫂子一手拉拔大的，自是长嫂如母了。"

明兰摇头道："就算是婆婆，小郑夫人也怕得太厉害了些。"

袁文缨连忙道："是呀，是呀。"

寿山伯夫人瞪眼道："你们两个不懂事的，知道什么？！你们是没吃过婆婆的苦头！"

明兰缩着脖子呵呵笑道："瞧您说的，我就罢了，文缨姐姐却是福气极好的，姑姑做了婆婆，受疼爱还来不及呢，哪有苦可受！"

"娘！你看明丫儿这嘴！"袁文缨撒娇地扯着寿山伯夫人的袖子，冲着明兰发嗔瞪眼。寿山伯夫人笑着把她们俩拉在身边，轻轻搂着，笑道："好啦，好啦，你们都是有福气的好孩子！"说笑了几句，她又叹了口气，"说起来也是沈家不对，虽说不上宠妾灭妻，可也太抬举那位邹姨娘了，今日国舅夫人没来，怕是又气着了。"

明兰不解道："这与郑家有何干系？"为什么郑夫人要给小沈氏脸色看？

寿山伯夫人瞧了瞧左右也没什么人，便道："英国公早年是领兵的，他们张家又根基深厚，凡军中混过的，有几个和张家没干系？更何况，当年老公爷还救过郑老大人一命呢。"

明兰明白了，转头望了望那边的郑家妯娌俩，轻叹道："说起长嫂如母，我听说，小郑夫人也几乎是国舅爷前头那位邹夫人一手拉拔大的，姑嫂情谊深厚。"

各有各的情义，各有各的苦衷，说到这里，寿山伯夫人也叹了口气，轻摇着头。这时，袁文缨眉毛一动，忽又想到什么，忍不住道："其实不只如此，还有……"

话还没说完，只见一位四五十岁的贵妇走了过来。她生得圆脸富态，偏又一身酱紫色的金钱纹褙子，满头珠翠，实是富丽太过的样子。明兰赶忙站过去福了福："甘夫人。"

甘夫人笑容可掬，握起明兰的腕子，亲亲热热道："你这孩子，瞧瞧，这都瘦了一圈了，怕是忙坏了吧！你也是，若是累了，大可吱一声，别人不说，我最是好事的，铁定来帮忙！不过，你也是个能干的孩子，瞧瞧这屋子、这园子，啧啧……"

甘夫人声音高亢，偏又喜欢尖声说话，她一开口，全屋子都听见了。只听她挨个儿把屋里屋外狠夸了一遍，持着明兰的腕子不住赞叹——明兰生平虽受过无数赞叹，但此刻这番夸赞是她最消受不起的，她只觉得耳畔一阵嗡鸣，头皮发麻得厉害。

甘夫人说起来就没完没了，还尽往亲密了说。明兰不由得纳闷儿：她什么时候和自己这么熟了？甘夫人一边说，一边伸手去抚明兰的鬓发，一副亲厚长辈的模样。明兰极力忍着不适，努力维持着微笑，她倒想看看这老太能弄出什么幺蛾子来！

足足半刻钟时间，甘夫人说得天花乱坠，一般人怕是招架不住，偏明兰不喜不怒，只低头微笑着，甘夫人说上十句八句，她也只回三两个字，虽冷淡，语气却温和恭敬，绝无半分不恭逾矩。甘夫人渐忍不住了，然后话题一转，只听她道："你以后若有什么难处尽可来找我，说起来我们也是一家人呢！呃……我那义女凤仙儿如今可好？"

明兰心头一紧，暗自冷笑，终于来了。她笑道："挺好的。"多一个字她也不说。

甘夫人顿了顿，忍了气，笑道："哎哟哟，我今日可遇上个惜字如金的了。"

明兰还是微笑不语。

甘夫人暗咬银牙，对着这么个没见过世面的小媳妇，应是很好糊弄才是，偏生她只觉着有力无处使，不论她说什么，明兰一概这么不咸不淡的，她只好再道："我那义女原也是官宦小姐出身，可惜命苦了些，如今她进了顾家的门，算是脱了苦海了，还望你瞧在我的面子上，以后多加照拂才是！"

明兰依旧微笑着："那是自然。"

甘夫人有些气竭，她努力再笑道："凤仙儿会读书习字，也学了些诗词歌赋，不过没法和你比的，她若有什么错的，你尽管教训，不必给我面子！可若你们能相处和睦，以后家里家外的，也能给你添个帮手不是？"

明兰垂下眼睑，温煦羞赧的声音："这个好说。"

甘夫人瞪视了明兰良久，终于撑不住脸了，有些不悦地提高声音道："瞧你今日忙成这样，我这做长辈的也是于心不忍，不如叫凤仙也出来帮个忙，顺带好叫我见上一面！"

话音一落，周围的谈笑声骤然轻了几分。她们俩的说话声虽不是全屋都能听见，但四边的几堆女眷都是能听见的，明兰分明感觉到周围无数探视的目光射过来，她们虽都装作不在意这里，但都明着暗着打量着事态发展。

不少贵妇都暗暗摇头，觉得甘夫人欺人太甚，哪有正头夫人宴客之时，非逼着让把妾室通房叫出来不可的，还这般当着众人的面。

明兰静静地直视甘夫人，目光陡然锐利明澈。甘夫人被这样的目光一照，顿时有几分心虚，但也有几分窃喜。

一旁的袁文缨婆媳颇为焦急，这样大的宴客场面，主家是断然不能发火的，更加不好和宾客争执，偏甘夫人是出了名的牛皮糖，不怕臊，不怕丑，惯会纠缠，就怕明兰推托不过，只能把那女子带出来，到时候甘夫人领着那女子在众人面前一见礼，那就算过了明路，到时候，只怕后患无穷！

"帮忙？"明兰微笑着反问。

甘夫人一阵笑声："是呀，都是一家人，总不好你忙累得一把骨头，她却自个儿享福吧。"话音一转，她又忧心道，"说起来，我也好久没见她了——"

"成呀。"明兰打断她的话，很爽快地就答应了。四下众人俱是吃惊，有些暗暗讥讽，有些面露嘲笑，还有些只在看好戏。

甘夫人大喜，正要说话，明兰忽笑得甜美，柔声道："早就听说凤仙姑娘才艺过人，当年乃教坊司一绝，今日我正怕那几个女先儿镇不住场面，不如请凤仙姑娘出来弹唱歌舞一番，甘夫人，您说如何？"

此言一出，半个屋子都静了，女眷们都直愣愣地看过来，有几个惊呆得连嘴都张大了，一旁的寿山伯夫人却抑制不住笑，赶紧拿帕子掩住。袁文缨伏到她身后，双肩不住抖动——妙！太妙了！对付这般不要脸的牛皮糖，索性拉下脸！

明兰的话里寻不出任何差错来，说的都是实话，教坊司是事实，才艺过人也是事实，哪怕那凤仙姑娘是过了明路的妾室又怎样？大户人家的爷们也有拿小妾出来歌舞宴客的。

甘夫人气得浑身发抖，却见明兰直直地对视过来，眼中丝毫不惧。甘夫人只能收回目光。她做梦也想不到明兰会这样直截了当地把那层纸捅破了，她还当明兰这样的小媳妇羞于启齿，只能忍下这口气呢。她气得脸色发黑，咬牙切齿之际，还隐隐听见四周传来讥笑嗤嘲的声音，顿时脸色又转成猪血红了。

其实在座的许多贵妇也瞧不惯甘夫人的作为，不过是事不关己，没必要置喙罢了，但瞧笑话是不遗余力的，她们既没有帮明兰，自然也不会来帮甘夫人了。

甘夫人正不知如何下台之时，一直在最上座装聋作哑的卢老夫人忽然大声道："六丫头呀，我说何时可开宴，要是把我老婆子饿坏了，回头寻你祖母告状去！"

这句话逗得旁边不少女眷都笑了起来。明兰不好意思地微红着脸："哎呀，今日结识了这许多人，一时说得兴起，差点儿就忘了！老夫人别见怪，咱们这就开席。"

卢老夫人摆摆手道："无妨，小丫头头回办事，这已是不错了！"

说话间，明兰叫仆妇们引着众女眷出了花厅，往摆了饭的莲池偏厅走去。卢老夫人这一打岔，不少女眷颇为失望，好戏是看不成了。甘夫人却是松了口气，就坡下驴跟着出去了。

煊大太太瞧着一场纷争消弭于无形，赶紧帮着引路带客。明兰在宾客后头压阵，正要出门时，却被身旁的袁文缨一把扯住。只见她笑得满脸通红，凑在明兰耳边低声道："你可知道，这不要脸的女人统共送出了多少'义女'？"

明兰奇道："很多个吗？"

袁文缨兴奋地点点头："你家一个，沈国舅家一个，小郑指挥使一个，还有北疆的几位总兵。听说是一次宴饮上，当时在座的将领都被甘将军送了。"

明兰大吃一惊，她刚才已看出甘夫人的厚脸皮来，没想到甘家厚颜到这个地步："可……可、可……沈、郑两家俱是新婚呀！"

把事情做得这么招眼明显，怕也只是个马前卒，不知后头的靠山是谁。

"没错。本来我一直不敢跟你说的，如今看你是不怕的，我就放心了。"袁文缨露出米粒白的细细牙齿，兴奋得两眼冒光，"沈国舅家的那位邹姨娘厉害，转手就把那女子送人。郑家就要命了，不愿和甘家闹翻，可小郑夫人又是新婚，哪肯呀？哭死哭活地闹了半个多月。郑骏大人生怕惹来皇后不快，就决意替弟弟收了那女子，这下子郑夫人不干了！郑夫人出了名的端庄严厉，最看不惯那种妖娆女子，她二话不说，给丈夫纳了个良妾，说纳妾可以，但纳这

213

样的妾万万不成，于是又闹了一阵……"

"后来呢？"明兰听得兴起，追问道。

袁文缨笑得几乎抽过去，断断续续道："呵呵……后来郑老夫人出马了，她……她……呵呵，她替郑老大人收下了那女子为妾！呵呵……郑老大人卧榻多年，连动都不大动得了……"

明兰一阵叹服，张口结舌："天哪，天哪……这……这……"

"所以呀，郑家两妯娌才这般僵的。"袁文缨终于缓过气来了，抹抹笑出来的眼泪，"我家大嫂和大郑夫人原是手帕交，她自己娘家路远，是以常来我家做客，她把这事儿说了后，我们都觉着气愤呢！哼，哪有这样不要脸的！"

两人捧着肚子笑了半天，笑够了，赶紧一起往外走。她们都是爽朗风趣的性子，很是投缘，走着说着，一路欢笑。明兰随口问道："对了，你可回过娘家，瞧过新侄子没？"

袁文缨顿时唉声叹气起来："唉，我去过了，二嫂很好，小侄子也很好，大家都很好，只有我娘不好。"

"怎么了？"

袁文缨愁眉苦脸道："前阵子姑姑给我爹送了个妾，我娘闹得差点把屋顶掀翻了，可还是没辙，前日已敬茶进门了。"

"啊？这么……"快？

明兰喜出望外，差点露馅儿，话到嘴边赶紧改口："姑姑怎么这样？"

"是呀！"袁文缨忧心道，"也不知姑姑怎么想的，弄了个二十来岁的老姑娘，说也是规矩人家出来的，只是父母双亡后，为了抚育弟妹耽误了婚事，模样、性子都不错，还会读书写字，爹爹……"她重重叹了口气，"爹爹很喜欢。"

明兰深深敬佩寿山伯夫人的效率，真是高素质人才呀，一点就透。

忠勤伯爷上了年纪，又生性严谨肃穆，十几岁的小姑娘未必能让他入眼，反而是这种有人生阅历的温婉坚强女子更合适。何况，能为了抚育弟妹而耽误自己婚事的女子，想必人品也不会太差，将来不至于真闹出宠妾灭妻的事来。

这下子华兰的婆婆该有事忙了，希望华兰能过上舒心些的日子。明兰暗自松了口气，侧眼瞥了下袁文缨，又觉得心虚。

她摸摸鼻子，低头皱眉，挽起袁文缨的胳膊，一脸沉痛地往前迈步，坚定地表示，作为闺密，她们将同悲伤，共命运，让她们一起努力，共创美好明天。

第三十一回・猜不透心

　　此时偏厅已然摆好饭桌，敞阔的十二扇厅窗全开，也不见摆设如何富贵，但见八角落地放半人高的白底青花汝窑大花瓶，插上各色新鲜花卉，古朴温厚，又不失灵动妩媚。

　　窗外的五月春光，染得天气润和舒适，厅畔莲池方向，传来幽幽清风，随风而来的是潺潺水声，伴着水面漂着的淡色栀子花瓣和几片翠叶，厅中凉爽温润，清香盈然，众女眷俱是神清气爽，赞叹不已。

　　冷菜鲜果已布齐，明兰引着众女客一一落座后，便吩咐上热菜温酒，还给小姐们预备了较清淡的果酒和新榨酿制的果子露，然后仆妇们流水似的端碟传碗上桌，众人提筷就箸。

　　顾府首次办筵，葛大娘全力以赴，拿出看家本领，鸡鸭鱼肉等常规大菜不说，山珍海味也是不少的，一道山蘑木耳爆炒鸭胗，一道甜酸凤梨排骨，一道竹筒芝麻银鳝羹，还有一道双菇酱焖里脊肉，格外鲜美可口，吃得众人颇是满意。

　　女眷不比男人要喝酒划拳，加之有外客，顾家女眷也不好来灌明兰酒，又因长辈都在身边，女孩子们也矜持着，未曾提议行联诗酒令，大家只斯斯文文地吃菜说笑。

　　待吃得一会儿，明兰叫人在厅前的小小八角亭中开了戏，一班乐工带着鼓板、曲笛和三弦等乐器，另装扮好的几位女先儿鱼贯入亭，依次请年长女客点过曲牌后，这便开弦起鼓，那油粉戏装的伶人咿咿呀呀地唱了起来。

　　厅亭之间隔有一脉浅池碧水，其间只用两尺余宽的青石板铺了条五六步长的短桥，水声浮动，隔着旖旎花影碧树，隔水而望，淡若烟华，景致音色俱是极好。

　　听了一会儿，太夫人忍不住赞道："这几位女先儿请得好，曲子唱得好，你这地方安排得也好，叫我们饱了耳福，也饱了眼福。"

明兰听了，起身微笑谢赞。一旁的狄二太太幽幽地道："都是皇上的厚恩，这般赏赐，弟妹实是有福气的。"

坐对面的煊大太太赶紧接过话茬儿，笑道："那也得有这心思才成呀！若要是我呀，就是给了我这么个好地方，我也想不出这么个好点子！弟妹到底是读书人家出来的。"

王氏大感得意，忍不住笑了。明兰玉颊微红，谦虚道："煊大嫂子谬赞了，这点子可也不是我想的，原是前头那位熊麟山老大人留下的布图这么安置的，我不过是依样画葫芦。"

煊大太太忍不住埋怨道："你这人，也忒老实了，我这儿正夸你呢，你露什么馅儿呀！"

众人俱是哄堂大笑。明兰不好意思地低下头。炳二太太趁机道："弟妹这园子叫我瞧了实在是喜欢得不得了，来了就不想走了！我瞧这偌大的宅子也空旷，也不知我有没有福气和弟妹做个伴儿，搬来一道住着，也热闹些不是？"

明兰微微而笑，看了看在座的顾府女眷，只见她们颇有些不自在，大都目带责怪地去瞪炳二太太，偏炳二太太装作不知道，还一个劲儿地等明兰答复。

煊大太太脸上发烧得最厉害，她心中大怨，炳二太太这般没脸没皮的，不但在外客面前丢顾家的脸，也在全家面前丢了她们四房的脸。

她用力扯了下炳二太太的胳膊，强笑着低声道："你胡咧咧什么呀！公婆尚在，你往哪儿搬呀？"炳二太太也不知是真傻还是装傻，居然径直道："那咱们这房都搬过来不就是了？"

这下连太夫人也不悦了，眼看着四老太太面带怒气，正要开口责骂，谁知那边和袁文缨坐在并排的如兰，忽然凑在袁文缨耳边道："不是早就分家了吗？怎么还赖着住一起？莫不是想省饭钱吧。"她刚一说完，就叫袁文缨用力推了一把，猛丢眼色，叫她住嘴。

这句话的声音说高不高，说低不低，看似是和袁文缨的"悄悄话"，却又叫人都听清楚了，外客女眷们顿时乐了，笑吟吟地看着顾府内宅的好戏，都暗自心道：就算要搬过来，也当是同房的邵夫人和朱氏，轮着你一个分了家的堂妯娌什么事！

顾廷煜是侯爷，自不能搬离侯府；顾廷炜是太夫人亲子，要服侍寡母，也不能搬。她们本支同房的都没动静，倒是四房的惦记上澄园了，真是见着不要脸的了！

如兰这话一出，一时间，除了太夫人和朱氏以外的顾府女眷全都一阵尴尬，忍不住对炳二太太怒目而视起来。尤其是四老太太，适才闲谈相看时，几位贵夫人见廷荧落落大方、谈吐明朗，颇是喜爱，她们家中都有几位品貌上佳的子侄，眼看着好亲事有眉目了，却叫炳二太太狠丢了一回人，她这会儿吃了炳二太太的心都有！

这般目光集中注视，饶是炳二太太的脸皮厚度也抵受不住，只好低下头去。

明兰侧头不语，关于分家，这里头的隐情她也是最近才知道。

当初库银案发，顾家老太公眼看山穷水尽，生怕全家覆灭，所以赶紧把家产分了，好歹能藏下一些是一些，谁知几个月后，白氏进门，大祸消弭于无形，长子顾老侯爷又常年戍边在外，所以四房和五房依旧住在侯府。待顾老侯爷回京后，分出去另过的事也没再被提起。

正当此时，始终微眯着眼睛听戏的卢老夫人忽而发话了，她有气无力地哼哼道："唉……老婆子年纪大了，耳朵不好使，你们这一说话，我就连唱的是什么也听不出了。"

四老太太松了口气，赶紧道："都是我们扰着您了。"然后狠狠瞪了一眼炳二太太，脸上装笑，重重道："你们别多嘴了，赶紧听曲儿！"

这般一来，厅内才静下来。明兰暗暗摇头，叹了口气，转头去望着那水上蓬莱般的曲亭，不再理会她们，自顾自静下心来好好听赏。

因不曾搭戏台，是以女客们大多点的都是文戏段子。

卢老夫人点了《单刀会》的"训子"一段（听说她那年逾五十的儿子最近不大乖），太夫人点的是《东窗事发》的"归案"一章（讲的是婆媳妯娌先误解后和好的故事），王氏点了《琴台记》中的"还珠"（丈夫在拈花惹草无数后终于认识到妻子的好处，洗心革面，夫妻恩爱白头），然后旁人也都陆续点了自己喜欢的曲目。

其中点击率最高的莫过于《琉云翘传》，好几个女眷各点一段，明兰略略一算，几乎把整出《琉云翘传》都点齐了。

这出戏自前朝起，近百年来始终盛演不衰，女眷们尤其钟爱。

剧情概要如下：话说某朝中期，一位名妓因缘际会结识了一位少年探花郎，两人虽贵贱殊途，却一见如故，倾心相爱。后探花郎虽将名妓赎身并入了良籍，然家门容不下烟花女子。这名妓倒也刚烈，直接留信出走，并劝探花郎另娶高门淑女为妻。

探花郎遍寻爱人不得，只得从父母之命。多年后，新鳡的探花郎被点为巡边御史，于边疆巡视之际恰遇羯奴大举进犯，探花郎率领军民极力抵挡。然敌众我寡，眼看援兵迟迟未到，就要城破身死，探花郎都已把剑架在脖子上了，这时，忽然羯奴中帐大营大乱，探花郎抓住时机，赶紧吩咐守城官兵趁机急袭，果然得手，危机自解。

战后清点才知道，原来是一女子斥重金急购了五百牛羊马匹，然后于尾部点上火，效仿田单的火牛阵，让牲口群从毫无防备的羯奴后方冲过去。探花郎见疑，细细打听之下才知道，这女子赫然就是那名妓。

最后，当然是大团圆结局，才子佳人琴瑟和鸣，白头偕老，儿孙满堂。

这故事很烂俗，却很动人，因为这出戏是真有其事，讲的是前朝一段奇缘。

那探花郎姓高名覃，乃江左名门子弟。他少年得志，十六岁就科试簪花，先后辅佐了三位皇帝，一生大起大落，福泽百姓无数，后被录入正史《名臣传》。

而他的妻子更传奇，因为，她的确是秦淮河畔的歌伎出身，后世称之为"琉璃夫人"。本来嘛，这样不大好见光的身份，就算瞒不了当时的人，好歹在书面上做些文章，糊弄一下后人也好，偏偏这位高夫人实在太有名了，而他们的事情闹得也太大了，就算正史上不写，野史上那也是铺天盖地。

这时，八角亭那边忽然响起一阵轻鼓，由缓至急，四个乐工一起十指疾拨三弦，如泣如诉，若满地泻珠，惊心动魄。明兰抬眼看了看身旁的朱氏，再看看几位妯娌，只见她们都是一脸激动心醉，明兰知道，最精彩的一段来了：

高覃从边城回家苦求高堂，双亲终于同意纳琉璃夫人进门为妾，谁知琉璃夫人不干，她对着情郎叹了口气，说了一句名言："吾爱汝甚，然吾也爱己甚。"

她说，她受了半辈子的白眼轻视，脱了贱籍后，已决计后半辈子挺起脊梁做人了，是以开作坊，招学徒，经商行贾，要为自己挣下有尊严的生活，并且她现在过得很愉快。

高覃坚决要娶她，江左高家却死活不答应，这件事闹得天下皆知，连市井街坊都热衷谈论。最后，高覃毅然放弃似锦前程，弃职去衔，还被高家开除宗祠，赶出家门。

然后，遭受天下人非议的夫妻俩隐居于雍州山野，清贫度日，相濡以沫。

高覃潜心读书，著书修学，教诲子弟；琉璃夫人则带着贫困的当地百姓，开山凿矿，蓄水为田。

整整十年，皇帝都换任了，高覃以扬弃程朱理学的几本鸿篇巨制而再度名满天下，四海学子莫不仰慕，纷纷前来求教。朝廷三发诏令，让高覃复职还朝，此后青云直上，出将入相，三归乡野，又三次还朝，官位直至太师，且门下弟子无数，最后入了《名臣传》和忠良祠。

而高夫人呢？从歌伎到超一品的诰命夫人，琉璃夫人的一生简直比传奇还传奇。

当时，明兰读了这段书（正史＋野史），曾疑问庄先生："矿山可以私开的吗？官府不管？"

"别的矿不可以，然这矿可以。"庄先生道，"因这矿非金银，非铜铁，非煤盐，而是一种奇异的'石英'，可烧制琉瓦玻璃，官府都不知道那东西做什么用的。"

玻璃！是的，玻璃。

明兰瞳仁微缩，看了一眼四周敞开的窗户，上面镶嵌着明净瓦亮的玻璃，有些是整块整块的透明玻璃，有些是小片小片镶成花鸟图案的彩琉玻璃，光华绚烂，厅堂敞亮。

在技术水平低下的古代，琉璃夫人通过一次又一次的精密实验，先烧些玻璃小玩意儿挣些前期资金，十几年后造出凸透镜片，以做千里镜或放大镜，再十几年后，终于彻底革新了技术，烧制出大面积且平整结实的薄玻璃。

这位琉璃夫人应该是穿越过来的——明兰微微出神地望着玻璃窗——从她目前残存的实验手稿来看，她还是学理工的。

还是理科好呀，明兰低头叹息。

厅内响起一阵轻轻的喝彩声，只听那女先儿的唱腔陡然低沉，眼神中满是天荒地老的深情，就是明兰这样的伪文青也不得不承认，这实在是出好戏。

因为这戏是前朝一位大才子所作，而他正是高氏弟子，在他七十古稀那年，午夜梦回少年求学时代，那时，他们常能见到白发苍苍的高覃夫妇，携手缓行江畔，恩爱情深依旧。

老人满脸是泪地醒来，满怀感激和敬慕，挥笔写下这部传世之作，用以纪念已逝的恩师和师母。大才子出手自然与众不同，《琉云翘传》曲调婉转动人，唱词清雅隽秀，里面许多词句几乎可以直接入诗，端的是难得一见的佳作。

明兰再看周围女眷们的脸上，有艳羡的，有忧思的，都多少带了几分感慨。一旁的朱氏轻叹道："唉……一个女子能做到琉璃夫人这份儿上，算是值了。"

琉璃夫人的存在，成为一个符号，一个象征，告诉女人们，原来，世上的确是有这样深情的好男儿的，只是自己没碰上面已。

而对于明兰，琉璃夫人则是个信号，告诉她，她是有老乡的。

从祖母那里，明兰曾陆续地听说过一些关于静安皇后的事。

知道她出身显赫，生就美貌，又自小聪颖，三岁能诗，五岁能画（应该是魂穿），一手诗词惊才绝艳（唐诗宋词），十五岁被选作皇子正妃，后武皇帝登基，她被册为皇后。盛老太太与她少女时就相识，后也曾进宫见过她，可天不假年，静安皇后三十七岁就薨逝了。

"她为何去得这么早？"幼年的明兰曾问道。

"因为她根本不该进宫为后。"盛老太太满脸怅然的怀念，"她的品格像山崖上的雪莲一般高洁无瑕。她不是轻信，而是待人真诚；她不是不懂机巧，而是不屑。而宫里那见不得人的地界儿，不是弄脏了她，哼！那起子奸人，还真以为自己胜了？还不是个个都不得好死！"

那是明兰唯一一次见到祖母流露出那般深刻的怨毒痛恨。

官方的说法是，因奸妃小人挑唆，帝后生隙，其后皇后沉迷于制镜奇技，于宫内另辟一小作坊，终日忙碌，再不问宫闱之事，也不愿再见皇帝。

"做镜子？"明兰惊道。

"是呀。"盛老太太笑道，"静安皇后说是从古籍中寻到一个方子，可以在玻璃上做出镜子来，比铜镜强上百倍。她是极聪明的，不过一两年就大有眉目，可惜……"盛老太太沉下了脸。明兰不敢再问了，没等静安皇后制出镜子，她就过世了。

"她曾说过，她这辈子最后悔之事，就是少年早慧，才貌闻名天下。"盛老太太语带哽咽，忧伤道，"真是盛名之累！"

听孔嬷嬷说，静安皇后临终前，把从小到大所有诗稿图纸全部焚毁，不肯留下一字一纸。

接下来的事，是孔嬷嬷的独家透露。

闻得后逝，武皇帝像是失了魂，坚决不肯信静安皇后是病故的，当即把整个太医院的御医都捉了起来，叫他们验尸，查不出就杀，一直杀到第十个太医时，终于验出毒素，并推断得出，应是慢性毒药，静安皇后差不多已中毒三年了。

凤仪宫里，武皇帝在尸体旁坐了一天一夜，不过短短几日，原本豪迈英武的武皇帝骤然变得暴怒多疑。至此之后，他心性大变，谁都不信，不但彻查宫廷，杖毙宫人宫妃近千人，还掀起几起大案，将无数官吏投入大狱拷问。

皇贵妃赐死，族诛；淑妃、丽妃勒令自裁，父兄赐死，族人贬为庶民；庄妃打入慎刑司，严刑拷打后处死，然后也是族诛……凡是正三品以上的嫔妃，几乎都没逃过一劫，运气不好的还要牵连家人。四妃里只留下一个贤妃，但几年后也被吓死了；九嫔里面只逃出一个王充仪，不过后来也神志不清了。一下子，后宫空出一大半。

凭良心说，害死静安皇后的人里当然少不了她们，但也有不少的确是冤枉的。不过，那时的武皇帝，就像一头发了疯的野兽，见谁咬谁，谁也不敢规劝。还好，静安皇后还有个温厚的小儿子，也就是先帝仁宗，总算是他的规劝武皇帝还能听两句。

这般腥风血雨，足足闹了三年。武朝末期，皇帝甚至开始迷信术士之说，彻夜祭坛招魂。不过，皇帝不是笨蛋，斩杀了许多江湖骗子后，他几近绝望。

某日深夜，他忽然梦醒，彻夜纵马去孝陵，跑到静安皇后的棺椁旁痛哭一场，絮絮叨叨胡言乱语，然后清晨再纵马回来上朝。自此之后，就养成了习惯。

听到这里，明兰忍不住叹气了——早知如此，何必当初呢？

太医曾断言，以武皇帝的健康状况，活个七老八十绝没问题。不过，再好的身体也经不住天天折腾呀！一次，武皇帝偶感风寒，发起低烧，内外臣工都规劝不住，他依旧彻夜驰马去孝陵看老婆，次日回来后就高烧不止，不久就驾崩了。

这个故事，明兰听来唏嘘不已，盛老太太讲起来却十分解恨。

因为这个缘故，镜子的出现晚了好几十年，一直到几年前，新帝继位，被两代皇帝封存的静安皇后的遗物终于解禁，皇帝叫内务府的工匠照着静安皇后当年的制镜工艺开工，很快就制出清可见人的镜子。虽然过程很费事，还不能普及，但作为皇帝左右手的顾廷烨立刻就分到了一面立身大镜和两面珠翠珐琅镶嵌的小手镜。

琉璃夫人和静安皇后，天差地别的投胎，明兰相信她们都是十分可爱的人，可惜，一个成功了，一个却失败了。这就是明兰迄今为止能确定的两个老乡。

此外，十几年前曾有一桩奇事，时任户部尚书家有一位千金，一次大病过后便荒唐起来，整日吵着要开店做生意；及笄后，又纠缠于几位亲王、郡王乃至世家公子间，行止不检，放诞不羁，还常以狂悖之言鼓动年轻世家子弟。

名声烂得一塌糊涂，众人避之如污秽，到二十岁还无人问津婚事，连累父亲仕途断绝，姐妹都嫁不得好人家。后来，她被禁闭于宗祠庵堂之内，谁知却被她逃了出去，还自卖身于青楼，当起了花魁。她扬言："琉璃夫人能做到，为何我做不到？"

不过，她始终没有遇见一个高覃，倒碰上了不少元稹之流，男人把她玩完就走了，还在外头宣扬和这位自甘堕落的高门千金的风流韵事，把整个家族的名声都搞臭了。

按照古代的宗法制度，作为一个父母长辈俱全的女子是没有自卖身的资格的，她的家族一找到她，就把她弄了回去，然后就再也没有消息了。据说，是被沉塘了。

明兰疑惑这种癫狂的行为，到底算是穿越式的脑残，还是古代既有式的脑残，因为没有确切证据，所以不能肯定她是不是自己的老乡。

冥冥之中似有天定，她知道自己恐怕永远也碰不上老乡。她的老乡中，有名满天下的，也有籍籍无名的。而她，大约就是属于后一种吧。

或者说，同在这个年代，在不同的地方，也有像她一样认真努力生活的老乡，不敢惊世骇俗，不敢冒进出头，认真生活，努力承担责任，融入这个社会，平静安耽地过完这一生。

这样，也很不错嘛。

想到这里，明兰忽然轻笑起来。这笑容落在朱氏眼里，觉得既陌生又奇怪。明兰眼神离合之际，贝齿细细咬着嘴唇，仿佛暗怀着一种有趣的秘密，偷偷隐藏着，独自愉悦着，眼角眉梢充满了一种奇异的娇媚，有一点坏心眼，还有一点淘气。

朱氏低头暗忖：怪道二哥被迷住了。

直至未时末，女眷们才陆续告辞。明兰揉着笑得快抽筋的腮帮子爬上软榻，眼睛一闭就人事不省了。也不知睡了多久，迷迷糊糊之际，腹部和胸口出现十分熟悉的压迫感。

明兰十分淡定地睁开眼睛，眼看窗外日已西斜，男人沉重的身子半趴在自己身边，大腿搁在明兰肚子上，手臂横在胸口，脖子处挨着一颗脑袋，正冲自己喷着濡湿的热气。

明兰艰难地吐了口气，先扭腰，再努力从薄毯下伸出两条胳膊，好像举杠铃一样把男人的胳膊顶起两三寸，然后连扭带爬地从软榻上滚下来。这一整串动作如行云流水，熟练至极。

闻闻自己衣裳上的味道，明兰赶紧进了净房。丹橘帮她散头发、松衣裳，小桃忙着打热水、投帕子。她们二人瞧明兰脸色愤愤，互看了一眼。丹橘忍不住道："夏竹和夏荷照您的吩咐给老爷铺了床的，不过谁知……"小桃心直口快："可是谁知老爷一进屋就问'夫人在哪儿'，然后醉醺醺地往东厢房去了。"语气颇有些愤愤。

明兰微叹气："你们不用说了，我还不知道吗？"

一番梳洗，明兰换上干净的里衣，外穿一件鹅黄绣梅花的薄棉袄子，揽镜化妆，后对小桃道："把小全子和小顺子叫来，叫说说今日外院的情形。"

小桃应声而去，不一会儿，两个男孩就来了。

顾全口齿伶俐，顾顺稳重周到，小的约莫五年级，大的也不过刚上初一。明兰抓了把果子给他们，温和地发问。顾全咧出两颗喜气的小虎牙，挨个儿地说起来。他年纪虽小，记性倒不错，哪几位大人喝醉了给抬回去的，哪几位大人一沾酒就没个形状，自然也有酒品很好的，小男孩都记得清清楚楚。

段家兄弟堪称是海量，被抬出去的人有一半都是叫他俩灌醉的，其中包括自称老当益壮不肯致仕的甘老大人。据说他当时正拉着顾廷烨说话，结果叫一顿猛劝，就泡倒在酒坛里了。

薄老将军捋着胡须，微笑着表示，年纪大了，要注意适当饮酒。

"甘老大人到底几岁？"明兰好奇道。古代没有退休年龄的标准。

"看着有五六十了吧。"

顾全不甚清楚。一旁的顾顺轻轻补上："小的听说，甘老大人前年刚办过六十整寿。"

明兰满意地点点头：甘夫人不过四十上下，除非她是宫雪花的同门，不然她应该是续弦。

筵席基本上是成功的，不但酒菜丰盛，一应筹子、箭瓠、签筒、酒令牌等酒桌玩意儿都齐备，甚至还预备了醒酒茶和醒酒丸子。令明兰没想到的是自己的父兄，原本以为席间多是行伍出身的将领或有爵之家的纨绔，盛纮父子会十分无趣，谁知情形恰好相反。

开席没多久，表情严肃的长柏就遇到了表情更加严肃的鸿胪寺右寺丞符勤然大人，然后凑上还在国子监熬日子的裴恕，三人坐到一起，端庄肃穆地谈起话来，不知道的人瞧见，还当他们是在开追悼会。

而盛纮则和五老太爷"一见如故"了。两人谈起少年时的苦读，谈起科举的艰难，谈起为官的不易，居然越说越投机。五老太爷生平最倾慕景仰那些有学问的大家，可偏偏正途科举出身的文官大多看不起权爵子弟，而盛纮是那种非常懂交际的人，谈吐风雅，气质不俗，不论他心里多看不起对方，总能表现出十分令人舒心的态度。

五老太爷说他痴长了十余岁，却屡屡科举不利，真是惭愧惭愧。盛老爹立刻真诚地表示反对，所谓文无第一，武无第二，何以成败论英雄呢？兴许恰巧那考官不喜您的行文风格也说不定。然后，他立刻列举了古往今来许多科举不顺的文豪大家。

五老太爷眼眶一时发热，顿时把盛老爹引为知己。

明兰听了，不由得腹诽：废话！没两把刷子能在官场上一路顺顺当当地走到今天？多少官场老油子都叫盛老爹给忽悠了。

然后，他们俩的话题就转到教育问题上了。若论祖宗，盛纮自不如五老太爷；若论儿孙，五老太爷就是开兰博基尼也追不上盛纮。说着说着，五老太爷就渐渐自卑起来了。犹如学校开家长会，垫底的学生爹妈在成绩优异的家长面前，大多抬不起头来。

明兰听得直乐，捧着茶碗不住抖动肩膀。

直到顾廷烨醒来后，明兰还没乐过劲儿，一边张罗着摆饭，一边笑呵呵地说这事。其实，这会儿已经酉时末了，因为中午酒吃得厉害，两人都脾胃不适，明兰便叫厨房弄个绿豆杏仁粥，再是酱牛肉配芝麻烧饼，几个清淡爽口的素碟子，还有葛妈妈拿手腌制的小菜，用香油拌了，或两滴香醋，极是下饭。

其实，顾廷烨中午也没吃什么管饱的东西，一开始他还恹恹的，吃了几口后便胃口大开，呼噜噜地喝了三大碗粥，吃了五个酥软滑嫩的烧饼夹牛肉，顿觉舒服不少，再听得明兰说得有趣，也不禁笑起来。

"这回我那几位堂兄可要吃苦头了！"顾廷烨幽深的眸子里闪动着幸灾乐祸，随即口气又一变，冷冷道，"不过也不必担心，我那五婶有的是法子解困。"

明兰听出他话里的讥讽之意。这些日子，她也从几位妈妈处打听到不少宁远侯府的消息。其中五房的几位爷最不成器，尤其是大老爷顾廷炀，婚前就跟通房丫头生了一儿一女，还在外包粉头、争戏子，各色荒唐事一样没少做，不过，每每五老太爷发火，总有五老太太保下来。

唉！有妈的孩子像块宝呀！明兰偷偷抬眼看了一下顾廷烨。

"呃……"明兰岔开话题，"我预备明日一早就去给太夫人请安，顺带把蓉姐儿她们接回来，你瞧着如何？"

顾廷烨眉头一皱，放下碗筷："这么快？"

"早晚都是一样，何必叫人多些说头呢？"明兰叫人端水盆和上茶，笑道，"还有，明日起，我打算每隔五六日就去侯府给太夫人请安。"就是一周一次，一月四次。

顾廷烨眉头皱得更厉害了，还在眉心结起来了，他神色不悦道："这又何必？平添许多麻烦，这样不远不近的便可以了。"

明兰知道不妥，只好温言劝解道："因旁人犯错，自己也跟着犯错，直如弃珠玉而就草签，反而会叫自个儿也没嘴说人家。"

"这话谁说的？"顾廷烨把话咀嚼了两遍，兴味地问，"可是你家老太太？"

明兰笑道："不是，是我爹爹。"她腹诽：你咋知道不是我自己的话？

顾廷烨吃了一惊，轻笑道："岳父颇有见地。"

盛纮劝人的方式很实在，没说什么礼义廉耻的虚文章，只从后果来分析。

夏竹和小桃捧着茶盘和铜盆热水进来，明兰叫她们放下东西，自己下去，然后她一边笑吟吟地绞帕子递过去，一边道："小时候，有一回大伙儿聚着去听庄先生讲见闻野趣，四姐姐故意拿墨汁弄脏了我的新衣裳，我一生气，就趁着换衣裳，从厨房里偷了两块肥猪油来，厚厚地抹在四姐姐座位的椅垫下……"

话还没说完，顾廷烨就把脸闷在热帕子里，哧哧地笑了起来。看明兰冲自己瞪着黑白分明的大眼睛，他连忙跷起大拇指，大声夸道："干得好！"然后一把拉过明兰，放在自己腿上坐着，刮着她的鼻子，笑道，"后来如何？"

明兰红着脸，却又有些得意，含糊道："四姐姐不防，一坐上去，就刺溜一声从椅子上滑倒在地，摔了个四仰八叉。"

重点是，当时齐衡也在场！素以斯文为卖点的墨兰摔成了仰天蛤蟆状，齐大少当时张大嘴的吃惊表情，墨兰恨不能钻到地底下去。很长一段日子，她都没脸出现在齐衡面前。

顾廷烨呵呵直笑，看明兰忍着得意的样子，忍不住咬了一口她圆润小巧的耳垂，笑着咬牙道："你个黑心的小坏蛋！"然后伸手去揉她的耳朵，"后来呢？可挨罚了？"

明兰老实地点点头："好在有五姐姐做证，爹爹说不单是我一个的错，叫我和四姐姐各罚抄书三百遍。那句话就是爹爹那会儿训我的。"

事实是，如兰的话盛纮怎会全信？明兰本打算找长柏做证的，谁知齐衡一下课就飞快地去寻盛纮，委婉却明白地说清当时的情形，言明了是墨兰先故意欺负妹妹的，盛纮这才公允处罚了她们俩。想到这里，她心头微微一痛。

明兰一早就瞧出，其实齐衡从很早以前起就看透了墨兰的作为（平宁郡主的教育很有效），只不过他自小受的教养，让他用优雅温煦的笑容掩盖住所有讥讽和不喜。

最可笑的是，墨兰始终不知，还一径地在齐家人面前装模作样。

明兰的笑容中带了一种莫名的怜悯，她圈着顾廷烨的脖子，轻声道："我们和宁远侯府住得这么近，却不去请安，岂非我们的不是？所以，我得去。"

顾廷烨依旧沉着脸，勉强地点了点头。明兰微笑道："你不要担心，其实我也是打过算盘的。像卢家，自卢老大人搬入御赐的宅邸后，卢大爷夫妇还留在老宅里看家，因路远，他们每五日去给父母请安一次；还有韩家，他家虽父母尚在，却已给次子和三子分了家，那两个儿媳是半个月去请一次安的……我想了想，咱们算是辟府另居的，可偏离得这么近，但又不是嫡亲的，索性就学了卢家的规矩好了。"

顾廷烨看她一脸精于算账的模样，不禁好笑，低声道："我本不想叫你去蹚那浑水的，当初受赐宅邸时也没想这么多……"语气中带着淡淡的歉意。

"别价呀！我又不是脆瓷做的。"明兰调笑着，很深明大义的样子，"所谓，有人的地方就有江湖。江湖嘛，哪儿能没有浑水呀？"

顾廷烨心头一片暖意洋洋，抚着明兰的脸颊，柔声道："这句话别又是泰山老大人说的吧？你很敬慕岳父？"可他听说，明兰并非盛纮最宠爱的女儿。

明兰也不好否定，想了想，坦然道："祖母老觉得爹爹偏心，可我觉着爹爹是个好爹爹。小时候，给我的玉佩叫姐姐们半道劫走了，爹爹至少会给我一把大金锁作抵偿，不论多忙，他定是每月要来探问的……"

尤其是后来明兰搬入暮苍斋，盛纮见着明兰，总要问她过得可好，衣裳物件可有缺的，伺候可否周到什么的——当着王氏的面，以示敲打。

盛纮是庶子出身，很清楚刁奴欺主、欺上瞒下那一套，他从来不会听信王氏说"孩子们都很好"就什么都不管了，但凡儿女们说哪个丫鬟妈妈有所怠慢，就要被换出去。早在姚依依穿来之前，王氏和林姨娘就已明争暗斗过几回合了，因这缘故，林姨娘得以把王氏安在长枫和墨兰身边的人手都清出去，然后换上自己的人。

当然，也只有林姨娘有这胆子，香姨娘就不敢了。

在盛纮的约束下，盛家的庶出儿女都能平安健康地长大，有相对不错的待遇。虽然他常会偏心眼，但比起那许多昏聩自私的只管生不管养的男人，已是强上许多了。

在这个时代，他确实是个不坏的父亲。

顾廷烨看着明兰怀念的神色，俏皮的嘴角还含笑翘着，他迟疑了一下，但还是开口了："我爹……他……他待我十分严厉。我自小顽皮，吃了他不少家法。"

明兰吃了一惊，头一次听他提起过世的顾老侯爷。她轻声道："公爹待你……不好？"

"这也说不清。"顾廷烨顿了很长一会儿，才淡淡道，"老爷子最爱折腾责罚我，数九寒天，大哥和三弟可以在屋里取暖，我就得日日早起练功。可……兄弟中，只我是他亲授功夫的，一招一式，手把手地教，但凡有一点出错，便是一顿狠打，谁来劝都不听。"

"那大哥和三弟呢？"明兰轻问。

"大哥身子弱，不用说了；三弟是叫外院的护卫稍稍教了几式。"

明兰觉得不能昧着良心，便低声道："嗯……太夫人对你好吗？"其实顾廷烨心里明白得很，只是过不去心里那个坎儿。

"极好。"顾廷烨十分迅速地回答，嘴角弯出一抹讽刺，"每次我和三弟争东西，她一定向着我；我要多少花销银子，她从无二话；我院子里的丫鬟不但最多，也是最标致的；我做错了事，她定是头一个出来袒护我的。侯府上下俱夸她温厚慈和、待人宽仁。"

明兰暗自"切"了一声：老招数啦！没新意。

顾廷烨嘲讽地轻笑了一下："这也不是什么新鲜的，大多人能想到，我渐渐大了后就觉察出不对来，不过那时老爷子已不肯信我了，父子说不上几句就要吵。再后来，常嬷嬷来寻我，说了我生母之事……"他忽然气息一阵急促，面上隐隐露出愤恨之色，"那时我才真恨起来！那么多年了，他明明都知道，却什么都不说，由得那起子刁奴在背后笑话我生母出身低微！由得四叔、五叔每每斥骂我时，总拿我母亲说事！"

"你气愤也是有缘由的。"明兰叹息道。

话一出口，后面说起来就容易了。顾廷烨自嘲道："我在外头胡闹，老爷子知道后来训斥，我就对他冷笑，还说，'没我娘那笔银子，你这爵位还不定保不保得住呢！这全府都是靠着我娘才能风光至今，摆什么臭架子'，老爷子气倒了，全家人都骂我不孝。不过，我气老爷子也不止这一回。"

明兰揉着他粗硬浓密的头发，一言不发。

"我连他最后一面也没见着。"顾廷烨静静地陈述着，把头靠在明兰的胸口，温暖柔软的感觉，"三日三夜，我不敢合眼，累死了六匹骏马，还是没赶上。"

他的语气很淡，明兰却觉得一阵伤痛。

人类的情感可能是这个世上最复杂的东西，因其无逻辑性，是以再精密的仪器都很难测算。顾老侯爷也许并不爱白氏，但他对这个次子是有歉疚的，可是，前有大秦氏的情分，后有家族的体面名声，他无法做任何明面上的补偿。

明兰不是心理专业的，也不知说什么好，只能柔声开解道："公爹过世这些年了，我也没机会给他敬碗茶，你不如说些他的事与我听听。"

顾廷烨目光茫然了一下，过了半晌，才道："鹅毛大雪的清晨，我大概七八岁吧，冻得直哆嗦，真想回被窝去暖着，可老爷子还不依不饶的，我挥着白蜡枪杆，心里直骂娘。雪很大，簌簌落下来，积在老爷子头上、眉毛上、肩膀上，他半个身子都白了，还是一动不动地盯着我的招式。他说，你和你兄弟们不一样，你得靠自己。"

昏黄烛火下，他俊挺的面庞泛起一种奇特的怅然。

明兰还是只能叹气。两人坐了一会儿，明兰觉得有些犯困，正考虑是否让他一个人静静时，顾廷烨忽然轻轻笑起来。一室寂静中，这笑声颇有些瘆人。

他脸上现出一种狠厉的神情，轻笑变成了冷笑："哼哼，凭什么！"

他转头看着明兰，满脸俱是讥诮冷峻："凭什么我就得刀头舔血去挣日子？！姓秦的生出来的就比我金贵，就可以舒舒服服窝在爵位上等祖荫？满门顾家人，都是靠着白家的银子才能体面至今，凭什么我反得夹着尾巴做人？如丧家犬般流落在外？"

顾廷烨猛地站起来，浓密凌乱的黑发披散在雪青的绫缎袍服上，映出一种触目惊心的惨淡光泽，英挺的面容隐没在烛火的阴影中，笔直地立在当中，浑身充满了一种切齿憎恨的危险气息，直如一头要噬人的凶兽。

他不住地冷笑，声如金铁，厉声道："冤有头，债有主！若我如他们的意，一辈子就无声无息了，这笔账自然就没了。可如今偏叫我出了头，这是老天爷在叫我清算这笔账！"

明兰把身体缩在太师椅中，整个人都覆盖在他高大身体的阴影下，心里惴惴的。她很想说"也许老天爷有别的意思，你误会了呢"，但没敢开口。她知道，其实他并非贪图那点儿爵位财帛，只是生性高傲倔强，怎么也咽不下这口气。唉，不过，又有多少人能淡然面对这种亏待呢？

这时，她忽然心中起了个念头，猛然抬头，试探道："你打算做什么？"

顾廷烨转头，目光已一片清明冷静，优雅地一拂袍服前摆，斜斜地靠在软榻上坐下，又是一派贵气从容，他居然还温柔地笑了笑："娘子莫怕，我什么都不会做的。"

明兰呆坐着，疑惑地看着男人，忽又释然了——人是复杂的，她还不很了解他，正如他也不很了解自己。

因忆起亡父，顾廷烨这夜倒没作怪，只搂着明兰平躺着，两人半夜无话。明兰这一日累极，居然在男人火炉一样的怀里睡着了。顾廷烨细细抚摸着明兰细柔的乌发，玉洁娇嫩的面庞上已现出淡淡的疲倦，他颇是心疼，想起明日就要来的蓉姐儿，还有远在别处的昌哥儿，这两个他从不曾想要的孩子，他不由得一阵唏嘘——其实他也不是个好父亲。

手掌下移，抚摸到明兰柔软的小腹，他忽然起了一阵希冀。

第二日天还未亮，顾廷烨起身洗漱着衣，出来时看见明兰正艰难地从被窝里奋勇挣扎出来，他不由得笑道："多睡会儿吧，这阵子累坏了。"

明兰很坚决地摇头道："既要去，索性把规矩做足了。那头是辰正请安。"

顾廷烨瞧了瞧漏壶，皱眉道："可这会儿才丑时。"

明兰颇眷恋地看着枕头，咬牙扭头下地，道："难得早起一回，也不差多少时候，干脆多做些旁的事情，平日里便可睡晚了。"

这些旁的事是：陪顾廷烨吃早餐，然后温婉贤惠状送他出门。这举动惹来顾廷烨一阵嘲笑的白眼，明兰全然当作没看见，继续笑得很贤惠——就算唬不住顾廷烨，唬唬府中奴仆也好，起码建立个良好的口碑影响。

接着巡视仆役点卯，监理府内事务及各位管事办差如何。在这次突击检查中，有些忠心勤恳的受了奖，也有偷奸耍滑的挨了罚，效果倒也不错。待查点完毕，明兰上轿出门往宁远侯府去了。

澄园和宁远侯府属于同一条街上的并排两户人家，中间隔了内务府的半座林子（另半座林子在澄园内）。俯瞰下去，澄园内院和侯府内院之间的位置很像一把弓箭的两端，若明兰沿着弓弦直走，就是直接从林内的小径过去，那只消十来分钟就可到侯府了。可惜如今出于某种原因，只能沿着弓脊的曲线绕着走，先出内院再出外院到大门，坐轿到侯府大门，然后再从外院至内院的一路进去。

明兰一脚踏入足有两进三排屋的萱芷园时，正好辰时，门口的向妈妈笑着来迎明兰，却不往屋里请，只在院中道："二夫人昨日说要来，今日太夫人一早就等着了。"

明兰顿了一下，脸上带着几分赧然，歉意道："都是我的不是，叫太夫人睡不好了。向妈妈，我刚来，不懂事，烦请您告知我太夫人素日是何时起身的，我也好来对时候。"

哼！难道她不来，你主子就不用起床了？邵夫人和朱氏难道不用每日请安？糊弄洋鬼子呢！

向妈妈愣了愣，反应极快地道："瞧二夫人说的，都是老奴多嘴了。说起来太夫人年纪大了，一忽儿早起一忽儿晚的，睡时也没个准头……"

"那也无妨。"明兰柔柔地打断她，"以后若我来早了，就到厢房处等会儿便是了，待太夫人好了，我再进去请安就是了。"

哼哼，最好让她等，有胆子最好让她像罚站一样在院子里等上个把时辰！此招数为袁夫人最爱，让华兰吃了不少苦头。不过，此招数亲妈好用，后妈难用，只要来上一次，看不谣言满天飞去！到时候美誉遍顾府的太夫人如何再"以德服人"呢？

想到这里，明兰不由得暗暗期待起来——完了，她发觉自己越来越扭曲了。

向妈妈勉强笑了下，不敢再小觑，赶紧请明兰进屋去。

明兰进去时，瞧见邵夫人和朱氏已经在了，两人正坐在炕边和太夫人说话。邵夫人皮色蜡黄，神情忧虑，太夫人一个劲儿地开解她："煜哥儿福大命大，自小到大，一路都是这么过来的，这次必能逢凶化吉。"

"二嫂来了。"朱氏见明兰进屋，起身见礼，笑道，"原本大嫂给母亲请完安就要回去照看大哥的，就为了等二嫂呢。"

明兰忍不住看了一眼身旁的向妈妈，用很单纯的目光表示疑惑：你们一个说我来早了，一个说我来晚了，到底算怎么回事呢？

向妈妈脸色尴尬，低下头去。

朱氏何等机灵，一看向妈妈脸色不对，就知道自己的话怕是说得不妥，也不等明兰答话，赶紧笑着把明兰拉到前面去。明兰也不多说了，只恭敬地给太夫人和邵夫人敛衽见礼，然后太夫人看座奉茶。寒暄几句后，刚好可以凑一桌麻将的四个老少女人便说起话来。

"咱们正说着你大哥哥的病呢。"太夫人眉目慈和，指着炕几上的一碟新鲜果子，叫丫鬟递给明兰，"都说病歪歪的才长寿呢，我正劝着你大嫂。"

明兰也跟着劝慰了几句，还道："我那库房里还有几支上好的老山参，回头就给大嫂送来，若还缺什么药材，大嫂尽管开口。"

邵夫人见明兰说得真诚，嘴角扯出一丝苦笑来："先谢过弟妹了。你大哥这病，不过是拖一天算一天罢了。"

太夫人轻叹着，满脸都是怜惜之意，对明兰道："你大嫂和我已没别的法子，我今日托你件事，你回去跟廷烨说说，他路头粗，人面广，他大哥如今都成这样了，叫他想想法子，怎么也得寻个灵光的大夫呀。"

此言一出，邵夫人无神的眼睛立刻亮了，满脸祈求地看着明兰。明兰心头一咯噔。自打进这屋子，她就竖起了全身的警惕。明兰想了想后，温文道："这是自然的。不过，嫂子不如先和我说说之前大哥都瞧过哪些大夫，免得二爷寻重了，反倒误事。"

邵夫人想想也是，连忙一个一个地数起来，说着说着，她自己也沮丧了——从京中的几大名医世家，到直隶山西、山东、河南、河北的著名医馆，从太医院院正，到悬赏的乡野赤脚郎中，这二三十年来，几乎该请的大夫都请了。

说罢后，她看见对面的明兰脸上现出为难来，知道自己是强人所难了。

"自是要去寻的，不过……"明兰思忖了片刻，斟酌道，"所谓人以群分，二爷在外头认识的大多是行伍的弟兄，真叫他去寻大夫，怕也是治跌打外伤的。太夫人吃的盐比我们吃的饭还多，三弟妹的娘家也是京城久居的，还有叔叔婶婶他们，不若大伙儿都想想还有什么好的大夫，到时候二爷去请来就是了。咱们一大家子一块儿想辙，总比一个人摸瞎强些。"

顾廷烨未必知道什么高明的大夫，可一旦知道了，估计可以以势压人一下。

邵夫人听出这个意思，也算同意了，默默地点头："也只能如此了。"

太夫人目光一闪，看了明兰一眼，又叹道："他们总共兄弟三人，只盼着廷烨得空了，也常来瞧瞧他大哥，没准还能好些。"

明兰笑得有些腼腆："我回去就与二爷说。"

看她这么痛快，其余人也没什么好说的。朱氏忍不住细细打量这个新妯娌，只见明兰静静坐着，大多是在听别人说话，只时不时凑一句打趣。她的话不多，只说该说的，而且每句话都留三分，绝不说死，看似都应了，实则什么都没答应。

朱氏暗暗苦笑，觉得自己婆婆的意图怕要落空了。

这时，外头丫鬟高声禀道："蓉姐儿来了。"众人转头，只见巩红绡和秋娘一左一右地进来，前头是一身淡黄绣菊薄绸小袄的蓉姐儿，她还是一副瘦弱的模样，低垂着脑袋，也不说话。

"还不快给你母亲请安？"朱氏含笑道。

蓉姐儿垂首行了个礼，蹲得很不到位，歪歪扭扭的，然后她很低很低地道："给夫人请安。"

看她这么倔，一旁的秋娘几无可察地轻叹了一声，柔柔地福了福。而巩红绡则伶俐地上前一步，殷勤地行礼，小声道："给夫人请安。"

明兰微笑地点了点头："听三太太说，你们大都已收拾好了大件箱笼，待会儿赶紧再整理下，今日咱们就要回澄园了。"

秋娘喜出望外，目光里尽是喜气。巩红绡抬眼看了看明兰，咬着嘴唇欲言又止。明兰嫌麻烦，打算装看不见。不过，太夫人和气地开口："二夫人是厚道人，有什么话就说吧。"

巩红绡连连福身，语气谦恭道："妾身想……想带两个丫头一道过去，金喜和五儿……她们俩是与我一道陪嫁过来的，我……我舍不得她们……"声音越说越低。

明兰很敏锐地注意到蓉姐儿微一侧头，飞快地看了下巩红绡，然后又立刻垂头不语。

太夫人听了，笑着去看明兰，目光示意询问。明兰微笑道："只要太夫人和大嫂子答应，我自是没有不肯的。"

太夫人满意地点点头，指着她们俩对明兰柔声道："这两个也是不容易，廷烨一走这许多年，也没个音信，大家伙儿什么都不知道，她们偏就死心眼，一定要等着。唉……人心都是肉长的，看在这份心意上，她们日后若有不当的，你多担待些。"

语意满是悲悯的善意，红绡和秋娘一时感激，一齐眼眶发红地望着太夫人。

顾廷烨离家三年多，她们俩前两年和后一年的待遇差别至少两颗星，这会儿太夫人居然能把这番话说得这么流畅自然，明兰心里大是佩服，决心向榜样学习。她学足了太夫人的真诚语气，再添上一点温顺的薄嗔，眉眼秀美，笑道："瞧您说的，就是您不吩咐，我还能亏待了她们不成？"

太夫人拉着明兰的手，眼中带着慈和的笑意："你这孩子！"

朱氏抿嘴而笑，邵夫人一脸宽慰，红绡和秋娘恭顺地表示感谢，红绡还拿帕子捂了捂眼角，以增加煽情度。两旁的丫鬟都凑趣地轻笑，好似所有人都觉得这是真的。果然戏如人生，人生如戏——明兰觉得今天自己过得真是太和谐了。

因要等巩红绡和秋娘整理行囊，明兰只能陪着太夫人继续说话。邵夫人惦记着丈夫，先回去了，把娴姐儿领出来见明兰算作代替。朱氏叫奶嬷把贤哥儿抱了出来。

明兰仔细端详这姐弟俩，不由得大是感叹：要说还是地主家的小崽子长得好呀。

贤哥儿话还说不利落，在乳母怀里啊啊哦哦的，很是肥白可爱。娴姐儿虽只有五六岁大，却和蓉姐儿差不多个头儿，小小年纪，已是一派秀丽端庄的举止，说话行礼都很有分寸。对比刚才蓉姐儿的畏畏缩缩，明兰忍不住问道："蓉姐儿那孩子可吃着药？"

朱氏也知道蓉姐儿瞧着很不成样子，叹道："没吃呢，也叫大夫瞧了，说是身子无碍的，只需开解心绪、好好调理就是了。"

明兰低头沉吟不语。一旁的娴姐儿见她这般神色，奶声奶气道："二婶婶莫急，蓉妹妹只是爱挑食，又整日发呆，身子却是好的。上个月换季，一会儿冷一会儿热的，我和贤哥儿都着凉了，她都没事呢。"

明兰看她说话妥帖，态度娇憨，心里很喜欢，便笑道："我们娴姐儿真懂事！回头待你爹爹身子大好了，婶婶接你去和蓉姐儿一道玩，园子里有刚做好的小秋千。"

娴姐儿小小的脸上绽出初芽般的微笑，用力点头，大声地应声："嗯！"

太夫人慈祥地看着娴姐儿，轻叹道："难为这孩子一片孝心了，自打她爹病了，她就没怎么出过门，连自家园子都不大去的。"

明兰陡然心生怜悯。按照邵夫人刚才罗列的那一长串名医来看，恐怕顾廷煜是希望不大了，就算是现代都有不治之症，何况这个时代。

贤哥儿在祖母身边待不住，在炕上扭着要往明兰身边冲。明兰笑着接过孩子。朱氏当时就一惊，却见明兰十分熟练地撑着贤哥儿双肋，让孩子坐到自己腿上，哈着他的胳肢窝，又摩着他的小胖肚子玩，贤哥儿乐得哈哈大笑起来，直在炕上打滚。

太夫人笑道："瞧不出你抱孩子倒有一手。"

"我娘家侄子和贤哥儿差不多大，还有我大姐姐的哥儿也是这么大。"明兰吃力地把贤哥儿还给乳母，拿帕子摁了摁额头上的细汗。朱氏抱过儿子，眉开眼笑地哄着他玩："回头叫他们几个小哥儿凑到一块儿，想来乐得很。"

这时，外头有个丫鬟打帘子进来，看见太夫人有些发怯，低声道："姑娘说了，她今早忽得了诗兴，要好好酝几首诗出来，就不来见二夫人了，这里告个罪。"

太夫人立刻脸色一沉，呵斥道："她二嫂难得来一趟，她怎么这般不懂事！"

屋里的丫鬟无人敢答话。过了一会儿，她转头朝明兰笑着表示歉意，道："你莫要见怪，你廷灿妹妹自小是老爷子启蒙的，就喜好个诗词字画，又叫你公爹宠坏了，很有几分读书人的酸气，一来了劲，谁的面子也不买。"

明兰笑笑，轻轻摆手道："早闻妹妹才名，知书达理，为京城闺阁美谈，何况自家亲戚，什么时候不得见了？不妨事的。"遭遇一位极有范儿的女文青，作为只能做打油诗的明兰对这个经典借口很是仰慕。

这个话题太夫人不想多谈，毕竟这个年纪还没嫁出去，再美谈也谈不出什么花儿来。为了做两首诗而不见嫡亲的嫂子，到哪里都说不通的。不过，从这件事来看，这位灿七姑娘在顾老侯爷跟前应该很得宠。

让娴姐儿回屋后，朱氏便说起了贤哥儿的种种趣事，引得大家哈哈大笑。太夫人时不时提起顾廷烨和顾廷炜幼时的胡闹，一脸慈爱状。明兰听得津津有味。这婆媳俩似乎很想引明兰多说些顾廷烨的事，不过可惜，姚依依同志是久经保密条例考验的优秀司法人才，深谙敷衍之道，离题千里，话题都偏到花果山去了。

"我日常吃着也不觉得，没想到竟有这许多门道。"朱氏自己不知怎么回事，莫名其妙就和明兰扯到河虾的七个品种和十六种做法上去了，她抚着自己的脸轻呼，"和丝瓜一道炒着吃，居然还能养颜？"

"记住了，虾仁背上那条线定要去掉，下油锅前要上浆。"明兰一直觉得对不住上辈子的身体，也没好好待它，还让它淹了泥石流，搞不好都没能挖出来尸首，自打来了古代后，她最热衷的事就是养生。对男人好，可能被小三；对丫鬟好，可能被爬床；对姐妹好，可能遭背叛；想来想去，只有对自己的身体好才是大吉大利，百无一失。

朱氏看着明兰娇艳明媚的面庞，细润瓷白，透着淡红的菡萏色，饱满柔嫩的皮肤像是能掐出水来一般，眉眼生晕，莹然光华；不计容貌，单论皮肉气色，比之同龄的自家小姑子，何止胜出一两分？当下更觉明兰有说服力，忍不住细细讨教起来。

"我家祖母说过，女人这一辈子太累了，生儿育女，操持家务，前后左右，哪处不烦心？"明兰轻叹着，"每生一回孩子，那就是伤一次身子，生下来后还得接着操心，平安长大，读书上进……唉，都说女人比男人老得快，这么着，能不老吗？"

"谁说不是呀！"朱氏立时起了忧患之心，男人怕穷，女人怕老，其实她这会儿才二十岁，可在明兰面前已自觉像个大妈了。古代女人很悲催，二十来岁前生儿育女，过了三十就差不多歇菜了，等过了四十，连孙子孙女都有了，基本要靠礼佛修身来打发日子了。

一旁的太夫人见她们俩越说越偏，朱氏差不多都忘记该说什么了，忍不住微微皱眉，想着这才头一天，便按捺下种种心思，只微笑着听她们俩说话，偶尔长者风范地笑骂她们几句，倒也一室和乐。待到红绡、秋娘她们整好箱笼，差不多已巳时三刻了，太夫人笑道："都这时候了，倘若不叫你吃了饭再走，岂不叫人怪我这婆婆刻薄？"

明兰想想也是，便欣然同意，但吃的时候还是免不了心下惴惴——饭菜里没毒吧？

饭后用过一盏茶，明兰瞧着差不多了，便起身告退。外头早已套好了马车，连人带箱笼一道上了车，辘辘着往澄园行驶而去。一会儿工夫就到了。下车后，明兰叫廖勇家的帮着卸箱笼行李，自领了蓉姐儿三人坐上几顶青顶软轿往内院而去，到了内仪门才下轿。

一路往里走，红绡只觉得园内风景甚好，处处花鸟亭台、小桥流水，虽富贵不足，雅致清隽却犹有过之，她很是艳羡。而秋娘见一路上的丫鬟仆妇全都轻声悄语，见主子经过，便避过一旁，恭敬地站着。待进了嘉禧居偏厅后，于看座奉茶之际，她见几个丫鬟进出有序，行止端方，竟无一人拿眼偷瞧她们一眼。

她心下不免暗惊：都道新夫人年幼，却不想理家这般得法。她有几分为顾廷烨高兴，到底新夫人比之上一个，不论哪处都强上许多。想到这里，她一时又多了几分怨艾，怕顾廷烨已用不上她了。

明兰在上首坐定后，端茶浅呷一口，深觉得今天劳动量过大，这般劳心劳力实在不利于和谐生活，决心速战速决，赶紧把事情料理了，好回去睡午觉。

她放下茶盏，转头道："翠微，屋子可都收拾好了？"

"夫人，您都吩咐多少回了。"一旁侍立的翠微忙上前笑道，"屋子和人手全都好了，连热水都烧好了，只等着小姐、巩姨娘，还有秋姑娘一过去，立时就可以洗漱休憩了。"

秋娘连忙起身谢礼。红绡慢了一拍，也起身笑道："有劳这位姐姐了。"

秋娘看了一眼明兰，惶恐道："我不过是个奴婢，伺候老爷夫人还来不及，怎么好这般？夫人，您宽厚，可真折杀我了！能来老爷夫人跟前伺候着，奴婢便知足了。"

明兰轻轻挥手："你是老爷跟前的老人儿了，不过叫几个小丫头服侍，没什么好折杀的，况且，这也是府里的体面。"语气温和却不容反驳。秋娘千恩万谢地坐下了。

明兰顿了下，朝坐在下首的蓉姐儿微笑道："今日你们也累了，我就长话短说吧。这家里人口简单得很，你们来了也热闹些。蓉姐儿，我原打算把蔻香苑给你，这里先问问你，你觉着是自己一个院子的好，还是愿意住我跟前呢？"到底她年纪还小，明兰自己也是上了十岁才分院另住的。

蓉姐儿依旧低着头，瘦弱的身子一动不动，也不说话。过了半天也不见她开口，秋娘急了，过去轻轻拉她："快回话呀，夫人问你呢。"蓉姐儿忽然抬头，飞快地看了明兰一眼，目光中满是戒备和敌意，然后又低下头，就是不说话。

红绡见情形尴尬，忙打圆场道："夫人莫怪，蓉姐儿自进府就是这般的，平日和我们也不大说话，不过，她心里可明白着呢。"

"那你的意思呢？"明兰看着红绡，微挑唇角。

"我怎敢替夫人做主？不过嘛……"巩红绡心里早有了打算，当即便笑道，"蓉姐儿年纪小，还不懂事呢，独住一个院子到底孤单了些，又多年没见着老爷，父女连心，骨肉天性，我想着，还是叫蓉姐儿在夫人跟前稳妥些。"

明兰想了想，脸上也无什么异色，只微微一颔首。红绡见状，顿时一脸喜气，不等明兰开口，她又忙道："还有一事，夫人请恕红绡无礼。蓉姐儿到底是太夫人交托于我的，红绡不敢有负嘱托，自不好和蓉姐儿分开……"

一边说，一边偷眼去瞧明兰的神气。一旁的翠微已经不笑了，看向红绡的目光有些发冷。

听到这里，明兰忍不住轻笑起来："所以你也要住我跟前？可你已是姨娘了，澄园里空阔，又不是没地方，我原打算单独给你一个院子的。"

红绡一副怯生生的样子："夫人的好意红绡怎能不知？不过，总不好为着自己舒坦享受而误了大事。"

听她说得条理分明，也不知事先肚里过了多少遍，明兰颇觉佩服。不过，她也不怕，这世上道理都是人说的，尤其是家务事，更是公说公有理，婆说婆有理，巩红绡固然有一箩筐的理由要住进来，但她也有不少说法，加之她是主母，权威凌驾一切。

她就不信了，给姜室分座院子住，还有人来挑她的不是？

"这样不妥。"

明兰正要开口时，忽从一侧响起一个低沉的男声——偏厅里的大小女人齐齐转头，只见顾廷烨缓步从侧门走进来，身上还穿着朱红朝服。

"老爷回来了。"明兰温柔地起身，动作很得体，很标准，引来顾廷烨微弯着嘴角深深看了她一眼。待他在自己身旁坐下后，明兰亲自给他斟了碗茶，微笑道："蓉姐儿回来了，我正和巩姨娘商量住处呢。"

巩红绡、秋娘还有蓉姐儿也从座位上起身，一齐向顾廷烨行礼。礼毕后，蓉姐儿抬起头，愣愣地看着父亲。秋娘眼眶发红，目中隐隐有泪光，激动地望着顾廷烨，满眼的关怀，再不肯把眼神移开。巩红绡先是吃了一惊，然后柔柔地望着顾廷烨，清丽的面庞浅浅而笑。

顾廷烨对这种目光似早已习惯了，不以为意，只静静地看向蓉姐儿。蓉姐儿一缩脖子，又低下头去。顾廷烨越发脸色发沉，却并不说话。

明兰暗暗撇嘴：你倒是说句话呀！

"二少……二老爷。"秋娘含泪半晌，终于忍不住了，声音轻颤，"您身子可安泰？这些年没个人在身边服侍着，您在外头过得可好？"

顾廷烨正在想事，差点随口要答两句，忽然想起明兰坐在身旁，他抬眼看了看她，只见她面上并无多少不悦，只端着茶碗微微皱眉，他顿时觉得秋娘有些失礼，随即不豫地看了看秋娘。秋娘见顾廷烨非但没答话，还眼神冷淡，心头一凉。

明兰没有反应，但一旁的翠微看得清楚，她上前一步，恭敬地朗声道："秋姑娘，恕我多句嘴，老爷夫人都在这儿呢，你怎好随意开口言语？"她脸上客气，心里却很是愤愤——这也是个贱人！刚才还说自己是奴婢，有做奴婢的在主子面前随便说话的吗？

秋娘惶恐地发抖，无助地去看顾廷烨，却见他正定定地看着新夫人。她心头发苦，嘴里连声道："都是奴婢的不是，奴婢多年未见老爷，有些失态了。"

"刚才老爷说不妥，到底指什么？"明兰极力忍住发困，端庄地微笑道。

顾廷烨的视线扫了一遍下首低头而站的几个，被秋娘这么一开口，他越发坚定了自己的主意。他淡淡道："我细细想过了，还是叫她们三个都去蔻香苑住的好。"

这句话好像一颗投进湖面的石子，立刻把下面三个大小女子惊了起来。巩红绡脸色发白，头一个忍不住要开口。顾廷烨长臂微抬，目光冷峻，一股威势无声而起，众人俱不敢说话。

他沉声道："你们不必说了，我意已决。谁若不愿，大可以去问问太夫人的意思。"话是朝着所有人说的，可他的目光独向着巩红绡，隐然几分讥诮。

巩红绡陡然一凛，想起往事，立刻低头站好，不再抗辩。

秋娘身形如风中乱叶，泪光更盛，抖着声音喃喃道："这怎好……奴婢怎能住到别处去？那奴婢怎么服侍老爷夫人？怎么打水、做针线、值夜……"

听到最后两个字，明兰额头顿起几根黑线——秋女士，您也太直奔主题了吧！

对着秋娘，顾廷烨目中多了几分温和："你素来行事周全，很会照顾人……"他看了一眼蓉姐儿，再道："你跟过去照看蓉姐儿，我就放心了。"

这话一说，红绡肩头一僵，头垂得更低了。秋娘苍白的面孔却泛起一阵红晕，羞涩地望了望顾廷烨，眼中尽是深情厚谊，然后静静地接受了安排。

明兰却忍不住瞥了顾廷烨一眼：看不出这家伙这么会说话，这样一来，就算秋娘不接受也不行了，她总不能说她只会伺候男人，不会伺候小孩吧。

事情就这样定下了，翠微低着头，抑制住满心的喜悦，很殷勤地过去给她们三个张罗搬家事宜。

顾廷烨目送着她们离去后，没等明兰开口，就转头说了句"我去外书房寻公孙先生了"，就匆匆离去了。

明兰决定把疑问按后，先回屋洗漱，然后一头栽进床铺去见周公了。自凌晨起床后一直忙碌到午后，心力俱疲，实在是累极了，是以明兰很快睡去，醒来时差不多是未时末，她大吃一惊，自己居然睡了三个钟头。

丹橘一边乐呵呵地服侍着明兰穿衣梳头，一边道："适才翠微姐姐已来禀过了，蔻香苑的那三位都整顿好了，箱笼行李都妥帖了。翠微姐姐安排了人手，服侍着她们先歇下了，叫夫人莫操心，一切都好的。"

明兰点了下丹橘的额头："傻丫头，该叫何有昌家的了，老也教不会！"

丹橘心情甚好，也不还嘴，继续傻乐。明兰暗叹了口气，知道她这几日也一直忧心这件事，生怕来的妾室不省心，又怕明兰受委屈，如今至少不用在跟前惹眼了。

收拾妥当后，明兰喝了盏淡淡的清茶，唇齿留香，心情愉快之际，更觉今天过得很不容易，便撇开账本先不看，叫丹橘拿了纸笔，打算描个新花样子出来。

丹橘瞧了一眼搁在一旁的针线篮，里头放的是给顾廷烨的几件白绫缎子的里衣，忍不住道："夫人，您还是先把那几件活计做完吧，这都拖了多少日子了。"

明兰拿墨线笔轻点了一下丹橘的鼻子，笑道："傻丫头不懂。"她刚才忽然就有了灵感。

"夫人越发爱闹了！"丹橘嗔叫一声，羞恼地跺了跺脚，捂着鼻子扭头洗脸去了。

顾廷烨进来时，正瞧见明兰聚精会神地趴在桌前，他特意放轻脚步走到近前，看见白纸上用工笔细细描着两只土狗正在争抢一根肉骨头，那骨头尤其描绘得肥壮多肉。

"这是何意？"

明兰吓得差点跳起来，转头看见男人微挑着剑眉发问，她心虚地把画纸随手盖住，讪讪地笑道："画着玩的，没什么意思。"

顾廷烨看着明兰的神情，心中起疑，抬手把画纸掀开，细细看了一番，脸上若有所思，盯着明兰的目光渐渐恼怒起来。

明兰被盯得头皮发麻，一阵呵呵呆笑，讨好地凑上前去。顾廷烨不肯坐下，明兰只好踮着脚尖帮他更换袍服并松开发冠。顾廷烨瞪了她一眼，倒身侧靠在床榻上，睨着明兰道："你接着画吧。"

明兰哪有这胆子？很自觉地坐到桌前拿起账簿，核对起昨日宴饮的花销出入来。顾廷烨静静地看着她，忽道："今日在侯府……可好？"

明兰知道他的意思，莞尔道："才头一回去，哪能有事？不过……我在那儿吃了顿饭。"她一脸担忧，"应当无事吧。"

顾廷烨愣了下，笑骂道："这会儿才忧心，就是有事也没治了！"

明兰看他心情好些了，怀里捧着账簿，呵呵傻笑着凑过去，小心地问道："蓉姐儿她们已住过去了，翠微会料理好的。我想以后就叫花妈妈看顾那边，你说呢？"这段日子观察下来，花妈妈还算得用，重点是，她是长房送来的。

"你拿主意吧。"顾廷烨神色冷淡。

明兰知道最好不要问，但耐不住心里猫抓似的难受，终于还是忍不住开口道："你……"只说了一个字，她就顿住了——该怎么问？

她正为难着，谁知顾廷烨倒开口了。他眼望着雕绘着石榴百子的檀木床顶，似乎在自言自语："蓉姐儿性子倔，曾拿石头砸破个大水缸，是四岁还是五岁……"

明兰大吃一惊：司马光砸缸？

"倘若以后叫她眼睁睁地瞧着你我的孩儿，想来更是难受。"顾廷烨目光幽深，"我必会疼爱你后生之子胜于她，这是料定的，又何必装模作样呢？"

明兰惊异地看着顾廷烨：老哥，您也太实诚了。

"以后……给她寻一门好亲事。"顾廷烨轻叹着，"读书明理，理家掌事，你能教的就教些，不能教也算了。她只消能得了秋娘的本事，学点女红算账，以后在婆家也能应付了。"

明兰坐在床头，眼睛睁得大大的，盯着男人英俊的侧面看了良久。

顾廷烨的确是个聪明人。蓉姐儿出身不明，非嫡非长非宠，这样的女儿对嫡母是没什么威胁性的，只要嫡母脑子清楚，心肠又不很坏，基本不会为难她的，待成年后添上一份嫁妆送出去就成了——既得了好名声，又不费事。

倘若顾廷烨一意维护怜惜于蓉姐儿，反倒会惹嫡母不快，而嫡母若成心想为难某个孩子，男人大多是护不了周全的——这点顾廷烨深有体会。

秋娘作为侯府嫡子房里的大丫鬟，个人素质绝对是过关的，真说起来，怕是比一般人家的小姐都强些。蓉姐儿只要能学会这些，再耳濡目染些高门气派，就很能见人了。

并且，若真学得眼界太高，也许反而会害了她。

不过，这一切都必须建立在一个前提下，明兰斜眯着眼睛看男人——他怎么能肯定她脑子清楚，又心肠不坏？万一她人很坏呢？

明兰暗暗咬牙，忽起了一阵坏心，她很想做一次恶毒的后妈让他看看。

"这样秋娘也算有靠了。"顾廷烨又轻轻补上半句。从头到尾，他都没提到过巩红绡。

难道他想把蓉姐儿记在秋娘名下？那他刚才为什么不直接把秋娘抬成姨娘呢？还有，巩红绡怎么办？明兰心思转了半天，才想到这事还有另一头。当她再次慢慢咀嚼顾廷烨的话，忽地有些明白，莫名地一阵高兴，然后喜滋滋地低头继续看账册。

顾廷烨隐约察觉到明兰的喜悦，凶恶地瞪眼过去，轻捏着她的脸蛋，努力板起脸训道："你得意什么？说，是不是不乐意秋娘过来？"

明兰忙捧着自己的小脸躲开，很正气地直言："没错，我不乐意叫没见过几面的人见我光着身子的样子。"通房的用处太广泛了。

"只是如此？"顾廷烨不悦地蹙眉。

"自然。"明兰很理所当然，还指着顾廷烨的鼻子，笑嘻嘻地调笑道，"夫君是从小到大叫她看惯了，我可没有。"

顾廷烨脸上浮起一阵可疑的薄红，也不知是气是怒，被看光了可恶还是老婆更可恶？他只闷闷地转身背对着明兰。明兰见他真恼了，也不敢多打趣他了，拱在他背后扭来扭去的，像条小鱼儿一样讨好卖乖。哄了好一会儿，顾廷烨才冷着脸转过身来。

明兰赶紧引他说话："朝堂上的事，都和公孙先生商议妥当了？"

"嗯。"男人半死不活地哼哼。

"没什么麻烦吧？"

顾廷烨顿了半刻，才缓缓道："今日朝堂之上，有人参了老耿一本，说他肆意结交权贵，败坏纲纪，以谋私利，皇上当场申饬了老耿一顿。"他顿了一下，"年前于北疆，老耿身先士卒，身上的伤这会儿还没好全呢。"说起来颇有几分唏嘘，他又道，"我如何不知皇上也是用心良苦？不过是略加警示……老耿也是！"

"哦。"明兰慢了好几拍。

这事她也有风闻。

顾廷烨是世家公子出身，有七大姑八大姨的亲戚故旧，那是没办法，就这样他还东躲西闪地尽量低调，你一个蜀边寒门出身的武将，搬来京城没几天，居然就把家里弄得好像菜场歌友会，整日门庭若市，这不存心丰富御史言官们的写作素材吗？

"也不能全怪老耿。"顾廷烨忍不住想替那倒霉的同志说两句话，"他并非想结交权贵，大多是军中弟兄的亲戚上门，他哪抵得住那阵仗！"可惜京中权贵几乎都有或嫡支或旁支的子弟在军中。

"你说呢？"辩护两句后，顾廷烨习惯性地问了明兰一句。

其实明兰并不同情老耿同志，但她知道也不好直说。

她瞥了一下顾廷烨的脸色，甩甩手中的账册，斟酌着语气："外院有郝管事、潘管事，内院有廖勇媳妇、旺贵媳妇，下头还有几个分管事跟一干婆子丫鬟。"

顾廷烨微皱眉，表示不解。明兰笑嘻嘻地继续道："我觉着吧，倘若他们一众人全都情深义重、情比金坚、情深似海、情义无价，"她缓了口气，"那我这主母就不用混了。"

世界上所有的领导都喜欢直线忠诚，不喜欢下属们横线交好，这个道理顾廷烨自然也明白，只不过从心理上，他还没有完全把"八王爷"过渡成"君王"罢了。

顾廷烨没能把脸彻底板住，扑哧笑了出来。他见既已破了功，就一把将明兰像捉小猪一样拖上床，按到自己怀里，朗声大笑着好一顿揉搓。

笑声阵阵，隐隐传到院门口，秋娘顿时脸色苍白。丹橘脸上的笑容很客气，也很虚假，她微笑道："秋姑娘，倘若你有急事，我这就替你通传去。"

"不，不，没什么要事，我这就回去了。"秋娘连连摆手，踉跄着退出嘉禧居。

第三十二回·明兰立威

　　人类是一种反思型生物，对于自己当年没能做到或者没能做好的事总是耿耿于怀。

　　如果老天爷给房妈妈一个穿越的机会，她铁定要穿越到盛老太太新婚前后，要么索性坏了这门婚事，要么整死那帮小妖精。每当想起这些，房妈妈就恨不能盛老太爷从坟墓里爬出来纳上几个不安分的姿室，好让如今的她练练手。而这种抑郁情绪的结果就是……

　　"……随即那秋娘就忙不迭地走了。"晚饭后，小桃趁着顾廷烨去书房，赶紧把下午秋娘来嘉禧居的事细细汇报了一遍。

　　明兰还没怎么清醒，她努力眨了眨眼睛："那又如何？"

　　只是有些不安分罢了，想与久别重逢的主子兼男人谈谈心、说说情，可惜物是人非。

　　"这事可不简单！"一旁的丹橘恨铁不成钢地低叫道。明兰被吓了一跳。

　　"她怎么知道老爷什么时候回府？怎么来得这么巧？老爷前脚回来，她后脚就跟来了，显见是叫小丫头去路口盯着，一有消息就去传报的！"丹橘眼放精光，推理得天衣无缝，"哼哼，这才头一天呢！她哪来的人手？怎么知道老爷走哪条路的？"

　　"所以……"明兰帮她续话。

　　丹橘暗暗咬动腮帮子："我和翠微姐姐一说，她就立马去查了。那几个搬进蔻香苑后，巩姨娘和蓉姐儿倒是歇下了，那秋娘却偷偷去找了赖妈妈说话！哼！这几个不消停的！"她素来温厚的面孔上竟也满是愤愤。

　　"可那又能如何？"明兰失笑道，"赖妈妈和秋娘原就是太夫人那儿来的，她们要说话也不算有错。至于打探消息，除非叫蔻香苑的都禁足，否则她们要去哪处园子、哪条路口，便是我也管不着。只消把这院里的门房看牢些才是真的。"

要串联也早就串联好了，不过，她也不怕串联。

小桃呆呆地发愁："莫非就没有治她们的法子了？"

"光是在路口盯着，或是找个妈妈说话，可算不上过错。"明兰摇头道，"平白地争闲气非但没意思，还叫人看笑话，说我不容人呢。如今家规、院规都在那儿，只消拿住了错处，要发落还不容易？"

"要是她们不出错，只恶心人呢？"丹橘反应得很快。

明兰干笑了一下，吐出一句："那……就只能让她们恶心了。"这个时代有几个大老婆没被小老婆恶心过？个别性情敏感激烈的，还容易呕点儿血啥的。

恶心的事很快就来了。

第二日一大早，明兰还在床上磨蹭，巩红绡和秋娘就带着蓉姐儿来请安了。丹橘和小桃一阵手忙脚乱，好歹把明兰收拾好了去见人。

"给夫人请安。"巩红绡盈盈下拜，一身桃红色的缠枝石榴花湖缎褙子很是艳丽，她抬头看见明兰身着一件湖水蓝暗花织锦束腰小袄，映着一张莹玉般的丽颜素净又端庄，身姿纤细窈窕，忍不住赞道，"在侯府时就常听人夸夫人品貌出众，如今搬回了澄园，我可算有福气了，日后好跟夫人学些门道，也不会整日一身俗气。"说着，还扯了扯身上的衣裳。

明兰摸摸自己松松的发髻，刚才匆忙，连珠花都没戴，再看看一脸真诚的红绡，她有些无语，淡淡道："我瞧着你这般打扮挺好的，况且……我有时也穿这色儿。"

巩红绡有些讪讪的，退而坐到小杌子上。

一旁的秋娘见丹橘端了一盏清茶进来，连忙起身，从茶盘中接过茶盏，恭敬地递给明兰："夫人请用茶。"明兰点头，接下茶盏，轻呷了一口。丹橘低头噘噘嘴，转身到里屋和小桃一道收拾去了。

明兰的眼睛转到蓉姐儿身上，只见她低垂着脑袋，缩着坐在一角，忍不住问道："蓉姐儿，你刚搬了屋子，昨夜睡得可好？"

蓉姐儿木木地抬起头，看着明兰的目光有些游移不定，然后低下头去，还是不说话。秋娘急了，赶紧道："夫人安置得极好，床铺被褥都是极上等的，丫头们服侍得也尽心。我昨夜和蓉姐儿睡在一个屋里的，她一整夜都没醒过。"

明兰朝她微笑了一下："难怪老爷一直说你是个妥帖的人。"

秋娘猛然抬头，目有水光，哽咽着："我只怕有负老爷的托付。"

巩红绡似有几分尴尬，不断缠绕腰间绦子的手指有些过于烦躁。

明兰又喝了一大口茶，努力忍住早起的不适，随意笑道："以后不必这么早来请安，咱们这儿人口少，也没那么多规矩，明日起辰时二刻后再来吧。"还是八点上班吧。

秋娘目光殷切，连忙道："这怎么好呢？知道夫人是体恤咱们，可咱们也不能就这么乱了规矩，况且老爷天不亮就去上朝了，夫人要服侍老爷，自也不得歇息，我们又怎好逾矩呢？"

明兰大囧。她什么时候为了服侍顾廷烨上朝而放弃睡懒觉了？不过，这事知道的人也不多。

里头的小桃却忍不住，几乎要破口"你才乱规矩，你全家都乱了规矩"，被后头的丹橘死死拖住，然后她们俩听见明兰柔和的声音道："又不是不来请安，不过是晚点儿而已，这点儿主我还是能做的，况且也不为别的，只是为着蓉姐儿。这孩子正在长身体的时候，又这般瘦弱，且得好好调理呢。"

众人的目光都转向蓉姐儿。蓉姐儿的头越发低了，几乎埋到膝盖里，姿势笨拙不雅。明兰微微皱了一下眉头，似无意地看了巩红绡一眼，微微一笑，温言道："她都八岁了，总不好还不如五岁的娴姐儿吧，以后若有亲戚客人来了，瞧见蓉姐儿这样，该怎么说？"

蓉姐儿肩头震了一下，没有抬头。

巩红绡和秋娘俱是面红过耳，双双起身道罪。秋娘惶恐地嗫嚅着，连连道："都是我的疏忽。"巩红绡轻声哽咽道："夫人说得是，以前……唉，也不必说了，如今到了自己爹娘跟前，必能好好调理的。"

"小孩子正是爱睡呢，好好将养着，再进些上好的温补吃食，开解些胸怀，多活动活动，自然会慢慢好起来的。"明兰慢条斯理地拨动着茶盖，"早上叫她多睡会儿，待吃过了早饭，人都活泛开了，再过来请安也不迟。回头我每日会叫人送炖品过去，你们要盯着蓉姐儿吃。秋娘，这事儿就多烦劳你了。"

秋娘忙应声，连连答是。

明兰又转向红绡，面色温和道："这孩子五岁就到你跟前的，如今她可会读写？识得几个字了？《三字经》可学完了？"

巩红绡当即一颤，看了看明兰，再看看蓉姐儿，张了张嘴，才支吾道：

"这个……这……蓉姐儿身子不好，我也不敢多督促着，好像……似乎……略识十来个字吧。"

明兰脸上带了几分不像。巩红绡惊慌地站在一边，不敢说话。明兰放缓语气道："咱们这样的人家，就算比不得她廷灿姑姑诗书满腹，蓉姐儿也不能做个睁眼瞎吧。你们没来时，我就听人说巩姨娘是书香人家出来的，最是知书达理，我当时就想了，我们蓉姐儿真是有福气，有这么个姨娘在身边教着，以后言行举止、读书认字，那是不用愁了。可是，如今……"

她轻叹一声，略带责难的目光扫过去，直盯得巩红绡抬不起头来。明兰顿了顿，继续道："以前的事就算过去了，从今日起，你要多看顾些！难道以后亲朋好友来了，蓉姐儿也这般模样？总不成一辈子关在内院不见人吧。"

巩红绡被数落得头也抬不起来，昨日她才说过"太夫人托付"云云，今日就打嘴了；秋娘更是大气也不敢出。明兰语气略略凝重，威严道："蓉姐儿和我认生，那是常理，可她与你们是一个屋檐下待了多少年的，你们俩既受了托付，就要担起责任来！"

巩红绡和秋娘战战兢兢地应声。明兰又吩咐了几句，才打发人送她们三个回了蔻香苑。里头的小桃和丹橘这才长长地舒了一口气。

丹橘笑吟吟地出来，手上拿着几朵珠花，一边慢慢替明兰戴上，一边道："便是当初的林姨娘，在太太跟前也从不敢开口闭口规矩的，她们还真长胆子！夫人正该震慑她们一下，不然都欺负您面慈心软呢。"

明兰无奈地叹了口气。她其实很讨厌以势压人，但有些人似乎还就吃这套，你好声好气对他们，反而叫他们蹬鼻子上脸。"以后最多只能睡到辰正了……"她不无遗憾地叹息。

丹橘当即板起脸，数落起来："不是我说您！自打嫁过来后，您的日子过得也忒懒散了，就是以前在娘家也没这么舒坦。以后您可得打起精神来，多少人盯着您出错呢！"

看着丹橘充满斗志的面容，明兰不禁讪讪。

到了快晌午，顾廷烨下衙回府，明兰替他松了朝服发冠，换过常服后，又叫人在临窗的炕几上摆饭。炕上早已铺了蒲苇棉麻和丝帛编成的炕席，迎着风凉的花草气，夫妻俩吃起饭来。顾廷烨抿了一口清酿淡酒，含笑道："今早可好？"

"好得很。"明兰眨眨眼睛，"我生平头一回也有人请安了。"

顾廷烨见她颊上一抹娇媚的粉色，便笑道："这有何难？回头咱们生他十七八个儿子，待他们娶上媳妇后，要给你请安，还得挨个儿排队，那岂不是热闹？"

明兰瞪了他一眼，道："敢情不是你十月怀胎，你上嘴皮子碰下嘴皮子，这么一摆活就完事了？"她并不排斥生孩子，但生育的身体条件她要掌握好，要知道古代可没妇产科，她可不打算生个孩子就去掉半条命。

顾廷烨压低声音，眉目隐含挑逗："我可不只是动了嘴皮子。"

"正吃饭呢！"明兰当即涨红了脸。

"食色，性也，娘子说得好。"顾廷烨悠然道。

明兰瞪了他半天，自己先破功了，笑了出来："你！你……唉，你闺女要是有你一半脸皮就好了！"

顾廷烨慢慢黯下了神色："蓉姐儿……她还那样？"

"不说话，不理人，这么大了，也不读书认字，也不学针黹女红，接物待人是不用说了，就跟没人管似的。"明兰沉吟着，"你说她小时候性子很烈，如今这样萎靡不振，想来是当初……呃……这几年……现下到了我们身边，自能慢慢缓过来的。"

"曼娘，一直都是个狠得下心的女中丈夫。"顾廷烨嘴角微露一抹讽刺，又道，"那你打算怎么办？"

"等。"明兰利落道，"等她长大了，等她自己想明白，这世上没什么人熬得过岁月，一个月，一年，好几年，总能慢慢变好的。我今日吩咐了，还叫秋娘照看她吃穿起居，叫巩姨娘照管她读书知礼，先养养身子，待她年岁长些了，就能另请些好师傅来教了。"她一个现代人，不也十年岁月熬成了古代闺阁吗？

顾廷烨皱着眉头，其实他自己也没什么办法。他小时候不听话，或使性子，顾老侯爷就直接上板子竹棍，女孩却不好这样的。

明兰神色带着几分无奈："自来千金小姐、名门闺秀，大多是养出来的，锦衣玉食地供着，绫罗绸缎地堆着，再呼奴引婢地恭敬服侍着，居移气，养移体，自能慢慢尊贵起来，有了威势，有了体面，潜移默化地就好了。"

顾廷烨慢慢地点了点头，露出赞成之意。明兰这话虽粗糙，却极是在理，而且处处见实在的善意，他微笑道："就怕她是个倔性子，不肯孝敬你。"

"我不用她孝敬。"明兰一脸不以为然。

顾廷烨惊异不已，过了片刻，沉声道："你不必气馁，孝顺嫡母是礼之大法，她若不孝顺你，我自会狠狠责罚于她！"

"你想到哪里去了！我不是那个意思。"明兰失笑道，"我也不会教孩子，只不过……"她慢慢正了神色，诚恳道，"我只是望她明白，人活着，不是为了赌气，不是为了消沉，更不是为了怨恨，而是要好好活着。她还有一辈子要过，将来她也要生儿育女，过去的事不是她造成的，她也不该老揪着过去不放。天大地大，海阔天空，把心胸开阔了，把眼界放远了，日子才能过长远了。"

顾廷烨心里似化开了一片，双目发亮，抑制不住要翘起来的嘴角。他一手扯过明兰坐在自己腿上，搂着她的腰身轻轻摩挲着，声音中满是笑意，低低道："虽说你哄过我、唬过我，还常忽悠我，但我素来知道，你的心思是极正的。"

明兰斜着眼睛看过去，故做不悦状："你这是在夸我呀？"

这句话后，久久不见顾廷烨说话，却见他正似有些出神地看着她的襟口，眼神愣愣的，不复平时凌厉。明兰拍拍他的脸颊："怎么啦？"

顾廷烨这才回过神来，拿手掌在明兰胸口上按了两下，又揉了三下，叹息道："不知什么时候，这儿倒长了不少肉。"手还在她柔软的胸口流连来回。

明兰羞恼至极，当下便涨红成一只虾子，捂着胸口要扭身跑掉，却叫顾廷烨捉回来。明兰伸爪子去呵男人的腰窝痒痒，两人嘻嘻哈哈地倒在炕上闹起来。最后盛女侠不敌顾将军，被男人按在炕上吻了好久。

待小桃进去时，还瞧见明兰嘴唇有些红肿，她不免奇怪：难道菜太烫了？

饭罢了，夫妻俩下了一盘棋，便准备着要午睡。小桃和两个小丫头收拾好饭桌，端着碗碟杯盏走到庭院中时，正瞧见丹橘在不远处拦着一个人说话。

丹橘微笑得很正式："秋姑娘……"

"你就叫我秋娘吧，妹妹若不嫌弃，我也叫你丹橘妹妹。"秋娘忙道。

丹橘额头重重地抽了一下，脸上继续微笑："秋娘姐姐，这会儿老爷怕是要午睡了，你若有要事要见老爷，我这就替你去通传。"

"午睡？"秋娘脸色茫然，"他从不在晌午歇息的呀！"

丹橘酸痛的腮帮子十分坚强地维持着微笑："这我就不知道了，不过，自打我们夫人嫁进来，老爷只消有空，都会午睡一小会儿。"

秋娘神色怅然，手中挽着个小包袱，手指攥得紧紧的。丹橘心中冷哼了两声，转身进里屋去通报。明兰刚帮顾廷烨宽了外衣，闻听此言，顾廷烨眉头不自觉地一皱，但还是道："叫她进来吧。"

秋娘进去时，却见顾廷烨一身雪白绫缎的里衣，强忍不耐地坐在床沿上："有什么事？"

"这个……老爷……多年不见您了，我……我……"秋娘一听这口气就知不妙，瞥了一眼坐在床头叠整朝服的明兰，心里为难，支吾了几下，却说不清缘由。顾廷烨不耐烦了，直接问道："到底有什么事？赶紧的。"

秋娘只好长话短说："这些年我给老爷做了些衣裳鞋袜，可是几年没见了，就怕尺寸不很妥当，想叫老爷试穿下，看好不好穿。"

明兰努力忍住嘴角的轻嘲，继续专注地整理衣裳，还抽空温和地朝秋娘笑了笑。

顾廷烨轻轻一哂，斥责道："这点小事也说了半天！这几年下来，你怎么反倒不如往日爽利了？回头找几件我的衣裳鞋子比对一下不就完了？我哪有工夫一一试穿？"

明兰微笑道："秋娘顾虑得也对。小桃，听见了没？"

守在里屋门口的小桃，憨憨地笑道："好嘞！秋姑娘，您以后要比对衣裳尺寸，尽管来找我，我拿给你好了。"

秋娘心中酸苦，无言以对，只能连连应声。

顾廷烨对明兰道："我未时初要出门，你最迟午时末把我叫醒。"

明兰扭头去看滴漏，柔声答道："成。你赶紧歇会儿，养养精神，办差事也清楚些。"

顾廷烨嘴角含着一抹嗔笑，温柔地看着明兰："你可别睡过头了。"

明兰笑得很无耻："便是我睡迷糊了，还有丹橘、小桃她们呢。"

他们俩这么一问一答，便如寻常人家的夫妻一般，平淡宁静，却隽永美好。

秋娘忍不住插嘴道："我给老爷和夫人守着吧，我来叫醒老爷。"

顾廷烨看了她一眼，皱眉道："不是叫你照看蓉姐儿吗？你怎么……"待要斥责几句重话，却也想着在明兰面前，也给秋娘留些面子，便住了口。

秋娘是侍婢出身，惯会看脸色的，知道顾廷烨现下不悦，她也不敢再待了，最后说了几句话，赶紧退了出去，一步三回头地离开了主屋。

在左侧厢的耳房，绿枝正瞪着眼睛道："你还真替她通传呀！你糊涂了？"

丹橘狠狠地咬着线头："我才不糊涂！她不是整日惦记着老爷吗？我特意叫她那个工夫进去，老爷能有好气给她？哼！做梦！"

绿枝这才缓了面色："那女人一脸老实巴交的厚道样儿，我还当你被唬住了呢。"

"怎么可能？"丹橘看了一眼对屋，彩环正站在庭院中，笑着要送秋娘出门，她压低了声音，恨恨道，"绿枝，你可还记得房妈妈与我们几个说的话？"

"自然记得！"绿枝的目光也顺过去，看见彩环和秋娘，她顿时目露凶光，"前阵子，她还扭捏着与我们说什么'要给夫人分忧'，我呸！分她个鬼忧！瞧着老爷待夫人好，她眼热了，起了不该有的念头。打量她那点子心思旁人瞧不出来呀！房妈妈早就说过了，凡是有事没事往老少爷们儿身边凑的，都是存了歪心思的；凡是上赶着想做通房妾室的，都是贱货！"

巩红绡和秋娘来了没几天，明兰愕然发现，关心顾廷烨床上生活的人着实不少。

某日，赖妈妈兴奋地跑来，先是满口谄媚奉承，把明兰夸得跟朵花儿似的，直说得明兰耳朵发麻，她才奔向主题："夫人年纪轻，怕是不知道，咱们这样的公卿之家，妻妾之间也要讲个规矩的，夫人瞧着什么时候有空，排个日程出来，叫老爷轮着去各房里歇息，以后家里就一切太平了！"

明兰半晌无语，她头一回实打实地生了气，瞬间冰冷的目光直射过去。赖妈妈的笑容凝固在脸上，惶惑地住了嘴。她看明兰面色不善，讨好地笑着："夫人别怪我多事，我也是为了夫人着想，免得夫人落个'善妒'之名。"

明兰心中冷笑，真当她是什么都不懂吗？居然这么明晃晃地欺负到她头上来了！妻妾轮值这套，实质上防的是妾室，是怕男人被迷昏了头，做出宠妾灭妻的勾当来，简单地说，是为了约束男人不要专宠某个小妾才作兴出来的约束型规矩。

可事实上，这套规矩没多少大户人家真能贯彻。

明兰好容易才缓下冰冷的目光，摆出淡淡的微笑："我确是不知道规矩，妈妈想是知道的，我便要问上几句了，第一，当年老侯爷的头位夫人，可曾排过这日程？"

赖妈妈当即卡壳了。大秦氏在时，别说妾室通房，顾老侯爷连母苍蝇都没碰过。

明兰再问："那白氏夫人和如今的太夫人可曾排过？"

赖妈妈哽着喉咙说不出话来。白氏就不用说了，就是以贤惠称著的小秦氏也没排过。

明兰开始冷笑了："那我大嫂子和我弟妹房里，可曾排过这个？妈妈可去劝过？"

赖妈妈说不出话来，站在原地，走也不是，留也不是，脸上的表情比哭还难看。

明兰淡淡道："敢情妈妈只'关照'我一人来着。"

赖妈妈这才知道麻烦了。这位年轻的夫人心思通透，言语厉害，比一般主母还难糊弄。她惶恐地要下跪，明兰一个眼神过去，小桃突发大力鹰爪功，生生把人给拦住了。明兰微笑得十分温柔："妈妈金贵，我当不起。"

赖妈妈不禁额头冒冷汗，却也一时说不出什么来。

把人送出门后，丹橘气极了："夫人，不能这么算了，她们太欺负人了！"小桃赶紧出馊主意："咱们寻她个错处，狠狠地责罚她，最好能打一顿板子，叫她不消停！"

明兰沉着面孔，紧紧攥着拳头，也不知在想什么，久久才道出低低一句："果然厉害，若我真狠狠发落了她，只怕正如了那头的意。她越要这儿出事，我越要'一团和气'。"

丹橘和小桃面面相觑，不解其意。明兰抬头问道："赖妈妈来府里这些日子，可与人有过争执，或是吵架？"

"怎么没有？"小桃道，"那几个妈妈都仗着是服侍过长辈的，个个鼻孔抬得比天还高，没事就爱数落旁人几句，来显摆自己身份呢！赖妈妈尤其可恨，又因没落着什么巧宗儿，总寻那些有差事的人的麻烦，结下了不少梁子。"

"那就好。"明兰淡淡道。

隔日下午，明兰就提拔了后园的王五媳妇，叫她暂领了林旁一处荒地的栽种差事。

府中上下人等均是不解，这肥差多少人抢破了头地想要，那王五媳妇素来耿倔，不善钻营，怎么就轮到她了？其实这差事明兰原是预备留给翠微丈夫的，谁知那何有昌在前院待人学管事刚学出些味道来，便自动辞了。明兰一时之间心里没有合适人选，便拖到如今。

"那王五媳妇要来谢恩。"翠微进来禀道。

明兰摆了摆手，反问一句："你确定她是最适当的？"

"我和崔妈妈冷眼瞧着，在那帮人里头，她算是最不错的。"翠微点点头，"嘴巴利，性子直，但还算明白，也有几分机灵。我四下问了，她在府里人缘不错，大多是为着打抱不平才和赖妈妈吵起来的。不过，我到底识人不久，也说不好有什么其他的毛病。"

"哪有十全十美的？"明兰苦笑着，"不过是暂时借她一用罢了，她若做得好，那便把这差事真给了她；若不好，随时可以撸了。"

一旁的丹橘在门口细细张望后，转身过来轻声道："夫人放心吧，昨夜咱们不是瞧了卷宗吗？王五媳妇虽自己没料理过土地，但她男人是在庄子里做过农活的。旁的几个虽会农活，却爱搬弄是非，有些不知分寸。"

明兰点了点头，下定决心道："翠微，你叫她不用来谢恩了，只与她说两句话，一是好好办差，不要叫人拿住了把柄，我瞧着呢；二是……"明兰微微一笑，"赖妈妈是侯府的老人了，脾气极好，为人又和善，叫她'好好敬着'。其他的，什么都不要说。"

翠微眼睛一亮，立刻点头出去。丹橘也似有些明白。只有在炕几上拼着锦缎布头的小桃呆呆地问："这能成吗？"

明兰缓缓道："若真是个机灵的，就该明白。今日之后，这件事你们不要再提半句，看见赖妈妈也要好声好气的，绝不可拌嘴，有什么消息只来通报我就是了。"

两个女孩一齐郑重地应了。

翠微的眼光不错，王五媳妇果然是个明白人。

她一边料理差事，一边和赖妈妈寻衅吵架，两不耽误，分寸掐得很好。府里有些心明眼亮的也渐渐瞧出门道来了，原先都让着、避着赖妈妈的，如今都不忍着了，每每一有事端，便是一大群人上去挤对赖妈妈，从她家男人喝酒赌钱，一直讥讽到她家大闺女嫁了个脑满肠肥的老财主，云云笑料，不一而足。

赖妈妈气得浑身乱颤，却又无可奈何，单嘴难敌众口，就算拉上个刁妈妈做帮手，也是敌众我寡，实力悬殊。号丧，没有对方嗓门大；打起架来，更不过是闹个鬓发散乱、粉油糊汗的丑态，况且赖妈妈到底年纪大了，常气得脸色发紫，一口气哽住了，手脚乱颤。

这时，明兰就会大张旗鼓地去请大夫，好汤好药地慰问着，白花花的银子往里投，再"语重心长"地责备那几个吵架的仆妇几句，不轻不重地罚几个厉害的，以示"控制冲突分寸"。

等赖妈妈缓过劲儿来了，再循环一遍上述流程。

待到明兰第三次去给太夫人请安时，太夫人忍不住问了一句："赖妈妈在你那儿可好？"

"好呀。"明兰巧笑嫣然，"赖妈妈是您用过的人，还错得了？"

"可我怎么听说……她常与人拌嘴？"太夫人迟疑道。

明兰微笑着："哪有这事儿！不过是赖妈妈管事严谨，对下头人严了些，难免斥责两句。"话头一转，明兰忽道，"若说有事，赖妈妈还真有些事。"

太夫人目色一闪，不动声色地问道："什么事？"

明兰不安地低声道："都是我没顾着赖妈妈的身子，想来她到底是岁数大了，我却总麻烦她管这管那的，害她累病了。这都请了两回大夫了，一位是城南萱草堂的张世济老大夫，一位是小郑夫人荐来的李崇大夫。他们都说是老人家不堪劳心劳力，还有些被气着了。唉……怎么这样呢？若她真有个好歹，我、我怎么对得住您呢？"明兰一连声地低声致歉。

太夫人神色一惊，倏忽一闪而过。倒是邵夫人看明兰十分自责，温言说了两句："弟妹别太往心里去了，这两位大夫我都知道，医术医德都是极好的，赖妈妈也算有福气的了。再说了，自来管家理事的，哪有不受气？便是我，上有婆婆看顾着，下有弟妹妯娌帮衬着，当初也受了不少下头人的气。"

太夫人容色慈蔼，微笑道："你嫂子说得对，你别往心里去了。"又好言好语地抚慰了明兰许多话，又试探道，"若是赖妈妈实在不得用了，不如我再给你几个人……"

"瞧您说的。"明兰开朗了神色，故作生气地玩笑着，"我有了这许多帮手，蓉姐儿她们又是极省心的，几位妈妈都帮扶了我快两个月了，我就是再不济，难道还能理不顺那一亩三分田？再见天儿地向您求这求那的，不知道的人，还道我娘家不会教闺女呢！那我以后也没脸出去见人喽！"

"你这丫头！"太夫人似乎被逗得很乐，指着明兰直笑。邵夫人也掩袖轻抿唇。朱氏笑得最开心，眼睛却不断去瞟太夫人。

"一点儿没吵？"煊大太太压低嗓门道。

一个妇人打扮的年轻媳妇凑着道："不但没吵，屋里还阵阵笑声，很是融洽呢。"

煊大太太瞧了一眼紧闭的门窗，长长出了一口气，赞道："我这堂弟妹果然了得，大伯母是遇上对手了。要不是田妈妈偷着来报告我一句，我还真当她们什么事没有呢。"

那媳妇似是适才跑得急了，拿帕子不断地揩着汗，轻声道："澄园那儿叫看得跟铁栅栏似的，轻易不好打听，亏得您觉着赖妈妈请大夫有些古怪，托人去问了田妈妈。"

"我这弟妹也太谨慎了，就算流出些言语又如何？"煊大太太笑得眯起眼睛来，"她这般周全作为，如今外头谁不夸她仁心宽厚、善待老仆？"

"我要是赖妈妈，索性撕破了脸，闹了出来，总好过这般受气。听说她也去赔过罪的，却叫烨二夫人都堵了回来。"那媳妇道。

"你知道什么！里头的缘由哪是可以明说的。"煊大太太瞪了她一眼，笑道，"难不成赖妈妈来侯府喊冤，说烨二夫人因她劝了几句要妻妾轮值便恼了，然后挑唆下人给她气受？呵呵，这话要是一说，赖妈妈几辈子的老脸算完了。"

"好姑娘教教我，这话怎么说的？"那媳妇奇道。

煊大太太越发低了声音："你瞧瞧咱们府里，哪屋是妻妾轮值的？像炀大嫂子，跟守活寡似的，她倒是想排个日子，也得男人愿意亲近呀！"

她笑得厉害，忙捂着些声音："我婆婆、五婶婶，都这把岁数了，还有各房的老姨娘和那些失了宠爱的，这日子该怎么排？赖妈妈这话要是说出去，是当真呢，还是不当真呢？要是当真，那些老的倒是乐了，府里却是一场大风波。"

"原来如此，还是我家姑娘通透！"那媳妇很凑趣地摆出一副受教的钦佩模样，顺带拍马两句，"就算姑娘您排了日子，咱们姑爷也不肯去的。"

煊大太太眉开眼笑，十分受用："再说了，如今人家小两口正是蜜里调油的新婚，赖妈妈不但寻衅，若还出去乱嚷嚷，人家不会说我那弟妹半句不妥，反倒会怪赖妈妈柿子拣软的捏，阖府的太太奶奶都不劝，只去劝一个新媳妇？儿子都还没生呢，就紧着给妾室挪日子？若真如此，我那大伯母就说不清了，呵呵，人可是她给的。既然什么话都不说，就只能看着人家做戏，由她落个好名声。"

那媳妇跟着一起赔笑："这么说，赖妈妈便是完了？"

"她若是聪明的，就赶紧一边儿缩着去，别出来现眼，兴许这事就淡过了；不然，呵呵呵，弟妹不是说了吗？妈妈是太夫人给的，除非犯了什么大事，不然，只有敬着的道理。"

那媳妇连连点头，又是一顿马屁山响。煊大太太乐够了，才又喃喃道："大伯母这招是落空了，也不知弟妹怎么治那两个小的。"

明兰妯娌的顾虑很有先见，有些事情容不得明兰不去管，因为最近澄园里热闹得很。

话说古代的小老婆如果不受宠的话，其实也不大容易见到男人。从头一天请安起，明兰就明确地说明了，她自小跟随祖母礼佛，清净惯了，所以每次请安时，问完该问的，说完该说的，明兰就会端茶送客，所以，她们通常等不到顾廷烨下朝回府。

而迄今为止，顾廷烨又没有任何去她们屋睡的意思，明兰自然也不会脑壳摔坏去帮忙拉皮条。她们既不能打手机过去，"喂，哈尼呀，在你老婆身边待腻了吧，来我身边待会儿吧"，也不能到单位门口去等，风情万种地抛个媚眼，"甜心呀，给你个惊喜"。

如果蓉姐儿是个男孩，秋娘和巩红绡还可以借着顾廷烨考校儿子功课的机会和男人碰个面——当然，顾廷烨是否具备足够的墨水另当别论。

几天下来也没机会和男人见上面，于是，这两个女子幽怨了。

巩红绡多少还知趣，知道自己不受顾廷烨待见，便躲在屋里，整日想着怎么引蓉姐儿多说两句话。秋娘却耐不住了，颠颠跑去嘉禧居的路口等着，曾堵到过顾廷烨两回。可惜，两旁的小厮忒不识趣，睁大了四只无知的眼睛，一齐灼灼地看着，这叫秋娘如何诉说情怀？

几次下来，秋娘宛如"望夫石"一般的经典造型叫不少人瞧见了，渐渐传出了风言风语。内院的女人们不过暗骂两句"骚"，再讥笑两句算完，外院有几个嘴巴不干净的光棍说话可就难听了，什么"想男人想坏了吧""快三十了吧，这三十如狼似虎哟""老爷再不去消受一番，怕是要另寻法子了"……

没办法，旷夫总是比较富于想象力的。

外院这些流里流气的言语传的人也并不算多，是以传到内院时，已是好些天后了。

秋娘知道后，大哭了一场，几乎要寻死。丹橘赶紧去传报。明兰勃然大怒，当场吩咐查下去，找出几个乱说乱传的，狠狠发落了一顿，发卖了两个原就平日不规矩的，其余的均是革了两个月的银米，再捆起来打上二十板子。

众人见明兰如此威势，都知道了厉害，就是在外院里也不敢胡传主子家事了。

罚完了仆役们，明兰立刻提了秋娘来质问。

秋娘自知丢了人，"扑通"就跪下了，苦苦求饶认错。明兰冷冷道："老爷在我面前多少次夸你，说你厚道知礼、善解人意，你来了这才多少日子，就闹了这么一出，哪里学来的毛病？！"

秋娘连连磕头，哭得泪水滂沱："我是一时迷了心窍，多年不见老爷，记挂得厉害……"

"你记挂不记挂我管不着。"明兰肃然打断她，直接道，"可你想过没有，如今老爷身居高位，多少人眼睛盯着，这些腌臜言语但有一丁点儿传出澄园大门，岂不叫旁人笑话老爷内宅不肃？居然由得一个通房满府撵着，去追堵男人？"这该多饥渴呀！

秋娘哭得瘫软在地上。明兰断然发话："你先不用来请安了。小桃，拿本《心经》给她，回去抄上一百遍，什么时候抄完了再来！"

看着秋娘委委屈屈的背影，明兰气不打一处来。她从来没有替人瞒下过错的美德，所以当晚就把来龙去脉告诉了顾廷烨，还叹气道："也是我治家不严，若在盛家，不论内宅如何了，哪个敢传到外院去？！主子的是非也是别人能议论的？到如今，我才知道祖母为何说我家太太理家是把好手，唉……着实是不容易呀。"

以前她对王氏多少有些轻视，如今她自己当了家，才敬佩起王氏的本事来。

"不关你的事！"顾廷烨沉着脸，"你当家才几天，再能耐也不是这一朝一夕的工夫能成的！你且狠狠地发落，好好整顿一番。"顿了顿，他又淡淡道，"秋娘越来越不懂事了。"

声音很平静。但明兰知道，这是他真生气了才会这样。明兰走过去轻轻趴在男人的肩头上，柔声道："也不是什么大不了的，人总有个差错。这次她知错了，以后会好的。"

顾廷烨把明兰搂在怀里，轻轻揉着她松开的长发。屋里静默了良久，他才露出淡笑，刮着明兰的鼻子，逗弄道："怎么是抄佛经呢？不是该抄《女则》什么的吗？"

明兰得意道："我早想过了，倘若有人问起，我就说秋娘受了我的熏陶，也有向佛之意，我这儿正给她启蒙呢！省得有人又拿咱们府里的是非说事。"

顾廷烨愣了一下，顿时朗声大笑出来，笑得胸腔发震，漆黑的眸子里满是笑意。他用额头抵着明兰的脑袋，居然很正经道：《心经》字数忒少了，也不找本厚的！符勤然有小半套《大藏经》的誊本，那小子当年为了练字狠抄出来的，回头我替你去借，借整套的！"

明兰倒吸一口凉气："夫君，你可知整套《大藏经》有多少部、多少卷、多少字？"

顾廷烨无知者无畏，一脸坦然："不知道。"他只听说这套经书貌似很牛。

明兰无语，决定给顾同志扫盲，叹道："这么说吧，倘若秋娘每日笔耕不辍，并且能眼不花、手不抖地活到七老八十，刚好够她抄到入土为安。"

秋娘红着眼眶回了蔻香苑，蓉姐儿正在里屋睡觉，她一见巩红绡就直淌泪。两人好歹相伴多年，也算得上患难姐妹，便相互拉着手去侧厢房说话。

"叫妹妹瞧笑话了。"秋娘抹着泪水，不尽凄然，"都是我的不是，害得老爷叫人说闲话。"

巩红绡心中暗讥，"被说笑的明明只有你一个"，嘴上却热乎道："这哪能怪姐姐呀！老爷和姐姐是自小的情分，老爷待姐姐也与旁人不一般，夫人一时哪里明白。姐姐也别往心里去，夫人不也说了吗，老爷就是在夫人面前也是不住口地夸你呢！这是多大的体面呀！"

秋娘含泪叹气，过了良久，才道："我都人老珠黄了，难道还会与夫人去争？不过是想看看老爷过得好不好。夫人到底年纪轻，我怕她有个照管不周，委屈了老爷可怎么好……"

"谁说不是？咱们都等了这么多年了，还能有什么二心？夫人也是多心了。"巩红绡跟着一道叹息，陪着秋娘垂泪诉说了好一会儿，两人才各自回屋。

"她走了？"一个梳着双鬟的丫鬟起身，迎上去，只见她眉目灵秀，俏丽可人。巩红绡进屋后，直歪在美人榻上半躺着："回去抄经书了。五儿呢？"

金喜笑着给巩红绡沏茶："还能去哪儿？大约是找人闲磨牙去了。"

"要说这位秋姑娘，也是个极有趣的人。"巩红绡两眼微眯，端着茶盏，面上露出一抹玩味，"要说她蠢，那是极蠢，居然瞧不出如今的老爷早不是当初的二少爷了，还一进府就去寻赖妈妈问门路。可要说她乖觉，却也惯会装傻充愣，一副厚道呆蠢的样子，这么多年来竟也平平安安地待住了。"

金喜低声道："是呀，不然我们姑娘也不会容下她了。"

巩红绡面露讥诮："就是以前，也不见得老爷如何喜欢她，不过仗着自己是打小服侍的贴心人，摆出一副忧心主子的忠婢样，老爷念着旧日的情分罢了，可这些年过去了，早变天喽！聪明的，这会儿就该赶紧去巴结夫人，还当是以前呢。"

秋娘毕竟不是搞文字工作的，又不敢乱写一气，未免进度有些磕磕绊绊，即便奋笔疾书，也过了两日才罚抄完毕，第三日捧着作业去给明兰请安，明兰提点了她几句"注意行止"，话说到后来，连自己都觉得没意思，这事就算揭过了。

第二日，明兰才知道自己为何这般烦躁不快，原来是亲戚上门了。

丹橘照例架起小沙炉子，用红糖熬了药草茶给明兰灌下去。小桃去葛妈妈那儿炒了一袋滚烫的热盐巴，用几层油纸和布袋细细包了，最后裹上厚厚的绒缎，让明兰焐在肚子上。

足足两天，明兰都恹恹地靠在软榻上，远远望着风景如画的窗口，眼神忧郁，宛若临湖蒹葭，姿态优美娇弱……呃，如果手上捧的是本诗集而不是账册，就更好了。

身子不适，账册也看不出什么花，明兰想起另一件要紧的事来，因前阵子流言闹出风波来，廖勇家的含蓄地来提醒明兰，综合大意是：府里旷夫怨女多了，不利于团结稳定。

按照万恶的封建身契制度，澄园的仆众，无论有否父母兄姐，其婚配都须经过主人同意。明兰吩咐下去，凡有亲长的，都可各自报了婚配。还剩几个没人管的，明兰叫丹橘捧了卷宗来，加上廖勇家的解说，比对了差事和人品，照资源优势配置的原则，搭起对子来。

才说了几句男婚女嫁的话，丹橘就羞红了脸，躲闪出去了。小桃倒是兴致勃勃地想继续听，被翠微两记白眼打发出去了。

"这丫头！还跟孩子似的。"翠微看着小桃出去的背影，摇头叹气，转头与明兰道，"夫人，旁人都还无妨，咱们屋里的几个，您心里可有数？"

明兰半撑起身子，来了些精神："我已打听了，公孙先生知道几个家境贫寒的年轻人，似乎不错，老爷手底下也有几个得力的军士，还有府里几位老管事的儿子，这回他们都没报上来要婚配，我预备给院里的丫头留着呢。"

翠微觉着好笑，轻笑着："夫人如今果是不一样了，嗯，这帮丫头算是有福气了……"说到这里，她似想到什么，忽然话头一转，压低声音道，"夫人，你得多留心若眉那丫头。"

"哦，她怎么了？"明兰奇道。若眉向来自诩清高，从不爱和众丫头混着玩闹，为了表示避嫌，只要顾廷烨在，她是连面都不露的。

翠微迟疑了一下，还是说了："说起来，若眉年纪是这屋里最大的。我好几次瞧见她老往前院凑，还常与外书房服侍的丫头、小厮热乎来往，我瞧着……她怕是起了心思。"

明兰吃了一惊："是外书房的那些相公书吏？"

翠微无奈道："若眉那丫头您是知道的，她素来爱摆弄个诗词文墨的，府里的……她怕是瞧不上。"她看明兰有些发愣，连忙又道，"先不论外头人是否愿意讨个丫头做媳妇，但给不给恩典是夫人您的事，在这之前，咱们可容不得私相授受那一套！一个不好，要坏了一屋女孩和夫人的清誉。"

明兰才想说笑两句，但见翠微一脸紧张的模样，便赶紧点头道："我虽觉得她们千好万好，但也得遇上明白人家。好吧，横竖还有几年，慢慢看着。回头你去说若眉两句，还有丹橘，这丫头老毛病又犯了吧，她们住隔壁屋的，定是早知道若眉这事，不过为着姐妹情分，又心软瞒下了，回头我去说她。"

翠微脸色微微不自在，苦笑着："夫人，您心里清楚就好，唉……"

说话间，庭院里响起一阵"老爷回来了"的声音。

随着一阵风声鼓动，帘子被打起，顾廷烨阔步昂首迈进屋内。翠微福了福，道声安后便告退了。明兰想起身，顾廷烨见她面色苍白，低声道："你歇着，别起身。"将她按了回去，

明兰也不坚持，只叫了夏竹来帮着更衣。她斜斜靠着，见男人眉色飞扬，显是心情愉悦，便微笑着问道："老爷这么高兴，莫不是……"

顾廷烨挺立间，紫金高冠上镶嵌的暗红宝石闪烁璀璨，锦袍玉带更显成熟

英武、气质出众。他转头就瞧见明兰睁大一双期待的大眼睛，忽闪忽闪地明亮。

他当即瞪眼笑骂道："不是升官发财！"

明兰被看穿了，讪讪地笑了笑，又无精打采地靠回软榻。顾廷烨换上一身石青色银纹薄绸缎家常服，挥手叫夏竹下去后，坐到明兰身边，摸摸她肚皮上的暖包，问道："还疼吗？"

明兰摇摇头："只是没力气。"

顾廷烨轻抚着明兰的脸颊，慢慢凑过去，头挨头并排靠着。他的皮肤被日头晒得微微发烫，微沙的粗糙，刺刺的胡楂儿，贴在明兰柔嫩沁凉的脸颊上，轻轻摩挲着。过了许久，夫妻俩同时轻叹一口气，不约而同地开口，内容却截然相反。

"还是晚些生孩子吧。"

"还是早些生孩子吧。"

话一出口，两口子愕然相视，彼此目光中俱是惊异好笑。顾廷烨先开口了："你个傻丫头，先好好调理身子，生孩子有什么好急的？日子长着呢。"

明兰脸带红晕，白腻已极的肌肤上如染出一层绚丽的胭脂："才不是呢，过来人都说，生了孩子后，小日子就不难过了。"

"是吗？"顾廷烨颇有疑虑，"不是怀孩子太早、太急会伤身子吗？"

"谁说的？"明兰失笑道，"老人家都说过的，只消身子调理妥当了，就好生孩子了。"

应该说，这男人在床上虽然很生猛，有些地方却很体贴。明兰自打照着贺老夫人的簿子开始调理起，就委婉地提出要求，每个月能不能休战那么几天，最好等两轮汤药吃完了再怀孩子。提出这个要求时，明兰本有些惴惴不安，这个时代讲究越早有孩子越有福气。谁知顾廷烨二话不说就答应了，还反复吩咐明兰要好好调理身子。

"鳏夫当一回就够了，还指着你多撑几十年呢。"当时顾廷烨如是玩笑道。

当然，体贴的结果是，剩下的日子里战斗格外激烈，直杀得天昏地暗，热情四溢。

听了这话，顾廷烨微微松开眉头，揉着明兰的小手，宽慰道："你自己当心些，在外头时……"他顿了顿，很欣喜道，"我曾听说有些庄户人家的妇人，到了五十岁还能生孩子呢。"

明兰大是羞恼，发力地拧了一把男人的臂膀，不料碰上硬硕的肌肉，反倒弄得手指发麻。她佯怒着低骂道："你羞也不羞！"

夫妻俩调笑了一阵，愣愣地才想起来一开始在说什么话题来着。明兰又问了一遍，顾廷烨面带喜色道："常嬷嬷明日要来。"

"我的佛，总算来了。"明兰笑着双手合十，"嬷嬷再不来，我都要找上门去了。"

自从顾廷烨回京后，常嬷嬷便带着寡居的儿媳和孙子孙女，从京郊搬到了猫耳胡同住下。常嬷嬷因独子过世要服三年齐衰，到顾廷烨成婚那时还差一两个月的孝期，为着怕冲了新婚夫妇的喜气，便一直避着不来。

"常嬷嬷也忒多虑了，哪那么多讲究的。"明兰对这位常嬷嬷一直仰慕威名。

顾廷烨笑道："嬷嬷是乡下长大的，最信这个，她性子又执拗，反正不差多少日子，便依了她吧。明日她来时我若还未回府，你且留她一留。"

明兰微笑着应下。夫妻俩又挨着絮叨了些私话，这时，外头丹橘传报："秋姑娘来了。"

顾廷烨怔了一怔，浓墨般的眉头再次蹙了起来。

明兰赶紧把男人推开，整了整刚才亲昵时弄乱的衣裳鬓发，才发话："快请她进来。"一边还要下软榻，却又被顾廷烨按了回去。

秋娘挽着个小包，一身秋香色的束腰纱软袄，款款而来，见明兰坐躺在软榻上，顾廷烨双手搭膝，端坐榻旁，她赶紧低下头，先福身请安。明兰笑着请她坐下。

"你来有什么事？"顾廷烨耐着性子问道。

秋娘满脸尽是温柔，微侧着脸颊，抬头看向顾廷烨，柔声道："眼见着日子越发热了，我记得老爷素来苦夏，就新做了几件凉快的夏衫裤袍给老爷送来，还有几个小香囊，我放了老爷喜欢的沉水香，还有驱蚊虫的松香和艾蒿。"一边说着，一边把手里的小包袱抖开来，轻轻往前一送。可顾廷烨一动不动，秋娘有些尴尬。

明兰看气氛不对，赶紧解围："你去拿过来，回头我瞧瞧这针线。丹橘……出去看看午饭可好了。"还是少叫人看着比较好。

丹橘接过包袱，轻轻地放到一旁的翘几上，恭敬地出去了。

秋娘怔怔地瞧着顾廷烨沉静的神情，轻轻道："老爷……我……"

顾廷烨只看着秋娘。明兰看着他俊挺的侧脸，眼底是深深的沉思。他看着秋娘，缓缓道："这些东西，你可给蓉姐儿做了？"

秋娘呆滞了一刻："我、我……我预备着做完了您的，就给蓉姐儿做。"

"你回府至今，可给夫人做过针线？"顾廷烨再问。

秋娘赶紧站起来，朝着明兰就跪下了，惶恐道："是我疏忽了，这几日忙着抄经书，只来得及给老爷做了。"

因为没有丫鬟在场，所以没人去扶秋娘，明兰只好微笑着劝慰道："这没什么，你照看蓉姐儿要紧，赶紧起来吧。"

秋娘却不敢起来，膝盖朝着顾廷烨的方向挪了挪，张口欲言。顾廷烨抬手打断了她，忽问了一句："今早你给夫人请安了吗？"

秋娘连忙道："这是自然的，奴婢如何敢忘了本分。"

"那你为何不在今早把东西交给夫人？"

秋娘听了这句话，不敢置信地猛然抬头，见顾廷烨目带责难，甚至还有几分暗讽，她张口结舌，什么也说不出来，眼眶一红，眼看着就要掉泪。

屋里一片安静，明兰万分尴尬，很想溜掉算了，偏偏半幅裙子叫顾廷烨坐住了，动弹不得，只能微偏开脑袋，捡起软榻旁的一本《山海志》，假作看起来。

"你若不想留着，我可置份厚产与你，叫夫人给你寻个好人家，你出去好好嫁了便是。"顾廷烨开口就是这么一句。

"不！"秋娘厉叫起来，满脸惊恐，连连磕头，泪水簌簌而下，"我对您绝无二心，我的心意、我的心意……老爷如何不知？我、我……我就是立刻死了，烂了尸首，化了脓，烧成了灰，也绝不出去！"

明兰满身不自在，恨不得捂起耳朵。这样凄厉而坚决的表白，她上下两辈子都是第一次听见。她心头发麻，忍不住侧眼去看身旁的男人。

"这世上的事岂能尽如你的意思？"顾廷烨毫无所动，似还有些怅然，眼神沧桑悠远，不知想到以前的什么事，他缓缓接着道，"你的心意我知道，我原当你也知道我的心意，看来是我错会了。"

秋娘低低抽泣起来，明兰几乎把头埋进书册里去。

顾廷烨语气肃穆，却十分平静："你这几日上蹿下跳，不知礼数，出丑卖乖，我看在往昔的日子，一句话也不曾说，莫非你真当自己是正头主子了，忘记自己的身份了？"

秋娘颤着嘴唇，冷彻心扉，再不敢仰视男人，赶紧低头。她自小服侍顾廷烨，素知他性子刚戾，如今虽稳重许多，但骨子里没变过，他要么不发作，一旦发作就是极狠的。

这也是明兰头一次听顾廷烨发作，这样平心静气，这样字字见血，一片和风煦日，却隐含山雨欲来的危险气息。

"你跟了我这么多年，素来忠心周全，该你的体面和富贵，我不会少你的，百年之后，也会有人供你一碗饭。"顾廷烨越发淡然，"可你也当知道惜福，我把蓉姐儿托付与你，你该当如何待她，不用我来教你吧？你若不会，有的是人会。"

秋娘跪在地上，忍着眼泪，不敢抬头。

"下去吧，好好想想本分。"

顾廷烨说了这句后，秋娘一边拭泪，一边低头出去。到门口时，顾廷烨忽又叫住她，秋娘满脸希冀地回过头来，却听顾廷烨道："以后你再有东西，直接交给夫人。"

这句话是最后一根稻草，秋娘瞬间面如死灰，踉跄着出去了。

屋里的两个人都没话说，过后良久，明兰长长叹了口气："你就算要训她两句，也该叫我先出去，这样子……她面子上岂非下不来？多尴尬呀！"

顾廷烨微一后仰躺下，脑袋枕着明兰的大腿，简短道："她贪心了。"

明兰心里默认，秋娘把过去多年的患难之情，错以为可以发展成男女之爱，作为一个通房妾室，这何止是贪心？可恼，也可怜。顾廷烨看似狠心，其实也是为了她好，一个大男人，居然对着一个通房这样苦口婆心，也是念情分了，比起把丫头们宠得无法无天，然后女孩们落得凄惨下场，这样似乎反倒好了许多。

"你怜悯她？"顾廷烨看着明兰，轻轻问道。

明兰点点头，又摇摇头。

人是社会型动物，比较才有结果。

明兰以前老觉得自己投胎很憋屈，活得狗累狗累的，但如果和那些丫鬟、小厮还有食不果腹的穷苦人家比，却已是不错了。秋娘的确可怜，但和很多不得善终的通房丫头比，却又很走运，因为她的主子到底有些担当。

盛家已算是积善人家了，盛长枫也算个多情种子，但可儿死了就死了，根本不会有人指责长枫薄情，长枫身边剩下的通房们也是命如浮萍，端看将来的主母如何发落了。

哪个了不起的人曾说过，第三世界的人们没有爱情。这个社会等级分明，身处低位的人，似乎也没资格追求奢侈的情感，生存永远是第一位的。

顾廷烨见明兰一言不发，面色有些古怪，问："你生气了？"

明兰摇摇头，再点点头。

顾廷烨皱起眉头，扯住明兰的耳朵，沉声道："说话。"

明兰只好叹道："明明是该尚书替皇帝干的差事，一个小小的郎中却处处抢在前头，把心都操去了，你说尚书会高兴吗？"不被贬官免职才怪，而身为通房妾室，若表现得比主母还关心热恋那个男人，那就是在找死。

顾廷烨忍不住失笑："这个比喻不错。"

他想了想，忍不住又道："看你心慈手软，我还当你会'大度'地劝我去她屋里。"

明兰立刻把头摇成拨浪鼓，反问一句："若你是卫青，可会把帅位让给似李广一般一辈子落寞的老将？"

顾廷烨沉吟片刻，缓缓摇头："不会。别说这样不妥，再说，军功是我自己一刀一枪拼来的，凭什么让给别人？又不是我叫他一辈子'难封'的。"

"太好了，我也是这个意思。"明兰拍手，笑得一脸灿烂，"一来不是我叫秋娘做通房的，二来不是我叫她等你的，三来，我一辈子就嫁一个夫婿，凭什么叫我拿自己的男人去贴补她？"

顾廷烨爬起来，瞠目而视明兰，明兰无辜地看回去。两人互瞪了半天，然后一齐扑哧地笑了出来，直笑得满脸通红。顾廷烨重重地压在明兰身上闷笑，震动的胸膛传到明兰身上，两人的鼻子互相抵着，热气濡湿了面颊。

男人低低道："你最后一句，说得极好。"

明兰眨着眼睛："哪句？"

眼看着顾廷烨一瞪眼，就要去呵她的胳肢窝，她连忙娇声讨饶。闹了半晌，两人气喘吁吁地躺在榻上。明兰喘匀了气，把脸贴在男人胸前，悠悠道："除了一个人，谁也不能叫我让出自己的男人。"

顾廷烨笑问道："谁这么厉害？"

"你。"明兰苦笑着叹息。如果男人要变心，那她是一点儿办法也没有，所以要未雨绸缪，防患于未然，早早考虑对策才是真的，生活总是要继续的。

女孩明眸澄净如晴空，玩笑着打趣的样子，眼底却是隐然无奈。

顾廷烨静静地看着她。

是夜，明兰睡得极不踏实，半梦半醒，老觉着有一股视线看着自己，迷糊间睁了一下眼，却见顾廷烨微侧着身子，半俯在自己身边凝视着。明兰困极了，含混地说了一句"怎么还不睡"。顾廷烨过了半晌，才轻声道："你好好睡吧，这些日子累坏了。"

语气中满是深切的怜惜和疼溺，还有隐隐的歉意。

女孩纤长的睫毛忽地一颤。

她的确很累。

管理偌大一个府邸很累，应酬送礼、待人接物很累，整日提防别人算计更加累，一句话要在肚里过三遍才敢说，一件事要来回思量七八遍才敢做；怕人挑剔，怕人指责，更怕被人抓住痛脚而给他惹来麻烦，再这么下去，她可以直接飞跃疯人院了。

很久很久以前，她曾在佛祖面前发下誓言，她会努力好好地活下去。

每日，无论多忙，她都要抽出时间来休憩、赏花、读书、下棋、画画，做自己偷着乐的"背背山系列"针线，面对晴空如洗的湖光山色一遍又一遍地默诵佛经，那些妩媚旖旎的诗词，那些海阔天空的《山河志》，愉快得像吹过山脊的清风，有着奇异的抚慰力量。

微笑着，祈求着，望佛祖垂怜，只愿平安喜乐，心如明镜。

人皆道她是有福的——至少，这个男人知道她的疲心和艰难。

明兰歪歪地把自己靠过去，像小土狗似的一扭一扭钻进他的怀里。清冷的初夏深夜，似乎只有身边这个男人的怀抱才是温暖的。

用过早饭后，蔻香苑的三个照例来请安。

秋娘眼睛肿得像大核桃，显见是哭了一整夜，神情萎靡不振。巩红绡倒是依旧笑吟吟地说话，好似完全不知道发生了什么事。至于蓉姐儿，日日好吃好喝养着，到底有些白净的样子了，不过嘴里还是只蹦单词或短语。

明兰亲切地和她们进行了交谈，每人各三句主动语气，剩下的让她们各自发挥，通常由巩红绡女士担纲主角。不过，今天，明兰多说了几句。

"今儿下午常嬷嬷要来，到时叫花妈妈把蓉姐儿领过来。"

秋娘嘴唇动了动，没有说话。蓉姐儿也抬了抬低垂的脑袋。巩红绡一脸惊喜："常嬷嬷要来？以前常听老爷说起这位嬷嬷。如今都住在京城，就能常来常往了。"语气十分期待。

明兰看了她一眼，抬起茶盏，淡淡道："老爷吩咐过，说常嬷嬷曾照看过蓉姐儿，是以叫蓉姐儿出来见见嬷嬷。"

秋娘脸色越发难看。蓉姐儿低着小脑袋思索的样子，似乎想起了什么。巩红绡眼神微一滞，立刻又满面笑容地岔开话题。明兰让她自由发挥了五分钟，便端茶送客了。

人走后，明兰抬头望着雕绘裹锦的房梁，呆呆出神。要说这常嬷嬷，也是个奇人。

她是夭折了初生女儿后便去白家做奶娘的，很尽心妥帖。白老太公提出收下常家夫妻俩，谁知常嬷嬷宁可少落些好处，也婉拒不从。随着白老太公越来越发迹，常嬷嬷因忠心用事，很受重视，家境渐渐好了，待到白夫人出嫁时，多少奴仆都抢着要跟去侯府享福，她却没有跟去，而是回老家经营自己的小家庭。

顾廷烨青云直上之后，常嬷嬷依旧没急着依附过来，而是很坚定地继续做个自由的平头百姓，即便是澄园初立之时，她也是应顾廷烨要求，来府里帮着整顿过一阵子，到公孙先生从南边赶来后，她就又回自己家了。

甚至这次上门，她也讲明了是午后才来。

这事很玩味，古代去别人家里做客大多在上午，明兰暗自揣度常嬷嬷的考量：一来是下午上门，碰上顾廷烨的可能性更高些；二来嘛，若上午来，主家必然会留客吃饭。

常嬷嬷再有体面辈分，到底是做过白家奶母的，总落了半个仆人的身份，因此她拒绝上桌和主家一道吃饭，但若真要她明明白白说出这层"仆不与主共桌"的意思来，她似又不愿自轻自贱，是以，索性下午来。

这位老人很守等级规矩，却也很骄傲。

大约未时二刻，明兰午睡醒来洗过脸，正在梳妆时，外头有人来报："常嬷嬷一家四口来了。"明兰立刻让小翠袖去蔻香苑叫蓉姐儿，自己穿戴妥当后，便到小花厅去等着。过不多久，廖勇家的就领人进厅了。

只见当头是一个头发花白的老妇，身着一件镶两指宽黑绒边的暗青无纹锦缎褙子，团团一张满是皱纹的面孔，不言不笑的，后头跟着一个四旬不到的妇人，一身铁锈红的薄缎暗团纹的长袄子，再后头是一对小儿女，穿杏黄绣遍地缠枝花小袄的女孩十五六岁大，一旁的男孩看着才十岁出头，穿浅色素净的小小儒生长袍。

这身打扮，明兰很眼熟，家中的长栋小弟也惯常这么一身，然料子、刺绣则上乘得多了。

明兰缓缓起身，笑着上前给常嬷嬷福了福："嬷嬷来了，我可盼着好久了，老爷不知多少次提起嬷嬷呢。"

常嬷嬷微微侧身，避开了明兰的见礼，同时弯了膝盖，给明兰行了个正经的福礼，端肃道："老婆子见过夫人。"

一边说，一边也在打量明兰。只见眼前的年轻夫人正当妙龄，一身浅紫云纹折枝莲花样的纱袄，头上发髻绾了倭堕髻，简单簪了支羊脂白玉莲花头的如意簪，如晨间初凝的露珠，清艳明媚，不可方物；言笑间，态度和气温雅，眼神善意清亮，气质高洁。

甫一见面，常嬷嬷便不由得暗暗点头。

她微转身，指着身后的人道："这是我儿媳，娘家姓胡。"那中年妇人低着头，上前给明兰屈膝行礼。明兰微笑着还了半礼："常嫂子好。"

"夫人安好。"常胡氏微抬起头，她生得还算有几分姿色，只是皮色微黑，且老垂着嘴角，显得一脸苦相，她张嘴就讨好，满脸堆笑道，"早惦记着要来见夫人了，都说夫人是仙女托的生，我原来还不信，今日一见，哎哟，王母娘娘怎么舍得夫人到凡间来哟！"

明兰刚一看见常胡氏这身打扮，就忍不住歪了歪嘴角，皮肤黑的人还敢穿暗红色，果然够胆气。闻听此言后，明兰忍不住扑哧笑出来："常嫂子好生风趣！快请坐。"

常胡氏却不急着坐，看了自家婆婆一眼，见常嬷嬷指着后头两个孩子道："这是我家孙女常燕，这是孙子常年。燕子、年哥儿，还不见礼？"

姐弟俩立刻上前，一左一右上来躬身行礼。明兰这次可以安然受礼了。待姐弟俩抬起头来时，明兰不由得一怔。

姐弟俩生得颇像，都是皮色微黑，眉目清秀，但气质相差迥异。常燕不过是普通的小家碧玉，大约这几年住在京郊乡下的缘故，还带了几分村气，常年却是一派书卷磊落，说话口齿清楚，举止落落大方，丝毫没有平家子弟初见富贵的拘束。

众人坐下说话，连常家小姐弟明兰也叫人端了杌子给他们坐。

常胡氏母子三人似是头一回来，待坐定后，便忍不住四下打量厅中摆设，尤其是常胡氏，只见厅中摆设静雅，贵极反见清隽。

一尺来高的一只羊脂白玉瓶子，通体洁净无瑕，只简单地放在百宝格架中，两溜雕花紫檀木椅子，木色暗沉，光泽明亮。她不住用手摩挲坐的椅子，不断赞道："夫人这儿真是好地方，我竟觉着到了仙府里头。哎呀呀，瞧这盆景……呃，莫不是玉石料做的吧！还有这凉毡席子，这是什么竹子编的呀……"

妇人的言行有一股子市井气息，不大上得了台面，一旁的常嬷嬷微微皱了皱眉，看了儿媳一眼，忍下没开口；再看明兰，她也没露出不屑不耐的神色，但也没特意讨好自己，只浅笑着打趣，仿佛常胡氏的话的确很有趣。

"我也不怎么清楚。"明兰努力回忆，"似是川中的竹子，参天的大毛竹削成片，只挑里头纹理最细最韧的几片，然后抽成长长的竹签粗细，用粗细圆白石一遍遍打磨，怕要磨过上千次，磨成竹丝那么细，然后再编来的。"这样编出来的毡子席子，才会柔软洁白如棉。

常胡氏倒吸一口凉气，眼露艳羡之色，呼道："我的老天祖宗，这要多少工夫呀！该多么金贵呀！怪道摸着这么滑溜凉快，哎呀，咱们平头百姓家就没福气用上了……"

这明兰倒没法谦虚。古代不是商品社会，有些东西有钱也买不到，因为皇权社会中，真正最好的上品都是御贡的，是由宫廷专门的作坊工匠制作的。

自打渐入夏来，宫里不断赏赐的避暑物品，好些东西明兰以前见都没见过，像这竹丝凉毡席子，要不是怕竹制品放久了要发霉，明兰都想把东西藏进库房里去。

常嬷嬷眉头都打结了，回头横了儿媳一眼，成功地制止了常胡氏的喋喋不休。明兰倒没什么，随了几句后，便转而和常嬷嬷说话："听说嬷嬷如今住在猫耳胡同，不知宅子可住得？进出路途方便不？"

常嬷嬷满脸的皱纹柔了下来："多亏了烨哥儿，宅子很好，前后有两院两进，别说是我们孤儿寡母四个，就是将来年哥儿讨了媳妇生儿育女了，也够住了。两边的邻居也是规矩的好人家。胡同前后都通着大路，不计马车还是轿子，都容易来去的。"

"那就好，老爷和我也放心了……"

明兰拈起青瓷盘里的一枚鲜艳的果子，微笑着正要说下去，谁知常胡氏又插嘴道："也不都是好的，位置到底偏了些，地方也冷清了些，要给年哥儿买些笔墨书簿，或是给燕子添些新衣裳，都得赶上半天路，要是能……"

"住口！"常嬷嬷脸色开始难看了，把茶杯在几上一蹾，"说什么胡话呢？！"

常胡氏立刻噤口。明兰很好奇地看过去，只见她虽闭上了嘴，却也没什么羞恼的意思，似是皮厚脸糙，很习惯被婆婆斥责了，并不怎么怕被当众下脸的样子，还若无其事地吃起点心果子来。

常嬷嬷瞪完了儿媳，才转头向着明兰道："夫人千万别客气，我们已麻烦烨哥儿不知多少了。唉……老婆子也不怕丢人，便说了吧。"

她叹了口气，语气低沉："都是我那不成器的儿子！读书不成，却去学人做生意，叫人坑了，家里赔了个干净还不够，人也给打得半死，眼看要祸及家人，我这才觍着老脸，拖着一家人求到京城来，谁知我那大姑娘早十几年前就没了，眼看山穷水尽，亏得有烨哥儿，帮着我们置了田地和屋子，这才能活到现今。"

这话一出，明兰掩饰不住惊讶。

她并不是因为常嬷嬷说的话而吃惊，而是常嬷嬷会这样直言不讳，自曝家丑。

这些事情，顾廷烨从没跟明兰提过半句，但明兰早就揣度过了。

古代讲究的是守土守业、叶落归根，并不作兴背井离乡，若常嬷嬷在海宁过得好好的，怎么会突然拖家带口迁徙京城呢？和旧主家断了联系近十几年了，也不见得会是忽然忠心爆发吧。貌似常家也没有要赴京赶考的学子，或要来开分店的商业计划。

那么，就只有一个结论：常家在老家待不下去了，是来投奔旧主家的。

成亲至今，明兰虽然心中有许多不解，嫣红的死、曼娘的来龙去脉，还有另外一个孩子，若顾廷烨自愿说，那她就听，但她从没主动问过什么。即使是夫妻，有些隐藏心底的隐私，也不方便亲口说，而顾廷烨显然没有任何提起的意思。

常嬷嬷来京已快十年了，肯定知道所有内情，她正是突破口，所以，从很久前起，明兰就有意地揣摩常嬷嬷的秉性作为。

那么，她到底是个怎样的人呢？

第三十三回·整頓田庄

听婆母都说白了，常胡氏这下才尴尬起来，端正了一下坐姿，不说话了。常嬷嬷又瞪了她一眼，才又缓缓道："我那短命鬼儿子没了，也是烨哥儿派了人护送着，我们娘儿几个才敢把棺木送回老家，让年哥儿他爹入土为安的！"

说着，语气哽咽起来，眼眶也红了。明兰忙劝道："嬷嬷莫太伤心了，注意身子要紧，常嫂子母子三人还要依靠嬷嬷呢。"常燕、常年姐弟俩也一左一右过来劝了几句。

"瞧我这样儿，真叫夫人见笑了。"常嬷嬷恢复了常态，拭着帕子笑道。

这时，花妈妈领着蓉姐儿来了。

"蓉姐儿，看谁来了？"明兰笑道，"来，给嬷嬷见个礼。"

蓉姐儿穿着一件浅红色珠光绫缎纱袄，显得小脸儿嫩白如水豆腐般。她见了常家人，目光从嬷嬷到常家姐弟脸上扫了一遍，恭恭敬敬地行了礼，低声道："嬷嬷好。"

常嬷嬷神色很复杂，似是怜悯，又有些厌恶，目光换过几遍，才道："你……长大好多了，样子也白净了，这样很好。"

蓉姐儿抬头看了一眼明兰，张了张口，还是没说话。

常嬷嬷看着明兰，直言道："蓉姐儿能遇上夫人是她的福气，她脾气倔得很，夫人，您也不用往心里去，只管该教的教，该说的说就是。"

明兰点点头，没说什么，只叫蓉姐儿坐到一旁去。常嬷嬷看了看她，又转回头来，对着明兰笑道："说了好一会子话，也没问夫人如今怎样，烨哥儿可好？"

明兰从她脸上看见了一种真正深切的关心，心里感动，温言道："一切都好。我初初掌理家务，什么都得学起来；老爷就是公事忙了些，不过精神倒好。"

常嬷嬷听明兰言语诚恳，脸上的皱纹都笑成了一团："这就好，这就好！

我早就说过，烨哥儿是大有出息的，有朝一日，定然要光宗耀祖的！"

明兰的视线转到下首的几个孩子，见常燕正坐在蓉姐儿身边轻声说着话，常年端坐着听大人讲话。明兰微笑着问道："说了半天，还没问过燕姐儿和年哥儿呢，如今做什么？"

常嬷嬷瞟了一眼孙子孙女，笑道："燕子是个丫头片子，略识得几个字，能做点儿针线，回头嫁个好人家便是了，倒是我家年哥儿，如今正读着书。"

明兰转眼看了常年一眼。常年见大人谈到了自己，便起身恭立着。明兰看着这个小少年，玩笑着试问："'如恶恶臭，如好好色'，出自何处？"

常年似有吃惊，看了明兰一眼，稚气的面孔浮起正色，道："'所谓诚其意者，毋自欺也。如恶恶臭，如好好色，此之谓自谦'，出自《大学》。"

"何解？"明兰再问。

常年对答如流："所谓诚意，不只待人诚，也要待己诚，要像厌恶臭气和喜爱美丽的颜色一般，这才是真正的诚实。"少年的声音还带着童音，但态度明朗，言之有物。

明兰挑了挑眉，不做评价，还问："'以乡观乡，以邦观邦'，何出？"

常年笑了笑，露出两颗讨喜的小虎牙，朗声道："'善剑者不拔，善抱者不脱，子孙以祭祀不辍。修之于身，其德乃真；修之于家，其德乃余；修之于乡，其德乃长；修之于邦，其德乃丰；修之于天下，其德乃普。故以身观身，以家观家，以乡观乡，以邦观邦，以天下观天下。吾何以知天下然哉？以此'，这段出自《道德经》。"

然后不等明兰再次发问，常年就解释起来："将德行扩至自身、自家、自乡、自邦乃至天下，道德就能无限延伸；而用自己来观察别人，用自家来观察别家，用自己的国家观察别的国家，那么天下的事，就可尽知了。"

这次明兰笑了，心里暗暗吃惊。

打个简单的比方，在科举考试范围中，四书五经就好比是必修课，这之外的种种典籍，如《道德经》之类的，属于选修课，没想到他一个小小少年，只在乡野学习，学识竟如此扎实。明兰记得当初她学这段文章时，注释内容抄足了一页，而这个男孩只用寥寥数语就概括了，释文简介，语出明朗，很不简单。

明兰转头深深看了一眼常嬷嬷，她眼中那种明确的赞赏和微惊让常嬷嬷十分舒服，她自豪地看着孙子，脸上都是幸福的光彩。

"年哥儿如今在何处上学？"明兰问。

常嬷嬷叹了口气："原先在老家时，跟着一位乡下的老秀才读了几天书，后来到了京城，咱们人生地不熟，便在乡下一位先生的私塾里学着，不过，年哥儿大多时候都是自己读书的。"从他们祖孙俩的表情来看，这位先生显然不很让人满意。

明兰低头沉思起来。读书这种事果然有天分之差，不是她灭自家威风，盛家的读书氛围可说是极好的，不但全家男人都有功名，老爹还整日在后头挥鞭子吆喝，但凭良心说，长栋学得不如眼前这个常年。

常年虽比长栋还小，但举止谈吐磊落光明，见到高位之人并不露怯，来到富贵之乡也无愤慨或艳羡等情绪，只带着一种朗然的欣赏态度去愉快赏鉴，不卑不亢，颇有古君子之风。

到现在，明兰才明白常嬷嬷为何这般行事。

如果常年将来要科举入仕，那么他就不能在身份上有硬伤，否则容易在官场上遭人攻击，他的祖母可以做过奶娘，但不能入奴籍，或许，当年常嬷嬷就是这样为自己的独子考虑的。

真是可怜天下父母心。

常嬷嬷见明兰始终低头不语，便试探道："夫人是书香门第出来的，听说夫人的兄弟们学问都极好……"明兰抬起头来，微笑道："书香门第谈不上，但家父诚然看重学问，我娘家幼弟和年哥儿差不多大，如今也正读着书。"

读的还是大名鼎鼎的海家私塾，一大群的廪生、秀才、进士甚至退休的老学士，还有来做客长住的名士文人，轮着番地教，小长栋每次回来，都是一圈一圈的蚊香眼。

常嬷嬷颤着声音道："若夫人能帮着给寻个好先生，老婆子真是感激不尽了！"

古代教育并不普及，没有电灯柱上铺天盖地贴的家教广告，如果不是内行人，很难知道哪位先生教得好。像庄先生，整个儿一隐士做派，家住一条没有门牌的小胡同，当初可费了盛纮姥姥劲儿才打听到他，又费了爷爷劲儿才把他请到登州去。

明兰沉吟片刻，点了点头："我可请我大哥寻寻看，不过还得看年哥儿自己的造化。"

她已知常嬷嬷的意思，不过她并不反感，就是放在现代，为了孩子能读上好学校，家长们也是无所不用其极的。

常嬷嬷抖着手指，嗫嚅着，很激动。明兰微笑了一下，温和道："这样吧，我出个题目与年哥儿，他写篇文章来，回头我送去给我大哥看，然后请他估量着办，如何？"

常嬷嬷迟疑道："现在？不如回去慢慢写。"

小常年第一次急了，连忙道："无妨的，我愿意现在就写。"

明兰朝他微笑了一下，略一思索，道："物格而后知至，知至而后意诚，意诚而后心正，心正而后身修，身修而后家齐，家齐而后国治，国治而后天下平。半个时辰可够？"

常年微黑的脸上浮起一抹红晕，他恭敬地一揖到底："学生领命。"

明兰心情很愉快，在这个贬低女性的时代待久了，她自己都快怀疑自己的智商了。她微微提高声音道："丹橘，领着年哥儿去我书桌上，服侍他磨墨书写。"

丹橘笑着上前，应声领人而去。

这样的即时考试，不但考书法，考基本功，还要考心理素质，倘若在这种情形下，常年写出的文章还能叫长柏认可，那么就真是可造之才，给自己娘家多拉个有前途、有天分的学生，也不是坏事，没准儿将来在官场上也能添个帮手。

就算不成，找个比乡下私塾强些的学堂，总没多大问题。

接下来，常嬷嬷怎么也坐不住，一个劲儿地往门外看。常胡氏一直不敢说话，刚一张嘴，就被常嬷嬷恶狠狠地瞪回去，而她自己说话则是前言不搭后语，明显不在状态。

明兰也不急着和她们说话，只笑吟吟地有一句没一句地扯着。这时，顾廷烨总算回来了。

顾廷烨连朝服都没换，直接拾前摆往偏厅里大步迈进。他高大挺拔的身躯在门口一出现，常嬷嬷就站了起来，声音里满是喜悦："烨哥儿！"

"嬷嬷快坐！"顾廷烨龙行虎步，几步走进厅内，扶着常嬷嬷坐下。明兰赶紧把自己的位置让出来，让顾廷烨和常嬷嬷坐得近些，她自己坐在上首另一侧。

常胡氏带着女儿还有蓉姐儿，一齐给顾廷烨行了礼，起身后，常燕面带红晕地偷眼瞧了瞧男人，但顾廷烨似不喜，只对常胡氏淡淡地点了点头，便撇开头，自与常嬷嬷说话了。

"烨哥儿如今瞧着可精神多了！"常嬷嬷摸着顾廷烨的袖子，上下打量着，眼中含着水光，连连道，"好好好，这样才好，成了亲，以后就是大人了，要好好的！"

顾廷烨笑得很厚颜无耻："这是自然。"

"这哥儿！"常嬷嬷瞪了他一眼，朝明兰笑道，"瞧瞧，有了可心的新媳妇，我这老婆子可碍眼了！罢了，罢了，我还是赶紧回去吧。"

"这可不成，年哥儿还押在我书桌上呢，嬷嬷不要孙子了？"明兰打趣道。

常嬷嬷故作懊恼地笑道："这下没辙了！"

屋内，常胡氏母女和屋内几个丫鬟一齐笑了起来。顾廷烨不解地看向妻子。明兰轻声解释："我见年哥儿学问不错，便叫他写篇文章来，回头给我哥哥瞧瞧，看能不能给寻个好先生。"

顾廷烨笑着大赞，对常嬷嬷道："这极好！嬷嬷，瞧我这媳妇娶得不错吧。"

明兰大羞，面色微红。常嬷嬷指着顾廷烨笑骂道："你就吹吧！你媳妇好还用你说？"

屋内一片欢声笑语。常嬷嬷眼见自己那个不着调的儿媳又想开口，连忙对明兰道："她们几个都是头回来这儿，不如叫人陪着她们在园子里逛逛，我呢，也好说说话。"

明兰看了一眼顾廷烨，然后点头道："这倒是好，旺贵媳妇口齿伶俐，不如叫她陪着常嫂子和燕子一道游玩一下园子，蓉姐儿若想跟着去，便一道吧。"

常嫂子很想多说两句，但看着婆母目光凶恶，只好带着女儿和蓉姐儿出了厅堂。

待旁人都走后，常嬷嬷便静下来，细细问顾廷烨身体可好之类的，又吩咐了明兰好些话："唉，以后烨哥儿就全靠你照看了，他是一头没上嚼子的野马，一发起性来便不顾惜身子，他背上、肩上有好几处伤，夫人，您多看着些，该吃药吃药，该擦药就擦药，得好好养伤才是！"

顾廷烨笑着插嘴道："嬷嬷，你又来了，都猴年马月的旧伤了，皇上早找御医给我瞧了，如今都好得差不多了，不妨事的。"

"胡说八道！"常嬷嬷瞪眼道，"前几年冬日，你伤处发起寒来，疼得直冒冷汗，我拿生姜和药油日日给你擦着，足足擦了半个多月才见好，别是好了伤疤忘了疼！"

明兰低头细想，顾廷烨的肩上和背上果然有几处刀枪伤疤，其中一条从左肩延至后背，特别吓人，便暗暗记下，回头也去配几副虎骨膏和药油来。

顾廷烨看明兰恨不得立刻去拿纸笔记下来的样子，心里好笑又感动，便道："前回你不是说想去庄子里瞧瞧吗？"

"是呀。"每天看账本不过是纸上谈兵，明兰手里攥着几座庄子，虽然出入项写得清楚，但因没见过那庄子，总觉得不踏实。

"我陪你去，把几座庄子都去走一遍。"顾廷烨神色轻松，语气愉快："嬷嬷，不如您一道去？"却叫常嬷嬷笑着一口回绝："你们这些金贵人才稀罕农田庄子，我们刚从乡下搬进城来，什么山水林泉的，早跑腻了。"

明兰又惊又喜："怎么，你得空了？"古代的休假制度简直令人发指。

"这倒没有。"顾廷烨去端茶碗，发现已空了，也懒得叫人，便随手端起明兰面前的茶盏喝起来，"皇上今日颁旨，要在西郊大营巡视大军操演，这几日我得先过去预备着，那里离庄子更近，咱们晚上就歇在庄子上。你不是要拿鱼鳞册子去对田亩、盘查庄户吗？慢慢来，待皇上巡视完了，我能得两天空，然后咱们就上西山泡温泉去。"

常嬷嬷听得张大了嘴，笑着叹道："哥儿也会疼媳妇了，好好好，你们小两口也该散散心，每日忙得车轱辘转，岂不闷得慌？"

明兰听顾廷烨说得头头是道，心知他一定是心里思量了好几遍的，感动之余，也是一脸喜色，笑吟吟地望着顾廷烨，目光柔软。

常嬷嬷见此，知道他们夫妻和美，心里也是放心。

一顶小小的灰油布马车载着常家人往回家的途中，马车外是老车夫的吆喝声，车里是一场热烈友好的家庭交流。

"年哥儿，侬写了咋光景呀？"常嬷嬷迫不及待地问道。

常年笑得很自在，并不见紧张："与往常一样。"

"哪能呢？"常嬷嬷急了，"侬定要写得顶好才顶事！"

常年安慰祖母道："阿嬷勿要慌，我觉着顾夫人是有心要帮我的。"

常嬷嬷松了口气，多少放下点儿心来。坐在对面的常胡氏忍不住埋怨了："姆妈做啥把阿拉屋里事体统统讲出去？顾爷又勿会嚷的，反倒叫顾夫人看阿拉笑话！"

常嬷嬷气不打一处来，破口道："侬晓得啥？这事体瞒了眼前，瞒得过一辈子？"

常年见母亲犹自不服气，劝道："姆妈，阿嬷讲得对，我适才看阿嬷讲话时，夫人的样子勿像勿晓得。"

"胡讲！我看夫人蛮吃惊的！"常胡氏固执道。

常年摇头又劝："夫人是吃惊，不过，我看不像勿晓得这事体，倒是阿嬷直接笼统讲出来，她才有些吃惊。"

"还是年哥儿看得明白！"常嬷嬷很自豪地看着孙子，回头就骂儿媳："侬个不长志气的东西！勿要看夫人年纪小，以为好糊弄人家，我听说这些日子澄园叫夫人看得跟铁栅栏一样！阿拉事体她迟早晓得，到时候叫人家看勿起，不如自家讲出来！"

"那……燕子呢？侬早光景不是讲把燕子嫁过去吗？"常胡氏看了女儿一眼。

这句话一说，常嬷嬷顿时火冒三丈："有你这么做姆妈的吗？格种事体是大人自己商量的，你怎好跟燕子讲？这事你们以后提都不要提了！"

常胡氏急出火了："为啥？如今顾爷的官儿是越做越大了，天大的富贵就在眼前，做啥子反而不让燕子去了？"

常嬷嬷大骂："放屁！骨头没四两重，又开始发昏了！当初我儿子好好在读书，就是侬，看人家屋里富贵，眼睛发红，挑年哥儿他爹去做生意，弄个家破人亡！现今刚过了两天舒心日子，侬又开始骨头发痒了是吗？"

常燕、常年姐弟俩一看祖母发火，都闭上了嘴。常胡氏被骂得红了脸，嗫嚅道："姆妈，小的们都还在。"意思是给她留点面子。

常嬷嬷想起了儿子，怒气直上冲，直着嗓子大吼道："侬个败家精！上勿了台面的东西！当初我真是瞎塌眼睛，才会讨你进门做儿媳！不少你吃，不少你穿，偏偏侬要发毛病，害死我儿子！要勿是看在燕子和年哥儿面子上，我一早就把侬赶出门去，侬还不知天高地厚！侬以为烨哥儿看好侬啊？他老早就晓得侬是啥货色，才懒得搭理侬！"

常嬷嬷性子暴躁，火大时从来不管什么地方，要骂就骂，如今正兴起，更是骂得带劲，手指几乎戳到常胡氏脸上："我当初的想法，是看烨哥儿没人疼，才想着让燕子去照顾，现在烨哥儿讨了个好媳妇，正过着好日子，侬又来凑啥热闹！老娘一辈子倒霉，都讲人生有三苦，少年丧父，中年丧偶，晚年丧子。老娘上世做人不修，三件都赶上了！现在只盼着燕子能嫁个好人家，年哥儿能出息，侬再给我搞七捻三，我立刻把侬撵出家门！侬这种阿娘，还是没有的好！"

常胡氏被喷得一头一脸唾沫，也不敢还嘴，只能低头忍着。

常燕看母亲被骂得头也不敢抬，忍不住道："阿嬷呀，顾爷跟侬亲，要是我做小，伊也会待我好的！"

常嬷嬷瞪圆了眼睛，一把扯住孙女的耳朵，用力扯起来，大骂道："侬生得跟侬阿娘一色样子，眼皮子都浅！我来问侬，这么多年了，顾爷跟侬说过的话有十句吗？"

常燕捂着耳朵哎哎叫疼，红着脸道："顾爷当我是小囡，勿大睬我。"

"我呸！"常嬷嬷龇牙道，"侬今日看夫人年纪多大，跟你差不多吧，烨哥儿咋不当她小囡？我跟侬讲，趁早死了心，今日见了夫人，拿面镜子照照你自己，比比人家的做派、学问、样貌，你们俩，一个是天上的凤凰，一个是田里的蚂蟥！"

常燕委屈得红了眼睛，嘟着嘴道："侬就是讲讲嘛！勿去就勿去！"

常嬷嬷犹自不解气，继续骂道："反正你老子的孝期也满了，回去就给你寻人家，别出去丢人现眼！你和你阿娘已经见识过澄园了，以后就不用再去了！跟我老老实实待在家里，不然吃我的棍棒，一人打一顿！"

"你们以为大户人家的女人好做呀？当初白家老太公就是想不明白，结果把大姑娘送进侯府，才几年光景，人就没了！"常嬷嬷吼得痛心疾首，又去扯孙女的耳朵，"就侬这个德行，进了这种深宅大院，连骨头渣子都剩勿下来！"

常家母女都被骂得闷声不响。常嬷嬷叹气道："凭着我这张老脸，你阿弟的前程终能有个讲法！要是年哥儿能有出息，到时候你们做阿娘、阿姊的不也风光？唉……考科举不容易呀，当初我阿爹就讲，平头百姓，上面没有引路人，想考科举就要多费几十年工夫呢。"

"阿姊呀，阿嬷讲得对，侬就算了吧，我看隔壁的阿青哥哥很喜欢侬，他家也蛮好的，有田有店，勿会叫侬吃亏的。"常年自丧父后，渐少年老成，也低声劝道，"何况，我看顾爷很中意夫人，旁人他勿会睬的。"

"哦，侬也看出来了？"常嬷嬷笑问。她素来信任这个自幼懂事的孙子。

常年点点头，笑得很腼腆："我把文章交给夫人时，看见夫人把咬了一半的果子放在盘里，后来，顾爷拿起就吃掉了。"

当天下午，明兰就给长柏哥哥写了封推荐信，附上即时作业一篇，立马叫人送了过去，看长柏是否有时间接见一下常年小朋友。

然后，明兰掰着指头算了起来。

古代文官重视上班时间，但下班时间颇松散①，可如今长柏还在翰林院混，为怕皇帝突然宣召学士奏对，是以从不敢早下班，因此，就算长柏有空见人，也只能等休沐了，等他再去寻合适的学堂，把人推荐过去……怎么算也要好些天。

接着明兰就把府里的一干管事仆妇叫起来一通训示，个个落实责任，交代一番，宣布自己不在的几天里，如遇难决之事，一概由崔妈妈总理。若有必要，可快马报至京郊。

"各位都是办事办老了的人，想来主子在与不在也无甚不同。"明兰微笑着高坐上首，"待我这趟回来，再瞧瞧如何了。"

下头一干站立的男女管事都心头雪亮，如今他们的职务上不少还有"暂代"二字，倘若这回明兰离府期间表现不好，说不准就给立刻撸了，当下一众人也是点头似捣蒜。

明兰又单独留了花妈妈和廖勇家的说话。

"你只一个差事，看好了蔻香苑便是。"明兰对着花妈妈轻声细语道，"尤其是蓉姐儿，若有个头痛脑热的，赶紧去萱草堂请张大夫，并同时来报我。"

花妈妈暗道好手段，她特意叫自己这个太夫人送来的照看蔻香苑三个主子，若有个好歹，太夫人也逃不脱说法。她轻瞥了旁边的廖勇媳妇一眼，心想，这里里外外，夫人不知下了多少眼线，倘若自己有什么动静，恐怕赖妈妈的下场就是榜样。

事到如今，还不如学了田妈妈，索性投了二夫人才是，当即郑重应了。

"你，我就不多说了。"明兰含笑瞧着廖勇家的，"该当心的你自己当心就是。"

廖勇家的肃了脸色，低头道："夫人的吩咐，我都记下了，马房我已去关照了，若有什么，最多两个时辰内即可叫夫人知道。"

她一早心里透亮，他们这些人，不比世仆，有积年的情分和体面，有错也不过是撵回老家去，他们本就是连着宅子送来的犯官家仆，名声已是不好，若再有个长短，叫立刻提脚给卖了，也不会有人说明兰刻薄不体恤。

况且明兰嫁来澄园，身边人手有限，必得起用新人，这当口谁能表现上乘，立刻就能受提拔，且崔妈妈年纪大了，精力不济，翠微又太年轻，倘使自

---

① 元代的《至元新格》谓："诸官府皆须平明治事，凡当日合行商议发遣之事，了则方散。"

己好好办差，能得夫人信任，起码十年的体面是跑不了的。

她暗下决心，定要仔细看着府邸才是。

这般忙忙碌碌一直到吃晚饭，丹橘还在指挥丫鬟收拾箱笼，从衣物细软到鼎炉香笼，甚至洗澡的圆木桶，都要打点上车。

顾廷烨见了，很是新奇，微笑道："你倒干脆，说走就走，还道你要到后日才能出行呢。"在他心中，女人大多拖拉冗慢。

"我明日一早卯正出发，丹橘留着继续收拾，待差不多再出门。"明兰拿着一支笔，细细在卷面上勾着，"大约午饭前我就可到小雨庄，盘桓一下午，这时，黑山庄应已预备好了，我们晚上就歇在那里，叫阿猛护送丹橘押着行李直接去那儿便是，过几日再去古岩庄。"

小雨庄是她的陪嫁庄子，由老崔头打理，盛老太太每年都会去看个两回，自己也去过好几次，一直运作良好，这次只是婚后去晃一趟，表示交接，但另两个庄子，不但占地甚为广阔，且从管事到佃户，明兰概不认识，很有必要下点功夫。

"不过是个庄子，一年到头也出息不了几个银子，你不用太上心。"顾廷烨微微皱眉，似乎不大看得起田里的收成。

明兰很不赞同，理家的概要就是，除了田地等固定资产之外的收入，全不能当正常收入计算，一个大家庭的支出，应该和固定资产持平，这样那些额外盈余就可以宽泛着使用了。

不过，她如今要整顿两个庄子，却是另有缘故。于是，她摇头道："我不是在乎几个银子，而是怕我们疏于管理，到时闹出什么不好的事来，却要我们来担着，兴许还会叫人参上一本。"

她小时候随盛老太太去巡视田庄时，曾见过路旁乞讨的佃户家小孩，那时，盛老太太就絮絮教导，要防着被奸仆拖累名声；遇上刻薄的主家或欺上瞒下的管事，实不把佃农当人待，欺男霸女不在话下，弄出了人命也是草草掩过。

明兰当时用心记下了。

顾廷烨浑厚的背脊安闲地靠在床头，手上拿着一沓厚厚的册子翻着，昏黄的灯光下，贪看明兰白玉般精致的面庞，只见她穿着白绫缎里衣，更显得身形娇小稚弱，却一脸严肃地拿着一支青玉笔管的紫毫在纸上涂写着，握笔的手指白如宣纸，指尖处似乎都叫青玉给染绿了，整个人好似扮大人的娃娃一般可爱。

他不以为然，笑道："草木皆兵。"

明兰冲他皱了皱挺翘的小鼻子，搁下笔起身过去坐到床沿，顺着顾廷烨的胳膊，靠在他怀里，忽然问了一句："你说得对，田地是出息不了许多，那什么行当才最挣银子呢？"

顾廷烨愣了一下，笑道："这你可把我问住了，杀猪？打劫？"

为什么杀猪后面就是打劫？明兰很疑惑，但她没有纠缠这个问题，依旧摇头道："不对。我曾听庄先生说过，这世上最挣钱的买卖无非五样，盐务、开矿、漕运、边贸、海运，换言之，都是朝廷点头才行得通的买卖。"

顾廷烨慢慢敛去笑容。

明兰继续道："那么，这些大宗的买卖，现今都在谁手里？"顾廷烨脸色有些难看，明兰看着他，一字一句道，"我不知道在谁手里，但应该不在皇上手里。"

顾廷烨神色凝重，过了好一会儿，才点了点头。

"本来我也没觉着什么，但那一日公孙先生露了句话给我，说国库居然都是空的，我这才觉着麻烦了。"明兰低声道，"我虽是女流之辈，但也瞧得出皇上是有大志向的。"

通常伴随大志向而来的，就是权柄回收。而要集权统治，首要的就是钱袋子和军权，钱是有的，只不过不在国库；兵也是有的，只不过不大听皇帝指挥。

那么下面的事就简单了，不是他们肯老实地交出财权，就是皇上"请"他们交出来。

"年前北疆大捷，歪打正着，叫你们打开了个缺口。那里的军务既然不顶事，皇上就能名正言顺地裁换人手，这样一来，那些沾着边贸的怕要心惊肉跳了。"明兰扭着身子从男人的身上爬起来，端正地跪坐在床上，正色道，"你不是说，原先皇上打算派耿大人去北疆镇守的吗？随后，他就被参了。"

顾廷烨眉头紧皱，肃然道："也是他自己素行不检。"言下之意，明兰猜对了一半。

一个言官，后面是一群言官，一群言官后面，是整个清流士林，他们以师生同门、同年为纽带，结成了一个牢固的关系网。在先帝爷二十多年的仁治之下，他们中的不少已渐和权爵世家联结在一起，堪比朋党，他们要钱有钱，要权有权，要人有人，无论是内宫、朝堂、军中、地方府县，都有其势力所在。

天上下雨地上流，倒霉的是庄稼，明兰不想做炮灰家属。

"公孙先生说得很对。"顾廷烨停顿了好一会儿，静静地看着明兰，才道，"他说你善思明辨、襟怀豁达，虽是女子，却可堪一谋。"

"先生过奖了。"明兰脸上浮起一阵羞红。

"可你从不问我朝堂之事。"顾廷烨奇道。

明兰抱着膝盖，小小的身体蜷缩起来，讪讪道："祖母说了，不要乱问男人公事。你若觉着该叫我知道，自会告诉我。"有好几次，其实她很想问的。

顾廷烨瞧了她很久，眼神幽深难测，才缓缓道："幼时，老爷子曾与我道，明枪易躲，暗箭难防，多少精于行军打仗的将领，都死在太平年代。若我有机缘上战阵，定要注意行止，免得叫人捉住了把柄。"

明兰听得心惊，手指陡然攥紧男人的手臂。顾廷烨抚慰着搂过她，按在自己怀里，轻轻道："你放心，言官虽爱名，但也不傻，知道哪些人可参，哪些人不可参。皇上如今正是用人的时候，别说我本就无事，就是老耿也没什么。"

他双臂环着明兰，两人的身体紧紧地贴在一起，静静地躺了会儿，彼此心跳可闻。顾廷烨笑起来，亲了一下明兰的小脸："以后你想知道什么，我告诉你。"

"嗯！"明兰笑着点头，凑上去用力亲了一下他的鼻子，眨着眼睛道，"你在外头劳心劳力，我帮不上什么忙，起码不叫家里给你添乱！"

顾廷烨心中感动，揉了揉明兰的头，忽低声道："岳父有远见，教养的儿女都很好。"

明兰在他怀里拱出脑袋来，颇有几分得意："当初庄先生就说，若我生为男儿身，定能有番作为。"两人纠缠间，明兰的襟口已松开一大片。

顾廷烨低头，目光有些飘移，悠悠叹道："你还是做女子吧。"

次日一早，明兰就由屠氏兄弟领着家丁和护卫出了门，前后呼喝，有三四辆马车。明兰坐在第二辆，身旁的小桃兴奋得一夜没睡着，一路上叽叽喳喳地没个消停。

"八辈子没出过门呀！"绿枝忍不住奚落，"小雨庄咱们又不是没去过。"她转而对明兰道："夫人可要再睡会儿？免得到时没精神。"

明兰迷糊着点点头。她素爱晚睡晚起，这会儿都还没醒过神呢。小桃麻利地垫好铺被，让她半靠着躺下，才转头与绿枝小声道："秦桑姐姐和小翠袖这次不能来，可委屈了，我出门时，小翠袖眼睛都红着呢。”

绿枝偷眼看了一下明兰，见她似是睡着了，压低声音道："咱们总不能一股脑儿地出来，要留人看屋子的呀！翠微姐姐又不能整日镇着，你放心旁人呀？"

"这我自然知道，用你来说？"小桃咬着耳朵，"可是这回若眉不是想留下吗？干吗非把她带出来？看她一副不情不愿的样子。"

绿枝噘噘嘴，轻轻不屑道："那丫头如今心思不消停，夫人怕她犯浑，索性带出来，没准……给她在庄子里寻个女婿。"说着，话头一转，故意打趣小桃，"顺带给我们小桃妹子也寻桩亲事！"

谁知小桃呆呆地想了会儿，居然点点头："那倒不错。"

绿枝咂吧下嘴，无语地扭过头去。

路行近半日，出城门后不久便到了小雨庄。

这座庄子毗邻京郊，前河后山，地段极好，是当年兴盛时期的勇毅侯府为唯一的嫡出大小姐置办的嫁妆，后来盛老太太为着盛纮仕途需要用钱，曾典卖掉一大半。

待盛家境况渐好后，这里的地却很难赎回，是以盛纮又给老太太在别处另置了庄子，可老太太到底心里惦记，便时时注意打听哪家急用钱，几年下来，老太太又陆陆续续买回些许田地，统共五百八十亩。

老崔头本就是千挑万选后陪嫁过来的，老实勤恳不说，庄稼手艺又好；崔妈妈是他童年失散的青梅竹马，两人多年后重逢，叫老太太知道了，费了好些力气和银钱把崔妈妈从另一户人家里弄出来，他们俩得偿所愿，成亲生子，更对老太太感恩戴德、忠心不贰。

老夫妻诚意报效之下，小雨庄看着总比旁处田庄打理得兴旺些。

明兰蒙着帷帽，坐着抬轿，缓缓巡视庄子和佃户，只见满眼的田垄一望无际，间中有黄牛白狗，蔬菜粮食垂垂累实。庄户们大多认识，见了明兰的乘轿过来，都放下锄头农活，笑着或鞠躬或磕头，一派盛世田园景象。

明兰颇觉满意。

"如今庄稼可好？"回到宅院后，明兰高坐厅堂上首，细细垂问，老崔头笑眼眯着，垂首恭敬道："都好，都好，今年风调雨顺，大约可比去年多收些庄赋。前几年旱得厉害，又逢江淮那块兵乱，京中粮价飞涨，老太太和六……哦，和夫人都没想着催租加赋，还体恤他们的日子，多加安抚，他们都说，外头哪有咱们这儿这么厚道仁慈的主子呀！"

明兰翻了翻桌上的田册，抬头笑道："老崔管事，口齿可见伶俐呀！这么能说会道的，回头叫老太太瞧瞧，定然有趣。"

老崔头粗黑的脸立时红了，他素知明兰的本事，索性也不装了，便把心里的意思说了出来。明兰大吃一惊，轻呼道："要买地？"

老崔头用力点头，脸上露出兴奋之意："这阵子也不知怎么回事，白通河这一带有好几处大片的庄子要脱手，我细细探了，地是好地，反正这几年庄子里有积余，不如扩些吧。"

明兰思忖片刻，简短道："照老样子，你把要买多少田地、田地的主家，还有价钱等一干事宜都细细写了，回头叫人送来山对边的黑山庄给我，我瞧了妥当，再与你说。"

老崔头当下恭声应了。

明兰瞧他大喜过望的样子，心里失笑，大概古人最大的兴趣爱好就是买地。

"夫人不知道，老太太的庄子原本可有二三十顷大呢！后头那一整座山林也都是咱们的！"老崔头湿润着老眼感慨道，"若能将这里还成原先的模样，也不枉老太太的一番恩情了。"

明兰沉默了下，低声劝道："我知道你是好意，但万事都得依着道理来，有好地能买就买些，但不可用强，免得惹出祸事来。"

老崔头连连哈腰笑着，拍胸脯保证："就是借小老儿俩胆，也不敢哪！老太太的规矩，这么多年来，哪回不是契书上写得清楚明白？夫人放心，绝出不了错！"

申时二三刻，明兰一行人便离了小雨庄直奔黑山庄，走时多带了几个人，虽不甚远，路却不如城内的好，一路颠颠簸簸，直到天色黑得渐看不清路了才到。

小桃凭着车栏远眺，只见黑沉沉的田庄大门已隐隐在望，还有星星点点的火把点着，再近些，却瞧见丹橘和全柱媳妇还有一个矮矮黑黑的汉子当前而站，后头跟着一大群人。

马车行驶到门口，那矮矮黑黑的汉子立马上前跪下，大声道："小的巴老福，给夫人请安了，夫人这一路辛苦了，里头一应屋舍都预备好了，就等着夫人呢。"

小桃和绿枝跳下车子，垂手而立，朝对面的丹橘打了个眼色，丹橘微微点头。

马车内传出端丽的语音："巴管事快请起，你辛苦了，黑着天还这么等在门口，我来得不是时候了。"

"哪里的事！"火把映着，巴老福一脸逢迎讨好，"夫人是贵人，能抽空来瞅瞅庄子，那是咱们的福气，咱们盼还盼不来呢！"

明兰并不多话，只问："老爷可来了？"

巴老福起身答道："老爷下午就使人来传了，说晚些就到。"

"成了，你留几个人在门口等等老爷，我们先进去了。"明兰略略放心。

巴老福高声应了，立刻着人大开前门，马车缓缓进庄，后头一应丫鬟仆妇跟从。

庄里的主屋早已灯火通明，只见里头桌椅等家具被擦拭得干干净净，器物也摆放得整齐大方。明兰微微点头，转身进里屋，发觉里头已收拾齐整。常用的羊角宫灯放在床头小几上，梨花木圆桌上摆着一套青玉葵瓣的暖瓷茶具，壶口还微微冒着茶香。明兰屏息一嗅，正是她素日爱喝的金桂茉莉花茶。

明兰疲惫地坐到炕边，笑了起来："我们家丹橘姑娘可越发能干了呀，这么半日就收拾得如此妥帖，嗯，学成了，好嫁人了。"

丹橘一点儿也不害羞，板着脸过去给明兰解衣带："您省省吧，这一整日把您累得说话都变音了，当我听不出来？还有这一脸的土，髻子也乱了，好在您没下车叫人瞧见！赶紧先洗洗吧，有话叫全柱家的去传。"

绿枝从内屋进来，俏皮地笑着："热水都好了，夫人去洗吧，幸亏我带足了两匣子沐浴香精，不然怕不够用的。"

明兰累得全无力气，在大圆木桶里狠狠泡了小半个时辰，丹橘不住地往里加热水，直把筋骨都泡松软了才出来。她瘫软在床上喃喃着："果然娇贵了，这点子苦也受不住。"

上辈子最后一年，山沟沟里没有自来水，姚依依要自己去井边打水，粗粝的井绳把她用来握笔的手掌磨出了一道一道的伤痕，然后伤痕退了，结成茧子；一天要走五六个小时，晚上一脱掉鞋，就是满脚的血疱，浸在凉水里，透心地疼，以前穿高跟鞋，疼的是脚掌，现在穿运动鞋，走路疼的是脚跟，小腿肚子哆嗦得像弦子，躺在床上，腿就跟不是自己的一样。

都市女孩累得碰到枕头就睡，可心里十分踏实，她觉得自己帮到了人，晚上做梦还想着，等下回开同学会，一定要在那帮连小葱和韭菜也分不出来的死丫头面前炫一把。

她姚依依可是连篱笆都会扎了！

可如今，虽前呼后拥，一大堆人伺候着，她却再也不复当初那种疲惫到满足的愉悦，便是累极了，也是满心的思虑和不安——如今的朝堂并不安稳。

古代仕途皆流血，她见过披枷戴锁被押解到京城的官吏，见过被抄没至家破人亡的官宦人家，曾一起吃过茶、说过笑的闺阁女孩，转眼就因父兄获罪而被罚入教坊司，甚至沦为官妓。

每每想起这些，明兰都无比感激盛老爹。他从不贪功冒进，从不投机钻营，也不挥霍家业，为官算是清正，做人颇为圆滑，无论他有多少别的缺点错处，总归尽到了古代男子的义务，给妻儿老小营造了一个安全富庶的生活环境。

说起盛家，前几日，因端午节快到，明兰使人提前送节礼回娘家时，小桃探来消息，说是为着给长枫说亲的事，盛纮最近又和王氏闹别扭中。

长枫虽是庶出，但胜在卖相好，俊秀风雅，谈吐不俗（酷似少年时的盛纮，当年一眼迷住了王家老太太），很讨人喜欢，年纪轻轻，又已是举人，父兄得力不说，姐妹们的亲事大多结得不错，估计金榜题名只是时间问题，是以盛纮一放出风声，倒也有不少人家响应。

不过，盛纮到底心里明白，自己儿子是什么货色，于是提出，家世只要说得过去就成，须以女方人品为第一考虑，务求一位端方识礼、贤能淑德的儿媳，最好性子还有点烈。

"枫哥儿那性子，就得有人提着他的筋过日子。"盛纮说得很含蓄，"既能替他撑住场面（顶得住刻薄婆婆欺负），又能压得住他胡来的（不让他风花雪月耽误正事）！"

王氏傻眼，这要求也太具体了。她不无讽刺地玩笑道："老爷不如替枫哥儿找个娘吧！"

"本也没指望你。"盛纮没好气道。即便他敢信任王氏的心肠，也信不过她的眼光。

明兰把脸埋在床铺里，闷闷地发笑，她几乎可以想象这场景。

可盛纮又不能自己跑去相看人家闺女，于是只好去求老太太出马。偏老太太最近养养重孙子，逗逗重孙女，过得十分和谐，根本不想再蹚浑水，如今正和盛纮磨着呢。

其实若不是林姨娘自毁长城，盛纮真的是非常疼爱墨兰和长枫，人生在世，果然不能贪图得太过了……丹橘端着晚膳进来时，却见明兰抱着一本册子，已沉沉睡去了，便替她掖好被毯，轻轻退了出去。

到了戌时末，顾廷烨及一行亲卫扈从才快马疾驰而来，眼看着一排十余个刚从校阅场下来的戎装男儿，俱是飞骑骏马，高大魁梧，脸上还残留着军戎战阵上的杀气，巴老福更老实了，连笑脸都僵了，一路点头哈腰地把顾廷烨迎进庄内，往主屋去了。

庄中仆役都忙着替整队亲卫牵马入槽，余下的骑卫去早已备好的厢房歇息，一路走着，却见公孙猛并屠氏兄弟快步迎上前来。

"谢大哥！"公孙猛朗声大喊，上去搭着一个二十余岁的骑装青年的肩膀，热络道，"你们可来了！"谢昂回头而笑，大掌拍着公孙猛，笑道："阿猛！"转眼瞧见后头两人，又大声道："屠大哥！屠二哥！"

屠虎是个三十多岁的壮实汉子，一条刀疤斜斜地从额头延伸至鼻梁，一笑起来颇见狰狞。他大笑道："你别乐！小阿猛不是惦记你，他惦记的是今日校场上的风光。"

闻听此言，阿猛果然闷闷不乐："我叔偏不让我去，我想护着夫人也是要紧的，谁知夫人却叫我陪几个小丫头押送行李！"

"你小子别身在福中不知福！"屠龙笑道，"你老叔是为你着想，你好好读书习武，回头正经考个武举才是真的！似咱们兄弟西瓜大的字不识一箩筐，那是没指望了！"

公孙猛虽个子不小，实则才十四岁，少年心性，很快便释怀了，只缠着谢昂问这问那。

"对了，谢大哥，都这么晚了，你们干吗非要赶回来不可？"

谢昂边走边笑道："都督不放心这儿，这庄子里的底细咱们可不清楚。"

"您别遮着掩着了，有这许多兄弟护卫着，有什么好不放心的？"屠虎放低了声音，咧嘴笑道，"怕是爷舍不得夫人吧！"

"顾爷的事你也敢乱嚼舌头？！"屠龙当即瞪了兄弟一眼，骂道，"这事还不清楚？约莫夫人要整理庄务，爷怕夫人年轻，威势不足，来给她撑腰吧。"

"哪里威势不足呀？"公孙猛怪叫，"夫人训我读书比我老叔还狠，我一句也还不上来。"

他回忆某日，明兰笑眯眯道："庞涓和孙膑本都是鬼谷子门下，庞涓不爱读书，中途跑出去当官领兵了；孙膑就好好学习，天天用功，学成后出山，三下两下就把庞涓给灭了。阿猛呀，你想做庞涓还是孙膑？"

阿猛呆了呆，忍不住问："难道庞涓打不过孙膑，是因为不好好读书？"

他那老叔在一旁捋着胡子笑着说："是呀，是呀！"

还有昨天，他嘟囔着想护送顾廷烨或明兰，不愿干押送行李的差事，明兰依旧是笑眯眯地劝着："阿猛呀，你说是物件要紧还是人要紧呢？"

"自是人要紧。"

"那你说是你功夫好还是屠家兄弟功夫好呢？"

"自是屠家两位哥哥了得。"

然后明兰就不说话了，只用看五岁幼儿的神情看着自己，还很怜悯地摇着头。

自家老叔继续捋着胡子依旧笑道："是呀，是呀！"

每每此情此景，公孙猛忽然觉得自己凭空小了十岁，无端沮丧下来，缩到墙边发呆，需要哀悼半天才能缓过来。

"还是有夫人的好！"屠虎感叹道，"我记得那会儿府里乱糟糟的，咱们跟着爷东奔西走，回外院自己屋后，吃的、穿的也没个人张罗，爷只会给银子，害得我们兄弟几个十天半个月地吃住在窑子里……"

屠龙不悦地打断道："敢情你逛窑子都是爷没娶媳妇的过错了？你小子越来越没规矩，回去就找个媒婆给你说亲！寻个厉害的媳妇来管管你！"

屠虎颇敬畏长兄，不敢回嘴，只轻轻嘀咕："俺们是同一个娘下的两只蛋。"

"这是怎么回事？"

明兰正帮着顾廷烨宽衣，却见锦袍肩臂部有一处触目惊心的血渍，她当时就惊了。

顾廷烨低头看了一下，才回想起来，淡淡道："今儿是头日，无甚要事，大伙儿一时兴起，便比了几场矛术……你放心，都是去了枪头的。"他见明兰一脸惊惧，又加了后半句。

"你这人！"明兰嗔怒着，放轻了手脚，迅速帮他脱外袍，"谁说没有枪头就捅不死人？"你以为夺命书生是怎么死的？

"咦……"

外袍脱下来，里面的雪白绫缎里衣却并无血迹，明兰再撩开他的领口，顺着半个膀子把衣裳褪下来，只见光裸着的淡褐色皮肤上，肩臂处偾张着健硕的肌肉，却并无损伤，只肩上有块淡淡的青紫。

她顿时不解。

"没错。"顾廷烨轻轻叹息道，"以后还是得在枪杆上包了布头才好，我一时兴起，没收住力道，险些把那小兄弟的胳臂刺穿了。"

明兰呆了呆，心里暗笑自己，原来是别人的血。她"哦"了一声，抱着换下来的袍子交到小桃手里，才又问道："伤重吗？"

"最后我偏了些力道，所幸只是皮肉伤，我特从外头请了好大夫给他瞧了。"

"那就好。"明兰点点头，微笑着过来给他松发冠，"能把你逼得全力而为，想来那小兄弟的功夫已是极不错的了。"

"嗯，年少有为，性子也豁达，是可造之才。"

顾廷烨身躯高大，坐在床沿上也只比站着的明兰低半个头，他环着她纤细的腰肢，把脸颊贴在女孩轻软的胸前，静静听着她的心跳声。

明兰笑了，其实他今年也不过二十六岁，却满口老气横秋，正想打趣，却见他乌黑浓密的头发中银光一闪，细细看去，原来是鬓边生出几根白发，平时梳起头发来看不出。

不知怎的，明兰忽然就心软了，低头过去，柔柔地亲了亲他的鬓发。

顾廷烨顺势把她拉坐在自己腿上，胸口贴着她的脸颊，缓缓道："买地的事，你也不要太谨慎了，京中权贵捞钱的路数多了去了，若连几亩地也不敢买，我算白熬了这些年。回去后，你请公孙先生使人去找顺天府的吕通判，让他做个官中，契书和银钱过手清楚就成，手续齐全的，咱们也不怕什么。"

"嗯。"明兰柔顺地应声，"再吃些消夜吧，我去给你摆饭。"

她起身就要走，却被一只大手轻轻拎住了耳朵，又被扯着坐回他的腿上。

"我有话问你。"只见顾廷烨唇边带着一抹兴味，"适才，你是不是以为是我受了伤？"

明兰呵呵笑了两下，不好意思地点点头。

"衣袍上的确有血迹，"顾廷烨长眉一展，眼中是微不可察的笑意，"可衣料是完好的，并无破洞，你没察觉吗？"

明兰怔住了，没有枪头的木杆捅出来的衣料破洞该多大呀！她亲手替他换的衣裳，过程中竟丝毫没有发觉，一直到看见皮肉无伤，才松了口气。

"你，为何没有察觉？"男人低醇的嗓音，似乎在引诱着什么答案。他素知她胆大心细，并非慌乱之人。

"是呀，为什么呢？"明兰眨了眨大眼睛，也很疑惑，"我也不知道呀。"

顾廷烨不再说话，只静静地盯着她看。明兰努力装着无辜的样子，可在他灼灼如烈日的目光下，两颊无可避免地绯云上涌，渐渐支持不住表情。

男人见她的脸颊已涨成了大红苹果，抑制不住的笑声从胸膛中震动出来，一把搂住女孩娇小的身子向后一仰，两人团团滚到床上。

女孩懊恼地捂着自己发烧的脸蛋，被男人重重地压在身下，抬头间，正对上一双幽深漆黑的眸子。他忍着笑，用力瞪她。

"骗子。"

他如是说。

散乱着浓发，大笑着，像拆穿了戏法的小孩子一样开心。

山里夜凉，加之月事未完，明兰蜷缩成一团地睡着。顾廷烨似大山般环抱着她的身子，一整晚焐着她发凉的手脚。她发凉的身子贴着小火炉般的男人躯体，顿时舒服不少。

这夜，男人睡得极惬意，想起睡前明兰被自己逼问的样子，满脸涨红，像只烧熟的小胖章鱼卷，偏咬死了一口小白牙，最后死撑不住，几乎窘迫得要爬窗而逃，男人便是在睡梦中也忍不住笑出声来，明兰就会恼怒地狠捶他的胸膛。

次日天不亮，顾廷烨便率着谢昂等一众亲卫飞马往西郊大营去了。

"若忙了，便不要夜里急着赶回来。"明兰睡眼蒙眬地嘟囔着，"有这许多护院在，你尽可放心。"

"知道了，有什么事你自己拿主意吧。"顾廷烨亲了亲她温热的脸颊，才离了庄子。

明兰所料非差，有屠龙那张狰狞的面孔放着，边上再站两溜魁梧彪悍的护院家丁，黑山庄一众管事、庄头俱老实得很。明兰远远地坐在屏风后头，径直吩咐事宜。

似巴老福这种掌理庄子的大管事，自知主家来查问时该说什么、做什么。他一早带了一群分管事和庄头来给明兰请安，堆上了满脸的笑容，备了一肚子的材料要说与明兰听，谁知明兰一句都没问，只有一句没一句地和巴老福闲聊。

巴老福等人摸不着头脑，只得一一回话。

"夫人，他们都来了。"这时，全柱媳妇低眉顺眼地进来回禀。

隔着屏风，明兰清朗的声音十分和气："按着册子里的次序，叫他们进来吧。"

丹橘便从案几上拿过适才巴老福交上的名册，缓缓读起来。众管事还不明白是怎么了，只见公孙猛指挥着几个家丁抬着个半人高的大箩筐进来。

哐当一声，俱是铜铁之音，重重地放在厅内地上。众人转头过去看，几乎吓得要跳起来！

居然是满满一箩筐的铜钱。映着晨曦的光线，满堆着的一绕一绕大红粗绳穿着的铜钱，泛着令人心动的亮青灰色。众人顿时一阵目眩。

明兰轻飘飘道："这一年到头的，他们也辛苦了，如今这庄子姓了顾，我头一回来，略赏几个钱，也叫大伙儿高兴高兴。"

"夫人，这……"巴老福隐隐觉得不妙。

还没等众管事反应过来，全柱媳妇已经高声唱起名字来，进来一个佃户便给发送一贯大钱，然后问家中可有六旬以上的老人，有一个就多给三百个钱。发完后，丹橘勾掉一笔钱和一个名字。那佃农抱着那重重的钱串，犹自云里雾里，脚步虚晃着离开大厅。

前几个庄户进来时还或有气无力，或战战兢兢，待到发了五六个后，在后头等着的佃户都听得消息，得知今日竟有东家白赏钱的好事，这一下顿时似盐撒进热油锅，前院中一片喧闹。他们进来时红光满面，出门时喜气洋洋，满嘴吉祥道谢的好话。

众庄头管事面面相觑，不解明兰的意思，有些脸上愤愤不平，有些转而大声谄媚明兰的善举，巴老福却额头渐见汗珠。有这么一众瞪大了眼睛的庄头在旁盯着，明兰倒不怕这些佃农在家中老人上头说谎。

黑山庄在册的田地共有六十二顷，登有记录的佃农三十三户，加上各家老人，明兰一上午共发送掉了六七千钱，差不多空了一箩筐。

中间发生了一个小插曲，因听闻有钱可发，后来又来了好几户佃农，他们口口声声说也是黑山庄的佃农，可他们的名字并不在册。巴老福立刻涮下豆大的汗珠。也不见明兰生气，只微笑着也给这几户佃农发钱。还没等巴老福想出说法来，明兰已吩咐崔平、崔安兄弟俩带上几个庄头，并一队护卫家丁，出门丈量土地去了。

巴老福这才明白明兰的用意，顿时吓得面无人色，待想辩解一二，明兰却懒洋洋地挥挥手，叫人散了，自去歇息。

一回到里屋，夏竹便忍不住道："前日夫人吩咐账房备了好些散钱，原来是这般用的。"她不敢多嘴，但面上明显惋惜心疼之色，用眼神向明兰诉说自己的心情。

小桃倒是一脸坦然，她从来都觉得明兰做什么都是对的。丹橘替明兰沏茶宽衣，轻声道："夫人为何不查问庄里的事？这几日您一句也没问几位管事呀。"

明兰恹恹道："他们想说与我听的，未必就是我想知道的；我想知道的，他们未必肯老实说。"

"他们敢欺瞒夫人？"丹橘皱起眉头，气愤得起伏着胸口，随即低声道，"您想知道什么，回头咱们自己去打听。"

明兰轻呷一口温茶，细细赏玩手中的官窑脱胎粉彩盖碗："也没什么，不过是想知道这庄子到底有多少田地，到底有多少佃户。"

除了这两件，其余的，例如隐瞒账目、吞没租钱等，都可以关起门来慢慢料理，况庄中从管事到庄头，一应身契俱在明兰手里，又没有积年的辈分，想怎么处置都成。

明兰的钱没有白发。

当崔家兄弟去丈量田地时，原本还有些顾忌庄头、管事的佃户们，都热情得很，更有些心眼灵活的，窥得些当中端倪，纷纷引路指点，什么该说的、不该说的都抖搂出来。几个管事和庄头急得团团转，却在屠家兄弟凶神恶煞的目光之下偃旗息鼓。

不过短短两天，崔平、崔安哥儿俩就把偌大的田地量清楚了，还细细记录了农田的厚薄情况；公孙猛则拖了个会写字的管事，把那些没有登录在册的佃户一一访遍。

众庄头、管事的脸色越来越难看。

这些日子，顾廷烨只回来两夜，似是校阅之事渐忙了起来，好些军营都有吃空饷的情况，查检兵库司也不甚妙，每每回了庄子后就问明兰可有为难之事。明兰不欲打搅他，便道一概无事。顾廷烨日夜奔忙，极是疲惫，基本倒头就睡。

到了第三日，查点完毕，崔家兄弟和阿猛上交卷册，情况一目了然：黑山庄又多出了六百九十亩良田，外加四五户佃农，并且被"某些热心人"告了密，包括巴老福在内的几个管事都在外头置了自己的田产，不过是落在亲戚名下。

巴老福等一众管事汗水涔涔地跪在明兰面前，一下也不敢擦拭。

明兰坐在里头，慢慢地翻着卷册，只淡淡道："你们是罪臣家奴出身，当初国公府被抄时，和你们一般的都叫发卖了，你们是随着庄子赏赐下来的，如今国公府已叫抄干净了，你们倒还藏下了这许多家私，果然是好奴才。"

语气很淡，意味却极是厉害。众人俱是磕头不止，连连恳求。巴老福磕得额头青肿，抬头道："都是小的们猪油蒙了心，小的们知错了，只盼着夫人开恩，咱们立刻就将外头的田庄给卖了，银钱交公……"

"胡说！难道夫人是贪图你们几个钱吗？"丹橘大声斥责。

几个管事继续磕头。明兰瞧了他们一会儿，缓了语气："罢了，你们原是令国公府的老人，积年累月地辛劳，攒了些积蓄也算不了什么——"

下头几个听明兰语气缓和，忍不住面上微松，谁知明兰话锋一转，继续道："不过，你们隐瞒庄上的田亩，私蓄佃户，这却是犯了家规的，若就这么算了，以后人人都如此，顾家岂非乱套？这可真难办了……"

众庄头、管事心头惴惴，只等明兰发落。明兰看他们面色一阵青一阵白，觉得差不多了，温了道："这样吧，待老爷公务忙完了，再说吧。"

说完这么一句，明兰带着所有账册和名卷，又留下两个从府里带出来的管事查账和几个护卫看守，就离了黑山庄。当晚，夫妻俩便在古岩庄相聚，明兰见顾廷烨还有几分精神，把事情略略讲了些。

"多出来的田地要交还给皇上吗？"明兰的表情很正直。她小时候捡到钱从来都交公的。

男人本来紧缩的眉头忍不住松开了，笑道："皇上赐庄子时可有说田地有多少？"

明兰摇摇头。

"咱们自己查出了欺上瞒下的奴才，又不是侵占民田，你怕什么？"

明兰觉得也是，便专心地给顾廷烨擦起湿漉漉的头发来。顾廷烨见她神色轻松自在，微有异色："他们这般欺瞒，你竟不很气？"

"的确不很气。"明兰抬头想了想，"他们虽贪了些银钱田地，却还算有分寸，并不曾往死里逼迫佃农。"

这几日四下查点，明兰发觉庄中的佃户大多日子过得还不错：没有卖儿卖女，也没有饿死人。黑山庄这帮家伙给明兰的印象是，胆子并不大，集体热爱小偷小摸。

不过，也是因为如此，这个庄子的奴仆恶名不彰，没有被发卖，而是直接转赐了功臣。

当然，本质上，是因为明兰并不认同古代这种奴仆制度。

那些有身契在主家手里的奴仆，若是在宅邸里做服务性工作还好，有固定的月钱，若得了主子赏识还有额外赏赐，但是叫这些奴仆去管理田庄，问题就复杂了。大锅饭制度的失败证明了一件事，人类是利益性动物，要长远地、稳定地出效益，没有激励性奖惩是不行的。

那些经手大笔田产银钱的管事，通过辛勤努力，把田庄打理得红红火火，可是作为没有人身自由的奴仆，却不能有自己的财产，这绝对是违反经济规律和人性原则的。

重点是巴老福他们到底吞了多少，若在一定范围内，倒不是不能原谅，毕竟这几天看来，黑山庄打理得还可以，况且……

明兰叹了口气："咱们身边的可信之人也少了些，你不如想想侯府可有什么忠诚的老家人，若是可靠的，也不妨……"她就不信太夫人能一网打尽，那些累代在宁远侯府的世仆，说起来，顾廷烨也是正头的主子。

顾廷烨沉默了良久，才微微点头，又转开话题道："黑山庄的名声还成，若有不好的，你想定了怎么处置，回府后叫郝大成去办就是了。"顿一顿之后，他指指地面，"这庄子不一样，明日我留一队兵卫给你。"

明兰手上动作停了一下，歪头笑道："不用了，人手我已够了。"

她目前对屠氏兄弟的威慑力很满意。

顾廷烨俊眉一挑，微笑着不作答。她头脑明白，见事明确，却还少了几分历练。

他反手拉过明兰，翻身压在床上，重重地亲了她殷红的小嘴一口。单薄衣衫下凝脂滑腻，他不禁心中一动，低哑着声音道："身上可好了？"一边说着，一边伸手往衣襟里探去。

明兰被他揉得半身酥软，满脸通红："还……还、还……还、还……"身上那只大手越摸越不老实。她慌了，忙道："你、你、你……你一日要换三匹马，明日还忙呢，还是好好歇着吧。"

"小结巴，慌什么！"顾廷烨不禁莞尔，翻转平躺在床上，揽着明兰在怀里，含笑着，"我不过是问问，你可想歪了！"

明兰对上他故作正气的戏谑眼眸，恼羞成怒，恨不能挠他一把。

【未完待续】